afgeschreven

D1355909

Ons derde lichaam

Ander werk van Edward van de Vendel bij Querido

Betrap me (gedichten, met tekeningen van Hanneke van der Hoeven, 1996)
Bijna alle sleutels (gedichten, met tekeningen van Sylvia Weve, 1998)
Gijsbrecht (jeugdboek, met tekeningen van Hanneke van der Hoeven, 1998) Gouden Zoen 1999
Jaap deelt klappen uit (kinderboek, met tekeningen van Jan Jutte, 1999)
De dagen van de bluegrassliefde (jeugdroman, 1999) Gouden Zoen 2000
Aanhalingstekens (gedichten, 2000)
Dom Konijn (prentenboek, met tekeningen van Gerda Dendooven, 2000) Zilveren Griffel 2001
Wat ik vergat (kinderboek, 2001)
Slik gerust een krijtje in! Alles over de basisschool (non-fictieboek, met tekeningen van Alice Hoogstad, 2002)
Resus (prentenboek, met tekeningen van Sylvia Weve, 2003)
Superguppie (gedichten, met tekeningen van Fleur van der Weel, 2003) Woutertje Pieterse Prijs 2004, Zilveren Griffel 2004, Vlag & Wimpel van de Penseeljury 2004
Anna Maria Sofia en de kleine Cor (prentenboek, met tekeningen van Ingrid Godon, 2004)
Gloeiende voeten (kinderboek, 2004)
Superguppie krijgt kleintjes (gedichten, met tekeningen van Fleur van der Weel, 2005)
Superguppie zingt (cd, met muziek van Edwin Schimscheimer, 2005)
Wat rijmt er op puree? (Kinderboekenweekgeschenk, met tekeningen van Peter van Dongen, 2005)
Chatbox. De gedichten van Tycho Zeling (gedichten, 2006)

Edward van de Vendel

Ons derde lichaam

Amsterdam Antwerpen
Em. Querido's Uitgeverij B.V.
2006

www.queridokind.nl
www.edwardvandevendel.com

De schrijver ontving voor het schrijven van dit boek een werkbeurs van
het Fonds voor de Letteren.

Omslagontwerp: Pauline Hoogweg
Foto omslag: Imagebank/Corbis

isbn 90 451 0316 8 / nur 285

Voor Lennart en Maikel

Oliver,

het is achterin de nacht, het wordt al bijna weer licht. Ik kan je niet vertellen hoe vreemd en vrolijk de afgelopen avond was. Dat lukt niet met letters en een simpel mailtje. Ik heb gelachen, gerend, gefeest en gedronken. Ik dacht dat ik niet gelukkig kon worden van iets wat we eigenlijk allemaal belachelijk vinden, maar dat kan dus wel. Het heeft ook met de afgelopen maanden te maken, met Vonda, en met Moritz, met de tijd na jouw en mijn zomer.

Ik zag je voor het laatst in augustus en nu is het februari. Ik heb je niet geschreven en ik heb je niet gebeld. Jij hebt mij ook niet geschreven en jij hebt mij niet gebeld. Maar wat er nu gebeurd is moet je toch weten?

Ik zou zo graag een beetje met je praten, nu, Oliver Kjelsberg, Oliver Kjelsberg, maar ja, jij bent in Noorwegen en ik in Rotterdam. Het is laat en ik heb te veel breezers op. Ik zou met je vingers willen spelen en zo.

Hé, je gaat dus weer van me horen. Dat is niet meer tegen te houden. Mijn naam keert bij je terug, ja zelfs mijn gezicht. Je zult me op de televisie zien! Televisie ja, je leest het goed. Ik leg het nog wel uit, maar wat denk je, zal onze zomer dan van het scherm af spatten? Of ben je me allang vergeten? Ik strijk nog honderd keer per dag over mijn linkerbovenarm, over de tattoo die daar staat. Heb jij er uiteindelijk ook een laten zetten?

Vonda slaapt, ze ronkt door de muren heen. Moritz ligt waarschijnlijk met zijn knieën opgetrokken en zijn hoofd naar beneden, een sufgetold hoepeltje. Ik heb zijn schoenen uit moeten doen.

Ik ben nog wakker, hier, in mijn kamer. Ik ben bij jou, blauwbeschenen door deze felle laptop. Ik schrijf je en ik ril. Het is koud, het is pas februari, ik heb te weinig kleren aan. Ik draag een boxershort, een nieuwe, een zwarte, en een T-shirt. Ik wil naar bed, maar het lukt niet. Ik heb een kop vol vuurwerk en flitslicht en zapmuziek.

Eerste deel verslag (augustus -februari),
ertussendoor:
mailtjes (van nu, eind februari).

In de zomer van het afgelopen jaar schoot mijn leven door de geluidsbarrière.

Augustus is alweer meer dan een halfjaar voorbij, maar nog steeds staat alles in het teken van ervoor/erna. Ervoor was ik een onduidelijke achttienjarige, erna iemand met een openstaande liefde.

Ervoor hing ik van dromen aan elkaar, erna had ik een tattoo. Het vliegtuigje op mijn bovenarm spiegelt dag aan dag mijn reis naar Amerika, maar ook mijn reis daarna naar Noorwegen, en mijn reis terug naar Nederland:

mijn reis met Oliver,

mijn reis naar Oliver,

mijn reis van Oliver af.

Ervoor woonde ik thuis, erna op kamers in Rotterdam.

Ervoor deed ik doof en blind eindexamen, erna schreef ik me in voor de Nationale Schrijfacademie.

Ervoor zat ik met mijn moeder aan de keukentafel, erna met Vonda. En Vonda bracht een tweede geluidsbarrière met zich mee.

Vonda is stevig. Haar dijen zijn breed. Haar borsten zijn groot. Ik weet wat ik zeg, want we zien elkaar wel eens douchen. Vonda is stevig en prachtig. Ze past zo precies in zichzelf dat een dunne Vonda zou lijken op een foute jpg.

Ze heeft kastanjepaars sprookjeshaar – het valt om haar gezicht alsof iemand het in model gebeiteld heeft. Er liggen sproeten over haar voorhoofd, haar neus, haar wangen, haar armen, haar hals. Dwars door die sproetenregen kijkt ze je aan.

Altijd lacht er iets om haar ogen, zelfs al lacht ze niet.

Vonda is iemand tegen wie je aan wilt gaan zitten.

En dit is hoe ik haar voor het eerst ontmoette: het was begin september, het was zo'n dag waarop het laat en vroeg leek tegelijk, oud wordende zomer. Het woei een beetje, en als het stil was geweest hadden mijn vader en ik ongetwijfeld de wind gehoord, en een langsrijdende trein, en de zeeleeuwen van de dierentuin achter het spoor.

Maar het was niet stil, want Vonda kwam eraan.

We stonden te vroeg bij het afgesproken adres. Ik zocht een kamer en hier aan de singel was een etage vrij voor twee studenten. De hospita had geen advertentie gezet, maar mijn vader kende iemand die haar kende en zo wist ik ervan. Ik belde onmiddellijk op. De hospita zei: 'Je stem klinkt goed', en ik mocht komen. Mijn vader was mee, we stonden te wachten in een statige laan, met uitzicht op volkstuintjes en treinen.

De hospita zocht kunststudenten. Dat kwam goed uit, want ik had me net ingeschreven bij de Nationale Schrijfacademie. Ik was er eigenlijk niet van overtuigd dat ik schrijver wilde worden, ik had geen enkel idee over de toekomst. Maar nadat ik de brutaalste zomer van mijn leven had meegemaakt kon ik toch niet zomaar niks blijven doen, thuis blijven zitten, bij mijn ouders blijven wonen? Ik dacht: als ze op die academie zeggen dat ze me kunnen leren schrijven, dan wil ik wel leren schrijven. En: misschien kan het noteren van wat me overkomt de gebeurtenissen om me heen vertragen, ze af en toe op een afstandje zetten. Niet gek na alle Oliverweken. Ik leverde mijn proefopdracht in en Gijs, de mentor van de academie, zei: 'We nemen je aan.'

Ik keek omhoog. Het huis zag er prima uit, hoge ramen, hoge plafonds. Naast de stoep-met-treden stond een plantenbak met viooltjes. Ze waren allemaal nog heel. Ik wilde net aan mijn vader vragen of we niet alvast aan zouden bellen toen er een meisje op ons af liep. Zo op het eerste gezicht leek ze wat ouder dan ikzelf. Ze stak haar rechterarm uit. Blijkbaar kwam ze ook voor een kamer. Ze zei: 'Ik heet Vonda, Vonda Oppenheim. Waar moeten we zijn? Wie van jullie komt er voor de etage? Wát? Vader en zoon? Zijn jullie vader en zoon? Geweldig! Broers, zou ik zo zeggen. Nee, ik meen het! Ik heb helemaal niks met leeftijd. Ik zing, wat doe jij?' Dat laatste vroeg ze aan mij.

Ik schoot in de lach, ik kon niet anders.

Oliver,

na het bezoek aan de etage – eigen ramen, eigen vloer, eigen water, eigen brievenbus, zo woon ik dus al een halfjaar, kun je het je voorstellen – liepen we de trap af en aaide Vonda door mijn haar. 'Je hoeft je geen zorgen te maken,' zei ze, zo dat mijn vader het niet hoorde, 'Rotterdam is vast wel goed voor ons. En ik ben niet op zoek naar liefde.'

Ik draaide me om en zei: 'Wat?' Ik dacht dat ik haar niet goed had verstaan.

Vonda pakte mijn arm en zei: 'Dat het maar duidelijk is - ik bedoel dat ik geen vriendje zoek.'

'O,' zei ik, 'maar ik zoek ook geen vriendin.'

'Mooi,' zei ze en ze lachte breed.

En daarna vroeg ze opeens: 'Ook geen vriendje?'

Hoe kon ze dat nu weten, Oliver? Zag ze iets aan me? Kun je het aan me zien? Kon jij het aan me zien toen ik je voor het eerst ontmoette? Wat een rare vraag om nu nog aan jou te stellen. Wat raar ook om op dit scherm te lezen dat ik nog steeds aan je denk. Ik probeer dat denken aan jou al maandenlang weg te stoppen, en nu staat het hier en kan het teruggelezen worden.

Dit is niet de bedoeling!

Ik weet niet waarom ik deze mailtjes typ!

En ik stuur ze nooit van z'n leven op, ik zou ze eerst in het Engels moeten vertalen en daar heb ik geen tijd voor, alles is zo druk!

Je hoeft je trouwens geen zorgen te maken over wat ik over Vonda

denk. Het is dus gewoon zoals het is, en Vonda is Vonda. Dat het maar
duidelijk is. En ik ben eerlijk, hoor, nu en bij jou. Het levensverslag
dat ik voor de schrijfacademie moet inleveren is ook eerlijk, maar ik
vouw er toch mijn binnenkant niet in uit. Niet helemaal.

We kregen de etage. Ik schaam me nog steeds een beetje voor
het gemak waarmee dat ging. Tijdens de introductiedagen van
mijn studie kon ik alleen maar knikken als ze vroegen of ik echt
een kamer had in Rotterdam, dichtbij het station. Iedereen riep:
'Mijn god, hoe is het mogelijk? En zó goedkoop?'

De hospita, een taaie lerares Frans die op de benedenverdie-
ping woonde, zag de combinatie van Vonda en mij blijkbaar wel
zitten. Ze hield van boeken en ze hield van muziek, misschien
was dat de reden. En natuurlijk, mijn vader was aardig en ik was
aardig. Daarbij kwam Vonda op haar waarschijnlijk net zo vrolijk over als op ons.

Mijn ouders zouden de eerste drie maanden huur betalen,
daar stonden ze op, en dus liet ik het onderhandelen aan mijn
vader en aan Vonda over. Ik liep naar buiten en stond langs de
ramen omhoog te kijken. Ik dacht aan mijn toekomstige kamer
op de tweede verdieping, met blauwe lucht als uitzicht. Ik stond
als een blij automaatje over mijn tattoo te wrijven. En ik dacht:
dit moet Oliver zien.

Terug naar een paar weken eerder. Nadat ik uit het Noorse
vliegtuig was gestapt, de lange Schipholwandeling naar de ba-
gagebanden had gemaakt en daarna met een karretje door de
schuifdeuren was gekomen, schrok ik toen ik mijn ouders zag
staan. Mijn leven had zo'n scherpe draai gemaakt dat het raar
was om te zien dat zij nog waren wie ze waren.

Daarna schrok ik nog eens, maar dan van mezelf: ik wilde ze
oppakken, op mijn karretje zetten en aan heel de aankomsthal
laten zien. Maar ik deed natuurlijk stoer. Ik deed alsof er niets
gebeurd was. Ik liep lachend op ze af en zij lachten terug. Zij
omhelsden mij en ik omhelsde hen. 'Jongen toch,' zei mama, en

papa zei: 'Kom. Naar huis.' En daarna haastten we ons naar de parkeerautomaat.

Thuis was het alsof ik tegen mezelf aan liep. De spullen in mijn kamer lagen allemaal zoals de oude Tycho ze had neergelegd, er was weer hetzelfde broodbeleg, dezelfde plastic schaaltjes stonden in dezelfde koelkast. De kranten waren gewoon doorgegaan met schrijven over alles waar ze al mijn hele leven over schreven.

Het enige verschil was dat mijn ouders die eerste dagen door het huis heen slopen en niets aan me vroegen. Ze zetten koffie, zachtjes, ze legden de deuren geruisloos in het slot, ze fluisterden hun goedemorgens. Ze deden alsof ze niet naar me keken. Dat was lief van ze, want ze moesten overlopen van de vragen. Was nu niet gebleken dat we achttien jaar hadden samengeleefd zonder één seconde over mij te praten, over wie ik echt was, van wie en wat ik werkelijk hield? Nee, misschien was het zo erg niet. Ze kenden me, natuurlijk. Maar er had een papiertje om sommige onderwerpen gezeten, waardoor we er alleen maar bij benadering over hadden gepraat. En misschien waren ze daarom wel zo geduldig, ze voelden dat er van alles kon worden uitgepakt. Als ze voorzichtig deden.

En dus ging het vanzelf: na een tijdje begon ik te praten. We zaten aan de keukentafel en ik vertelde over de dagen in het internationale vakantiekamp waar ik heen was gegaan omdat ik na mijn eindexamen ver weg wilde zijn. Ik had het over de buitenlandse leiders met wie ik die paar weken in Amerika samenleefde. Over de onbezorgdheid ging het, over het spatten van het zwembad, die ene dag. En zo kwam ik uit bij Oliver, bij dat kleine rotkamertje dat we deelden, bij de... bij de enorme verliefdheid.

Ik vertelde over het rare vertrek uit het kamp en uit Amerika, hoe ik met Oliver naar Noorwegen ging, mee naar zijn stille huis in Gjøvik. En daarna over Olivers voetbaltoernooi, hij zou er eerst niet heen gaan, maar opeens wilde hij toch. Over zijn moeilijke aarzelingen, over hoe ik zei dat hij moest gaan, over hoe ik hem achternareisde en over hoe toen bleek dat ik niet in zijn normale leven paste.

Ik had kaartjes gestuurd naar mijn ouders. En op een dag ging in Gjøvik de telefoon en daar klonken hun stemmen, zomaar vanaf hun campingadres tot middenin mijn nieuwe leven. Dus de feiten kenden ze. Maar nu hoorden ze het verhaal eromheen, nu bonden ze oorzaken en gevolgen aan elkaar vast. Ik raakte op dreef. Hoe dichter ik bij de laatste Noorwegen-dagen kwam en bij mijn eigen besluit om naar huis te gaan, hoe duidelijker alles voor hen werd. En voor mijzelf. Ik zei allerlei dingen die ik niet eerder had bedacht.

En toen liet ik de tattoo zien.

Mama trok wit weg. Maar ze voelde aan mijn bovenarm en dat bracht haar kleur terug. Na een hele tijd zuchtte ze en zei: 'Je huid is nog net zo zacht.'

'Goed,' zei papa, 'ik denk dat ik iets moet zeggen.'

Hij schoof een leeg koffiekopje tussen zijn handen heen en weer. Hij zei: 'Dit is dus hoe ik het begrijp: je bent zoals je bent. Het is geen keuze.'

'Nee,' zei ik, 'het is geen keuze.'

Het bleef even stil. Papa keek naar mij en mama keek uit het raam. Ze liep naar de buitendeur, maar vandaar kwam ze weer terug de keuken in en liep naar de kast. Ze trok een la open en haalde er een pakje sigaretten uit.

'Ik ga roken,' zei ze.

Ze liep nog eens naar de buitendeur, duwde hem open en leunde half binnen, half buiten tegen het kozijn. Ze schoof een sigaret uit het pakje, draaide een vlam aan haar aansteker en trok met haar lippen aan de filter. Het rode uiteinde van de sigaret lichtte op en nadat de eerste rookgolfjes langs haar lippen waren weggekringeld zei ze: 'Kunnen mij die kleinkinderen schelen. Die leen ik wel bij de buren.'

'Mam!' zei ik en toen schoten we alle drie in de lach.

Papa zei: 'Maud, dat is een vreemde opmerking. Maar ik zat

ook te denken. Ik dacht... Ik dacht aan het gezicht van oudtante Neeltje als we het haar vertellen...'

'Jelmer,' zei mama, 'dat is net zo'n vreemde opmerking.' Ze grinnikte erbij en ik leek plotseling niet meer van belang.

'Jullie zijn gek,' zei ik.

'Dat beschouwen we als een compliment,' zei papa. Hij keek er nogal ernstig bij.

'Ja,' zei ik. En toen dacht ik: ik moet het hardop zeggen. Ik moet het zelf hardop zeggen.

En ik zei: 'Ik ben het dus. Homo.'

'Ja,' zei mama, 'je bent dus homo.'

'Homo,' zei papa, 'ach ja.'

Ik had het, samen met Oliver, tot dan toe niet hardop willen horen, maar daar aan de keukentafel zeiden we het zomaar alle drie. Ik vroeg me af of het, als je het vaak genoeg uitsprak, steeds minder als een scheldwoord zou gaan klinken.

En toen begon mama eventjes te huilen, en dat snapte ik dan ook weer wel.

Oliver,

in het begin miste ik je handen het meest. Ze pasten zo precies in mijn rug dat ik zonder ze voortdurend het gevoel had dat ik achteroverviel. Ik miste je blik, ik wist opeens zeker dat er uit je ogen iets levends over me heen gegleden was, een filter, een celluloidlaagje waarmee je me beschermde tegen van alles.

Ik miste, denk ik, zelfs je onmogelijkheid.

Ik was zwak in die dagen, ik geef het toe, en dus stuur ik je dit mailtje natuurlijk echt niet. Het is ook alweer een halfjaar geleden en er zit inmiddels zoveel tussen, mijn school, Vonda, Moritz, de gekte van de laatste weken.

Vonda zegt dat ik niet te stil moet willen worden, te veel teruggetrokken in de tijd. Ze heeft gelijk, dat is niet leuk voor haar. Bovendien doet het me veel te vaak denken aan jou. Aan hoe jij denkt aan mij. Zoals jij hier bent, in mijn hoofd, zo moet ik toch ook door jou heen spoken? We hangen toch nog rond elkaar, in fantoomvorm? Als met een tweede lichaam – al is het een tweede lichaam dat sinds augustus niet meer is bijgewerkt?

Of ben ik meer weg in jou dan jij in mij? Heb je me achter je River Phoenix-posters weggestopt? Ik zag een tijd geleden een van zijn vroege films op tv, hij was nog maar een jochie. Weet je hoe die film heette? Stand by me.

Ja hoor, alles gaat hier goed.

Soms vraag ik me af op welke manier jij mij hebt gemist.

Kijk eens wat ik opschrijf! Ik weet blijkbaar zeker dát je me gemist hebt.

Nou, dat heb je toch ook?

'Ik hou wel van homo's,' zei Vonda op de eerste avond in het huis, en ik gaapte haar aan. We zaten op haar kamer, zij was een dag eerder verhuisd. Mijn ouders waren weg na een middag gedoe met dozen en stoelen en boeken en een bureau, na gesleep met het brede platte bed dat ik van de buren had gekregen. Het was zweetsjouwerij, al die trappen op.

'Weet je waarom ik van homo's hou?' vroeg Vonda.

'Nee?'

'Omdat ze goed voor mijn carrière zijn. Je hebt er nogal wat kappers bij, hè. En stylisten en zo, make-upkunstenaars.'

'O,' zei ik, 'ik weet niks van die dingen.'

'Ik verzin het,' zei Vonda, 'ik zit te zieken.'

'Ah,' zei ik.

'Maar ik hou echt van jullie soort. Lekker duidelijk. Hoef je niet bang te zijn dat ze iets willen.'

'Bang?'

'Ja. Soms worden vrouwen bang van al dat gewil, kun je je er iets bij voorstellen?'

'Eh...' zei ik.

'Nou ja,' zei Vonda, 'laat maar.'

'Wow,' zei ik.

'Wow?' zei Vonda.

'Ik bedoel,' zei ik, 'dat je durft te zeggen wat je zegt. Je kent me pas net.'

'Ja, hoor eens,' zei Vonda, en ze gooide een handvol theezakjes naar mijn hoofd, 'als we niet goed beginnen lukt het nooit. Trouwens, je hebt prachtige ogen.'

Ik zat er een beetje stom bij, er bleef een rooibosthee-touwtje aan mijn schouders hangen, maar ik zei: 'Natuurlijk lukt het.' Want dat wist ik opeens heel zeker.

Zangeres, dat wilde Vonda worden, ze had het al vroeg in haar leven besloten. Ze moest nog even haar laatste jaar afmaken, maar ze was al klaar voor publiek. Ze had in de weken voordat ze in het singelhuis trok grand café na grand café bezocht om een optreden af te smeken. Ze was zich bij een theaterrestaurant gaan aanbieden als zingende serveerster. Ze mocht een voorprogramma doen in een cultureel centrum. Ze meldde zich aan voor een Franstalig festival. Over dat laatste vertelde ze met het meeste vuur, die eerste avond. Ze hield, zei ze, van grote vrouwen – 'nee, niet seksueel' – ze hield van diva's zoals ze in Frankrijk en Amerika werden gekoesterd. En toen luisterden we tot diep in de nacht naar chansons en songs, Joni Mitchell, Patricia Kaas, Barbara. 'De mannen doen we een andere keer,' zei ze.

We lieten slappe pizza's komen en Vonda zei: 'Blijf je hier? Dat uitpakken kun je morgen wel doen.'

Ten slotte pakte ze de uithalers: Streisand, Céline Dion, Lara Fabian. 'Zo wil ik het,' zei ze, 'in het Engels of in het Frans, voor mijn part in het Nederlands. Ik wil slingeren met mijn stem, ik wil met een uithaal een muur optillen en wegduwen, en dat iedereen dan stil is met zijn ogen dicht.'

'Ik begrijp het,' zei ik, want ik begreep het precies. We wilden iets drinken, en van de flessen die Vonda had staan kozen we uit armoe de schroefdopwijn, we konden geen van tweeën een kurkentrekker vinden.

Tegen vier uur ging ik naar bed, halfdronken van een nieuwe

vriendschap waar ik me nu al veilig en avontuurlijk tegelijk bij voelde, halfdronken van de alcohol en onverstaanbare Franse muziek. Nou ja, *amour*, dat verstond ik.

'Amour,' zei Vonda toen ik aanstalten maakte om naar mijn kamer te gaan, 'kom hier, een zoen.' Ze tuitte haar lippen en ik de mijne. Ze zei: 'Dat doen we voortaan elke avond.'

'Goed,' zei ik.

'Dag homo,' zei ze.

'Dag diva,' zei ik.

De volgende ochtend werd ik wakker van pianomuziek. Mijn kop klopte en ik keek suffig naar een onbekend raam. Onbekende sponningen en onbekend glas. Ik verschoof mijn blik en ja, au, daar wist ik het weer: dit was mijn kamer, in mijn huis, in mijn straat. Ik schoof overeind, ai, wat kraakte dit bed, en ai, wat kraakte mijn hoofd.

Ik woon niet meer thuis, dacht ik. Nu begint de rest van de tijd die na de zomer komt.

Ik zocht mijn gsm, ik vond hem in een zak van mijn op de grond gesmeten broek. Ik drukte op *vrijgeven* en toetste het nummer in van onze telefoon thuis. Ik dacht: Onze?

'Tych!' zei mijn moeder.

'Hai,' zei ik.

'Wat hoor ik?'

'Keyboard. Dat is Vonda.'

'O, leuk. Hoe gaat het?'

'Super. We hebben de hele avond zitten kletsen.'

'Wat een lief gezichtje heeft ze, hè?'

'Gezichtje? Mam, dat zeg je niet.'

'Het is toch zo?'

'Ja ja. Weet je dat mijn bed ontzettend kraakt?'

'Ja, dat dacht ik al. Het is een Japans bed, zegt de buurvrouw, helemaal van hout. Dat matrasje is ook veel te dun. Misschien moet je een dikker matras kopen. Zullen we een dikker matras gaan kopen? We kunnen wel even naar de Ikea.'

'Mam, ik weet niet.'

'O... het hoeft niet vandaag.'

'We hebben een afspraak bij de hospita, Vonda en ik.'

'Dat is goed, Tych. Papa roept dat je haar naar het huurcontract moet vragen.'

'Doe ik. Of dat doet Vonda wel.'

'Kom je morgen langs? Voor die keukenspullen? Heb je wel iets te eten vanavond?'

'Mam, dat komt wel goed, echt. En ik kom morgen wel even.'

'Goed. Raar hè, allemaal... Dag liefje.'

'Dag mam. Mam?'

'Ja?'

'Ik ben zo blij!'

Oliver,

zou dat kunnen? Zou je blijheid kunnen laten spatten zodat je er het humeur van iemand anders mee besmet? Iemand die op dat moment wat minder vrolijk is?

Dat zijn natuurlijk onzin-vragen.

Maar dit weet ik wel: gedachte woorden zijn zwakker dan gesproken woorden. Wat je hardop zegt valt niet meer uit te gummen. Wat je gedacht hebt kan makkelijk weer weg.

Ik heb een voorbeeld: toen ik zei dat je me in mijn gezicht moest spugen om aan je voetbalvrienden te laten zien dat je geen softie was, was het al gebeurd. Dat je het daarna deed was een echo.

Maar hoeveel sterker nog zijn woorden als ze geschreven staan? Hebben we daarom geen contact gehad? Hebben we daarom zelfs geen sms'je gestuurd? Waarom hebben we zo met onze telefoonnummers geklooid? Jij hebt alleen het nummer van mijn ouders, ik had in Amerika mijn gsm niet bij me – ik had hem daar toch niet kunnen gebruiken, en het was maar een leentoestel en nu heb ik een eigen toestel, een nieuw nummer dat jij niet kent en blabla. En nog meer blabla: ik heb jouw nummer wel, maar ik ben stil gebleven. Zo is het dus gewoon.

Ik kon het echt niet, Oliver. Wat had ik moeten schrijven in een *sms?* Hello, how are you? *En dan? Een enorme slashhammer van-* *uit Noorwegen op mijn kop neer laten komen?*

Natuurlijk is het zielig en gek, maar laat dit duidelijk zijn: alleen *degene met wie je altijd samen had willen blijven kan degene worden* *die je vervolgens nooit meer spreekt. Wie dat niet begrijpt weet niets* *van de liefde die waar is als steen.*

Oliver, in dit mailtje had ik een paar zinnen over moeten slaan, nu *zit het allemaal opnieuw in mijn kop.*

Ik verstuur niks, hoor.

Ik moet je niet besmetten.

Er kwamen keyboardloopjes uit Vonda's kamer, etudes en stem-oefeningen. En daarna zwarte soul. Ik stond in ons kleine keukentje. Ik keek naar het balkon en naar de balkons aan de overkant van de binnentuinen. Vonda had de achterkamer hiernaast. Die was kleiner dan de mijne aan de voorkant, maar had wel openklappende buitendeuren. Ze moest, aan de opeenvolgende geluiden te horen, al een tijdje op zijn, maar ik durfde niet zomaar aan te kloppen om te vragen of ze kwam ontbijten. Zouden we dat soort dingen wel samen gaan doen? Ik klapte het tafeltje uit dat ik meegenomen had en dat precies in de krappe keuken paste. Ik kneep een yoghurtpak open. Toen ik het terugzette in de koelkast dacht ik:

we hebben een koelkast!

We hebben een uitklaptafeltje!

Ik heb mijn eigen yoghurt!

Ik rende naar mijn kamer en haalde een viltstift uit mijn bureau. Ik schreef er een vette T mee op het yoghurtpak. Daarna knoopte ik een touwtje aan de stift en hing hem ergens naast de koelkast. Op dat moment kwam Vonda binnen. 'Goeiemorgen! Heb je last van de muziek? Ik wilde alleen maar laten weten dat ik ook van donkere mannen houd. Laat me raden, die T op dat pak betekent Tief-op-dit-is-van-mij?'

'O,' zei ik, 'ik bedoel er niks mee, hoor. Wil je ook wat? Maar ik dacht dat het zo hoorde.'

'Tuurlijk hoort dat zo. En we gaan ook een toiletborstelrooster instellen, en schoonmaakplicht, en...'

'Leuk!' zei ik.

'Vind ik ook,' zei Vonda, 'en ik meen het. Er is al genoeg onduidelijkheid. Ik doe mijn stemoefeningen trouw. Echt waar. Behalve als ik ze vergeet.'

Ik moest lachen en Vonda grijnsde terug. Ze begon in kastjes te rommelen op zoek naar een bakje, een lepel, muesli en nepsuiker.

'Hèhè,' zei ze toen ze alles had gevonden. Ze wurmde zich aan de overkant van de tafel op de tweede klapstoel. Het bleef een tijdje stil, we aten, maar toen tilde ze opeens de mouw van mijn T-shirt op, zag mijn tattoo en liet haar mond openvallen. 'Kristus, wat mooi,' zei ze, 'waar komt die vandaan?'

Ik begon te vertellen, maar het lukte niet zo goed. Het was vreemd. Ik noemde Oliver, maar ik kon niet zeggen hoe groot het met hem was geweest, en hoe nieuw. Ik voelde een raar soort slot op mijn mond. Ik kon toch zomaar niet alles openleggen bij iemand die ik nog maar nauwelijks kende? Nee, het lag niet aan Vonda. Maar nu ik – voor de tweede keer – Oliver noemde zonder dat hij erbij was leek het opeens of ik hem had opgeborgen, verkleed in woorden, dichtgeklapt in een verhaal. Het was dus allemaal maar voor even, dacht ik, mijn hele zomer, het was maar voor een tijdje.

Mijn yoghurt stond daar en ik at niet meer. Ik werd er misselijk van.

Vonda zei niks. Ze keek naar me, legde haar lepel neer, stond op en trok me mee naar haar kamer. Daar aangekomen riep ze: 'Bonbonwerpen! Wedstrijdje!'

Dat was precies wat ik nodig had. Ik wilde opeens weer bewegen, de dag lag open, Vonda voelde me aan, voor alles wat ingewikkeld was bestond even zoveel plezier. Ik pakte een handvol bonbons en stapte een meter of twee van haar vandaan. Ik zei: 'Armen op je rug.'

Vonda riep: 'Ze waren eigenlijk voor de hospita, maar kom maar op.' En ze opende haar mond.

Tijdens de introductieweek van de studie nam ik me voor mijn zomer achterwege te laten en Olivers naam niet te noemen. Ik wilde een kreukloos gemiddelde van mezelf presenteren, zonder en toen-en toen-gezeur.

Dat mislukte grandioos. De schrijfacademie zat niet te wachten op vriendelijke lachjes. Integendeel, het leek wel therapie, die eerste dagen. Alle opdrachten, alle schrijfoefeningen gingen over *Wie ben jij*. Dat had ik op de middelbare school nog nooit meegemaakt. Daar had ik zes jaar met mijn vingers gekruist rondgelopen: alles wat ik zeg is wat jullie willen horen, smile!

We bleken maar met zeven studenten in het basisjaar te zitten, en dus leerden we elkaar in hoog tempo kennen. De andere zes, drie jongens en drie meisjes, waren, hoe verschillend ook, overtuigd naar de academie gekomen. Ze wilden allemaal schrijver worden.

Minke en Megan zetten weliswaar nog rondjes op hun i's in plaats van punten, maar als ze naar mijn liefdesleven vroegen namen ze geen genoegen met 'O, gewoon.' Wat we bij oriëntatieopdrachten als *Ik achter mezelf* te weten kwamen werd door hen na studietijd in Café Floor nog eens afgemaakt met vragen naar namen, plaatsen en tijden.

Felaya, met haar Marokkaanse achtergrond misschien vanzelf terughoudender, meer op mysterie gesteld, luisterde mee en glimlachte zo hartverwarmend dat ik voornamelijk háár in de ogen keek toen ik toch maar 'Noorwegen' zei en 'dit jaar'.

Wieger was degene die bij alle koffieverkeerds en pilsjes alleen maar knikte en alleen maar na leek te denken. Er hing zo'n vage wolk van algemene vriendelijkheid om hem heen dat hij al snel niet meer serieus genomen werd. Ach ja, Wieger: te veel aardigheid, te weinig houvast.

Nee, dan Niels: langharig en makkelijk. Hij kwam niet of

te laat, en toch leek hij altijd ontspannen. Wanneer hij verliefd was – en dat was hij constant, hij schreef over vrouwenlippen, vrouwenbewegingen, vrouwenhaar – wilde iedereen hem overal naast zich hebben. Hij had lijsten met excuses voor zijn voortdurende afwezigheid. Hij deed aan bejaardenhulp, hij had de afspraak vergeten, hij was op liftreis naar Frankrijk.

Ben, tenslotte, was degene die de bijeenkomsten meestal als eerste opbrak: 'Ik wil naar huis, doei.' Iedereen liet hem, want tijdens de lessen schreef hij elke dag weer zulke sterke teksten, ongenadig scherp en ongenadig grappig, dat hij alles mocht beslissen wat hij wilde.

Ben is homo. Gek, ik zag het meteen. Vroeger, voor de zomer, had ik dat veel minder snel door. Nu was het bij Ben nogal gemakkelijk te zien: hij was lichtelijk sissy, en overduidelijk moe van het ervaren zijn. Dat bleek ook in zijn teksten. Hij had in Amsterdam gewoond en zijn stukken wemelden van jongens in de Soho, de Exit en de Arc, van avonturen in het Vondelpark, namen en gebeurtenissen die er soms op uit leken mij los te doen laten wat ik van mezelf begreep. Ben woonde samen met een twintig jaar oudere zeeman die hij via internet had ontmoet.

Ben en ik, dat paste nog niet zo, maar Felaya vond ons allebei aardig en zo bleef alles bij elkaar. Ik nam me vanaf de eerste dag voor om Bens werk goed te vinden en dat altijd hardop te zeggen. Dat leek me de beste manier om afstand te houden en tegelijkertijd zijn minachting te voorkomen.

Nu ik dit opschrijf denk ik: ja, met woorden kun je onderzoeken waarom je iets doet. Ik was bang dat Ben me minachtte. Dat hij me een baby vond, een *baby-gay*. En dus gaf ik zo weinig mogelijk van mezelf prijs. Dat onderzocht ik en dat ontdekte ik: aan het eind van de introductieweek moesten we schrijven wat we over de anderen dachten en ik schreef wat ik hierboven schreef. Gelukkig hoefden we het niet voor te lezen. Maar Gijs knikte tijdens mijn eerste begeleidingsgesprek en hij zei: 'Tycho, je bent zowaar op weg.'

Oliver,

ik vraag me af wat jij bent gaan doen in september. Fysiotherapie?
Dat was je reserveplan voor als je niet gescout werd om bij een prof-
club te komen keepen. Op het eind van onze zomer was je ervan over-
tuigd dat dat niet meer zou lukken. Dus inderdaad fysiotherapie? Je
zou een geweldige masseur zijn.

Ik vind het stom dat ik nu, een halfjaar later, zo'n behoefte heb om
al die dagelijkse dingen van je te weten. Waarom toen niet? Ik deed in
die eerste weken de ene poging na de andere om niet aan je te denken.
En het feit dat ik zoveel nieuwe mensen ontmoette hielp daar aardig
aan mee. Alsof het zien van nieuwe gezichten verdunt.

Maar ik vergat je dus niet, dat moet je niet denken. Ik werd tijdens
een van die nachten wakker met jouw mond op de mijne. Ik zou zwe-
ren dat je in de kamer was, zo echt had ik het puntje van je tong langs
de bovenlijn van mijn bovenlip gevoeld, langs de onderlijn van mijn
onderlip. Hoe konden mijn dromen mezelf zo voor de gek houden? Ik
lag daar maar in het donker, met een mond die jeukte. Ik moest naar
de kraan om hem onder de straal te houden, om jouw smaak het af-
voerputje in te spoelen.

En nu schrijf ik. Ik schrijf om me staande te houden tussen alles
wat Vonda en Moritz en ik nu doen. Ik maak er een verslag van, voor
school. Daar heb ik eigenlijk geen tijd voor, maar ik doe mijn best. Ik
ben een planner geworden, heel economisch, heel effectief. Nou ja, de-
ze mailtjes aan jou schrijf ik terwijl ik moet slapen, en handig is dat
niet.

Bovendien stuur ik ze natuurlijk nooit.

Oliver, je hebt dat telefoonnummer van mijn ouders toch niet weg-
gegooid?

Op de vrijdagavond na de eerste studieweek lag ik languit op
Vonda's bank. Vonda stak haar zoete avondsigaret op. Het was
een Indonesische kretek en die geurde fantastisch. Maar Vonda
zei: 'Je moet er niet aan beginnen, ik zou het ook moeten laten.' Ze kwam naar me toe, tilde mijn hoofd op, schoof zichzelf

eronder en legde mijn hoofd terug op haar schoot. Ze woelde door mijn plukjes en ik dacht na. Ik zei: 'Ken je het gevoel dat je iets doet en dat je daar tegelijkertijd een stukje boven zweeft?'

Ik wachtte op een antwoord, maar Vonda zei alleen maar: 'Ga door.'

'Ik bedoel,' zei ik, 'dat je dingen van jezelf meebeleeft. Er gebeurt iets en je ondergaat wat er gebeurt, maar op hetzelfde moment hou je dat ondergaan in de gaten.'

Ik kwam overeind. 'Je bent er – en je bent er nóg eens. Je weet waar je je voeten hebt staan, je begrijpt hoe een ander je ziet, je denkt: aha, zo doe ik dus. Je hangt als een geestje om jezelf. Ik bedoel er niks zweverigs mee, maar heb jij dat nooit?'

Vonda drukte de sigaret uit, strekte haar armen en zei: 'Nee, ik heb dat nooit.'

'Ik heb het ook niet altijd,' zei ik, 'ik heb het niet elke dag, maar soms wel. Ik keek deze week naar de anderen in de groep, maar ik zág mezelf naar hen kijken. En ik wist steeds hoever ik van Minke af zat of waar Wiegers elleboog lag, ik noem maar wat.'

'Dus je bent voortdurend met z'n tweeën?'

'Niet voortdurend. Soms.'

'Nu ook?'

'Eh... nee, ik denk van niet. Nu niet.'

'Volgens mij heet dat "de kat de boom uit kijken". Dat is toch heel normaal? En hier hoef je dat niet te doen, want hier ben je thuis. Kom nog eens liggen.'

Ik legde mijn hoofd weer op haar schoot. 'Maar jij herkent het dus niet?'

'Denk je,' zei Vonda, 'dat er ruimte in mijn hoofd is voor nog iemand van mijn formaat?'

Ik was zo opgewonden over het feit dat ik samen met Vonda een keuken had, dat ik elke dag wilde koken. Ik wilde in onze eigen pannen roeren, proeven met een lepeltje en menuutjes opdienen voor twee. Vonda vond het best. 'Eten!' riep ik, en dan liep ik zonder te kloppen met twee volle borden op mijn hand haar kamer binnen. Dat mocht dus, zo ging dat na een tijdje bij ons. Als we er tijd voor hebben gaat het zo nog steeds: Vonda komt laat thuis van haar repetities, ze doucht en zucht 'Aaaah!' bij het zien van een nieuw, van mijn moeder geleerd gerecht. Vonda is een dankbare eter. 'Je bent een engel,' zei ze op een van die eerste dagen, 'want dit is dus duivels lekker.'

We wasten af of keken tv op mijn kamer. Vonda hoorde me uit over Noorwegen, ik denk dat mijn zomerse ommezwaai haar nogal fascineerde. Ik vertelde wat ik kwijt wilde, maar natuurlijk werd dat langzaam steeds meer. Ik vond het niet erg. Vonda bleef vragen, en bij een vraag hoort een antwoord, zo werkt dat toch? Op een avond liet ik de bluegrass-cd horen die ik in Amerika had gekocht, de cd met de snelle countrymuziek die de soundtrack van mijn verliefdheid was geworden. Ik speelde alleen de laatste nummers, de eerste had ik live gehoord, die hoorden niet in Nederland thuis. Het gepingel beviel haar niet erg. Eerst bleef ze netjes luisteren, maar toen ik om haar gezicht begon te lachen zei ze dat ze er zenuwtrekkingen van kreeg.

Over zichzelf liet Vonda minder makkelijk iets los. Ik probeerde het wel, maar het kostte heel wat kettingvragen voordat ik te weten kwam dat ze geen vader had. Nou ja, natuurlijk was er eentje geweest, maar die had ze nooit gekend. Vonda zei: 'Hij is van mijn moeder weggelopen toen hij het woord "baby" hoorde. Ik schijn zijn sproeten te hebben geërfd, en zijn stem. Hij was een zomerliefde, een rondhangende reggaezanger. Ik haat reggae.'

Haar moeder kende ze wel. En hoe! Zelfs ik had Leja in die eerste dagen al heel wat keren aan de telefoon gehad: een moederwals was het. 'Zo jongen,' zei ze, 'pas je op mijn duifje?' 'Duifje?' vroeg ik. 'Mijn dochterduifje, die van meer dan honderdtachtig pond.' En dan schalde haar lach door de hoorn. Soms zuchtte Vonda: 'Mijn moeder is zó ontzettend bijdehand, ik ben er niks bij.'

Verder kwam ik te weten dat er nog een stiefvader was geweest, een Ier. Die kwam tien jaar later dan de reggaezanger, maar blijven deed hij ook al niet. Na vijf bewogen jaren vloog hij terug naar Dublin. 'Ach got,' zei Vonda, 'die stumper miste de mist.'

Op haar zestiende verhuisde Vonda van het dorp waar ze woonde naar een stad in de buurt. 'Thuis werd ik gek, mijn moeder lag plat op de bank, ik was huismeid en psychiater en poetsdoekje. Soms lachten we, maar dat was alleen maar tussen alle ruzies door. Ik wilde zo snel mogelijk weg, ik rende de hele dag naar de deur.' In die tijd was het zingen begonnen. Ze had meegedaan aan de soundmixshow van twee dorpen verderop en gewonnen. Iemand uit de stad was erbij en sprak haar aan. 'Een weldoener,' zei Vonda, 'laten we het daar maar op houden. Ik ging hem meteen achterna, hup, ook naar de stad. Mijn moeder knapte acuut op, wonderbaarlijk, alsof ze alleen maar op die bank was blijven liggen omdat ik in de buurt was. De weldoener gaf me na een tijdje op voor de laatste jaren van de havo voor zang en dans. Dat vond ik wel rottig, want ik was net zo blij dat ik door alle ellende thuis mijn eindexamen had gemist. Maar ja, op die havo kon ik doen wat ik wilde: zingen. Mijn weldoener regelde dat ik extra lessen stemtechniek kreeg en doorschoot naar de academie daar, ik ben er gelukkig weg, zeg, na een hoop gedoe, ik had echt een huis en zo, mijn moeder weer janken natuurlijk, maar zullen we het over iets toepasselijkers hebben?'

Ik wilde haar verder naar die weldoener vragen. Was het haar vriend geweest? Zag ze hem nog steeds? 'Ach,' zei Vonda, '*shut up* nu maar, schat.'

Ik keek haar aan. Ze deed haar mond wijd open. 'Leeg,' zei ze, 'niks meer te vertellen.'

Ik zag haar huig in haar keel. Ik dacht: iedereen heeft recht op geheimen. Ik dacht ook: ze is mijn liefje niet. En toen moest ik lachen.

Oliver,

ik had nog eens met je over meisjes moeten praten. Hoe kan dat nou -dat je bij het lichaam van de ene helft van de mensheid niets verwarrends voelt, maar dat je bij een iets te laag gedragen skatebroek van de andere helft al gloeiingen in je nek krijgt? Zijn we dan alleen maar biologie? Ik wou dat je af en toe kon wisselen van je homo- of heterogen, dan weet je nog eens hoe een ander zich voelt. Ik had echt nog eens met je over meisjes willen praten.

Zou jij het bijvoorbeeld, na onze zomer, ooit nog met een meisje kunnen doen? Ik niet. Vonda is Vonda, al zat ik met haar in bad, dan nog zou het water niet golven. Kijk, ik ben heus gek op haar. En die zogenaamde weldoener is ongetwijfeld een klootzak. Maar ja, ik denk 's nachts nog steeds aan jouw lichaam.

Is dat een geruststelling voor jou? Ik bedoel het dus als geruststelling.

Ik ging in het weekend naar huis. Ik waste de auto van mijn vader, ik dronk koffie met mijn moeder en ik viel op de bank in slaap. Toen ik wakker werd lag er een deken over me heen. 'Mam!' riep ik. 'Wat is dit nou weer? Dat heb je nog nooit gedaan.'

'Je lag zo schattig,' zei ze.

'Mám!' zei ik.

'Ik zat te denken,' zei ze. 'Ben je nou thuis? Of ben je op bezoek? Want als je op bezoek bent dan kan ik niet naar mijn hobbykamer gaan. Dat zou onbeleefd zijn. Maar als je thuis bent wel.'

Ik lachte en smeet een kussen door de kamer. 'Mam,' zei ik, 'je doet raar. Ik ben thuis op bezoek. Schiet op, naar je hobbykamer!'

Ze vroegen bij het eten naar mijn jaargenoten, en toen ik over Ben vertelde zei papa: 'Ga dan eens met hem uit. Je moet die wereld een beetje onderzoeken.'

Mama schrok: 'Jelmer! Laat die jongen, hij wil voorzichtig aan doen.'

Ik zei: 'Luister, ik ga níét met Ben mee. Het feit dat hij een vriend heeft betekent toch niet dat ik hem zomaar begrijp? Ik zie wel wat ik doe.'

Toen ik de zondagavondtrein naar Rotterdam nam, zei mijn moeder voor ze me wegbracht: 'Ik laat je kamer zoals hij is. Ik verander niks. Je kunt nooit weten. Voor de zekerheid, toch?'

'Dat is goed, mam,' zei ik en ik gaf haar een kus.

Vonda en ik bouwden een huishouden op. We werden het makkelijk eens: groene bleek voor in de wc, en het papier moest zacht zijn, maar niet met bloemetjes. Ik kookte en Vonda sprak met de hospita. Ik praatte en Vonda neuriede. Ik denk dat ik soms te veel vertelde, maar Vonda vond alles acceptabel en alles interessant.

Soms zei ze 'kom, we gaan ademhalen', en dan sloeg ze vanachter haar armen om mijn middel. 'Hier wil ik het voelen,' zei ze, 'híér.' En dan duwde ze tegen mijn buik. Als het niet snel genoeg ging, bromde ze 'dieper', in mijn nek, 'dieper!' Pas als mijn adem uitzakte tot lage zuchten was ze tevreden. Het hielp altijd, ik wist niet dat goede lucht zoveel kon oplossen.

Bij Vonda was er ruimte: ik kon dan wel af en toe aan Oliver denken, maar als ik het te veel deed schoot ze een lepel vla naar mijn kop.

We keken naar auditieprogramma's op tv. Duizenden zelfbedachte sterren stonden met een sticker op hun buik te wachten om dertig seconden te zingen voor een jury van strenge giechelaars. Vonda verslikte zich bijna. In plaats van dat ze zich ergerde aan de nepkandidaten schoot ze met een denkbeeldige bazooka de juryleden af. 'Sadisten!' schreeuwde ze tegen het scherm. 'Hoe durven jullie binnen twee tellen te roepen dat iemand geen uitstraling heeft? Heb je je eigen hondenhaar wel eens bekeken? Hoe oud wil je eigenlijk zijn met die bril? Zéstien? Daarvoor zijn er toch iets te veel zakendiners door je strot gegaan. En kijk haar eens, wie denkt ze dat ze is? Miss

Zoutpilaar? Kristus, hoe durven ze, laten ze thuis hun poedel gaan schoppen.'

Ik keek met open mond naar Vonda, die nog harder begon te schreeuwen toen een jongen met puistjes en een kreukelblouse werd afgeserveerd. De jury zei: 'Je kunt het niet, je bent het niet en waar heb je die kleren vandaan.' Vonda werd bijna twee keer zo breed. 'Het zijn geeneens gewone sadisten!' riep ze. 'Het zijn pedosadisten!'

Daarna liep ze naar het raam, klapte het wagenwijd open en galmde 'Ave Maria' over de singel.

Oliver,

vanaf het begin hebben Vonda en ik elkaar aangeraakt. Ik weet niet hoe dat ontstond. Waarom raak je de ene persoon aan en de andere niet? Misschien zit het in de eerste minuten. Misschien wordt er in die minuten een code afgesproken waarin de mate van vertrouwelijkheid, de precieze lichamelijke afstand onzichtbaar vastgelegd wordt: een omgang die daarna moeilijk bij te sturen is. Die code bedenken we niet, die ontstaat fysiek. Zou er tussen die twee lijven overlegd worden? Maar hoe dan? Hangt er nog een derde lichaam tussen het ene en het tweede, een derde lichaam dat de onderhandelingen leidt?

Ja, ja, ja, bij jou en mij was het allemaal nog veel duidelijker. Protesteer maar niet.

En toen, een paar weken later, zomaar middenin de nacht, kwam ik Vonda tegen op de gang. Ik moest plassen en zij stond in de donkere keuken. Haar slaap-T-shirt hing stil omlaag langs haar borsten. Mijn ogen zaten nog half dicht, en ik mompelde: 'Vonda? Wat doe je? Ben je nog op?'

Ze stapte naar voren en streek met de rug van haar hand langs mijn wang. Ik wilde haar vingers pakken, maar haar arm viel terug naar beneden. Ze liep naar haar kamerdeur en bleef staan. Ik hoorde wat ze zachtjes zei: 'Tycho, door jou is wat verkeerd ging soms nog goed.'

De ochtend die volgde op die nacht kwam Vonda niet ontbijten. Pas toen ik al met mijn jas aan stond om naar dramaschrijven te gaan, kwam ze haar kamer uit. 'Hai,' zei ik, 'ik heb nog wel even, ik kan wel wat later komen.'

'Nee joh,' zei ze, 'ook goeiemorgen.'

'Goeiemorgen,' zei ik. 'Maar vannacht...'

'Spoken,' zei Vonda, 'niks eigenlijk. Heb ik wel vaker. Ik droom wel eens.'

'Maar,' zei ik, 'wat droomde je dan?'

'Kijk eens, Tych,' zei ze, 'kun jij dit ophangen op jouw academie?'

'Vonda?' vroeg ik.

'Echt,' zei Vonda, 'er is niks. Ik heb dat soms. Als ik vandaag les zou hebben, dan zong ik het van me af. Stelt niks voor, algemene droevigheid of hoe noem je dat. Kijk eens wat er op dit briefje staat.'

'Oké,' zei ik, 'ik vraag het later nog wel een keer. Wat staat er dan op dat briefje?'

'Ik heb met de hospita gepraat. Ze wil de zolderverdieping verhuren.'

'Wat??'

'Ja, ze is tevreden over ons, maar ik denk dat ze geld nodig heeft. Ze verzamelt antiek, had je dat gezien?'

'Maar... op de zolder is geen toilet, en geen keuken...'

'Klopt, die moeten we delen. Het wordt druk op de trap. Maar we mogen zelf iemand zoeken, en onze huur gaat met twintig euro omlaag.'

'O... ja dan... nou ja, oké...'

'Tycho,' zei Vonda, en ze sloeg de capuchon van mijn jack over mijn hoofd, 'er komt niemand tussen ons. Ik meende wat ik zei vannacht. Zo, dat is wel weer genoeg suikerigheid. Lees dat briefje eens. Is het wat?'

Ik keek naar het papiertje in mijn hand en moest grinniken:

Wie wil een zolderkamer met onder zich een mollige die haar toonladders moet oefenen en een magere die daar niets van durft te zeg-

gen. Bel Tycho en vraag naar de selectieavond.

Oliver,

lege Word-documenten kijken streng. Ze dwingen eerlijkheid af. Want als ik ook maar iets noteer over jou, over de zomer en over mezelf, is het net of de cursor geïrriteerd blijft staan knipperen. Alsof hij me wantrouwt: klopt dat, klopt dat, klopt dat, klopt dat?

Goed dan, helderheid, eerlijkheid... Maar kan dat?

In boeken kan het. In boeken doet iemand iets en twee bladzijden later lees je de psychologische verklaring. Maar boeken zijn alleen maar een afgeleide van het leven. Volgens mij doen we maar gewoon wat we doen, volgens mij zit er een chaosmotor in ons lichaam. Ons hoofd is een knoedel van plannen en ideeën, en ontwarren is een hels karwei.

Kan wel zijn en ja, het is een rommeltje vanbinnen, maar gek – nu we maanden later zijn, en nu er afleiding is, moet ik blijkbaar tóch van mezelf nagaan waarom we geen contact hebben gehouden. Wil ik blijkbaar toch weten hoe het shitverdomme mogelijk is: wij samen in de zomer met een uitdijende waarheid in ons hart, en nu die blow van stilte.

En was die tattoo een definitieve inktpunt achter alles?

Ik denk na, ik denk late, stille na-avonden na, en er zijn vast wel beginnetjes van redenen – maar onder die redenen liggen weer andere redenen.

Was ik bijvoorbeeld boos op je, ook al zei ik van niet?

Boos, omdat ik bleef vinden dat je me beter, duidelijker, eerder, eerlijker had moeten vertellen hoe je me bekeek, daar in je Noorse dorp? Namelijk: als een plaatselijke liefde, als een binnenhuisavontuur? Iets voor even en voor het moment?

Of ben ik benauwd voor het moment dat ik je schrijf en jij me antwoordt: joh, dat was toch iets voor in de zomer?

Nee – dat kan niet, dat antwoord je niet.

Niet na wat je me in mijn oren fluisterde, 's nachts, en bijna alle nachten.

34

De cursor in mijn kop blijft signaleren dat ik er och och och nog lang niet ben. Dat het niet alleen boosheid is wat me van een luchtig telefoontje weerhield, van een lief sms'je. En ook niet alleen benauwdheid.

Zie je, er liggen redenen onder de redenen, en ze fucken ook maar raak; er komen de hele tijd jonkies bij.

'Ik had hem graag willen ontmoeten,' zei mijn moeder toen we op een woensdag op weg waren naar Ikea. Ze had besloten dat het dikkere matras er moest komen.

'Wie?' vroeg ik, want ik zat te denken aan een afwas die ik voor Vonda had laten staan.

'Jouw Oliver, natuurlijk.'

'Mijn Oliver? Wat zeg je nou weer? Hij is niet van mij.'

'Nou ja, je snapt me wel. Het was toch leuk geweest als hij hierheen was gekomen, op vakantie of zo, een weekje.'

'Mam...'

'Doe niet zo afstandelijk! Natuurlijk hadden wij hem graag ontmoet, hij is de grootste verandering in je leven, en daarbij, nou ja, het is ongetwijfeld een bijzondere jongen, hoe het ook gegaan is.'

'Ja.'

'Wat ja? Je doet echt afstandelijk.'

'Ja mam, het is een bijzondere jongen.'

'Liefje, elke liefde die verloren gaat doet pijn.'

'Mam!' riep ik. 'Verloren gaan? Zeg nou toch niet allemaal van die dingen!'

'Sorry,' zei ze.

Ik keek uit het zijraam. Ik houd er niet van als de waarheid opduikt in een auto waar je niet uit weg kunt.

'Tycho?' zei mama.

'Ja.'

'Sorry.'

'Mam – je weet het toch niet? Wie zegt dat het verloren is? Wat er gebeurd is, is gebeurd, en ik ben blij dat ik weggegaan ben, want dat kon niet anders. Maar dat zegt niets over hem. Hij heeft jullie nummer. Geef hem mijn gsm-nummer als hij belt. Misschien belt hij nog. Misschien bel ik hem nog. Het is niet zo dat je alles kunt weten, mam.'

Mama keek voor zich uit. Ze schakelde en klopte daarna met haar rechterhand op mijn knie. 'Je hebt gelijk. We kunnen niet alles weten. Ik zeg alleen maar dat we hem graag hadden ontmoet.'

'Oké dan, mam.'

Ze knikte. We stonden voor Ikea.

Vonda mocht in Hotel New York komen zingen. De leden van de Rotterdamse Rotaryclub organiseerden donderdagavond-concerten in het restaurantgedeelte. Ze nodigden aanstormen-de talenten uit, betaalden hen en kwamen vervolgens zelf rond-om het podium dineren. Vonda zei: 'Ik hoop dat ze ritmisch smakken.'

Maar ze mocht trots zijn, nog nooit was er iemand van haar academie gevraagd. Een van haar docenten zou haar op de pi-ano begeleiden, en dus was Vonda de weken eraan voorafgaand de hele tijd op school om te repeteren.

Ze vroeg mijn advies voor haar setlist. 'Tychootje, wat denk je?' En dan moest ik weer een Streisand-liedje of een Norah Jones-song keuren.

One night only – 'Mooi dramatisch, hè?'

Polkadots and moonbeams – 'Prachtig, maar ik ben niet goed in verliefdheid.'

Love shine a light – 'Dat stampt er lekker in.'

Je suis malade – 'Ik doe natuurlijk ook wat Frans.'

We belden Hotel New York of we reclame mochten maken voor Vonda's optreden. Het antwoord was: liever niet, het is normaal al zo vol, en of we wel begrepen dat iedereen die kwam iets moest bestellen. Ook de contactpersoon van de Rotaryclub zei: 'Hou het maar rustig.'

Maar Vonda riep: 'Dit is mijn eerste grote concert, ik heb nog nooit zo lang gezongen, twee keer dertig minuten en een toegift natuurlijk, *New York, New York* van Sinatra, toepasselijk toch?'

We maakten paarse posters:

VONDA ZINGT DUS KOM.

CONS. VERPLICHT.

SOEP IS MAAR 4,50.

We prikten de aankondigingsborden van een paar academies vol en dus stond er op de eerste donderdagavond in oktober een rij studenten voor Hotel New York. Sommige obers keken bedenkelijk, maar de Rotaryleden vonden het wel leuk en schoven de lege stoelen aan hun tafeltjes uitnodigend naar achteren.

Ik was zenuwachtiger dan Vonda. Dit was de eerste keer dat ik haar officieel als zangeres zou horen, en hoe zou het zijn? Simpel? Eng? Vanzelfsprekend?

Ik had mijn jaargenoten meegevraagd en ze waren allemaal gekomen, op Niels na, die ergens les moest geven. 'Maar hou me op de hoogte, Tych, ik wil haar leren kennen.'

Ben kwam met Karsten, zijn zeeman, en het was maar goed dat er extra tafels moesten worden bijgedekt, en dat Vonda dus later begon, want onze hele groep was afgeleid door Karstens leren jack en Karstens leren huid. Ben, dun en met een meisjeslok, hield van sterk en stoer, dat was wel duidelijk. Maar Karsten? Karsten liep naast Ben alsof hij een trofee bewaakte. Hij hield duidelijk van girly en van soft. Dat was toch bijna weer hetero-achtig? Dat dacht ik, maar ik dacht ook: wat vindt Karsten van mij?

De pianiste speelde alvast behangmuziek, maar Vonda stuurde een sms'je om te vragen of ik naar haar kleedruimte kwam, ergens achter de bar. Ik vroeg Felaya of ze mijn stoel vrij wilde houden en glipte tussen de drankflessen door. 'Diva!' zei ik. 'Ben je nerveus?'

'Brwaaah,' zei Vonda, 'vrrrwrrhaah.'

Dat kende ik van haar, ze trilde haar lippen los. 'Komt goed,' zei ze, 'komt goed.'

'Natuurlijk komt het goed.'

Een ober klopte aan. Hij zei: 'De voorgerechten zijn bijna uitgeserveerd. Daarna ben jij.'

'Tych,' zei Vonda, en er was iets met haar stem, hij klonk alsof hij los aan een draadje hing, 'Tycho, ik durf niet. Maak je mijn rits even vast?'

Ik schrok. Zo had ik haar nog nooit gehoord. 'Wat is er dan?' zei ik, 'wat is er?'

Ze draaide zich om en tilde haar haren op. Ze zag bleek, zelfs op haar rug. Ik trok de sluiting van de sterrenjurk dicht en ik zei: 'Maar het kan toch niet misgaan, dat kan niet, Vonda, alles komt goed. Je moet even ademhalen.'

'Aaaaah,' zuchtte ze, 'haaah.' Ze draaide zich om, liet haar schouders zakken en rolde met haar hoofd in haar nek. 'Ga maar,' zei ze met haar sliertjesstem, 'ik denk dat ze me op gaan eten.'

'Vonda,' zei ik, 'als je niet wilt dan hoeft het niet.'

Opeens keek Vonda me aan.

'Het moet wel,' zei ze, 'het moet wel.' Ze lachte naar me, een waterlachje door haar zenuwen heen. 'Dit ben ik nou,' zei ze, 'een wrak.'

Ik wilde zeggen dat het vast heel normaal was, plankenkoorts en zo, maar ze duwde me haar kleedruimte uit.

Ze kwam veranderd op. Ze liep naar het podium alsof ze klaar was om van alles uit te gaan delen. Ze keek om zich heen en leek iedereen te zien. Ik dacht: hoe kan dat nou, maar ze knipoogde naar mij. Een paar Rotarymannen begonnen te klappen toen haar naam werd genoemd, maar er klonk nog overal gepraat.

En toen begon ze te zingen.

Ik had nog nooit zoiets meegemaakt: er groeide een hand uit haar stem – een sterke hand die ons allemaal opschepte, een hand waarmee ze de hele zaal steeds dichter aan haar lippen trok. Iedereen wilde weten wat Vonda te vertellen had. Ze liet haar stem springen, kruipen en struikelen en wij volgden haar, we waren bijna buiten adem.

Niemand slurpte ook maar ergens doorheen. En als er wel doorheen geslurpt werd viel het niet op.

Ik wist niet dat een stem zo vol kon zijn, zo rond, zo compleet en ik dacht alleen maar: ik ken Vonda, Vonda is de zon, ik ken de zon.

Oliver,

ik overdrijf misschien. De avond dat ik Vonda voor het eerst hoorde zingen was misschien niet zo hemels geweldig als ik het me herinner, maar ze zei na afloop zelf ook: 'Het ging wel lekker.' Ze zuchtte blij en gelukkig, en ik wist niet hoe vaak ik moest zeggen hoe mooi het was, hoe mooi zíj was. De Rotarymannen stonden op en hun servetten gleden op de grond. Het kon ze niet schelen, ze wilden een toegift.

Misschien kwam alles samen, Oliver: die eerste verrassende weken, een vriendschap die op een podium werd gezet, een ster in een sterrenjurk. Het was er weer, het zomergevoel. Het was bijna zoals in de stille ochtenden met jou in Amerika, wanneer ik jouw adem naast me voelde, tevreden water, tevreden muziek.

Nou ja – ik weet eigenlijk niet of vriendschap op die manier naast liefde kan staan. Misschien lijken die twee in niets op elkaar, maar ik wilde het zo graag en ik probeer je te vertellen wat ik voelde, mezelf uit te leggen, te verduidelijken, te verexcuseren misschien. Want misschien schreef ik je niet omdat alles met Vonda zo veel was? Er waren dingen die voorrang namen – is dat misschien een reden?

Trouwens, wat zijn jij en ik inmiddels nog? Zwijgende geliefden? Stille vrienden? Alles wat ik schrijf is flauwekul.

Een paar dagen later dronken we iets in Café Floor. Het was tegen het einde van de middag, de middag voor de avond dat we bezoek zouden krijgen van de kandidaten voor de zolderkamer, ieder kwartier een nieuw gezicht. Vonda en ik hadden nog maar net onze pilsjes besteld of Niels kwam binnenlopen. Ik sprong op en trok hem naar ons tafeltje. Ik stelde hem aan Vonda voor, en algauw begon er in een ingewikkeld gesprek. Niels vertelde dat hij net met zijn moeder had geluncht en dat ze over het verleden hadden gepraat. 'Totaal eerlijk,' zei Niels, 'want is dat niet het beste? Altijd? Sowieso?'

Vonda keek hem aan, fronste haar wenkbrauwen en zei: 'Ik weet natuurlijk niet waar jij en je moeder het over hebben gehad, en dat hoef ik ook niet te weten. Maar ik vraag me af of dat in elk geval het beste is. Ik bedoel: eerlijk zijn is natuurlijk goed, maar sommige dingen uit het verleden moet je niet naar boven halen. Die beschadigen je gedachten.'

Niels nam een slok van zijn biertje en zei: 'Volgens mij maakt alles wat je verstopt houdt je kapot. Meer dan dat wat je hardop zegt.'

Ik keek van de een naar de ander. Toen ik Niels binnen had zien komen dacht ik: die twee moet ik samenbrengen. Maar ik had eerlijk gezegd geen idee hoe Vonda zou reageren.

Vonda zei: 'Volgens mij ligt het voor iedereen weer anders.'

'Zal wel,' zei Niels, 'maar ik ben het liefste vrij.'

Zó reageerde ze dus. Samen met Niels verzeilde ze binnen vijf minuten in een discussie over eeuwige eerlijkheid. Dat kwam ook door hem: soms zweeg hij urenlang, maar soms ook stelde hij bij wijze van hallo de vraag waar hij op dat moment over na liep te denken.

Vonda zei: 'Vrij? Geen idee wat je bedoelt.'

'Oké, ik ben er nog niet uit,' zei Niels, 'maar Tych, we vervelen jou.'

Dat was niet waar, ik kwam alleen nog niet op gang. Ik dacht aan Oliver en aan eerlijkheid, maar tegelijkertijd probeerde ik te volgen wat er met Niels en Vonda gebeurde, hoe ze kennismaakten, wat ze van elkaar dachten, dat hele pingponggebeuren van blik op blik en antwoord op antwoord. Vonda sprak snel, haar gezicht bleef uitdrukkingsloos. 'Aan mij heb je niks,' zei ze tegen Niels. Ze roerde in haar thee. 'Misschien moeten we dit gesprek opnieuw beginnen?'

Dat klonk toegeeflijk, maar ze lachte er niet bij.

'Misschien wel,' zei Niels. 'Ik hoorde dat je concert fantastisch was.'

'Hoorde je dat?' vroeg Vonda.

'Ja, van de anderen,' zei Niels, en hij knikte nog een keer. Daarna haalde hij zijn shagzakje tevoorschijn en vroeg of hij mocht roken.

'Waarom niet,' zei Vonda, 'we gingen toch bijna, hè Tych?'

'O,' zei ik, 'goed. Maar we hebben nog wel even.'

'Ik wil wat eerder thuis zijn, als je het niet erg vindt. Sorry Niels, ik ben raar vandaag. Ik zie je nog wel eens en dan doe ik normaal, oké?'

Niels wapperde met de vingers waartussen zijn shagje stak. 'Alles strak hoor, geen probleem!'

'Wat was er nou?' vroeg ik toen we door het centrum liepen, op weg naar huis.

'Ja, vreemd,' zei ze, 'hij is aardig, maar hij irriteert me ook.'

'Niels?' vroeg ik, en mijn stem schoot omhoog.

'Ja, sorry hoor, ik heb meteen het idee dat die kerels iets van me willen.'

'Kerels? Niels is twintig, één jaar jonger dan jij!'

'Het gaat niet om de leeftijd. Ik ken zulke jongens, ze proberen je in te pakken met slimme vragen en slimme technieken en complimentjes en zo.'

'Niels?' vroeg ik nog maar een keer. Ik kon me niet voorstellen dat Vonda een macho in hem zag.

'Misschien zie ik het verkeerd,' zei Vonda, en ik wou al zeggen: 'Ik denk het wel', toen ze eraan toevoegde: 'Maar ik zie het niet zo snel verkeerd.'

'Heeft het met die man te maken?' vroeg ik. 'Met die weldoener?'

Vonda stond stil. 'Kijk,' zei ze, 'dat bedoel ik nou. We hoeven niet alles boven te halen.'

'Nee,' zei ik, 'nee.' Ik haastte me om haar gerust te stellen, maar ik dacht ook: ik ben het niet met je eens. En ik dacht: niet opgeven, Tycho, niet opgeven. Ik zei: 'Ik vroeg het omdat we vrienden zijn. En het gaat toch goed met ons? Ik wil alleen maar dat je me alles kunt vertellen.'

'Alles?' zei Vonda. Ze begon weer te lopen. 'Nou ja,' zei ze, 'ik geloof niet zo in alles. Maar ik vertel het nog wel. Het zal waarschijnlijk wáár zijn, ik bedoel, dat praten helpt. Het komt.'

Ik bleef even stil. Ik dacht aan wat ik terug moest zeggen, aan wat ik terug kon doen, een arm om haar heen, een grap. Maar Vonda was me voor. 'En jij,' zei ze, 'hoeveel hield jij nou echt van die Noor?'

Het suisde opeens in mijn hoofd. Ik voelde me zomaar duizelig worden en ik stotterde zonder na te denken: 'Echt veel.' Dat klonk stom, het klonk klein, smurfig.

'Lieve jongen,' zei Vonda, 'jij.'

En toen sloeg ze haar arm om mij heen, in plaats van dat ik dat deed bij haar.

We haalden Chinees, we hadden tijd genoeg. Toen we op mijn kamer zaten te eten vond ik dat ik het nog eens moest proberen. Ik dacht: ik moet het helder doen, direct, Vonda-achtig. 'Vonda,' zei ik, en ik duwde mijn vork in de nasi, 'wil je dan geen vriendje?'

Ze zei: 'Had je die Niels voor mij bedacht?'

Kleurde ik?

'Nee,' zei ik, 'natuurlijk niet.'

'Ik ben er moe van,' zei Vonda. 'En dat is de waarheid. Bovendien heb ik er geen tijd voor. En o ja, mannen brengen ziektes met zich mee.'

'Ziektes?'

'Hartproblemen. Uitslag op rare plekken. Ja, ik overdrijf, kijk maar niet zo.'

'Heb je het zo slecht gehad dan, tot nu toe?'

'Kristus, Tych. Ik red het nog niet hoor, al die vragen. Het gaat toch goed nu? Kunnen we het niet houden op jij en ik en nog een of andere nerd straks op zolder?'

'Een nerd?' zei ik. 'Ik dacht meer iemand die van flinke vrouwen houdt.'

'Over mijn lijk,' zei Vonda, 'en zet even iets swingends op.'

Oliver,

weet je nog dat we op een nacht daar in het Amerika-kamp samen bovenin het stapelbed gingen liggen? Meestal sliepen we beneden, in mijn bed. Maar die nacht wilden we met z'n tweeën dat trapje op. Ik lag de hele nacht in het donker te kijken. Jij draaide je voortdurend om in je slaap en je duwde me langzaam naar de rand van het bed. Ik duwde terug, maar ik wilde je niet wakker maken. En 's ochtends was er seks, héél voorzichtige seks. Dat kwam omdat ik per ongeluk dáár lag met mijn handen, daar, bij jou. En ik maakte je zoenend wakker. Lekker, zoenen met ochtendmonden. Raar hè, ik vond het geweldig, rotte adem en al.

En weet je nog, die voorzichtige keer onder de douche? Er kwam niemand binnen, maar toch? En buiten? Bij de atletiekbaan? En later, in Noorwegen, in bad, wij de dolfijnen, het bad de gekrompen zee. Man, superlijfman, jij bent het echtste dat ik ooit heb aangeraakt.

Om half acht kwam de eerste kamerzoeker. Het was fijn dat we zelf een selectie-avond mochten houden, maar ik werd er ook moedeloos van. Elk kwartier rende ik naar beneden en weer naar boven om de een uit te laten en de ander op te halen. Het is niet fijn als anderen enorm staan te willen en als jijzelf door een stom toeval iets weg te geven hebt. En wat voor iemand moesten we kiezen? Wie paste er bij ons? Een belover, een suffeling, een smeker, een schoonheid, iemand met *attitude*? Een jongen, een meisje? De hospita had gezegd dat ze een kunststudent wilde en liefst iemand die niet stampte op de trap. Met zulke criteria kwamen we niet ver. En Vonda en ik hadden er ook al niet al te serieus over gepraat. Dat was niet erg vooruitziend misschien, maar aan de andere kant: Vonda was druk met school en met de optredens die de Rotaryleden voor zichzelf organiseerden. Door die ene Hotel New York-avond had ze al twee nieuwe afspraken geboekt. 'We weten het vanzelf,' riep ze, 'er loopt wel iemand binnen en doing.'

Dat viel nog te bezien. Na de veertiende kandidaat wist ik het niet meer – iedereen was wel geschikt. Helaas dacht Vonda het tegenovergestelde. Wat haar betreft strandden ze allemaal onderaan de trap. Ze werd er baldadig van. 'Wat een gekken,' zei ze halverwege. 'Blijf hier toch staan, joh. Straks lig je van vermoeidheid slap over de treden. Ze weten zelf de weg.'

Ik vond het allang best, ik was licht in mijn hoofd van al dat trappenlopen. Maar nu werd ik giechelig. Dat hielp de zaak ook niet echt vooruit, want daardoor raakte Vonda helemaal losgeslagen.

Er kwam een jongen binnen die zei: 'Jullie hebben geen veiligheidsslot op de deur. Dat is niet slim, zo vlakbij de binnenstad. Ik kan wel helpen, mijn vader doet in sloten.'

Ik hoorde Vonda ademhalen alsof ze een aanloop nam. 'Interessant,' zei ze en ze trok de jongen mee naar haar oude eikenhouten kastje. 'Hier bewaar ik mijn porno. Heb je daar ook een slotje voor?'

Het negende meisje deed iets met textiel aan de kunstacademie. Vonda vroeg haar: 'En wat zou je doen als je middenin de nacht onze Tycho hier op de gang tegenkomt en hij begint aan je te frunniken?'

'O,' zei het meisje, 'maar ik dacht...?' Ze keek me geschrokken aan.

'Ach ja,' zei Vonda, 'als die flikkertjes dronken zijn grijpen ze alles.'

'Sorry,' zei ze toen het meisje weg was, 'ik moest wel, zie je zo'n type al hier bij ons? Maar ik ging misschien te ver, ik bedoelde niks, ben je boos? Ik verzon het hoor, ik denk echt niet...'

44

Ik lachte haar zorgen weg. 'Waar haal je het vandaan? Jij bent gestoord!'

'Ja, hè?' zei ze, tevreden.

Daarna kwam er nog een stoere schildersjongen met kistjes en pukkels. Vonda zaagde hem door over thee met smaakjes. Of hij venkelthee wilde? Nee? Peccothee dan? En mango, die vond ze laf op de tong, hij ook? De jongen sloeg met de deur toen hij naar buiten sprong.

Het was een jolige avond. Ik twijfelde tussen de slappe lach en een nogal hevig schuldgevoel, en ik vond dat ik iets moest doen. 'Vonda,' zei ik, 'bij de volgende praat ik en jij houdt je kop.'

'Wel ja,' zei ze, 'wat doe ik nou fout?'

Maar het was niet nodig.

Moritz kwam, hij was een van de laatsten. De bel ging, ik riep: 'Doorlopen naar boven!'

Ik hing met Vonda over het hekje naar beneden te kijken, het trapgat in. Moritz' kuifje kwam met schokjes dichterbij. Halverwege draaide hij zijn hoofd naar ons toe en toen zagen we hoe zacht en nieuwsgierig zijn ogen stonden.

'Zo, dat is hem,' fluisterde Vonda. Ze kneep in mijn zij.

Moritz vroeg: 'Eh... ben ik hier goed voor de kamer?'

Vonda zei niks, dat was afgesproken.

Ik zei: 'Ja, dat is hier. De zolderkamer. Kom verder.'

'Gaaf,' zei Moritz, 'maar jullie hebben vast al honderd anderen.'

En toen gooide Vonda de deur van haar kamer open en zei toch iets: 'Die anderen doen er niet toe!'

Moritz' ogen schoten wijd open, en hij vroeg: 'Wat bedoel je daarmee?'

'Nou ja,' zei ik, 'we zien nog wel. Zullen we gaan zitten?'

Toen Moritz weg was herhaalde Vonda: 'Dit is hem. Wat denk jij?'

'Dit is hem,' zei ik, 'kan niet anders.'

45

Hoe ik dat wist? Geen idee. Maar ik zie nog steeds voor me hoe hij in Vonda's lage draaistoel hing. Hij leunde een beetje achterover, misschien rekte hij zich op een bepaald moment zelfs uit, alsof hij gaapte, alsof hij al de hele avond daar had gezeten, met ons tegenover zich. Hij deed iets met zijn lichaam, het zat met hem in die stoel, in plaats van andersom. Het kon zelfstandig denken en spreken, leek het wel, het was vrolijk, met armen, het was lacherig, met benen. Zou dat bij alle dansers zo zijn? Moritz studeerde aan de Rotterdamse dansacademie.

Na tien minuten was hij weliswaar nog steeds verlegen en vriendelijk, maar inmiddels ook ontspannen en gevat. Vonda en hij begonnen tegen elkaar op te bieden in voorzichtige grappen. Vonda hield haar mond allang niet meer, natuurlijk niet.

En ik zat naast hen, bij hen, tussen hen. We waren een driehoek – bij elke klaterlach keken ze alle twee eerst naar mij en dan pas naar elkaar.

Mijn vader vond dat ik mijn studiefinanciering moest gebruiken om spullen te kopen voor mijn kamer. Ik schafte alleen een cd-speler aan, want af en toe moest ik mijn bluegrassbanjo's horen. Van het geld dat ik nog overhield kocht ik dingen voor onze keuken. Van sommige wist ik niet eens dat ze bestonden, maar als ik ze vond op de zaterdagmarkt werd ik helemaal enthousiast. Een rubberdopje dat de open wijnflessen af kon sluiten, een roostertje dat je door een appel drukte zodat die in partjes uiteenviel, een fantastische spaghettischep.

Vonda lachte nogal hartelijk om mijn praktische geluk, maar Moritz riep net zo opgetogen hoera als ik wanneer de stop die ik kocht precies op het afvoergat van de spoelbak paste.

Het is sowieso niet moeilijk Moritz vrolijk te krijgen. Als er zon op ons opklaptafeltje valt juicht hij al: 'Moet je zien!'

Zijn zolderkamer was razendsnel ingericht. Een bed, een kledingrek en een gamecube. Een televisie of een computer had hij niet, maar noch Vonda, noch ik vond het een probleem als hij die van ons gebruikte. 'Als het niet kan moet je het zeggen!' bezwoer hij.

Toch kan hij ook mismoedig zijn. Soms komt hij thuis na een repetitie en dan zakt hij languit neer op mijn bank, schopt zijn schoenen uit en zucht: 'Tych, ik ben hysterisch!' En dan komt er een verhaal over een meisje dat heeft gezegd dat een docent heeft gezegd dat hij...

Ik luister graag naar hem, omdat hij na een kwartiertje klagen altijd weer uitroept: 'O, wat ben ik erg! Ik kom hier zomaar psychiateren. Hoe gaat het eigenlijk met jou?'

En toch wilde ik een baantje. Ik wilde geld van mezelf. Bovendien zou ik het na die eerste maanden niet redden met alleen mijn studiefinanciering. En dus, de nazomer was mooi, vond ik werk in een sinaasappel.

Dat ging zo: ik liep met Vonda over de Lijnbaan, langs de winkels. Ze wilde wat drinken. Ze voelde zich nogal snel grieperig, en ook nu zat er, volgens haar, een verkoudheid aan te komen. 'Vitamines!' riep ze, 'mineralen!' In het midden van de wandelstroom stond een sapstalletje in de vorm van een opengeklapte sinaasappel. Een meisje bediende het persapparaat, sneed het fruit en verkocht volle plastic bekers met een dekseltje.

'Kijk,' zei ik tegen Vonda en ik wees op een briefje dat aan de binnenkant van de sinaasappelbovenkant hing: *Verkoper gezocht.*

'Wil je dat?' vroeg Vonda, en ik zei: 'Misschien, ik weet niet, zou het wat zijn?', maar ik kon mijn zin niet eens afmaken, want Vonda tikte het telefoonnummer dat onder de advertentie stond al in op haar gsm. 'Hier,' zei ze en drukte het toestel aan mijn oor.

Binnen drie minuten had ik een baan.

Oliver,

wat ik het vreemdst, het fijnst en tegelijk het onbegrijpelijkst aan die eerste weken vond is dat alles gebeurde alsof het vanzelfsprekend was. Het was niet zo adembenemend nieuw als ónze eerste weken en het was niet zo pijnlijk als onze laatste, maar het was wel alsof ik in een andere wind geschoven was, een meewind, sterk en warm.

En wat jou en mij betreft: ik wist zeker dat ik er goed aan gedaan had met je mee te gaan naar Noorwegen en ik wist zeker dat ik er goed aan had gedaan weer naar Nederland te gaan.

Verder wist ik niks, ik hoopte nog wel en ik hoopte niet meer, ik praatte tegen mezelf en ik duwde elke gedachte weg.

Ik riep en riep en riep dat er nog van alles kon gebeuren.

Dat riep ik en dan zei ik: sssst.

Mijn moeder belde en zei: 'Als jij zo van koken houdt dan kom ik eten.' Ik keek blijkbaar nogal ongemakkelijk want Vonda, die een demo die ze had gemaakt op mijn cd-speler wilde laten horen, trok vragend haar wenkbrauwen op. 'Mijn moeder,' lipte ik, 'ze wil komen eten.'

Vonda knikte meteen van ja en ik trok met mijn schouders. 'Mam,' zei ik, maar Vonda griste de gsm uit mijn hand en zei: 'Maud, wat leuk!'

'Von,' zei ik toen ik opgehangen had, 'hoe wist je nou of ik dat wel wilde?'

'Von?' zei ze. 'Ik heet geen Von! Dat zei dinges altijd, jeweetwel. Verledentijd-dinges.' Ze stond over mijn cd-speler gebogen, maar ik voelde dat ze iets belangrijks zei.

Ik vroeg: 'Had dinges ook een naam?'

'Serge,' zei ze en kwam overeind. Ze was rood, haar gezicht stak af bij haar haren die na het bukken nog niet terug in model waren gevallen. 'Wil je mijn opnames horen of niet? Straks komt je moeder en je moet nog boodschappen doen.'

'Natuurlijk,' zei ik.

Ik plofte achteruit op het bed. Vonda had zich alweer van me afgedraaid, ze rommelde iets te overdreven met de afstandsbediening. Ik lachte en ik zei: 'Kom je zitten, Von?'

Hoerensaus! Zo heette het echt. Ik vond het recept in een studentenkookboek en ik ging naar de supermarkt om de hoek. Gepureerde tomaten had ik nodig, en kappertjes, ansjovis en olijven – voor één keer aten we duur.

Toen ik even later aan het koken was belde mijn moeder aan. Ze vond dat ze, al had ze een sleutel, niet zomaar binnen kon vallen, en om de een of andere reden leek het of ze daardoor mijn adres, mijn singelwonen, nog echter maakte. Terwijl we op de trap liepen vertelde ik haar van mijn sinaasappelbaan. Ze moest erom lachen en zei dat ze zo snel mogelijk langs wilde komen om me te zien persen.

'Ik begin pas volgend weekend, mam, en dat gaat met een apparaat,' zei ik, en toen stonden we al in de keuken.

'Ik ruik knoflook,' zei ze, 'wat wordt het?'

'*Spaghetti alla puttanesca.*'

'Lekker,' zei ze, 'ik ken het niet.'

'Letterlijk vertaald is het hoerensaus.'

Ze giechelde.

'Mam, je hebt Moritz nog niet gezien, ik denk dat hij mee komt eten.'

'Leuk, schat.'

Plotseling zaten ze allemaal samen aan de tafel, de tafel waar ik mijn laptop af getild had en die ik naar het midden van mijn kamer had gesleept. Ik schepte de spaghetti op.

'Tych!' zei Moritz. 'Echt lekker!'

'Ja,' zei mijn moeder, 'een beetje koken heb ik hem nog wel geleerd.'

Ik zei: 'Maar dit is gewoon uit een boekje.'

'Ik kan nog geen ei bakken,' zei Moritz en begon te grijnzen, 'ook niet uit een boekje.'

'Je lust geen eieren,' zei ik.

'Daarom!'

'Jullie hebben het goed hier, hè, met z'n drieën,' zei mama.

Vonda had nog niet veel gezegd, en des te meer spaghetti op haar lepel geladen. Er viel een spat saus naast haar bord. 'Maud,' zei ze, 'ik moet het toegeven, het kon slechter met de jongens.'

'Dat geloof ik best,' zei mama. 'Jelmer en ik beginnen er langzaam aan te wennen dat hij niet meer thuis is. Lastig hoor.'

Vonda keek haar aan met een Vonda-blik. Die ken ik: ze legt er al haar aandacht in. Ze knijpt haar ogen een beetje toe, alsof de oogleden die naar beneden komen zakken samen met de glimlachende mond een stof van troost aanmaken die weg te zenden valt en om iemand heen kan worden gegooid.

Mama lachte terug. Ze wendde zich tot Moritz: 'Hoe is dat bij jouw ouders, Moritz?'

Mam, dacht ik, ga je ze nu een voor een ondervragen, hier hoef je geen moeder te zijn, toe nou? Maar Moritz antwoordde rustig en tussen twee happen door, hij zei: 'Mijn oudere broer woont nog thuis, en mijn kleine broertje natuurlijk ook. Dus ze hebben nog twee kinderen over. Dat maakt misschien verschil?'

'Misschien,' knikte mijn moeder, 'ik denk het wel.'

Ik was verbaasd hoe makkelijk het ging, dit praten van moeder-tegen-vrienden, eigenlijk was het allemaal nogal huiselijk, en toch dacht ik: als ze maar niet vertelt dat ze na mij nog meer kinderen had gewild en hoe elke zwangerschap mislukte. Maar nee, ze draaide zich naar Vonda. 'En jij?' vroeg ze. 'Hoe was het toen jij het huis uit ging?'

'O,' zei Vonda, 'dat is lang geleden.'

'Hoe oud ben je dan?' vroeg mama.

'Ik word tweeëntwintig,' lachte Vonda.

'Zie je je ouders vaak?'

Ik dacht: nu gebeurt het dan toch. Te veel nieuwsgierigheid.

'Ik zie mijn moeder,' zei Vonda. 'De vader is vertrokken na, laten we zeggen, de conceptie.'

'Dus die heb je nooit gekend?'

'Nee, alleen de nasleep. Onhandige vragen op school. Gezeur op de kleuterschool als het vaderdag werd.'

Mijn moeder knikte en keek naar mij terwijl ze zei: 'Juist. Mensen gaan veel te vaak van het voor de hand liggende uit.'

Wat bedoel je? dacht ik, en opeens werd ik rood. 'Mam,' zei ik, 'je hoeft toch niet alles van iemand te weten?'

'Waarom zeg je dat?' vroeg ze.

'Ik bedoel feiten en zo, geschiedenis. Je kunt het toch ook goed hebben op dit moment, zonder dat er allerlei achtergronden bij worden gehaald. Misschien is dat nog wel eerlijker ook.'

Ik zag hoe ze nadacht. Ik zag hoe Moritz nadacht. En ik zag hoe Vonda naar me keek met precies dezelfde blik die ze daarstraks naar mijn moeder had gezonden.

'Daar kan je gelijk in hebben,' zei mijn moeder. 'Lieve alle drie, het eten is heerlijk. Ik weet alleen niet of ik alles op kan.'

'Geen probleem,' zeiden Vonda en Moritz, en ze schoven tegelijkertijd hun bord tegen dat van mijn moeder.

'Mam,' zei ik, 'wil je iets bijzonders horen? Vonda, waar is je cd?'

Na het eten verdween Moritz naar boven en ook Vonda trok zich terug. Misschien vonden ze dat ik even alleen met mijn moeder moest zijn. En dus stond ik daar, mijn handen in het warme afwaswater, en dus stond mama naast me met een droogdoek.

'Leuk,' zei ze. 'Dit is helemaal niet gek voor een beginnend leven. O, dat klinkt stom. Nou ja, je weet wat ik bedoel.'

Ik keek opzij.

'Ja,' zei ze, 'je woont hier prima, je hebt Vonda en Moritz, ze zijn heel aardig, allebei. Je hebt je studie. En het schrijven kan je helpen.'

'Helpen waarmee?' vroeg ik.

'Nou ja, ik weet niet. Je moet het maar bij kunnen houden,

die snelheid waarmee alles veranderd is.'

'Ik red me wel. Ik vind die snelheid wel lekker.'

'Ja,' zei mama, 'je móét het ook lekker vinden.'

Ze vroeg me in welk laatje de opscheplepel moest en daarna zei ze: 'Tycho, je moet me oprecht iets zeggen. Heel oprecht. Je moet... Je moet me zeggen of we het goed gedaan hebben. Papa en ik, bedoel ik. Of we goed hebben gereageerd op je berichten. Op je hele zomer. Op wie je bent.'

Ik liet twee vuile lepeltjes los, mijn handen hingen stil in het water. Ik bleef zo staan, iets drukte achter mijn ogen, belachelijk, mijn stem wilde niet vooruit en er schoof een kransje schuim om mijn polsen in het stilgevallen sop. Daarna trok ik mijn armen in één beweging omhoog en sloeg ze om mijn moeder. Ik rook haar Dior. Mijn vingers drupten achter haar rug om tegen haar trui en mama zei: 'Jochie.'

Het bleef een tijdje stil. Toen liet ik los, grinnikte dom en vroeg of ze koffie wilde.

'Nee joh, ik ga weer naar je vader.'

Even later riep ze 'tot ziens!' voor Vonda's deur. Vonda stormde haar kamer uit om te zoenen, mijn moeder lachte, goeie vriendinnen waren ze, blijkbaar. Ik liep mee naar beneden en op de stoep zei mama: 'Dag zoon. En wat ik nog zeggen wou: wat leuk dat je nu Moritz hebt die ook zo is als jij.'

Ik was te verbaasd om te reageren. Toen ik bovenkwam bij Vonda kon ik alleen maar zeggen: 'Nou ja. Nou ja!'

Oliver,

moeder/vader/ik. Dat drietal kent iedereen, toch? Ik vind het een vreemde gedachte dat je er tot, laten we zeggen, je veertiende totaal geen invloed op hebt. Ze zijn wie ze zijn en jij houdt hun hand vast. Maar toch zouden ze zonder jou, zonder jou als kind, anders zijn. Dus: je hebt invloed, maar je weet daar zelf niks van. Pas later leer je een beetje hoe je kunt reageren, je ziet wat je van hen onderscheidt, je begrijpt dat je de dingen waar je echt anders over denkt voorzichtig

voor hen neer moet leggen, anders struikelen ze. Nou ja, soms flik-
ker je ze juist voor hun voeten op de grond en duwt ze er extra hard
overheen.

Ik was daar een beetje laat mee. Ik had nooit zo'n zin in gedoe. Bo-
vendien kunnen ze aardig horden springen, die van mij.

Hoe was het toen jouw moeder terugkwam van vakantie? Heb je
over mij verteld? Ik vind het opeens ontzettend belangrijk om dat te
weten! En ik ben nu ook opeens ontzettend boos op je.

Je bent een klootzak, ik weet niet waarom.

('s Nachts zeggen dat je eindelijk gelukkig bent en 's ochtends weg-
rennen – dat soort dingen.)

Diezelfde avond stond Moritz in de badkamer te neuriën. Ik
zag het vanuit de gang, ik liep van de keuken naar mijn deuropening en weer terug. Vonda was al naar bed, er klonk nog
wat zachte jazz uit haar kamer, Peter Cincotti, denk ik. Ik had
liggen lezen, maar ik kon me niet concentreren, en dus bracht
ik schoteltjes weg, hing ik een jas aan de kapstok, ging naar de
wc.

En Moritz stond daar maar. Hij droeg een onderbroek met
groene blokjes. Hij poetste uitgebreid zijn tanden en leek nergens over na te denken. Hij leunde met zijn bovenbenen tegen
de rand van de wasbak.

Ik vond nog een schoteltje, en een kopje, ik bleef staan om ze
af te wassen, en de deur van de keuken gaapte naar de deur van
de badkamer. Ik keek naar Moritz' rug. Het leek wel of die rug
uit zijn blokjesonderbroek opgekomen was, als een omhoog-
gegroeid standbeeld. Moritz stond daar blanco te neuriën en ik
bleef maar kijken. Wervelbultjes van boven naar beneden, een
giraffetrappetje, en dan die gladde schouderbladen. Een stille achterkant. Een achterkant die net zo vrolijk, vriendelijk en
makkelijk was als Moritz zelf. Ik wilde ernaartoe lopen, ik wilde
dat hij zich omdraaide.

Nee, ik wilde niks. Ik schoot de keuken uit, mijn kamer in,
de deur moest dicht. Ik werd boos op mezelf, of juist weer niet.

In elk geval begreep ik helemaal niet wat mijn moeder bedoelde toen ze iets over Moritz zei, en ik begreep het tegelijkertijd natuurlijk helemaal, helemaal wél. Moritz ramde op mijn deur en riep: 'De badkamer is vrij!'

Toen ik mijn tanden poetste keek ik naar mijn eigen ogen in de spiegel. Ik wilde niet aan hem daar bekennen dat ik aan Moritz had gedacht. Aan de bovenkant van zijn groene blokjes. Oliver, dacht ik, Oliver, Oliver!

Na de introductieweken begonnen de echte lessen. Gijs zelf gaf ons poëzieschrijven. Hij zei: 'Het moeilijkste van het schrijven van poëzie is toegeven dat je het wel eens zou kunnen. Poëzie is een koningin en een onervaren student voelt zich een pionnetje. Maar...'

'Maar,' zei Ben, 'een pion kan een koningin worden, verderop in het spel.'

Hij keek vanachter zijn haarlok nogal verveeld naar Gijs, een tikje triomfantelijk ook.

'Precies,' zei Gijs, met zijn blik op Ben gericht, 'en dat is een metafoor.'

'Een metafoor is een vergelijking,' zei Ben, 'wij worden vergeleken met pionnen. De poëzie wordt vergeleken met een van de hoogste stukken. Middelbareschoolwerk, toch?'

'Klopt,' zei Gijs.

Even bleef het stil en daarna ging hij verder: 'Het lijkt wel of we vijandig beginnen, en waarom ook niet, soms kan de poëzie dat gebruiken. Goed geplaatste metaforen roepen evenveel emotie op als, laten we zeggen, machtsvertoon, of, boegeroep.'

En daarna lachte hij naar Ben.

Ben keek hem recht in de ogen, en lachte ook.

Ben lachte!

Ik vond het een vreemd begin van een lessenserie, maar blijkbaar was dit de manier waarop je met Gijs kon praten. 'Doe het maar,' zei hij, 'schrijf allemaal een paar regels op die voor jou poëzie zijn. Misschien heb je ze al eens geschreven, misschien bedenk je ze nu. Ga je gang.'

Machtsvertoon, dat woord bleef hangen. Ik ben daar niet goed in. Als iemand om me heen de boventoon wil voeren, dan laat ik dat maar gebeuren. Wat Ben en Gijs nu precies uitge-vochten hadden begreep ik niet helemaal, en dus probeerde ik me op de opdracht te concentreren.

Oliver? dacht ik, machtsvertoon? Ik zag dat de anderen aan het schrijven waren. Ik hoorde het ook, zacht vvv op papier, maar ik had al geleerd me daar niet door af te laten leiden. Ik had ook geleerd persoonlijk te zijn, weg te geven wat ik durfde, en opeens noteerde ik: *We waren spelers, deze zomer, allebei. Totdat we scheidsrechters werden.*

Beurtelings lazen we op wat we geschreven hadden, en beur-telings kregen we commentaar. Gijs zei: 'Houd de gevoelens die samenhangen met je onderwerp gescheiden van de opmer-kingen die je krijgt. Wees professioneel.' Dat was ons al zo vaak gezegd, en het gebeurde nog maar weinig dat iemand beledigd raakte als er gezegd werd dat iets sentimenteel was, of onecht. Niet-sentimenteel en écht, dat waren de beste woorden die in de schrijfles over je werk gezegd konden worden. En precies die woorden gebruikten de anderen nadat ik mijn regels voorgele-zen had. 'Ga door,' zei Gijs, 'maak dit af.'

Ik was opeens zo blij, onprofessioneel blij. Ik probeerde het niet al te veel te laten merken. Poëzie? dacht ik, zou ik dat kun-nen?

Aan het eind van de les sloeg Niels me op mijn rug. 'Goed,' zei hij, 'goed! Wanneer gaan we nog eens iets drinken met z'n allen, ook met Vonda?'

Ik wilde iets terugzeggen, maar opeens stond Ben voor me. Hij legde de band van zijn Dieseltas schuin over zijn buik en zei: 'Dan ga ik mee. Ik ben wel benieuwd naar die zomer van jou. Doei.'

En weg was hij. Niels en ik keken hem na. 'Een rare,' zei Niels, 'maar wel een interessante rare.'

Ik knikte en ik dacht alleen maar: Ben? Wil Ben weten hoe mijn zomer was?

Oliver,

> We waren spelers,
> deze zomer, allebei,
> totdat we scheidsrechters werden.
> Hebben we de wedstrijd uitgespeeld?
> We floten wel, maar we
> floten veel te zacht:
> geen enkel eindsignaal.

Dit is een van de eerste gedichten die ik in september schreef. Ik heb het bewaard, en eigenlijk vind ik het niet goed meer. Te kort, te weinig uitgewerkt. En jij? Nou ja, het maakt niet uit wat je ervan vindt, ik stuur dit toch niet op. Op school vonden ze het toen wel mooi, maar ik heb het in deze mailtjes liever niet over school. Jij en ik hebben wat we hadden niet afgemaakt en dat is mijn schuld. Ik denk dat jij dat ook denkt. Ik denk ook dat jij denkt dat ik een klootzak ben. Misschien denk je dat niet altijd. Maar je denkt het ongetwijfeld af en toe, en je hebt gelijk.

Het is nu weer eens middenin de nacht en poëzie is onzin. De werkelijkheid, de waarheid, is veel belangrijker, gemener ook. Ach, ik heb het best naar mijn zin en nu moet ik gaan slapen en ophouden met schrijven.

Lig jij ook wakker?

Als ik je een scheidsrechtersfluitje op zou sturen zou je er niks van begrijpen.

Het was een warme vrijdagavond. De nazomertemperatuur was flink de hoogte in geschoten en Vonda en ik hadden het opklaptafeltje naar ons balkon gesjouwd. We aten en we dronken rosé. Hij was koud, ik had hem een uurtje in het vriesvak gelegd. Moritz was met zijn ouders en broers naar Euro Disney, ik geloof dat ze een jubileumpje te vieren hadden.

'Vonda,' vroeg ik, het was laat, en ik dacht: avonden zijn gemakkelijker dan lichte middagen, en ik zei, half tegen het donker in: 'Vonda, wil jij dan echt helemaal niemand? Niemand anders?'

Ze boog zich voorover en legde een arm op de balkonrand. 'Dat heb je al eens gevraagd.'

'Ja,' zei ik. Ik zocht haar ogen.

Ze steunde met haar hoofd op haar arm en zei: 'Ik denk het niet.'

Het was even stil. 'Ik zou geen goede vriendin zijn. Er is te veel gebeurd.'

Ik liep naar binnen om een kaars te halen. Ik vond alleen een paar waxinelichtjes. Ik nam ze mee naar buiten en stak ze aan. Ik vroeg: 'Wat is er dan gebeurd?'

Vonda zei: 'Dat wil ik je wel vertellen.' Maar daarna hield ze haar mond. In de minuten erna dronk ze van haar wijn en maakte geen aanstalten om nog iets te zeggen.

'Maar nog niet?' vroeg ik.

'Maar nog niet,' zei ze, en haar stem klonk vreemd.

'Goed,' zei ik, en ik boog me naar haar toe om met mijn glas het hare aan te stoten.

'We ruimen de borden op,' zei ze, 'en dan gaat de rest van de fles eraan.'

Toen we even later de tafel weggetild en onze stoelen naast elkaar geschoven hadden, zei Vonda: 'En jij? Met jou gaat het goed. Net zoals het met mij ook goed gaat. Ik ben heel blij dat ik hier nu woon, met jou, en Moritz. Maar aan jou zit ook een randje. Wil jij geen vriend, een nieuwe?'

Ik schudde uit alle macht met mijn hoofd. 'Nee!!'

Vonda schoot in de lach. 'De Noor,' zei ze, 'de voetballer.'

'Oliver,' zei ik.

'Dat is nog niet voorbij,' zei ze.

'Ik weet het niet,' zei ik, 'ik weet het echt niet.'

'Misschien hebben jullie het elkaar te moeilijk gemaakt.'

'Ik weet het niet, Vonda.'

'Bel hem dan. Schrijf hem. Mail hem.'

'Misschien.'

'Misschien wat? Wat kun je verliezen?'

'Alles! Ik kan alles toch verliezen?'

'Hoezo? Wat heb je dan nu? Ben je met hem of niet meer?'

'Niet meer, denk ik. Ik weet het dus niet.'

'Waar wacht je dan op?'

'Ik wacht tot...'

'Tot hij belt?'

'Ja. Ik denk het.'

'Schat... Kom eens hier.' Vonda sloeg haar arm over de rug-
leuning van mijn stoel en ik verplaatste mijn gewicht. Mijn
hoofd rustte tegen de zijkant van haar bovenlichaam.

'We zijn driekwarters,' zuchtte ze. 'Driekwart gelukkig en
een kwart met beurse plekken.'

'Nee,' zei ik, 'ik ben vierkwart gelukkig. Mijn zomer was geweldig, en Oliver... Nou ja, door hem ben ik hier. En hier ben ik
blij.'

'Ja joh,' zei ze.

We dronken zeker nog drie volle glazen, er was een tweede
fles wijn. Toen ik die ontkurkte vroeg Vonda opeens: 'Tychy, en
Moritz dan? Onze eigen Moritz?'

'Néé,' zei ik, 'nee, Vonda, néé.'

Ik stond met een suf hoofd zeventig sinaasappels in de persma-
chine te gooien. Het was veel te vroeg voor mij. Er waren nog
geen klanten en ik was de halve nacht met Vonda over de toekomst blijven praten. Ze wilde optreden, optreden, optreden:
zichzelf bekend maken en wachten tot er een kans kwam. On-
dertussen zou ze haar techniek blijven verfijnen, half op school
en half door middel van de yoga die ze, als ze genoeg gespaard
had, wilde gaan doen. Daarna kregen we het over het fantastische lichaam van Moritz, over de soepelheid waarmee hij zichzelf doodmoe op onze bankjes liet vallen. 'Maar jij bent ook

niet gek,' zei Vonda, en daarna liepen we lichaamsdeel voor lichaamsdeel langs om te bewijzen dat ik misschien niet te dun en zij zeker niet te dik was. We zwoeren dat we geen van beiden ooit zouden gaan klagen, want dat lichaamsklagers vervelende mensen waren.

Ik dronk een van mijn eigen uitgeperste sapjes. Mijn handen plakten al, maar dat hoorde nu eenmaal bij dit baantje. Ik dacht: dit had ik gisteravond moeten drinken, dan zat er nu niet iemand in mijn kop op hout te slaan.

Het sinaasappelwerk beviel me. Het betaalde niet geweldig, maar de afwisseling van persen, afgieten, schoonmaken en bedienen was helemaal niet vervelend. Niet zolang het droog bleef en ik mijn boeken mee mocht nemen. Ik stond er in de weekenden van tien tot zes, en behalve de klanten en de jongens die nieuwe voorraad kwamen brengen vanuit de groentewinkel dichtbij, zag ik niemand. Rustig was het, ik las de nieuwe Arnon Grunberg, en als de zon gedraaid was kleurde ik ook nog bij.

Ik wilde aan een gedicht gaan werken (er was een klapzitje, en net genoeg ruimte voor wat papier, al kleefde mijn pen natuurlijk meteen van het sap), toen ik bekend fietsgepiep hoorde. Vonda. 'Oranje mannetje!' riep ze. 'Ik heb nieuws!'

'Wat doe je hier?' vroeg ik. 'Je moest repeteren!'

'Fuck dat repeteren! Weet je wie me daarnet belde? Irene Laarman!'

'Irene Laarman!' riep ik. 'Geweldig! Wie is dat?'

'Stumper,' zei Vonda. Ze hijgde nog steeds van opwinding, ze had blijkbaar hard gefietst. 'Irene Laarman is de A&R-manager van Bronze Man Records, dat is een platenmaatschappij, en A&R betekent Artist and Repertoire. Een belangrijk iemand, Tych, en ze wil dat ik langskom op kantoor. Ze heeft van me gehoord via die mannen van de Rotary. En ze heeft op school mijn nummer gevraagd. Ze heeft zelfs al naar de demo geluisterd! Tycho, dit wordt iets, dit wordt iets!'

'Wat wil ze dan? Mag je een cd opnemen?'

'Nee gek, zo snel gaat dat niet. Ze heeft een project voor me, zei ze. Ik moet langskomen, in Utrecht, op kantoor. En jij gaat mee.'

'Ik ga mee? Wanneer?'

'Maandagmiddag. Bronze Man Records is een grote platen-maatschappij, Tycho. Dit wordt iets!'

'Maar waarom moet ik mee?'

'Als steun. Ik ga niet alleen. Kun je?'

'Ik heb literatuur. Maar dat is 's ochtends.'

'Mooi. Zie het als een avontuur. Misschien kun je er nog eens iets over schrijven. En nu ga ik repeteren, Kristus, ik ben te laat.'

Weg was ze alweer, ik bleef achter met pers en vers gevul-de plastic flesjes. De reflectie van mijn sinaasappelbol had ik in haar ogen zien schitteren. Vonda verwachtte een avontuur, een kans, en ik wist opeens hoe zij die voor zich zag: als oranje ge-flonker.

Vonda, Moritz en ik waaiden onze etage in en weer uit. Moritz had een gsm vol mannen en vriendinnen en hij rende van de ene afspraak naar de andere, van film naar film, van feest naar feest. En natuurlijk had hij zijn opleiding, zijn dansacademie waar hij vaak al om drie uur 's middags vandaan kwam, maar even zo vaak tot na ons afgesproken samen-eten-uur bleef hangen.

Vonda was ook heel wat avonden weg: het theaterrestaurant belde haar steeds vaker om in te komen vallen. 'Italiaans,' zei Vonda als ik vroeg wat ze daar serveerden, en als ik vroeg wat ze daar zong, zei ze hetzelfde: 'Italiaans.' 'Tiramisu,' zei ze, en 'Vooooolaaaaare.'

Ikzelf probeerde mijn avonden stil te houden, zodat ik kon schrijven. Schrijven is nadenken, alle kleppen naar de drukte dichthouden en je hand het werk laten doen. Althans, zo is het voor mij, ik ontdekte het in die eerste weken. De tv moet uit, ik moet om me heen kijken, naar alles in mijn kamertje, en den-ken: zo hoort het, dit is echt, ik ben waar ik wil zijn. Ik moet uit het raam de treinen voorbij zien schuiven, maar ze niet horen. En dan vertrekken de woorden vanzelf, een eigenaardige dienstregeling, aankomen, instappen, weg zijn ze weer.

De avonden waren dus al snel gevuld. Bovendien gingen Moritz en ik in de weekenden meestal naar onze ouders. Vonda bezocht haar moeder ook, maar minder dan wij. En hoewel het dus niet zo vaak lukte om met z'n drieën te zijn, had ik toch af en toe zin om te koken en hadden Moritz en Vonda tijd om te eten, om te praten, om te blijven zitten en stom tv te kijken. Op dat soort avonden hoefde er niemand anders bij.

De zondagavond voordat Vonda en ik naar Utrecht zouden gaan, was zo'n avond. We hadden tijdens het eten alle mogelijke voorstellen doorgenomen die Irene Laarman aan Vonda zou kunnen doen. Ik had iets zwaars gemaakt: witlofstamp met baconreepjes. Na het toetje (ananas uit blik) lagen we op de bank, op kussens, op de grond. We dronken wijn en we puften. 'Ik ben vet,' zei Moritz, 'ik voel me vet.'

'Niet zeuren,' zei Vonda, 'jij bent een plakje lichaam. Je bent dunner dan een A4'tje.'

'Ik beul het er morgen wel weer af,' zei Moritz, 'maar echt, ik ben vet nu, kijk hier eens: buik!' Hij trok zijn T-shirt op. 'Ontzettend buik!' zei hij. Hij draaide zich naar mij. 'Laat die van jou eens zien?'

Ik deed de onderste knoopjes van mijn blouse los en liet mijn navel zien. 'Mijn god,' zei Vonda, 'wat een gladheid allemaal. Het lijken wel gummetjes, die buiken van jullie.' Ze trok haar eigen trui omhoog. 'Hier,' zei ze, 'appelbollen, pastamassa, deegklomp.'

Moritz kwam overeind en pakte de zoom van haar trui vast en schoof hem nog wat verder naar boven. 'Mooi hoor,' zei hij. 'Je bent niet dik, maar compact. Ja echt, je bent gewoon mooi. Als vrouw.'

Vonda sloeg zijn hand weg en deed haar trui weer omlaag. 'Als vrouw, ja,' zei ze, 'maar wat heb ik daaraan? Jullie worden er geen seconde geil van.'

Moritz schoot in de lach. 'Dat ligt aan ons, dat heeft niks met jou te maken!'

'Zonde,' zei Vonda.

Moritz giechelde. 'Maar jij zou het wel van ons kunnen worden,' zei hij. 'Hier! Kijk!'

Hij maakte de knoopjes van zijn gulp los en schoof zijn onderbroek een stukje naar beneden. Er werden haartjes zichtbaar, en links en rechts twee lieslijnen die naar beneden liepen. Ik keek ook, ik moest kijken, maar Vonda riep: 'Pestkop, doe weg!'

Moritz kreeg de slappe lach en riep naar mij: 'Jij ook, Tycho, we moeten Vondaatje verwennen!'

Ik dacht: ja zeg hé, dat durf ik niet, dat doe ik niet, maar opeens begon ik aan mijn gulp te frunniken.

'Kappen!' riep Vonda. 'No milk today!' Ze mepte met een kussen op Moritz' buik. Moritz rolde op de grond, half tegen mij aan. Er lagen nog meer kussens, dus ja, die moesten door de lucht.

Na het gevecht – totaal niet geil, gelukkig maar en jammer misschien – kregen we het over flirten. Moritz zei: 'Daar ben ik vreselijk in. Ik móét het gewoon doen. Zie ik zo'n man, je weet wel, een beetje ouder, stoer, dan krijg ik het meteen, het zijn reflexen, mijn ogen gaan een beetje dicht, mijn mond gaat een beetje open, ik til mijn bier op en ik proost naar hem vanuit de verte. Werkt altijd. Hij komt naar me toe en ik heb een goedkope avond. Het is vreselijk, ik ben een slettenbak.'

'Wel ja,' zei Vonda, 'ik dacht het al. En dan? In danspas naar het bed?'

'Valt wel mee,' zei Moritz. 'Ik ben aan het minderen. Het gaat om het spel, het is de biologie, het is de maan die aan me trekt of zo, Tych, heb jij dat niet? Nee hè?'

Ik dacht na, ik dacht er echt over na. 'Ik kom nooit in de gelegenheid, geloof ik. Of ik zie het niet.'

'Jij bent lief,' zei Vonda, 'je bent een kuikentje, er zit een eierschaal om je heen.'

'Nou ja,' zei ik. Moritz keek me aan en zuchtte: 'Zal wel meevallen na zo'n zomer.' En daarna kwam er nog een zucht, en nog een. 'Ik ben jaloers,' zei hij, 'ik wil ook een liefde. Een echte liefde. Ooohhh.'

Ik moest lachen, en Vonda ook. 'Het gaat helemaal zoals het moet,' zei ze, 'met ons drieën, bedoel ik. Geil is het niet, maar wel goed.'

En toen begon ook zij te zuchten.

We vonden de juiste bus, de juiste halte en het juiste adres. Bronze Man Records zat in een onprotserig pand. Hoewel, toen we de voordeur opendeden bleek het interieur toch verre van armoedig: een chique ontvangstbalie, gouden cd's aan de wanden, een trap naar boven met tapijt en overal, overal posters. We mochten doorlopen nadat Vonda zich had gemeld.

Boven was het een stuk rommeliger: we zagen er dezelfde posters, maar dan half opgerold en op de grond. Cd'tjes lagen her en der op stapels, of los tussen foto's en papieren. Een enorm rek stond op omkletteren, maar zo te zien hing het al tijden half in de lucht en zou het dus nog wel even houden.

We keken om ons heen. Waar moesten we aankloppen? Gelukkig ging er een deur open. Een kleine, scherp bewegende vrouw stak een hand naar ons uit. Er lag een zonnebril in haar haar. 'Vonda Oppenheim?' vroeg ze. 'Irene Laarman. We hebben elkaar gesproken. Kom verder.'

Ze hield het kort. Ze vertelde dat ze onder de indruk was van Vonda's demo-cd, en dat er mooie berichten waren na haar optreden. Bovendien was de opleiding positief geweest. Dus of Vonda alsjeblieft, alsjeblieft eens naar deze song wilde luisteren? Vonda leunde voorover in haar stoel, net als ik, en toen klonken de eerste tonen. Het lied heette *We all together*. Een onvaste mannenstem zong de melodie, maar Irene gebaarde dat we daar niet naar moesten luisteren. 'Het gaat niet om de stem, dat is de componist die je hoort. Hij heeft het ingezongen, let maar op de melodie.'

Het lied begon rustig, met een klarinetsolo. Daar kwam de zanglijn overheen, langzaam bouwde het couplet zich op. Ik dacht: dit is een slingerlied. Zo'n lied waar Vonda al haar uithalen in kwijt kan. Ik werd er helemaal enthousiast van. Ik hoorde het haar al zingen, ik zag haar al op een podium in een hyperjurk, maar dat was natuurlijk voorbarig. Want wat wilde Irene? Waarom moest Vonda naar dit liedje luisteren? Mocht ze dan toch een cd maken? Een cd-single misschien?

Toen de laatste noten hadden geklonken zei Irene Laarman: 'Zeg nog niks, alsjeblieft, luister nog een keer.'

De tweede keer lette ik op de tekst. Die was wat minder briljant. *We all together, we will find out what we need. We all together, we will listen to the beat. Our heart knows what to do, so don't you think we too should mix and meet?*

De muziek zweeg en Irene Laarman drukte de cd-speler uit. Ze draaide zich naar Vonda en zei: 'Vind je het mooi?'

'Ja, eigenlijk wel,' zei Vonda.

'Ja. En jij zou het goed kunnen zingen.'

'Ja,' zei Vonda.

'Bijzonder goed, lijkt me zo.'

'Misschien wel,' zei Vonda, 'maar waarom laat u het mij horen? Waarom ben ik hier, ik wil niet ongeduldig zijn, maar...'

'Ik kan het me voorstellen,' zei Irene. 'Luister,' zei ze, 'ik leg je iets voor. Het gaat om het songfestival.'

'Het songfestival?'

Ik zag dat Vonda's gezicht veranderde, ze zakte terug in haar stoel.

'Niet meteen nee zeggen,' zei Irene. 'Dit jaar worden de voorrondes anders georganiseerd. Elke vooraanstaande platenmaatschappij levert twee liedjes, en twee deelnemers. Een gedeelte van de tv-opbrengst vloeit terug naar de winnende platenmaatschappij. Eén van onze bekendere artiesten doet mee, ik kan je nog niet zeggen wie, maar daarnaast zoeken we nog iemand. Een zangeres dus, voor dit lied. Eerlijk gezegd verwachten we er veel van, we gaan de song in elk geval als single brengen na het festival, als alles gaat zoals we hopen uiteraard. En nog eerlijker gezegd: we hadden een bekende zangeres op het oog. Maar zij kan niet. Dus denken we nu aan jou.'

'Wow,' zei Vonda.

'Dat is het verhaal,' zei Irene. 'En, niet om je op te jagen, hoor, maar de sluitingsdatum voor inzending is 5 oktober. Over een week.'

Oliver,

als jij gescout zou zijn, dan was je misschien wel profvoetballer gewor-den. En als je profvoetballer zou zijn, dan werd je misschien wel be-roemd. Jij bent mooi, jij valt op, dus ik twijfel daar niet aan. Er zou-den posters van je gemaakt zijn voor clubblaadjes of wedstrijdboekjes. Maar zou je ooit zelf op die foto's hebben gestaan? Jij, de hele Oliver? En had je dan ooit durven zeggen dat je met een jongen wil zijn?

Daar zat ik over na te denken, later vertel ik je waarom.

O ja, en dit: als iemand tegen je zegt dat je hem gelukkig maakt, dan is dat het mooiste dat je van je leven hebt gehoord. Jij zei dat tegen mij, en het was het mooiste dat ik van mijn leven had ge-hoord.

Je was eindelijk gelukkig, zei je, en weet je wat gek is? Het blijft wáár. Ondanks dat je wegliep naar je voetbalvrienden, omdanks dat je geen idee had hoe je alles moest combineren – je loog niet. Je was eindelijk gelukkig. Door mij. Zak. Liefste. Lul. Held.

Terug in de trein kregen Vonda en ik ruzie. Ik zei: 'Dit is je kans! Denk aan het publiek dat je in één keer kunt krijgen! En je vindt het liedje mooi. Je vindt het liedje hartstikke mooi, je zong al mee!'

'Nee, Tych. Ik doe het niet. Ik ben geen poppetje. Kastje open, drie minuten, goh wat is ze dik, kastje dicht. Weg Vonda. Dát is die zogenaamde kans van jou.'

'Van mij?'

'Sorry, ik bedoel het niet persoonlijk.'

'Vonda, ik begrijp je niet. Nu niet, in elk geval.'

'Nou, dan begrijp je me toch niet?'

Van de songfestivals van vroeger herinnerde ik me vooral late zaterdagavonden met chips en puntenlijstjes. Mijn ouders nodigden altijd een paar vrienden uit en dan werden de liedjes uit weet ik veel, Cyprus, IJsland, Spanje, gekeurd en van commentaar voorzien. Mijn vader vond het maar niks, maar mijn moeder en haar vrienden waren nogal fanatiek. Ik bleef veel te laat op, vooral omdat iedereen vergat dat ik nog in de kamer zat. Ze giechelden om alle gekke jurken en bij de punten voor Nederland werd er gejoeld. Ik keek naar het orkest en de dirigenten en naar de zenuwen van de zangeressen. Ik vond al die talen leuk, en de promotiefilmpjes. Soms zong er iemand vals, dan siste de hele kamer en dat vond ik zielig. Zielig voor de artiest die wist dat er miljoenen mensen keken.

De laatste jaren had ik het songfestival niet meer gezien. Vonda wel, en toen we na de treinreis terug waren in Rotterdam legde ze nog eens aan Moritz en aan mij uit waarom ze niet op het aanbod van Ineke Laarman in kon gaan. 'Wat moet ik daar? Ze beoordelen me op een flits. En als ik vals zing lig ik voor altijd uit.'

Ik zuchtte. Ik zei: 'Jij zingt niet vals.'

'Nee, hè?' zei Vonda, 'ik zing niet vals, toch?'

Wat een geluk dat ik opkeek! Ik zag iets in haar ogen. Iets wat me deed denken aan die laatste minuten voordat ze optreden moest in Hotel New York. Ik ging wat steviger staan en terwijl ik Vonda in het gezicht bleef kijken, zei ik: 'Vonda, jij zingt niet vals en je bent mooi. Je bent heel erg mooi.'

Op dat moment haalde Moritz adem. Hij huppelde maar om ons heen, we hadden hem al gevraagd hoe het in Euro Disney was en hij had ons zijn Goofy-T-shirt laten zien, maar alsof hij het wankelen van Vonda's aarzeling beter begreep dan zijzelf, zei hij: 'Laat dat liedje dan eens horen.'

Ik haastte me naar de cd-speler. Vonda ging zitten, stiller dan ik van haar gewend was. Moritz zakte op de grond, zijn lange benen wezen recht naar de muziekinstallatie. Ik drukte op *play* en op *repeat*.

Die klarinet speelde een heel mooie, trieste melodie, een briljante vondst van hoe heet zo iemand, de arrangeur. Dan kwam de zangstem, maar de klarinet bleef doorspelen, een ander melodietje onder de eerste coupletten door. Irene had gezegd: 'Het is nog maar een demo, en wat je hoort komt uit de computer. We maken een nieuwe versie als we de vocalen vastgelegd hebben.'

De vocalen, daar bedoelde ze Vonda's stem mee, maar dat durfde ze nog niet hardop te zeggen. Maar ook dit was al mooi, zo heel kaal. Het was alsof die klarinetmelodie in het begin de zangeres probeerde uit te dagen. Het refrein was een optilrefrein dat in je hoofd bleef hangen.

En dan zat er dus nog dat tussenstukje in het lied. Daarin was het stil, gewoon stil! Alsof de muziek haar adem even inhield. 'Moet nog opgevuld worden,' had Irene gezegd, 'zien we nog wel.' Daarna kwam er een korte passage die naar het laatste refrein leidde, en waarbij je als luisteraar bang was dat het de zangeres niet zou lukken, zúlke hoge verwachtingen, zúlke scherpe noten, maar dan... dan zou Vonda erbovenuit komen stralen.

Ik wilde dat ze dat zou doen, dat ze ja zou zeggen tegen Irene. Ik werd er helemaal kriebelig van. Vonda op het podium, stralend voor heel Nederland. Kastanje-harige heldin, duizenddiva! Een avontuur! Een kans!

Ze neuriede mee. Ze bewoog haar arm op het ritme en gaf aan wanneer de hoogte zou moeten worden gehaald, ze lipte zelfs al tijdens het refrein. Ik keek naar Moritz. Hij sloeg zijn handen ineen van enthousiasme en trok een hoopvol gezicht.

Eindelijk, na zes keer *We all together* leunde Vonda voorover en zette het cd'tje stop.

'Weet je,' zei ze, en er viel een stilte die driedubbeldik was door haar aarzeling, door mijn verwachting, door Moritz' verwachting. 'Weet je,' zei ze, 'ik moet het niet doen.'

'Ahhhh!' riep ik. Luid riep ik het, onstuimig, en Moritz keek me aan. 'Waaróm niet?' vroeg ik, iets zachter nu.

'Ja,' zei Moritz nu, 'het leek mij ook zo geinig.'

'Geinig?' herhaalde Vonda. 'Dat is precies de reden waarom ik het niet kan doen. Het is flauwekul en ik moet niet beginnen met flauwekul. En nu hou ik erover op. We moesten maar eens gaan koken.'

Ze stond op en liep de kamer uit. Ik was teleurgesteld. Ik had toch ook wel iets te zeggen? Ik kon nog niet opgeven, dat lukte niet zo snel. Het lied was goed en dan was niks flauwekul. Bovendien: ik wist zomaar opeens de reden voor Vonda's weigering. Misschien heb ik die op dat moment hardop gezegd, misschien heb ik het alleen gefluisterd: 'Ze is bang.' In elk geval maakte ik aanstalten om naar de keuken te lopen, om teleurgestelde pasta te gaan maken, slappe spaghetti, en ik dacht maar steeds: ze is bang.

En toen bleek dat het gesprek nog niet voorbij was. Had Vonda me gehoord? Nog voordat ik bij de kamerdeur was stond ze er weer. Ze legde haar linkerarm omhoog tegen de deurpost, leunde er met haar hoofd tegenaan en zei, terwijl haar ogen vonkten: 'Goed. Ik doe het. Maar alleen als jullie meedoen. *All the way.*'

Oliver,

jij en ik deden alles voor de eerste keer. Dat maakte blijkbaar niet uit. Toen ik weet ik veel wanneer in jouw huis met een aanloop tegen je op sprong ving je me meteen, ik had niet eens gewaarschuwd. Samen donderden we op dat langharige kleed van je slaapkamer en rolden om, het lag lekker, zelfs met iemand op mijn buik.

Toen ik na een paar dagen wegging omdat jij wegging was dat ook niet afgesproken. Toch deed ik het, en ik wist dat het zo hoorde te gaan.

Maar we hebben het wel verprutst. Daarna. Jij en ik, romanverhaaltjes als dat van ons komen niet zomaar uit, dat bleek. We hadden er zelf iets aan moeten doen. Ik heb niks gedaan en jij hebt ook niks gedaan. Misschien moet ik ophouden met denken dat jij had moeten bellen, dat ik had moeten bellen, ik kom niet uit die berg met wormkronkelige redenen-of-niet. En bovendien: sinds ik deze mailtjes schrijf komt het ongeluk van deze zomer helemaal weer terug – stom is dat, en ongezond.

Ik zie ons veel te vaak nog slap van het geluk naast elkaar liggen, onze handen open op elkaar.

We hadden er een pin door moeten slaan, van boven naar beneden, door die handen en dan zes meter de grond in.

Het is nog steeds februari en volgende week heb ik een afspraak met Gijs om het eerste deel van mijn verslag te laten lezen. Vonda slaapt, Moritz slaapt. Ik denk dat ik verder moet. Met hen.

'Meedoen?' riepen we, Moritz in een iets langere uithaal dan ik, maar allebei waren we klaar om in schaterlachen uit te barsten, zo belachelijk was dat idee.

'Ik meen het,' zei Vonda. 'Ik doe het niet alleen. Jullie gaan morgen mee naar Irene Laarman en jullie gaan mee op het podium.'

Moritz proestte en ik zei: 'Op het podium? Maar Vonda, wat moet ik daar dan? Ja, Moritz kan dansen, dat is logisch.'

'Moritz danst, dat zou bijvoorbeeld kunnen, ja. En jij doet een praatstukje, misschien in die paar seconden stilte. Of iets anders, ik weet het niet. Ik doe het niet als jullie niet meedoen.'

De rest van de avond, en een flink stuk van de nacht, spookte het door mijn hoofd. Meedoen? Met Vonda, op tv? Praten? Of naast Vonda staan en playbacken? Ik zou voor gek staan. En bovendien: was het niet een beetje een sullige tekst? *We all together, we will find out what we need.* Of was dat juist wel mooi? Wat was het moeilijk om een Engelse zin goed in te schatten. Het klonk nogal gedragen, maar aan de andere kant: dat *mix and meet* bekte wel lekker, die dubbele begin-m. Ach, het was maar een liedje.

We strandden natuurlijk in de voorronde, er deden dus bekende artiesten mee en die zouden winnen. En begin februari, de tijd van de finale, was het allemaal weer afgelopen. Dat duurde alles bij elkaar lang genoeg om leuk te zijn en kort genoeg om weer te vergeten.

Oliver, dacht ik. De allerminiemste kans die er bestond om hem nog ooit te zien zou opgevrolijkt worden als ik dit kon vertellen, dit rare verhaal. Hij zou zijn lippen krullen in die volle glimlach van hem en ik zou hem op zijn schouders slaan – en dan deed hij zijn mond half open, en dan zag ik blokjes licht weerspiegeld op het vochtpuntje van zijn tong.

Nee, dacht ik, daar, die nacht, 02:17 uur op mijn nieuwe matras, niet aan Oliver denken nu.

Maar ik moet het dus doen, dacht ik, want als ik het niet doe, doet Vonda het ook niet. Dit is een geweldige kans, drie minuten op tv voor een groot publiek. En het lied is goed, afgaan kan ze niet. En als ik nee zeg, en als Vonda dan vervolgens ook nee zegt tegen Irene, dan kan ze mij de schuld geven van een gemiste kans. Goed, dat zou ze nooit doen, niet hardop, maar ikzelf zou het wel zo zien. En Moritz? Voor Moritz was het, als hij echt gaat dansen, misschien ook wel een kans? Een kans op een mooie stageplek?

Trouwens – was er, wanneer ik nee zei, niet het risico dat er iets tussen hen en mij veranderde?

Dat ik hen kwijtraakte, ook al hoorden we niet op die manier bij elkaar als hoe ik bij Oliver hoorde?

Maar Oliver was ik al kwijt.

En dan hen ook nog?

Nee, als ik Oliver kwijt was, dan moest ik juist méér met Vonda doen, méér met Moritz.

Oliver kwijt? dacht ik. Ben ik Oliver dan kwijt?

Het was een rotnacht.

Irene Laarman droeg nu een gewone bril in haar haar. Het was kouder in haar kantoor en we kregen geen cola. Toen Vonda haar verhaal had gedaan, bleef het even stil. Irene leunde achterover. Ze staarde eerst Moritz aan, en daarna mij. Ze keek naar onze gezichten, naar onze kleding. Ze keek naar Vonda in het midden. 'Een groepje,' zei ze toen, 'dat past wel bij de tekst. Kunnen jullie zingen?'

'Nee,' zeiden Moritz en ik, tegelijk.

'Moritz danst,' zei Vonda, 'hij zit op de dansacademie. Tycho niet, die schrijft.'

'Maar niet zingen dus,' zei Irene, maar ze begon steeds onbeschaamder naar ons te kijken en steeds guller te glimlachen.

'Een groepje,' zei ze nog een keer. 'Waarom niet? Er moet een act zijn, een presentatie. Er moet iets gedaan worden tijdens het lied, niet veel, maar wel iets. In stijl, natuurlijk, maar opvallen is belangrijk. Een groepje.'

'Ja,' zei Vonda, 'anders doe ik het niet.'

'Ik begrijp het,' zei Irene, en ze lachte nog eens. 'Wacht eens, ik heb een naam. Vonda's Voice. Dat is het. Zo heet jullie groepje.'

Vonda begon ook te lachen. 'Oké,' zei ze, 'als het moet.'

'Niet gek!' zei Moritz en ik knikte, want ik vond ook dat het lekker klonk. Bovendien bleef het met deze naam duidelijk dat het om Vonda ging.

'Jullie zijn ook niet gek,' zei Irene, 'dat moet ik zeggen. Mooie jongens. Fris ook.'

'Fris?' zei Moritz en hij giechelde.

'Irene spreekt de waarheid,' zei Vonda en ze lachte tevreden, want zo had ze het bedacht, zo zou het gebeuren: Vonda's Voice.

Op dat moment, daar in het rommelige kantoor van Irene Laarman begon het: daar accelereerden we. Daar schoten wij als drietal zomaar maanden van versnelling in.

Oliver,

*oktober, november, december, januari: al die maanden dat we hier met
z'n drieën aan het wennen waren aan het songfestival-plan, schaamde ik me kapot. Die maanden waren één groot veld van schaamte, een
zwembad van schaamte, een uitgestrekte kalender van schaamte, een
plakkerige zooi van schaamte. Oliver, ik zit hier mooie woorden te
verzinnen (heb net poëzieles gehad), maar het is waar: ik schaam me
nog steeds, vandaar dat ik deze mails niet stuur. Kijk, dit is dus zomaar een heldere reden.*

*Die schaamte heeft niks met het festival te maken, maar met jou.
Ik schaam me voor het feit dat jij mijn grote liefde bent (ja), maar dat
ik daar bij niemand meer mee aan kan komen (nee). En ja, dan kan
ik natuurlijk niet opeens gaan roepen: o, ik heb hem even opgebeld, hij
doet de groetjes.*

*Weet je, Oliver, ik kan natuurlijk best een webcam kopen en je hot-
mailadres achterhalen, zodat we kunnen msn'en – oliverkjelsberg@
hotmail.com, kjelsbergoliver@hotmail.com, olivernorway@hotmail.
com, misschien wel olivertycho@hotmail.com. Maar ik doe het niet.
Ik doe het niet omdat jij het niet deed. Ik doe het niet omdat er tijd
tussen gekropen is. Een tijd van schaamte.*

*Schaamte ook nog om iets anders. Maar dat schrijf ik nu niet op.
Nog niet.*

Terug in de trein was alles omgedraaid. Vonda riep dat je nooit
weten kon, dat iedereen naar het festival keek, ook al vond niemand het goed, en de meeste liedjes wáren ook belabberd, maar
juist daarom was het zo'n goed idee om mee te doen. Dit lied
had wél kwaliteit, en *damn*, haar stem had ook kwaliteit, en wij,
ja, wij ook, wij zouden een act in elkaar zetten die anders was,
en beter. En er zou in elk geval een single komen. Een single!

Moritz en ik lachten, we zagen hoe Vonda van enthousiasme heen en weer schoof op de bank tegenover ons, en dus
kwam haar stemgeluid nu eens van links, dan weer van rechts,
ik dacht: nu al stereo. En ik dacht misschien ook aan hoe het

wel bijzonder goed moest zijn, die act van ons, zodat in elk geval gecamoufleerd zou worden dat ik niks kon.

Maar die twijfelgedachte legde het af tegen Vonda's vrolijkheid. Ze stond op en zong: '*We all together, we will find out what we neeeed!*' en vanuit de volgende coupé werd er geapplaudisseerd.

'Zie je?' riep ze. 'Ten points van Station Rotterdam!'

Ik moest die middag nog naar school. Ik wilde er niks van zeggen, in de pauze, maar Felaya haalde rolo's voor mij uit de snoepautomaat in de kantine en zei: 'Hier. Hoe is het?' En toen vertelde ik het natuurlijk toch.

Algauw wist iedereen ervan. Het was of ik mezelf aanwees met dit nieuws. Ze stelden huh- en meen-je-dat-vragen en ik moest elke keer lachen als ik, zelf nog ongelovig, antwoord gaf. Ik sms'te Vonda en Moritz: *zullen we vanavond een feestje geven, ik kook*, en ze piepten terug van ja.

Een grote pan soep, veel broodjes, toastjes en kaas, paté, salade, gevulde tomaten. Dat leek me wel genoeg. Ik haastte me van de supermarkt naar huis. Mijn hele klas zou komen, nou ja, behalve Ben – die was niet op school. Moritz' beste vriendinnen kwamen en Vonda had genoeg aan ons. Tenminste, zo zei ze dat. 'Plus wat flessen drank,' voegde ze eraan toe. Ik deed de voordeur open, sloeg zoveel mogelijk treden over om snel boven te zijn. Ik zag Vonda in haar kamer staan, playbackend, met haar koptelefoon op. Even later sneed ik verse preireepjes voor in de tomatensoep uit blik, en nog wat later hoorde ik Vonda zingen: flarden *We all together*.

Wieger kwam maar een uurtje, maar hij zette wel twee flessen rosé op tafel. Minke en Megan schoven aan bij de vriendinnen van Moritz en braken toastjes tussen hun kennismakingsvragen door. Vonda verontschuldigde zich bij Niels voor de vorige keer en bezwoer hem dat ze echt niet moeilijk was, écht niet, niet zó; 'maar,' lachte ze, 'een beetje wel.'

Niels wuifde haar excuses weer weg, zijn vaste gebaar, vingers in de lucht. Hij bood haar iets aan, een jointje, ongetwijfeld. 'Oké dan,' zei ze, 'waarom niet? Nu kan het nog.'

Felaya hielp mij in de keuken met de soep. Er waren geen kommen, maar er stond een aanzienlijke verzameling mokken in de kastjes. Ik schepte terwijl Felaya geraspte kaas in de volle bekers strooide. 'Vind je het leuk?' vroeg ze.

'Ik vind het gek,' zei ik, 'en spannend.'

'Het lijkt me geweldig,' zei ze, 'wie maakt dat nou mee? Is het helemaal zeker?'

'Ja. Overmorgen moet Vonda al naar de studio, en dan hebben we 's middags bespreking met onze begeleidster, Irene heet ze, en met de componist. Volgens mij is dat haar man.'

'En wat gaan jij en Moritz doen?'

'Geen idee,' lachte ik, 'weet jij iets?'

'Nee, maar laat eerst dat lied maar horen. O, en Tycho...'

'Ja?'

'Weet Ben het al? Heb je hem gebeld? Je moet hem even bellen, hoor.'

'Ben,' zei ik, 'o ja. En mijn ouders. Die weten ook nog van niks.'

Mijn moeder begreep het niet, en ik legde het, met te veel lawaai op de achtergrond, ook niet erg duidelijk uit. Maar tenslotte riep ze met haar hand half op de hoorn: 'Jelmer!' naar de huiskamer. 'Jelmer, moet je horen, onze zoon gaat meedoen aan het songfestival. Echt! Echt waar! Hij zegt het zelf, hier, nu, aan de telefoon. Met Vonda. Nee, hij zingt niet, hij doet iets op de achtergrond. Ja, natuurlijk op de televisie, ja toch, Tycho?'

'Ja,' zei ik, 'op televisie.' Ik hoorde dat ze me riepen, mijn soep werd koud. 'Mam,' zei ik, 'ik kom zaterdag langs, dan weet ik meer.'

Het was een beetje vreemd om onze kamers ineens zo vol met bezoek te zien, maar na de soep en de wijn wende dat al snel.

We all together werd gedraaid, en Vonda beloofde het later op de avond nog eens a capella te zingen.

Ik moest Ben bellen, natuurlijk. Maar ik wist niet of ik dat wilde. Het songfestival, dat zou hij onzin vinden, zielige flauwekul. Hij zou er nuffig zijn schouders over ophalen, en daarmee dus ook over Vonda en mij. Maar Felaya zei: 'Bel nou!' En toen bleek dat Ben wel in was voor een feestje. 'Ik ben er zo,' zei hij.

Even later stond hij voor de deur, maar niet alleen. Hij had Karsten meegenomen. Toen ze binnenkwamen had er net weer drie minuten *We all together* geklonken, en dus viel de kamer even stil, maar Karsten begroette iedereen alsof hij een vriend van vroeger was en Ben zette een fles beerenburg neer. 'Plus vruchtendrank,' zei hij, 'om te mixen. Wedden dat iedereen wil?'

Karsten bleek een songfestivalveteraan te zijn. Hij wist alles. We noemden een jaartal en hij somde moeiteloos de eerste negen landen op, compleet met songtitel, uitvoerende artiest en puntenaantal. We draaiden het liedje nog maar eens, en zelfs zonder dat Vonda's stem erbij klonk leek het hem een kanshebber. Ik voelde iets in mijn buik, iets zenuwachtigs, voor het eerst. Maar misschien kwam dat ook van de beerenburg met perziksap.

'En nu,' zei Vonda, 'de act. Wij staan daar dus op het podium als Vonda's Voice. Moritz en Tycho moeten iets doen, iets zinvols. We gaan er met Irene Laarman over praten, die leidt het hele project. Zij is dus van de platenmaatschappij, en ze wordt ook onze tijdelijke manager. We moeten met een voorstel komen. Heeft iemand een idee? Karsten, jij als kenner?'

We hingen in een kring op de grond, de soepmokken waren opgeruimd, en behalve de kussens uit onze drie kamers hadden Moritz, Vonda en ik onze dekbedden samengepakt en tegen de muur geschoven.

Karsten zei: 'Je moet verrassen. Er is op het songfestival al zoveel gedaan, van verkleedpartijen tot blauw geschilderde achtergrondzangers.'

Niels zei: 'Moritz en Tycho moeten Vonda beter uit doen komen. Vonda, jij bent de ster.'

'Ja, schat,' zei Vonda, 'in je dromen.'

De vriendinnen van Moritz zeiden: 'Moritz kan een solootje doen. Moritz, doe een solootje, wij komen kijken!'

Felaya keek naar mij, ze bleef kijken. Ik dacht: iedereen weet het hier. Ik kan niks, ik vergis me met dit plan, ik zet mijn voeten scheef neer en ik struikel. En ik dacht ook: als Vonda er niet was, dan zou Felaya er zijn. Ze ziet me, ze vraagt zich af wat ik denk.

Maar toen schudde Ben de lok op zijn voorhoofd naar achteren. Zo leidde hij meestal een bijdrage in, lok weg, ruimte voor woorden. 'Hou het simpel,' zei hij. 'Doe gewoon zoals jullie hier doen. Vonda zingt en jullie praten.' Hij keek naar mij. 'Jij en Moritz praten op de achtergrond. Zoiets. Doe iets nieuws. Iets wat de mensen herkennen, hoewel ze het toch niet eerder hebben gezien. Stel Vonda vragen. Terwijl ze zingt, ja, zodat het lijkt alsof alles toevallig is. Of Vonda zingend antwoord geeft.'

'Nou ja,' zei iemand, 'kan dat wel?'

Maar Vonda dacht na en zei: 'Natuurlijk kan dat. Waarom niet? We moeten morgen maar eens verder denken. Vooral hierover. Revolutionair. Een anti-act. Niet gek, Bennie. Heb je nog zo'n mix, of zal ik nu gaan zingen?'

Oliver,

vroeger zaten er plaatjes bij de kauwgom die je nat moest maken en daarna op je arm plakken. Na een paar dagen schilferde dat weer los. Zo is het nu met het beeld van Gjøvik, het dorp waar jij woont. Ik ben het aan het vergeten. Ik denk dat ik het niet meer zal zien, dat het beeld van de straten van Gjøvik losgeschilferd raakt.

Misschien gebeurt dat ook nog met Oslo, met heel Noorwegen. Of met jouw huis. Met jouw kamer. Er zullen nu wel andere voetbalposters aan je muren hangen. Nee, wacht! Je woont natuurlijk al in Oslo! Net als ik, op kamers! Je ziet dat ik er geen fut meer voor heb, voor

deze mailtjes. Maar ik moet van mezelf nog even door, er is nog iets,
er rest nog iets. Er zit nog een schilfertje op mijn arm.

Het is koud geweest, deze winter. En nog steeds. Misschien komt
er een elfstedentocht. Lastig uitleggen wat dat is. Hoeft ook niet. Het
is alleen maar lange-mouwen-weer geweest, die tattoo van ons vlieg-
tuigje is niet te zien. Alleen af en toe, als ik onder de douche sta,
naakt, nat, jij weg. Soms dus.

Maar bijna niet meer.

De avond liep leeg, en onze etage ook. Een voor een ging iedereen naar huis. Niels was er nog, hij zat in mijn kamer te roken, samen met Vonda. Ben en Karsten trokken hun jassen aan
in de gang. En ik stond te tollen. Ik draaide van de plannen en
de drank, maar ik was niet dronken, nog niet.

'Ik wil meer,' zei ik, 'ik wil nog ergens naartoe.'

Ik zag hoe Karsten naar Ben grijnsde. 'Ik ben niet dronken,'
zei ik, 'nog niet. Ik wil alleen niet dat het al afgelopen is.'

Op dat moment kwam Moritz achter me staan. 'We kunnen
naar de Strano,' zei hij.

'Wat is de Strano?' vroeg ik. Het antwoord liet een halve seconde op zich wachten, een halve seconde waarin ik het gevoel
had dat Ben, Karsten en Moritz elkaar in een driehoekje om mij
heen stonden aan te kijken.

'Wat is de Strano?' vroeg ik nog een keer.

'Een homobar,' zei Moritz, en hij legde een hand in mijn rug.
Ik draaide me om naar hem.

'Oké,' zei ik, 'oké. Als iedereen meegaat.'

Vonda en Niels vonden alles best, en Ben en Karsten wilden
dan nog wel één pilsje, en dus gingen we op weg naar mijn eerste echte homoavond.

We hoefden maar een kwartiertje te lopen, zo dichtbij was het,
en terwijl we daar liepen gebeurde het weer: ik bekeek mezelf.
Ik was waar ik was, maar tegelijkertijd drong zich een filmpje
aan me op van hoe we daar wandelden. Ben en Karsten voorop,

dan Moritz, die soms zijn pas inhield zodat hij naast mij kwam te lopen. En tenslotte, achteraan, Niels en Vonda. Ik zag waar iedereen zijn voeten neerzette, ik wist hoe alle armen bewogen. Ik voelde hoe ik met mezelf meeliep, ik paste in mijn lichaam én ik hing erboven. Ik hield Tycho Zeling in de gaten, de Tycho Zeling die ik zelf was. En ik registreerde ook nog dat hij niet eens de hele tijd aan Oliver Kjelsberg dacht.

De Strano bleek een klein, donker café, met een royale bar en weinig ruimte daaromheen. Toch was het hier populair, zeker vijftig man stond bijeengepakt langs de kant. 'Dit is het, Tycho,' zei Moritz toen we moesten wachten bij de kapstok.

Vonda stond achter me. 'Hé, Tychy, hele legers van jullie soort. Ik bewaak je, hoor.'

Niels moest erom lachen. 'En jij voelt je niet ongemakkelijk?' vroeg Vonda aan hem.

'Nee,' riep hij, 'cool.'

De muziek werd luider, en de rest van de avond konden we alleen nog maar communiceren door in elkaars oren te schreeuwen. Dat verhevigde mijn dubbele aanwezigheid. Het was net of er om ieder van ons een cirkeltje was getrokken, een cirkeltje van waaruit we met moeite contact konden maken. In het centrum van mijn eigen cirkel klopte mijn hart. Het sloeg niet op hol, maar het trok mijn aandacht naar mijn eigen handen, naar het bier dat me door Karsten werd aangereikt, naar de dichtstbijzijnde ogen om me heen, naar de warmte, naar de muziek. Ik dacht: hier ben ik vreemd en hier ben ik veilig. Ik zag hoe er naar ons gekeken werd, ook naar mij. Ook naar mij! Ik merkte het en ik keek weg. Ik bloosde ervan, maar dat kon niemand zien in het halfdonker. Ik zag het zelf, van een afstandje, ik zag mezelf staan met Vonda en Moritz en Niels, met Ben en met Karsten om me heen, en ik moest lachen. Ik was zenuwachtig, en tegelijkertijd was ik precies waar ik wilde zijn.

Ben en Karsten gingen snel weg, ze kusten me allebei drie keer. Op dat moment was ik al aardig op weg om wél dronken te worden, de pilsjes gingen snel. Ik kan het me niet precies meer herinneren, maar ik denk dat ik 'dank je wel' zei, vooral tegen Ben, en dat hij lachte. Dat hij lachte zoals hij op school niet zou doen.

Niels? Ik weet zeker dat ik hem nog af en toe 'cool' heb horen zeggen, en dat ik Vonda met hem zag praten, zoals steeds die avond. Ik vroeg Moritz of hij dacht dat zij en Niels... 'Nee, dat is idioot,' zei hij, 'of toch?' En natuurlijk was dat idioot, Vonda wilde niets, met niemand, ik wist het. Maar met mijn mistige kop leek het me best grappig, Niels plus Vonda.

Ik merkte wel dat Moritz nogal wat jongens kende daar in de Strano. Hij werd op zijn schouders geslagen, omhelsd, gezoend, door een van de barmannen zelfs. Maar tot hoelang de avond duurde? Wie er uiteindelijk besloot dat we weg zouden gaan? Wie er betaalde? En waar Niels bleef? Dat kan ik me niet herinneren.

Maar dan daarna: de motregen.

Het miezerde terwijl we terugliepen, Moritz, Vonda en ik, we waren weer met z'n drieën. Vonda liep een eindje voor ons uit. En ik was draaierig, dat wel, maar ik heb precies onthouden wat ik toen vroeg, ik weet niet hoe ik het durfde.

'Vonda,' vroeg ik, 'nu we op avontuur gaan, samen, vertel je ons dan nu over Serge?'

En ik weet ook precies nog wat ze terugzei: 'Jongens, hij was alles. Hij wilde alles. We moesten een gezin worden. En de hele toekomst lag vast. En toen was ik zwanger en hij wilde het kind en ik niet, dus ik heb het weg laten halen, hij kwaad, toen ging ik weg. Daar, nu weten jullie het, godverdomme.'

Ik schrok me kapot.

'Shit,' zei ik, 'sorry, Vonda, sorry, sorry, shit, shit.'

Maar Vonda hield haar pas in, zodat ze precies tussen ons in kwam te lopen. Ze sloeg haar armen naar twee kanten uit, Moritz' schouder paste er aan de linkerkant in en die van mij rechts. 'Het geeft niet,' zei ze, 'het geeft niet, het is goed.'

En we liepen in de regen en ik wist dat ze gelijk had. Het was goed, dit waren wij, Vonda's Voice.

Om de hoek lag onze eigen singel voor ons klaar.

Oliver,

het is nog steeds februari, maar al bijna maart. Ik schrijf je alweer, maar het is voor het laatst.

Was je niet meer dan een vlammetje? Een beginlucifer voor een veel groter vuur – een avonturenvuur? Na jou, na ons, is er zoveel gebeurd. Vonda heeft het lied ingezongen, en zelfs de componist en de producer stonden verstomd. Het demootje is op tijd ingeleverd, we werden klaargestoomd voor het nationale festival, begin februari. Het lied werd op internet gezet en de platenmaatschappij kreeg veel reacties, grappig.

We bespraken de act met Irene. Moritz wilde liever toch niet dansen, een huppeltje van drie minuten had niks met dit nummer én niks met de dansdisciplines van zijn opleiding te maken, en dus kwamen we met ons revolutionaire idee: we praten erdoorheen, we maken er een dagelijkse act van. Dat is doorgegaan, al hebben ze het bij de NOS een beetje afgezwakt. Tijdens het bruggetje roepen wij iets, en verder staan we stil met trommels voor onze buik. Daar slaan we op, een paar keer maar.

Je zult het allemaal wel zien, misschien, want, weet je, we hebben gewonnen. We hebben de voorrondes gewonnen hier, we werden nummer één, totaal onverwacht, geloof me. We staan in kranten, Oliver, in tijdschriften. Misschien denk je dat ik deze dingen verzin, maar dat is niet zo. Daarom moest ik je schrijven. Je zult me zien, op televisie dus, straks, in mei, in Riga, in Letland, daar is de finale. We gaan er een week heen, alles wordt betaald.

De Nederlandse finale was een paar weken geleden en we staan nog steeds op onze kop. Er is een soort net over ons heen gevallen, een net van aandacht. Leuk en spannend en krankzinnig, ja, en we kun-

nen het wel aan met z'n drieën, we zullen wel moeten.

Maar Oliver, ik schreef geloof ik eerder dat ik me gelukkig voelde, die avond. Dat was ook zo. Maar plotseling was ik ook zo alleen, die nacht nadat we wonnen. We hadden gefeest en hoewel jij en ik al een halfjaar geleden van elkaar wegvlogen, dacht ik meer aan je dan ooit. Ik zat daar maar in de nacht met die strakke laptop en ik zag je voor me, ik wilde dat je bij me was, hier, ik wilde dat je je handen op mijn buik zou komen leggen, zoals jij dat in onze zomer deed – op een zwijgende, kijkende manier. En toen typte ik mijn eerste mail.

Deze weken heb ik ook nog als een waanzinnige aan mijn verslag gewerkt. Mijn vervangende jaaropdracht van Gijs, want naar de academie ben ik nauwelijks geweest. Dat lukt niet, de gekte wordt steeds gekker. Er zijn tv-optredens, we moeten mee naar schnabbels, chatsessies, meet & greets, interviews, photoshoots. En daarna zit ik dus elke avond tot diep in de nacht voor school te werken. Moritz en Vonda slapen en ik tik.

Ik kon het deze weken niet helpen: jij schoot steeds tussen alle zinnen door. Ik moest aan je denken en ik bleef maar mailtjes schrijven.

Ze hielpen niet.

Oliver, ze helpen niet. Jouw stem buigt maar niet naar beneden vanuit Oslo, die van mij klimt niet uit Nederland omhoog.

Ik ben moe. En of het nu uit schaamte was dat er niets gebeurde na onze zomer, niet bij jou, niet bij mij, of uit boosheid, of door alle afleiding, of omdat ik bang was ons laatste gesprek te moeten voeren, te moeten horen dat jij misschien niet eens meer aan mij dacht, verbolgen was, verbitterd – ach, ik weet het niet en het zal allemaal wel.

Je was een vonk. Je hebt me flink gelanceerd en ik schiet lekker op. Ik hoop dat dat ook geldt voor jou.

Maar vonken leven toch niet langer dan, hoe lang, een paar seconden?

Dit was het dus.

Dit was mijn laatste en alweer niet-verstuurde mail.

Misschien zie je me nog, in mei, Eurovision Song Contest, haha. Maar dan zit er een beeldbuis tussen en een andere wereld. Je zult me wel niet herkennen en toch zal ik het zijn.

Ik zwaai naar je.

Nu, hier, in mijn kamer.

Straks niet, dat mag vast niet van de choreograaf.

Wie weet denk ik tegen die tijd niet meer aan je, doe jij het ook maar niet aan mij.

Oliver, ik-

Nooit dacht ik dat-

Oliver,

wacht even. Ik stuur dit toch niet op, dus hier komt het. De laatste re-
den dat ik je niet meer kon, durfde, wilde bellen. De laatste reden dat
je desondanks tot nu toe, tot februari, in mijn kop bleef: ik moet je over
die eerste weken nóg iets vertellen.

   Wat, wat?

   Dit...

   Na die septemberavond, de avond van mijn eerste bezoek aan een
homocafé, de avond ook dat Vonda in de miezerregen over haar ver-
leden vertelde, klommen we achter elkaar de trap op naar onze etage,
zachtjes voor de hospita.

   Bovengekomen keken Moritz en ik elkaar aan. We waren nog in de
ban van wat ons verteld was. Ik dacht: als iemand haar allerzwakste
geheim in je open handen legt, dan sluit je je vuisten eromheen en laat
je nooit meer los. Ik weet zeker dat Moritz hetzelfde dacht.

   Vonda deed haar jas uit en gaf ons een zoen. Ze ging naar bed.
Vanuit de deuropening van haar kamer zei ze nog één keer: 'Het is
goed.'

   Moritz en ik deden ook onze jassen uit, en we bleven staan. We wa-
ren in die paar weken dat hij bij ons woonde eigenlijk niet eens zoveel
samen geweest, hij en ik, bedoel ik. Meestal zaten we met z'n drieën
bij elkaar, en dan glimlachte hij als Vonda en ik discussieerden. Hij
luisterde, hij knikte. En nu stonden we daar.

   Ik zei: 'Dan gaan we ook maar slapen.'

   Hij zei: 'Ja.'

   Maar we deden het niet.

   Of toch wel. Ik verplaatste één voet in de richting van de badka-
mer, maar ik kwam verkeerd uit. Ik wankelde en streek, om steun te

zoeken, met mijn arm half langs Moritz' rug. Moritz sloeg een hand uit om me vast te houden. Die hand kwam, echt, het ging te snel om opzettelijk te zijn, op mijn heup terecht. En we bevroren.

Ik liep niet door, Moritz haalde zijn hand niet weg. En was het magnetiek, het belang van de avond, alcohol, ik weet het niet, maar iéts deed ons vooroverbuigen tot we elkaar raakten. Tot onze lippen elkaar raakten.

Daarna ging ik met hem mee naar boven, zomaar, zonder spreken. Ik denk niet dat Vonda het gemerkt heeft, de stilte waarmee we uit onze kleren stapten en tegen elkaar kwamen te staan was plechtiger dan de stilte in welke kerk dan ook.

En toen ik geschrokken wakker werd 's ochtends en naar Moritz' naakte bovenlichaam keek, zijn rustige gezicht, het langzame golven van zijn strakke buik, toen pakte ik mijn broek, mijn trui, mijn boxer en ik sloop naar beneden terug.

Zo.

Nu weet je waarom al mijn vorige zinnen niet verstuurd en niet geschreven hadden hoeven worden. Ik begrijp mezelf niet, ik denk nog altijd aan jou, maar eerlijkheid moet wél, moet nu, hier, in deze allerlaatste mail.

Het is koud.

Dag Oliver.

Dit was het.

Tweede deel verslag (februari – mei),
ertussendoor:
mailtjes (nu).

Ik heb vandaag een gesprek met Gijs gehad en dat was niet leuk. Ik moest aangeven hoeveel tijd ik nog aan het songfestival zou besteden. Dat vond ik een rare vraag. Ik zei: 'Waarom?' Hij antwoordde dat hij me alle ruimte wil geven, maar dat het deze eerste weken na onze overwinning veel meer tijd heeft gekost dan hij had verwacht. Dat klopt, het kostte ook meer tijd dan ikzelf had verwacht, ik dacht dat Moritz en ik op de achtergrond konden blijven, maar Vonda wil dat we meegaan, en daar kan ik toch geen nee op zeggen? Ze vraagt het niet zomaar, ik ken haar verborgen kant.

Irene zegt dat we ons een groep moeten voelen, ze zegt dat bekendheid een storm is en dat je sterker staat met drie lijven tegen elkaar aan. Dus Gijs, ik ben dit begonnen, ik kan niet zomaar 'doei' zeggen, het is mijn sinaasappelbaantje niet. 'Maar ik moet weten,' zei Gijs, 'wat de academie voor je betekent.'

Ik zei: 'Ik ben er toch weer?' Ik hoorde zelf ook wel hoe zwak dat klonk, de eerste week na de finale was ik helemaal niet op school geweest, en de tweede af en toe. Maar ik had wel gewerkt, thuis, ik schreef en ik schreef.

'Tja,' zei Gijs.

'En ik heb mijn verslag ingeleverd! Het hele eerste deel! Dat is toch goed?'

'Ja,' zei Gijs, 'dat is het nou juist. Het is goed en het is veel. Maar ook niet meer dan dat. En omdat je er bijna nooit bent kunnen we je niet bijsturen, er is te weinig tijd voor evaluatie. Ik wil daarom mijn aanbod herzien. Jij schrijft verder, maar voortaan daag je jezelf uit. Ik wil dat je over je eigen grenzen heen gaat. Het moet gevaarlijker, dieper, eerlijker vooral. Een verslag mag het niet meer zijn, een onderzoek is al beter. Wil je bij ons blijven? Dan neem je nu de volgende stap. Zelf.'

Zoiets zei hij. Ik knikte, denk ik, maar ik voelde hoe ik mijn gezichtsspieren niet meer kon ontspannen, hoe ik hem en alles in zijn kantoor strak aan bleef kijken. Dit commentaar had ik niet verwacht. Ik had zo hard gewerkt, 's nachts zelfs. Kon hij daar niets moois over zeggen?

Toen ik de deur uit liep riep hij me terug. Hij zei: 'Tycho, het komt wel goed.'

Het komt wel goed, hij zei het echt. Volgens mij bestaat dat achterlijke zinnetje uit de vier meest misbruikte woorden. Slappe vaatdoekjes zijn het, op een ondergekotste tafel. Zo, begeleider Gijs, daar heb je wat je wilt, Tycho wordt gevaarlijk.

En toen kwam ik thuis en toen zei Vonda ook nog dat ze Gijs wel begreep. Ik vroeg 'hoezo?' en daar begon ze: 'Je bent een schat, je bent een sponsje, je hebt geen scherpe randjes. Nou ja, die heb je wel, maar je toont ze veel te weinig. Laat maar eens zien waar je voor staat.'

'Waar ik voor sta?'

'Ja. Waarom ben je niet boos geworden?'

'Op wie?'

'Op Gijs. Je hebt niks teruggezegd.'

'Nee. Nou ja, een beetje. Maar ik moest toch eerst nadenken over wat hij zei? Kun jij dat dan? Meteen reageren? Ja, dat kun jij.'

'Dat kan ik. Jíj gaat zitten nadenken.'

'En is dat erg dan?'

'Nee, dat is fijn. Voor iedereen om je heen is dat fijn. Jij bekijkt wat er gebeurt en je denkt met drie hoofden tegelijk, één voor je eigen gedachten, één voor de gedachten van de ander, en één voor de hele situatie, wie waar zit, wie welke dingen zegt. Je bent heel rustig, heel overzichtelijk, heel aardig ook. Maar schiet je daar zelf iets mee op?'

'Nou. Wat een verhaal. Ik weet niet.'

'Ik weet het wel. Je schiet er dus niet altijd iets mee op. En soms verdwijn je zelfs.'

'Verdwijn ik? Wat bedoel je nou weer?'

'Niet boos worden. Soms denk jij zoveel dat het compleet onduidelijk wordt wat je wilt. Wat je écht wilt.'

'Verdwijnen? Ik verdwijn helemaal niet. Ik probeer altijd te vertellen wat ik denk. Of wat ik heb gedacht. Jij verdwijnt! Jij zegt dingen niet!'

'Tycho, dit ging over jou.'

'Ja. Maar ik verdwijn niet!'

'Nee, schat. En toch mag je best wat meer voor jezelf spreken. Tegen Gijs dan. Of tegen anderen. Ik zeg het omdat ik soms bezorgd om je ben. Met mij gaat alles goed hoor, bij mij verdwijn je niet, je hebt gelijk. Sorry ook.'

Ze begon opeens te lachen, middenin de ruzie, hard en gul. Gek, hoe alles, als ze dat doet, meteen een stuk lichter klinkt, een dreigend stampgesprek wordt een rijtje danswoorden. Ik lachte terug. Ik zei: 'En jij zegt dingen net zo goed, uiteindelijk. Sorry dus ook.'

'Sórry, sórry, sórry,' begon Vonda te zingen, en ze stond op. Het werd een tango, dwars door de kamer.

Vonda,

het is niet waar wat Gijs zei. Ik wás eerlijk, ik wás gevaarlijk. Ik was het alleen niet in het verslag dat ik bij hem ingeleverd heb. Ik was het in mijn mailtjes aan de jongen die ik niet meer schrijf.

En nu dan? Moet ik mijn lever en mijn hart en mijn gal en mijn onderbuik open voor hem neerleggen in letters en in woorden? Heeft iemand als Gijs daar recht op? Mogen Minke en Megan en Wieger en Niels en Ben – help, Ben – dat allemaal lezen? De vraag is wie ik wil zijn. Of ik ophoud met zijn aan de rand van mijn huid. Ja, dat doe ik. Voor hen.

Maar niet voor de jongen die ik niet meer schrijf. Die ik tot voor kort nog wel schreef.

En niet voor jou.

Hoewel – jij praat tegen mij, maar je laat je niet zien. Wat ik tegen je zei klopte: jij bent er, maar je verdwijnt ook. En misschien is het andersom net zo.

En toch zal ik nu aan jou gaan schrijven. Ik schrijf aan jou, en ik laat het je niet lezen. Is dat goed zo? Beschouw het als een deal. Dit is een onzichtbaar antwoord op die stomme discussie van ons.

Ik verdwijn dus helemaal niet, ik verschijn alleen niet overal. Ik weet dat ik, als we al eens thuis zijn, veel op mijn kamer zit, en dat ik soms alleen maar leef in de woorden die ik voor mezelf neerleg. Maar ik moet wel: het helpt, bij wijze van ordening. Als ik schrijf word ik de verkeersagent van alles wat ik meemaak: die ideeën links, en daar een beslissing met voorrang.

Stom hè, grote woorden? Ook daarom laat ik je deze mailtjes niet zien. Jij bent er nu, Moritz is er, ik ben er, en als jij dit zou lezen, zou je er misschien diep van gaan zuchten, je zou enorme bellen van zeepsop gaan blazen, mij erin vangen, het raam openzetten en wachten op storm.

Ik schrijf dit trouwens niet aan díe Vonda. Ik schrijf dit aan die andere: de Vonda die ik midden in de nacht zag staan bibberen, hier op de gang.

Een uur of drie voordat het nationaal voorrondefestival begon was het stil in onze kleedkamer. De laatste dagen was er onophoudelijk samengeklit, geroddeld en gelachen, maar na de generale repetitie van die middag had iedereen zich teruggetrokken in zijn eigen ruimte.

Ik hing op een stoel en nam in gedachten onze act nog eens door: Vonda begint na het klarinetintro helemaal alleen, pas tijdens het refrein stappen Moritz en ik uit de donkerte achterop het podium. Wij lopen naast elkaar, we dragen trommels voor onze buik waar we langzaam op slaan. Tijdens het tweede couplet houden we de stokken weer stil. Na het tweede refrein komen we naar voren, zodat Vonda tussen ons in komt te staan. Tijdens haar uithaal beginnen we haar vragen te stellen. Onzinvragen: *What do you remember? Why is it so important for you? What do we have to say? Why is it impossible to love two people? Shall*

we stay together? Aren't you afraid? We stellen de vragen om en
om, steeds dringender. De stilte tijdens de break wordt er mooi
paniekerig mee opgevuld, en dus haalt Vonda daarna adem en
barst uit in de hoge noten van de laatste twee refreinen: *We All
Together!* – alsof dat een antwoord is op alle vragen: *we moeten
samenblijven met z'n drieën, dan draait de wereld door.* Aan het
eind van het lied roffelen wij nog even flink op onze trommels,
het ziet er belangrijk uit en noodzakelijk, dat hebben we met
z'n allen mooi in elkaar gezet.

Intussen zat Moritz naast me te gamen, rookte Vonda haar
kretekstickjes op de parkeerplaats achter het gebouw en over-
legde Bert, de componist van ons lied en ook nog eens Irenes
man, met de programmaleiding over iets technisch.

En Irene zelf? Die rende even later langs ons allemaal: 'Eten,'
riep ze, 'laatste avondmaal.'

In het artiestenrestaurant stond een buffet opgesteld. Wij
schoven aan een vrije tafel – er moest nodig een doekje overheen, maar het gehaktbrood smaakte goed. 'Niet knoeien!'
grijnsde de floormanager die langs liep, en de presentatoren
kwamen ook nog even bij de tafels staan.

Ik hoorde niet wat ze zeiden, want Felaya belde. Mijn klasgenoten kwamen allemaal samen naar de finale. Er was vervoer
geregeld, er gingen zussen mee, en vriendjes, ze hadden meer
dan twintig kaartjes besteld. Felaya vroeg: 'Hoe gaat het?'

'Goed,' zei ik, 'ik voel me prima, hoe is het daar?'

'Wij zitten in een restaurant in de stad,' zei ze, 'en we denken
aan je.'

'Dat is lief.'

'Weet je wie er zijn?' Ze begon de namen op te noemen. Minke bleek een nieuwe liefde te hebben, een met pukkels. 'Skate-
boarder, flink misplaatst,' fluisterde Felaya.

Wieger was er met zijn zus, en Niels had niet uit zijn vriendinnen kunnen kiezen, er waren er twee en allebei lachten ze
hard. Ik dacht even, heel even: ik wou dat ik daar was, bij hen,
op weg naar iemand anders en straks gewoon in het publiek. En

ik dacht: ik zit dus op de juiste opleiding, ik heb goed gekozen, ik wil niks anders. Maar toen keek ik naar Vonda, die met haar ellebogen op tafel tegen Moritz zat te praten, en ik wist het: dit wil ik óók, avontuur, avontuur, met z'n drieën in een vrolijk bootje.

Ben nam de telefoon over van Felaya. 'Karsten knapt uit z'n vel van de festivalzenuwen,' zei hij. 'Ik mag je niet vertellen wie hij denkt dat er gaat winnen, want dat maakt je maar nerveus. Maar gaat het goed? Zul je alles onthouden? Het moet wel tekst opleveren, hè? Alles voor de literatuur.'

'Ja,' zei ik, 'alles voor de literatuur en fuck de oppervlakkigheid.'

Ben lachte hard. 'Fuck de oppervlakkigheid, Tycho! Fuck de oppervlakkigheid!'

Ik werd altijd nog blij als hij lachte. Bij elk gesprek had ik het gevoel dat ik moest zoeken naar de juiste frequentie – maar op deze piekdag lukte blijkbaar alles. Ik hield mezelf niet al te strak in de gaten, ik voelde geen zenuwen en geen tegenwind.

Ik moest het gesprek afbreken, want onze ouders kwamen boven voor een laatste hallo en een laatste sterktewens en laatste kussen, en daarna moesten we naar de schmink en naar onze posities backstage, en toen begon het voorprogramma en het aftellen en het hele, hele festival.

Voor we het wisten waren we aan de beurt.

Vonda kneep in mijn zij, in mijn schouders en in mijn vingers. Ze zei: 'Ik ben even weg, mijn buik, mijn buik.' Gelukkig was de wc om de hoek.

Moritz en ik keken naar elkaar en naar onze witblauwe stonewashed broeken, we keken naar onze JC Raggs-shirts met tekst: BYE BYE stond er bij Moritz, en LOVE GENERATED GENERATION bij mij. We stonden het gewicht van onze voorvoet naar onze hakken te verplaatsen en weer terug. Net op tijd schoof Vonda tussen ons in, net op tijd om adem te halen en op te gaan. *We all together.*

Zang perfect, act perfect, kokend gejuich.

Vonda,

dankzij jou stond ik opeens voor een volle zaal met mensen die naar me keken. En ik dacht nog wel dat ik mijn hele leven in de schaduw zou lopen. Maar ik stond daar – en ik was niet bang. Ik trilde wel een beetje, maar dat was van het spannende van de situatie, van het ongewone. Van de plop die er uit dit avontuur sprong, een plop als van een koolzuurflesje, gebruis all-over.

Ik was niet bang, want je kunt niet bang zijn van iets waar je geen verstand van hebt. Ik probeerde te ademen zoals jij me had geleerd, rustig en diep, maar ik hoefde mezelf daar niet aan te herinneren, want het ging vanzelf. Jij stond voor ons, Vonda, ik hoefde net als Moritz alleen maar op tijd tegen je aan te praten.

Bovendien vergat ik al die ogen in de zaal. Ik zag ze niet. Ik zag iets wat zwart was en leefde. Net een stille hond in een donkere hoek. Het ademde, maar het wachtte doodstil tot we uitgesproken waren. En toen begon het klappen: ook een soort dierenreactie, in dit geval was het publiek zelfs net zo uitzinnig als een boxer die van vreugde tegen je opspringt.

Ik dwaal af. Het was niet eng, Vonda, want jij deed het werk. Ik voelde me veilig: ik stond in het licht, maar ik liep nog steeds lekker in de schaduw.

Al voordat de een na laatste televoting-punten werden opgelezen, wist ik dat we gewonnen hadden. We konden in de *green room* het scorebord niet duidelijk zien, het flitste maar af en toe voorbij op een van de videoschermen, maar we hoorden de presentatoren en ik had meegeteld. Ik riep: 'We zijn er! We zijn er echt! We kunnen niet meer verliezen!' Ik probeerde Vonda te stompen, maar die verschikte iets aan haar jurk. Ik probeerde aan Moritz' shirt te trekken, maar die was al drie stemrondes lang met een geluidsman aan het flirten. Het lege colaflesje dat ik in mijn hand had viel op de grond. Ik bukte om het op te rapen en toen ik mijn hoofd weer ophief, bleek dat de anderen ook beseften wat er aan het gebeuren was. Het werd geroepen om ons heen, onze naam klonk op uit de opgewonden monden van andere deelnemers. Irene zat te stralen, ze sloeg met haar vuist op tafel en ze sloeg met haar vuist op de knieën van Bert. Vonda pakte mijn vingers en schreeuwde: 'Natuurlijk! Natuurlijk! *We all together!* Daarom moesten jullie mee! Geluksbrengertjes, geluksbrengertjes!' Moritz zat op zijn knieën op de bank en sloeg achter Vonda langs naar mijn hoofd. Vonda trok hem naar beneden, haar Bacardi viel om, ze merkte het niet, want ze slingerde haar warme armen om mij en Moritz heen. Ze knelde ons samen tot het driemansgroepje dat we waren. Ik voelde de lovertjes van Vonda's jurk in mijn wangen. Ik rook het geurmengsel van haar zweet, haar deo en haar parfum. Ik herkende het van de avonden dat we op ons balkon hadden gezeten.

Er kwam een floormanager op ons af die 'kom dan!' siste, 'snel!' Het draaiboek waar hij mee gebaarde zwaaide langs mijn gezicht en wij schoten overeind, alledrie.

Het was toen dat de ene seconde in de andere begon te ademen. We hadden ons goed gehouden tijdens het programma, we waren als eersten aan de beurt geweest en onze act was niet mislukt, Vonda had perfect gezongen. En omdat we ervan overtuigd waren dat Colin, de bekende zanger, zou gaan winnen, was alles ontspannen en vrolijk geweest. Daar op de banken van de *green room* had ik bijna het gevoel gehad dat we thuis waren, dat we op mijn kamer in de kussens hingen. Goed, er stonden camera's, en goed, we waren niet alleen, maar we giechelden tijdens de rest van de show en we begonnen rond te lopen. Irene moest ons een paar keer bij een van de tafels van de andere deelnemers vandaan halen. 'Serieus,' zei ze, 'opletten, de puntentelling gaat zo beginnen.'

Zo was het gegaan, ik voelde me licht en los van mezelf. En nu? Nu hadden we gewonnen. Nu wilden we opeens alleen nog maar rennen. We wilden onze oren en ogen en mond openzetten in de vaart, we wilden ze oprekken, groot maken, zodat al dat ongelooflijke naar binnen kon. We wilden onderweg zijn naar wisten wij veel waar.

'We hebben een winnaar!' hoorden we. 'Vonda's Voice!'

Mannen met camera's kwamen op ons af en bouwden van zichzelf en van hun toestellen een muurtje. En daar was Colin: hij brak ertussendoor en viel Vonda om haar hals. Ik zag hoe er op zijn zoenen werd ingezoomd. Hij had verloren. Hij mocht niet naar Riga. Mij kuste hij niet, maar hij pakte mijn handen en mimede zijn felicitaties. Tijdens de voorbereidingen had hij voortdurend met Moritz willen praten, maar ook Moritz kreeg geen zoenen. Ik zag nog hoe Colin, zich omdraaiend, de camera in de gaten bleef houden, maar daarna was Irene er weer, en Irene leidde ons weg. De cameramuur boog open en eindelijk holden we echt: we haastten ons door de donkere gangen naar het podium. De herkenningsmelodie van het festival toeterde ons tegemoet.

Vonda,

het is niet helemaal waar. Ik ben wel bang geweest. De avond voor de festivaldag werd ik gek van mijn eigen hoofd. Het jakkerde daarboven. Ik kan niet meer terughalen wat ik precies dacht en in welke volgorde, maar één zin kwam steeds weer terug: wat als we winnen?

Nee, dacht ik dan, we winnen niet. Ja, maar wat áls we winnen, dacht ik dan weer. Het was een gedachte met koppige lucht erin, ik duwde haar onder maar ze bulkte steeds weer op.

Ik stapte mijn Japanse bed uit om water te gaan drinken.

Ik hield mijn handen onder de kraan.

Ik liep naar de gang. Sliep jij? Sliep Moritz? Jij was vroeg naar bed gegaan, Moritz en ik hadden nog een tijdje op mijn kamer zitten kaarten. Ik stond op de gang en hield me stil. Even wilde ik de zoldertrap nemen om naast Moritz in slaap te vallen, gewoon mijn hollend hoofd op één kussen met dat van hem, maar ik wist dat dat niet...

Ik wilde een beker warme melk.

Ik stond in het donker te kijken hoe mijn gammele pannetje boven het blauwe gas balanceerde, toen de keukendeur openging. Moritz. Hij zuchtte. Ik keek hem aan. Hij keek mij aan en zuchtte nog

een keer. Ik grijnsde. 'Wat?' zei hij. Ik zei: 'Nu zijn we allebei hyste-
risch.'

En ik maakte twee dampende koppen en ik gooide er een anijsta-
blet in. We gingen naar mijn kamer. We zuchtten en bliezen nog een
halfuur, maar daarna waren we opeens zo slaperig dat we alleen nog
maar zin hadden in ons dekbed.

Vonda, om precies te zijn: hij het zijne, ik het mijne.

Ik stond er duizelig bij, daar op dat podium. Vonda had het lied
nog een keer gezongen, dat hoorde zo, en Moritz en ik hadden
onze act weer opgevoerd. Maar tijdens het refrein landde ik opeens, ik voelde de onderkant van mijn voeten weer en ik dacht:
o nee, o nee, wat gaat dit betekenen? Hoe kunnen deze dingen
zomaar gebeuren zonder dat ik weet waar het heen gaat? Hoe
moet het met school? Riga, waar ligt dat precies? En Oliver?
Oliver gaat me zien. Dat zinnetje cirkelde tijdens mijn staan
en mijn praten, daar op het podium, voortdurend door mijn
hoofd: Oliver gaat me zien.

Na de laatste tonen werden we van alle kanten toegejuicht
en sufgeflitst. Onze trommels werden ons door haastige toneel-
knechten afgenomen. De eindtune van het festival zette in en
iedereen kwam achter ons staan. Iemand drukte bloemen in
onze armen. Bert kwam erbij, hij hield de componisten-award
boven zijn hoofd. Ik zag hoe mijn vader en mijn moeder vlak
voor het podium met Vonda's moeder en Moritz' familie stonden te joelen. Vonda begon de presentatoren nog eens te zoenen, en een voor een kwamen de andere artiesten langs. Wendy
en Richard, de hele Startrooper-groep, Mister Z., die zijn handen met gespreide vingers op mijn schouders zette: 'Vet jongen, vet!' En waar was Colin? Colin was nergens te bekennen.
De tune eindigde met trompetgeschetter en daarna ging het vi-
deoscherm achter het podium op zwart.

Plotseling was het een stuk stiller. Het publiek klapte nog
wel zo'n beetje, maar het vuurwerk in het zijdecor hield op met
spuiten en verschillende orkestleden stonden op. De presenta-

toren draaiden hun rug naar het publiek, feliciteerden elkaar en zuchtten: 'We zijn uit de lucht.' Irene riep: 'Whaaahoe!' en sloeg een arm om mij heen. Moritz worstelde zich dwars door de songfestivalfans naar zijn ouders toe. Vonda kwam mij nog eens kussen. 'Ik zei het toch!' lachte ze naar Irene en wees op mij, 'geluksbrengertjes!'

'Ooohhh,' zei Irene, 'wat is dit leuk!'

'Leuk?' gromde Vonda. 'Wat een woord! Doe wat! Huil! Spring!' Irene hoorde het al niet meer, want Vonda en ik liepen hand in hand naar onze ouders. Onderweg werden we zeventien keer omhelsd. Er werd nog steeds gefotografeerd, en een dag later zag ik mezelf aan Vonda's arm terug in een roddelkrant. Onderschrift: *Songfestivalwinnares trekt haar vriendje mee naar Letland.*

Toen we de volgende ochtend met opgezwollen ogen aan het ontbijt zaten (we moesten om acht uur al bij een radiozender zijn), trilden onze gsm's door alle sms'jes en voicemails voortdurend van de tafel af. Ik had 's nachts al geprobeerd het een en ander te beantwoorden, maar blijkbaar hield het telefoonnet de helft vast, om die dan 's ochtends vroeg in bulkgroepjes door te sturen.

We probeerden alle drie tegelijkertijd onze sms'jes voor te lezen. 'Hier,' riep Moritz, 'luister even naar deze van mijn vorige stageadres.'

'Ik heb wat van Felaya en van Ben,' zei ik. 'En van Karsten.'

'En ik word gek van mijn moeder,' zei Vonda, 'zes sms'jes en drie keer huilen op de voicemail.'

'Maar ze was er gewoon bij gisteravond!' zei ik. 'Ze heeft champagne met ons gedronken, ze hing bij de presentator om zijn nek!'

'Weet ik,' grijnsde Vonda, 'deze zijn van nog daarna.'

Onze ouders hadden allemaal champagne gedronken. Mijn vader had met Moritz' moeder gedanst, Moritz' vader met mijn moeder, en allebei dansten ze met die van Vonda. Ik had het uit mijn ooghoek gezien, want op het feest na de finale moesten we eerst met verslaggevers en songfestivalfans spreken. Natuurlijk kwam iedereen vooral op Vonda af, ze straalde, ze lachte naar alle kanten. Maar ook Moritz en ik werden belaagd. Ik vond het grappig – een paar weken geleden liep iedereen langs me heen en nu sloegen ze me op mijn schouders. Sommige mannen legden hun arm om mijn nek. Een aantal keren kwam Irene me bevrijden. 'Daar zul je aan moeten wennen, jongen, vanaf nu zijn jullie hot.'

Het was allemaal vooral zo vreemd omdat ik dacht: Vonda en Moritz en ik, wij gaan naar Letland, we gaan Nederland vertegenwoordigen, zo heet dat. Het avontuur zou opgehouden moeten zijn, maar het gaat door, dit gebeurt met iemand anders dan met mij, misschien ben ik zelf die iemand anders.

We dronken nog wat mixjes om twee uur 's nachts, na het feest. Het was inmiddels rustiger, we zaten met onze ouders en met Irene en Bert in de kleedkamer, en ik zei: 'Ik moet steeds denken aan een enorme doorzichtige strandbal, een enorme bal, en hij rolt maar en rolt maar. En die strandbal, dat zijn wij.'

Iedereen moest lachen, maar ik meende het. Ik bleef het denken, ook toen ik 's nachts de anderen struikelend naar bed had gebracht en ikzelf nog achter mijn laptop was gekropen en het opeens ontzettend koud kreeg.

Tijdens het voorlezen van de ochtend-sms'jes dacht ik er weer aan. Ik vond het nog steeds een goed beeld: dit was een enorme, doorzichtige, rollende strandbal. Misschien moest ik die vergelijking voor een gedicht gebruiken. Kan dat wel, dacht ik, kan alles wel gewoon doorgaan? School? Schrijven?

Ik keek naar de anderen. Zij hadden nog een beetje geslapen, ik had die nacht niet meer dan een uur of twee mijn ogen dicht kunnen doen.

Moritz vroeg welk T-shirt hij aan moest en Vonda zei er dwars doorheen: 'Het is een wonder, jongens. Beseffen jullie dat wel?'

Wij knikten en we legden onze gsm's neer. 'Een vreselijk wonder is het,' zei ze. 'Een reusachtig, ongelooflijk, angstaanjagend wonder! Beloof me, beloof me eerlijk en echt, dat jullie bij me blijven.'

Moritz keek naar mij. Ik begon een beetje te lachen, maar ik hield er snel mee op, want ik zag Vonda's gezicht.

'Beloof het me,' zei ze nog een keer, 'blijf bij me tot het eind. Blijf bij elkaar.'

Opeens pakte ze mijn hand, en daarna die van Moritz. Het bleef stil, maar toen pakte Moritz mijn vingers, zodat we elkaar alle drie vasthielden. Moritz en ik zeiden het tegelijkertijd: 'Dat beloven we.'

Vonda,

weet je hoe je na de overwinning keek?

Je keek alsof ze een taart in je gezicht hadden geduwd.

En toen keek je alsof je die taart van om je mondhoeken weglikte en alsof dat het lekkerste was wat je in maanden had geproefd.

Je keek ook alsof je met iedereen wilde gaan trouwen.

En je keek alsof je wist dat iedereen dat ook wilde met jou.

En heel laat op de avond keek je alsof je haar en je wangen en je sproeten alvast in slaap waren gevallen, alleen jij nog niet.

Maar de ochtend erna lag er weer een blij hondje in je lach.

Totdat dat hondje verbleekte en wij je vast moesten houden: Braaf, Vonda, braaf, de baasjes blijven bij je.

Ik?

Hoe kan ik weten hoe ikzelf keek?

Het was alsof we een nieuw familietje vormden, met Vonda als centrale dochterzus, Moritz en ik als broers, en Bert en Irene als nepvader en nepmoeder. Zo was het een paar weken voor het festival afgesproken, in een bijeenkomst met ons en onze echte ouders.

Alleen die van Moritz en van mij waren gekomen. Vonda's

moeder was te laat of verhinderd, ze werd nog wel eens bijge-praat.

Irene en de platenmaatschappij hadden blijkbaar ervaring met artiesten die snel beroemd en nog sneller gek werden. Irene besprak de risico's, en bijna alles kwam op een afspraken-lijstje te staan. Iedereen moest instemmen en een handtekening zetten.

Bert en Irene zouden de begeleiding op zich nemen. Dit zou duren tot en met een paar weken na de finale in februari, maar bij winst tot na het internationale festival. ('Ha ha ha', daar moesten we hard om lachen, 'bij winst, ha ha ha.') De ar-tistieke beslissingen werden in overleg met Vonda genomen. Ieder van ons was uiteraard vrij in het geven van antwoorden tijdens interviews, maar alle aanvragen zouden via Irene gaan. Verder werd de platenmaatschappij gevrijwaard van zieken-huisclaims.

Ziekenhuisclaims? Ik vroeg waar dat op sloeg.

'Op eventuele behandelingen naar aanleiding van bekend-heidsstress.'

Bekendheidsstress?

'Dat een van jullie doorslaat omdat hij of zij de aandacht niet aankan.'

De aandacht?

'Stel dat jullie winnen, stel dat de single een succes wordt, dan wil iedereen naar jullie kijken, met jullie praten, een foto van jullie maken.'

Van ons? Van mij? Ik sta alleen maar op de achtergrond!

'Wen er nou maar aan, Tycho.'

Mijn moeder moest lachen, maar in haar lach klonk de ner-vositeit door.

'Maak je geen zorgen, Maud,' zei Irene, 'ik heb dit vaker ge-daan en die drie zijn geen sufferds. Ze zullen ermee om kunnen gaan, dat merken we nu al. Maar dit soort afspraken maak je nu eenmaal voor het geval dat het fout gaat. Bert en ik bewaken het hele proces. Dat wordt nog heel vervelend voor Tycho en

Moritz en Vonda – zijn ze net van huis, krijgen ze ons weer op hun dak.'

'En wij?' zei Moritz' vader.

'Jullie worden overal bij betrokken. Dat wil zeggen, die betrokkenheid gaat vanaf nu via Moritz en Vonda en Tycho. Maar wij blijven jullie natuurlijk af en toe bellen.'

'Dat hoeft niet, wat mij betreft,' zei Vonda.

'Wat mij betreft wel,' zei ik. Ik wilde dat iedereen erachter stond, dat iedereen op de hoogte was. Ik keek mijn vader aan, hij knikte. Ik keek Moritz aan en die begon zijn vader te stompen. Ik dacht: hij voelt hetzelfde.

Na afloop gingen we met z'n allen Italiaans eten, Irene had een creditcard van Bronze Man Records. In het restaurant daagden we Vonda uit om haar lied in het nep-Zweeds te zingen en het nep-Chinees.

'O,' zei ze, 'geen probleem. Wat krijg ik ervoor?' Ze stond op en er spatte overal tomatensaus naast de borden.

Vonda,

is alles één grote, domme weegschaal? Is het zo dat als je je vrolijk en groot en vol voelt, je later, 's nachts bijvoorbeeld, inkrimpt tot klein en bibberend en leeg? Hoe kan het zijn dat ik iemand miste terwijl er zoveel mensen om me heen waren? Waarom drong mijn zomer zich juist in die eerste dagen zo sterk aan me op – terwijl er een hele avonturenlente voor me lag?

Vonda, Vonda, red me: ik ben de raarste thuis, en ik moet erover ophouden. Streep door de zomer, op naar de gekte. Met jou, Vonda, met jou!

Bert belde vanuit zijn busje: 'Ik sta binnen vijf minuten voor jullie deur.' Wij renden langs de wasbak, langs de keuken, langs de kapstok en kadoinkten de trap af. Berts portier stond open, er waaide een slap wolkje sigarettenrook naar buiten. Toen we onze huisdeur dichtsloegen vlogen er twee meeuwen op die een eindje verder boven een vuilniszak hadden gehangen.

'Goeiemorgen, winnaars,' zei Bert.

'Hoor wie het zegt,' zei Vonda.

'Nu alweer nuchter?' vroeg Bert. Hij lachte en smeet het filter van zijn sigaret over de singelklinkers.

We gingen naar Hilversum, de eerste afspraak was bij Radio Zeven, en daarna zou er nog een rijtje zenders volgen. We
mochten naar de *Avondshow* op televisie, we hadden een afspraak bij RTL *Nu* en tussendoor kon er nog van alles worden
toegevoegd. Irene belde en zei: ' Ik werk elk uur het schema bij
en dan bel ik weer.'

Bert zei dat we gewoon maar moesten gaan zitten, dat we ons
gewoon maar moesten laten rijden en dat we gewoon maar blij
moesten zijn. Dat deden we. Maar in de file op de Rotterdamse
ring sloeg de slaap al toe, we zakten alle drie tegen elkaar aan.

Een halfuur later werd ik wakker. Ik deed mijn ogen open en
keek recht in die van Vonda. 'Héeee,' gaapte ik, 'zat je naar me
te staren?'

'Ja,' fluisterde ze, 'stil. Moritz slaapt nog. Weet je wat ik
dacht? Dat ik door ga breken. Ik ga bekend worden, en alle aandacht die we kunnen krijgen voor de single is meegenomen. En
de single moet natuurlijk in de top-weet-ik-veel, en dus moeten
we zo vaak mogelijk te zien zijn. Ik maak het jaar af op school,
maar misschien kan ik stoppen met het muziekrestaurant. En ik
wil een hele cd. Dat is mijn doel, Tycho, een hele cd. We moeten over nummers na gaan denken. Dit is één grote opstap, dit
is een enorm begin. Dat festival past bij mij, het is een konin-
ginnenzet. Als je met een briljant nummer tussen de hoempa-
liedjes staat, dan val je op. Maakt niet uit wat we in Riga bereiken. Dit gaat zoals het bedoeld is, Tycho. Mijn leven staat in de
versnelling, ik voel het.'

Ik ging rechter op zitten omdat ik bang was dat ik mijn slaap-
adem in haar gezicht blies. Ik zei: 'Heb je dat net allemaal zitten
bedenken? Je ziet een beetje rood. En je wilde eerst niet eens
meedoen.'

'Boterkop,' zei ze, 'ik wilde niet en ik wilde wel. Het is natuurlijk allemaal onzin, maar het is onzin die ergens toe leidt. Dat kon ik toen toch nog niet weten?'

'Ja, ja,' zei ik.

'Amour,' zei ze, 'blijf je me helpen?'

Ik begon te lachen. 'Natuurlijk,' zei ik. 'Maar Moritz en ik hoeven toch niet altijd mee? Dat kan toch ook niet elke dag? We hebben onze school, en... Shit, ik moet Gijs bellen.'

'Ja, je moet Gijs bellen, maar jullie moeten mee wanneer het kan. We horen bij elkaar. Dat is het plaatje. Vonda's Voice.'

'Von! Nee! Jij moet bekend worden, in je eentje. Niet als groep. Wij doen niks, wij kunnen niks! Het is een act!'

'Ik kan het wel alleen.'

'Hè? Wat bedoel je? Dat zeg ik toch? Natuurlijk kun je het alleen. Waarom twijfel je nou opeens? En waarom moesten we je vanochtend opeens beloven dat we bij je zouden blijven?'

Ze keek me aan, er hing een pluk kastanjehaar voor haar ogen. 'Ik kan het wel alleen. Maar er is nog zoveel dat... Ach, Kristus, ik wil gewoon dat jij er bent, en dat Moritz er is. Deze week in elk geval. Deze week, Tycho. In elk geval deze hele week. Niet terugtrekken nou!'

'Nee, nee,' zei ik, 'nee, nee!'

'Hilversum,' riep Bert naar achteren, 'radiostad!'

We kwamen studio's binnen waar rode lampjes brandden, we gaven technici een hand, iemand kwam een flesje spa brengen, er werd een droppot naar ons toe geschoven en we moesten op een kruk zitten, met hangmicrofoons voor onze neus. De presentator rommelde met zijn papieren, feliciteerde ons, hief een vinger naar iemand achter glas, drukte een knopje in en begon te praten: 'Hier bij ons in de studio, de verse winnaars van het nationale songfestival, onze hoop voor Riga: Vonda's Voice. Ja, daar zitten ze dan, drie gelukkigen, Vonda Oppenheim en haar frisse sidekicks Tycho en eh... even kijken... Moritz. Jongens, goeiemorgen, hebben jullie een beetje geslapen?'

Of we werden door Irene, die er halverwege de middag toch maar zelf bij gekomen was, naar een rommelig bureau van een krantenredactie gebracht. Daar zat een dun meisje met een dun coltruitje. Het meisje zei: 'Vonda's Voice. Een nieuwe groep. Of eigenlijk een nieuwe zangeres, met twee achtergrondzangers. Nee, eigenlijk geen zangers, eerder twee achtergrondjongens. Zeg eens, alle drie, hoe was het om Colin te verslaan?' En dan lachten we moeilijk en dan keken we naar Vonda en die mepte het dunne kladblokmeisje dan omver met haar donderende lach.

Of we zaten opnieuw achter een schminktafel, Irene liep langs met nieuwe T-shirts, ze zei: 'Dit is Loes, ze gaat straks met ons mee naar Riga, fijn hè, een eigen visagiste,' en we lachten naar Loes en kregen weer een kuifje en weer make-up, want we moesten de act nog een keer doen, live in *MiddagMedley*, met een dansende presentator om ons heen en snelle grappen over ons gemompel tijdens de break: 'Wat zeggen jullie daar? Wat zéggen jullie nou precies, jongens? Wat zeggen jullie, vertel het aan de mensen! Kijk die ogen twinkelen, is het ondeugende praat, is het ondeugende praat?' En Moritz en ik wisten niet wat we moesten zeggen en we lachten maar weer een beetje, ha ha ha, en Vonda greep in en fluisterde de presentator iets in zijn oor.

Vonda zwaaide met haar armen en ze strooide blije antwoorden om zich heen, ze was op haar best, ze was op haar plek. De mensen zouden haar onthouden, een glansvrouw met heldinnenlach, het was alsof ze haar hele leven al gewend was aan dit felle licht en deze vrolijkheid, ik dacht: je zou zweren dat ze in een winkeletalage is opgegroeid.

En dan zong ze ook nog eens als een vroege Whitney Houston. *We all together*, aaaaaaaaaaaah wat mooi.

Vonda,

na de finale, na de afterparty, maar vóór de laatste nachtdrankjes kwam mijn vader naar me toe. Hij zei: 'Zoon, onthou je wat ik nu zeg?'

Ik vroeg: 'Wat zeg je dan, pap?'

Hij zei: 'Dat het niet echt is, Tycho. Dat het leuk is en geweldig, maar niet echt.'

En toen voelde ik zijn armen om me heen.

Maar wat is echt?

Ik wou dat ik het wist. Die eerste dagen waren harmonicadagen: ik had het gevoel dat ik nu eens uitgerekt werd en dan weer teruggeperst. Er schoot tijd en ruimte onder me door, ik zat in een auto naar weet ik waar en het was vroeg, en ik tuurde naar mijn laptop en het was laat.

Het waren de dagen waarin ik meer over Oliver dacht dan ooit, de dagen dat ik besloot hem van me af te kappen. Hem als een onecht gedeelte van mezelf weg te snoeien, ballast, restgedachten.

Ik moest kiezen voor wat aanwezig is en grijpbaar. En jij en Moritz waren bij me, steeds, en Oliver was er niet. Ik schreef hem van me af in mijn nachtmailtjes, de laatste heb ik vorige week opgeborgen in een Wordmap op mijn bureaublad.

Vonda, dáárom was ik dus slaperig, en teruggetrokken, en dáárom was mijn vrolijkheid dus af en toe geïmiteerde vrolijkheid. Je zei er niks van. Zag je het niet? Zag je niet dat ik uren reizen moest? Van mijn afscheid nemende eigen stilte naar onze we-all-togetherheid en weer terug?

Het geeft niet dat je het niet zag.

Maar als ik dus al uren reizen moest, hoe lang deed jij er dan over van jouw Serge af naar nu?

De sleeptouwtoer ging door. We probeerden allang niet meer om al onze sms'en en voicemails te beantwoorden, het waren er te veel. We ontwikkelden een weggooi-systeem: tussen de regionale radioshows en de chatsessies door tikten we in Berts busje haastig een antwoord naar wie van belang was, de rest van de berichten klikten we weg. Het leek wel arrogant, het leek wel uit de hoogte, maar het kon niet anders: hoe meer er tegen je aan wordt gepraat, hoe minder je terugzegt.

Voor Vonda gold dat zelfs letterlijk. Op woensdagochtend zei ze: 'Jongens, ik praat niet meer tegen jullie. Niks persoonlijks, hoor, stemzorg. Straks kan ik niet meer zingen.'

En dus overlegden Moritz en ik met Bert, dus luisterden Moritz en ik naar Irene en dus namen wij Vonda's gsm op als haar moeder belde: 'Tycho, jongen! Waar is mijn dochter?'

'Hier, maar ze spaart haar stem. Ze moet zo weer zingen.'

'Och gottegot. Zie je, daar begint het al. Hebben jullie honing?'

'Honing?'

'Ze moet honing. Maar wat ik zeggen wou: jullie komen hier vanavond eten, samen met jullie ouders. Ik heb ze al gebeld. Het wordt winterkost.'

'Oh? Maar misschien hebben we...'

'Niet zeuren, Tycho. Geeft Bert even.'

Ik hielde de gsm aan Berts oor. Hij zei drie keer 'nee' en toen 'ja'. Daarna herhaalde hij een adres. Ik deed de gsm uit en Bert zei: 'Tjonge.'

Vonda lachte – zonder geluid.

Na een kort interview met optreden bij nog een tv-show (*Leven en Eten*) reden we naar Gouda, naar het appartement van Leja, Vonda's moeder, naar de hutspot voor iedereen.

Normaal zijn Vonda en haar moeder twee bekken tegen elkaar, maar ik denk dat ook Vonda inmiddels gewend was aan vervoerd worden, aan het aannemen van plannen. En dus zei ze 'welja', en dus begon de avond rustig.

Vonda had wel wat anders aan haar hoofd. Ze had Irene zover gekregen dat die het restaurantwerk voor haar opzegde. Ze kreeg er zelfs twee uitbetaalde vakantieweken bij. Bovendien waren er uitnodigingen voor een Ahoy-optreden van verzamelde artiesten ten bate van het Astmafonds en (Vonda kneep me in mijn polsen toen ze het hoorde) voor een voetbalwedstrijd van het Nederlands elftal. Of Vonda het Wilhelmus kon komen zingen.

We kwamen de Gouda-flat binnen. Vonda smeet haar touwtjesjas onder de kapstok en omhelsde haar moeder. 'Moet je eens luisteren! Mam, luister eens!'

'Wát?' riep haar moeder. 'Kindje, kindje, wát?'

Moritz en ik liepen achter hen aan terwijl Vonda haar uitnodigingen begon op te sommen. Onze ouders waren er al, er stond een schaal met bitterballen op tafel, er was pils en rosé. Hoe lang hadden we hen niet gezien? Drie dagen maar. Hoe lang hadden we hen niet gesproken? Een paar uur – we belden steeds, drieminutengesprekjes. Maar toch leek het wel op een weerzien na weken. 'Ja,' zei mijn vader, 'mooi dat we elkaar even zien. Kunnen we allemaal op adem komen. Kunnen we horen hoe het met onze zieltjes gaat.'

'Zieltjes?' zei mijn moeder. 'Jelmer, doe niet zo raar.'

Vonda trok ons mee de kamer door. Overal stonden oude foto's. De kleine Vonda zat in een zandbak, ze hing aan een klimrek, ze hield een wc-rol-microfoon voor haar mond. 'En kijk,' zei ze – we liepen naar een muurhoog wandmeubel – 'hier is mama's exen-kabinet.' Tussen de damesboeken keken mannen naar de fotograaf. Ze hielden allemaal hun arm om de schouder van Vonda's jonge moeder.

'Vonda Esmeralda Oppenheim!' zei diezelfde moeder, achter ons. 'Het zijn niet allemaal exen, dat weet je best. Dat jij beroemd wordt vind ik prima, maar dat geeft je niet het recht mijn verleden belachelijk te maken.'

'Mamaatje...' suste Vonda. Ze pakte een van de fotootjes op en draaide hem naar ons. 'De Ier,' zei ze, 'de Ierse ex.'

Vonda's moeder haalde adem voor een volgende opmerking, maar ik zei: 'Esmeralda? Heet jij Esmeralda?'

'Ja!' riep Vonda's moeder. 'Ja, er was toen zo'n Spaanse zangeres, en die zong flamencoliedjes, en die...'

'Mama!' riep Vonda nog harder. 'Toen wist je dus al dat ik wilde zingen! Wat ben je toch een helder moedertje! Een Spaanse zangeres, olé! Geef me een stier!'

'Ach jij,' zei Vonda's moeder.

Moritz wees naar de portrettengalerij. 'Staat je vader er niet bij?'

'Nee,' zei Vonda, en haar moeder zei het ook, ze zeiden het precies tegelijk: 'Nee.'

'Oké,' zei Moritz.

'Mooi,' riep zijn moeder vanaf de bank, 'jongens, kom nou eens zitten.'

'Ja, Tych!' riep die van mij.

Vonda's moeder serveerde merguezworstjes bij de hutspot. We aten alsof we dagenlang geen eten hadden gezien. Onze ouders keken vrolijk toe, maar na de koffie kwamen de bezorgde vragen. Konden we het allemaal wel aan? Genoten we wel genoeg? Sliepen we wel genoeg? Relativeerden we wel genoeg?

Mijn vader zei: 'En gaat het financieel wel goed? Tych, je bent nu toch gestopt met je baantje?'

Dat klopte. Na mijn nazomer-sinaasappelwerk was ik bij de groentewinkel blijven werken, die was van dezelfde eigenaar. Groentes wassen, rauwkostschotels maken, kassa draaien. Maar tijdens de songfestivalvoorbereiding had ik opgezegd. Het lukte me niet meer om elke koopavond en elk weekend klaar te staan. Bovendien kregen we een vergoeding van de NOS en van de platenmaatschappij, waarmee ik het een paar weken kon redden. 'Het lukt,' zei ik, 'we krijgen ook nog geld voor Riga.'

'Jullie ook? Niet Vonda alleen?' vroeg Moritz' vader. 'Jullie zijn toch niet echt eh...'

'Wat bedoel je, pap?' zei Moritz.

'Nou nee,' zei ik, 'wij zijn inderdaad geen echte artiesten. Maar er is ook een budget voor de act. Ik denk dat we van Irene daggeld krijgen, voor elke promotiedag of zo.'

'Ah,' zei Moritz' vader, 'dan is het goed. Maar als het misgaat horen wij het graag. Wij helpen natuurlijk.'

'Goed,' zei ik, maar ik keek naar Moritz en zag dezelfde re-
serve: hij tegenover zijn vader, ik tegenover die van mij. We
knikten, maar we knikten niet van harte. Helpen? Wij waren
het huis al uit. 'Een danceversie!' riep Vonda. 'Er komt ook een
danceversie op de maxisingle. Had ik dat al verteld?'

Toen we terugreden van Gouda naar Rotterdam – Vonda was
bij Moritz en zijn ouders ingestapt, die hadden een ruimere auto – zei mijn moeder: 'Tycho, gaat het echt wel goed? Voel je je
niet alleen?'

Ik lag half in de kussens op de achterbank, maar ik kwam wat
naar voren. 'Best, mam,' zei ik, 'alles gaat best. We zijn toch met
z'n drieën?'

Ik zag hoe ze knikte, en ik dacht aan mijn avonden, mijn stille laptopnachten – maar ik zei er niks over. Merkte ze iets? Ze
keek opeens naar buiten, naar iets onbestemds, en mijn vader
zocht mijn ogen in het achteruitkijkspiegeltje.

Ik zakte weer terug, maar mama was nog niet klaar. 'Ze komen erachter,' zei ze.

'Wie?' zei ik. 'Waarachter?'

Mijn vader nam het over: 'Daar heb je toch wel over nagedacht, Tych? Je komt met je jonge hoofd op tv en sommige mensen willen het weten. Wie is het vriendinnetje van wie?
Zijn die jongens zó of anders?'

'Homo, bedoel je,' zei ik. 'Of we homo zijn.'

'Ja,' zei mama, 'dat gaan ze vragen.'

'Ze doen maar,' zei ik. 'Hier links.'

'Weet ik,' zei papa.

Vonda,

er was een jongen bij Leven en Eten. *Het vreemde aan die programma's is dat je voor- en achteraf vooral met redacteuren te maken hebt
en nauwelijks met de bekende presentatoren. Die hebben geen tijd, die*

zijn met geluidstesten bezig, die zitten bij de make-up. De redacteuren staan bij de deur, ze kletsen met je en ze halen cola.

We stonden beneden bij de balie van de studio in Aalsmeer. We keken wat rond, overal zwart marmer, en een glazen lift die vanaf de studioverdiepingen naar beneden kwam zakken. Er stapte een redacteur uit. De jongen.

Ik verstond zijn naam niet. Bastiaan? Sebastiaan? Klaas-Jan? Maar hij keek. Hij had lange, scheefgegelde haren en een stom rood T-shirt dat bij hem niet stom was. Alles aan hem was raak. Hij was zelf raak. En hij keek.

Hij kletste wat met ons en hij haalde cola, hij deed alles wat een redacteur hoort te doen. Hij liep van ons naar het presentatieduo, hij begeleidde de soundcheck en hij wees Moritz de wc. Maar hij keek naar mij.

En het was geen oppervlakkige belangstelling die hij toonde: die herkende ik inmiddels van de Strano-avonden. Nee, hier stond ik niet in mijn coconnetje tussen geluid en geflirt, hier was ik ongewapend en erger mezelf dan ik wilde zijn. Hij keek en hij vroeg me van alles. Ik siste mezelf vanbinnen toe: rechtuit praten, opletten, niet fluisteren, niet slikken, niet blozen. En hij bleef me maar vragen stellen. En hij haalde zijn gsm steeds maar tevoorschijn.

Maar toen moesten we weg.

Ja, we moesten weg.

Ik zag dat hij dacht: echt?

En ik gaf hem een hand, en toen zag ik dat hij dacht: ja, wat nu?

En we liepen naar de deur en hij zei: 'Nou, dan eh...'

En Vonda – jij en Moritz liepen door en ik zei niks. Maar ik keek zo lang om als ik durfde. En hij stond er nog steeds, en dat was het. Bastiaan, Klaas-Jan, Sebastiaan.

In het busje, even later, dacht ik pas dat zijn haar leek op dat van...

En net toen ik dat dacht zei Moritz: 'Je had sjans.'

Vonda, jij zei niks, je spaarde je stem, maar je knikte met glanzende ogen.

'Ach wat,' zei ik, 'sjans.'

En toen begonnen jullie precies tegelijk te zuchten.

Irene en Bert schoven ons links en rechts door de Randstad, en overal namen microfoons en fototoestellen iets van onze stem en iets van onze gezichten af en serveerden dat tienduizenden keren uit in het land.

Vonda zei: 'Dit is geluk. Dit zijn stukjes geluk. Dit vergeten we niet meer. We moeten opletten, hoor! Maar help, wat ben ik moe.'

Dat was ergens in het weekend na de eerste week. Het was laat en we hingen nog wat bij elkaar op mijn kamer. We waren nog niet zo lang geleden door Bert weer op de singel afgezet, hij gaf ons de plastic tassen van de Chinees aan, die we onderweg hadden gehaald. Bert zei: 'Opschieten, de mihoen wordt koud, ik zie jullie morgen.'

Gijs had me wat ruimte gegeven. 'Veel plezier deze week,' had hij gezegd, 'maar denk aan je verslag. Over tien dagen inleveren, en dan hebben we een gesprek. En ik zie je volgende week weer graag in de les.'

Ja, graag! dacht ik, die avond op mijn bank. Het mag wel weer gewoon. Ik keek Vonda aan en ik zei: 'Natuurlijk vergeten we dit niet meer. En het is gaaf om jou zo te zien. Zo gelukkig.'

'Wat?' zei ze. 'Ben je zelf niet gelukkig dan?'

'Jawel,' zei ik.

'Nou dan,' zei ze, 'geluk voor ons allemaal.'

'Ja,' zei ik, 'maar voor jou is het meer het geluk zoals het moet zijn. Voor ons is het avontuurlijk geluk. Uitzonderlijk geluk. Geluk voor even.'

'Je hangt weer om jezelf heen,' zei Vonda. 'Geniet toch eens gewoon, mannetje. Ga je de hele nacht weer zitten schrijven?'

'Ik moet toch wel,' zei ik.

'Ach ja,' zei Vonda.

'Hé Von,' zei Moritz, 'ik ga ook weer lessen volgen, hoor. Ik raak uit vorm. Volgende week weer normaal, hè?'

'Had je gedacht,' zei Vonda, 'en ik heet geen Von.'

'Ja maar,' zei Moritz en hij sprong op en begon kniebuigingen te doen.

'Oké, Nureyev,' zei Vonda, 'ik doe het wel weer alleen. Ik ga wel weer alleen op de Kilimanjaro af. Ik beklim die hele berg wel weer in m'n eentje.'

Ik begon te lachen. 'Voor jou is het geen berg. Eerder een Zuid-Hollands heuveltje.'

'Ja, homovriendjes, het is me duidelijk. Vonda's Voice is Vonda's Voice. Deze strot dus en deze alleen.' Ze deed haar mond open en wees op haar keelgat. En toen sprongen Moritz en ik bovenop haar en we probeerden onze vingers tussen haar lippen te proppen.

Vonda,

ik geef het toe, ik schreef veel meer dan nodig was voor de academie. Maar mijn eigen verhaal vanaf de zomer hield me gevangen. En ook ons verhaal van deze lente houdt me gevangen. Ik ben een aapjeskijker én ik ben het aapje. Ik schrijf mezelf op en dan pas weet ik wat ik zie. Ik snap wat ik gedacht heb, of beter: ik vul mezelf op met wat ik denk dat ik dacht. Ik weet niet waar dit allemaal heen gaat, deze dagen, deze tijd, deze tekst, en dus probeer ik in elk geval dat wat geweest is in mijn verslag op te sluiten. Misschien geldt dat voor iedereen die schrijft: je bent je eigen wegspringende aapje, en soms grijp je net nog een stukje van je eigen verdwijnende staart.

Ergens in de tweede week moesten we van Irene met een popblad spreken. Moritz en ik wilden niet mee, maar Vonda zei: 'Het moet!' en Irene zei: 'Het moet!' Ze lachten erbij, dus we hadden nee kunnen zeggen, maar we lieten ons overhalen. Er ging een fotosessie aan vooraf waarbij we aan een tafel zaten en op een exemplaar van het popblad moesten wijzen en onze duimen opsteken. We werden er melig van.

En toen kwamen de vragen nog. Ach, dat was ingewikkeld voor de arme interviewster: ja, we woonden met z'n drieën op een etage, en nee, er waren geen onderlinge relaties. 'Zelfs geen stiekeme badkamerseks,' zei Vonda (Moritz en ik keken elkaar maar niet aan). Vonda zei: 'En Tycho kookt. Hij maakt het liefste hoerensaus' (Moritz en ik keken elkaar nu wel aan). 'En nee, Moritz en Tycho zingen niet, maar ze zijn onmisbaar. Want Moritz spreekt Grieks en Tycho heeft de zwarte band van karate' (Moritz en ik keken Vonda aan en zij knikte en toen knikten wij ook maar. En we schopten haar onder tafel en zij schopte terug).

En toen kregen Moritz en ik opeens een vraag: 'Zeg eens jongens, zijn jullie homo?'

Pff.

Nou.

Tja.

Mama had gelijk, dacht ik, ze zullen het vragen. Ze willen het weten. En dus? Dus haal ik adem. Dus kijk ik naar Moritz en haal ik adem omdat we zijn wie we zijn. 'Ja hoor,' zei ik, 'verder nog een vraag?'

'Ja,' zei de verslaggeefster, 'we hebben een nieuwe rubriek in een van de komende nummers: "Lekkere Mannen". Willen jullie wat foto's keuren?'

'Zeg,' zei Vonda toen we uit het redactielokaaltje liepen, 'daar smullen ze van, hoor. Daar worden ze wild van. Twee homo's en nog knap ook. Tycho, ik dacht dat je geen aandacht wilde?'

'Nou ja,' zei ik, 'had ik dan kunnen liegen?'

'Liegen kan altijd,' zei Vonda, 'maar wel cool dat jullie antwoord gaven. Dapper ook.'

Ik keek Moritz aan. 'Ik kan er niet hysterisch van worden,' zei hij. 'Ik ben mijn hele leven al homo.'

Ik dacht: ik dus eigenlijk ook. En ik dacht aan Oliver. Zou hij het ooit hebben durven zeggen? Een voetballer met een ladykillergezicht en een man in zijn hoofd? Een doelman met het lichaam van een stud en een jongen aan zijn hand? Niet aan denken, dacht ik, niet aan de orde. Vanavond weer mailtjestijd.

Daar moet ik trouwens mee ophouden, dacht ik, met die mailtjes. Ik moet het afsluiten. Stoppen. Weg. We waren bij de auto en ik miste hem opeens zo ontzettend dat ik 'bagger' zei toen Bert vroeg hoe het was. 'Nee hoor,' zei Moritz, 'er waren lekkere mannen bij.'

Vonda,

Irene zei 'geeft niet' en 'mooi zo', toen ze hoorde over de spontane coming-out van Moritz en van mij. En later begon ze over het marketen ervan. Over interviews in de Gaykrant, *in de* ZoHo. *'Een belangrijke doelgroep,' zei ze.*

En jij zei dat we iets konden betekenen voor jonge homo's. En weet je, ik raakte in paniek. Ik liet het je niet zien, en jij zag het ook niet – je lette niet goed op, je bent afgeleid deze weken, je hoofd zit vol met succes, dat snap ik wel. Maar ik raakte in paniek, want ik dacht: zullen we dan maar met een megafoon op de Euromast gaan staan? Zullen we de NS *vragen het om te gaan roepen op perrons? Zullen we al mijn vroegere klasgenoten een kaartje sturen: het verheugt ons jullie mee te delen dat Tycho Zeling het doet met een belangrijke doelgroep?*

Ik dacht aan Oliver en aan wegdrijven. Nu zou hij me helemaal niet meer begrijpen, nu zou hij zich helemaal niet meer naast mij willen laten zien.

Ik was in paniek, Vonda, en ik wist dat ik hem niet meer kon bereiken, dit was reden honderd waarom het over is.

Ik voelde me licht in mijn hoofd, een halve dag lang, of langer, en jij, Vonda, ach, ik begreep je wel: jij zag het niet.

Anderhalve week na het festival kon ik voor het eerst weer naar school: poëzieles. Toen ik binnenkwam had ik het gevoel dat ik een dikke, gekke jas aanhad die nog uit moest, waaruit ik nog tevoorschijn moest komen. Natuurlijk had ik iedereen al wel gesproken, ik was plat ge-sms't, maar nu moest ik hierbinnen opeens alle aandacht van buiten kwijt zien te raken. En daartoe moest het benoemd worden, benoemd en afgeschud. Sommigen sloegen me op de schouders, anderen maakten een lacherige opmerking ('Hé, beroemdheidje!') en Felaya zei: 'Fijn dat je er weer bent.'

Dat vond ik ook, mijn jas gleed uit.

Gijs zei: 'Tycho, nog maar eens gefeliciteerd. Dat dit maar veel moois mag opleveren. Vergeet niet ervan te genieten, en binnenkort bespreken we weer hoe we alles hier voor je plannen, oké?'

Ik knikte en Ben kwam binnen, te laat. Fijn, nu keken we allemaal naar hem. 'Wat?' zei hij. 'De brug, de file, lekke banden, ongesteld.'

We grinnikten en Gijs zuchtte. Ben ging zitten en keek me aan, zijn kin tikte even omhoog bij wijze van groet. 'Deel je kopieën maar rond,' zei Gijs. 'We bespreken het werk.'

Ik had niet veel tijd gehad om een nieuw gedicht te maken. En toch, toen ik de avond ervoor aan mijn verslag had zitten werken, en in alle nachtstilte een mail aan Oliver had getypt, schoot me iets te binnen. Iets wat met Oliver en mij te maken had, iets wat ik in de afgelopen zomer had bedacht. Ik bewerkte het tot een gedicht:

We liggen hier,
mijn vel vloeit over in het jouwe,
één groot papier wordt het,
een derde lichaam?
Jij hebt het jouwe, ik het mijne,
maar samen nog een nieuw.
Een lijf om ons te zijn.
Om ons te tonen aan elkaar
en aan de wereld:
wij.

Ik las het voor, mijn stem sloeg over, irritant, ik had mijn keel beter moeten schrapen. Het bleef stil. Zo bleef het altijd stil wanneer iemand iets voorgelezen had, de anderen hadden tijd nodig om het gedicht nog eens te lezen en hun commentaar te formuleren. Ik wachtte af, ik voelde de huivering weer van toen, in de zomer, toen ik het gevoel van een derde lichaam werkelijk had: ik lag met Oliver verstrengeld op de bank, de bank in zijn Noorse huis, ik dacht ook aan hoe ik een paar maanden geleden wakker was geworden naast Moritz, hoe ik geschrokken was van zijn mooie lijf, hoe de contouren ervan zich lossneden van die van mijn eigen lichaam, we waren twee bekende vreemden die niet samen konden vloeien – dat dacht ik, maar ik moest me op het commentaar concentreren.

'Ja,' zei Megan, 'ik vind het wel mooi. Het is heel gevoelig, hoe moet ik het zeggen.'

En weer was het stil.

'Gevoelig ja,' zei Minke, 'maar misschien een beetje té? Ja, ik weet niet hoor, ik bedoel niks persoonlijks.'

Ik ging rechtop zitten. Gijs vroeg: 'Als je dat zegt, denk je dan aan bepaalde regels?'

Minke zei: 'Ik weet niet, het einde denk ik, al dat "samen" en "wij".'

Wieger zei niets, Niels was er niet.

Felaya zei: 'Ik heb er nog niet zo'n mening over.'

En toen begon Gijs. Hij had het over het mooie idee van een derde lichaam, maar ook over het uitbreiden van die beeldspraak, over het oprekken van het gedicht, over de sentimentaliteit van het einde, kortom: aanmerkingen. Nogal veel.

Ik wilde me niet aangevallen voelen, maar dat gebeurde toch. Een week lang gejubel, winnen, raar gejuich om iets waar ik nauwelijks een aandeel in had, en nu werd er gesneden in iets wat écht was, wat ik écht had gevoeld, waar ik een nieuw beeld voor had bedacht. En dat bedenken was niet door de opleiding gestuurd, dat beeld kwam rechtstreeks uit Noorwegen, uit de zomer, uit de verliefdheid die voor altijd afgelopen was, uit Olivers lichaam kwam het, uit het mijne, uit ons gezamenlijke, derde lichaam. Hoe durfden ze, Minke, Gijs, de laffe anderen, hoe durfden ze, hier aan tafel, koel en klinisch. Stop – ik moest me niet aangevallen voelen, ik moest me gedragen als een student.

En Ben? Wat dacht Ben? Ben zei eerst niks, en daarna: 'Dat gevoel bestaat. Daar kunnen we niks over zeggen. Maar het is misschien te groot voor dit gedicht, voor deze woorden?'

'Hoe bedoel je?' vroeg ik. 'Hoe bedoelen jullie?'

Ze gaven antwoord, ze zeiden iets over uitwerken, over afstand nemen, over doorgaan, maar ik luisterde niet goed. Ik kreeg het warm en dat probeerde ik te verbergen. Ik dacht: dit is het gevolg, natuurlijk, onvermijdelijk, ik heb te veel aandacht gekregen, nu moet ik teruggefloten worden, zweven mag niet, normaal doen jij, en wie weet hebben ze gelijk. Al die gedachten stoorden mijn gehoor, ik verstond niet meer wat ze zeiden, en ik knikte. Gijs zei: 'Tycho, kun je hier iets mee?' En ik knikte weer.

De rest van de les zat ik versuft uit. Ik deed wel mee, ik kon mijn schrik heus wel camoufleren, maar toen de les afgelopen was en we een halfuur pauze hadden liep ik naar buiten. Ik ging niet bij de meisjes zitten, ik dacht: wat doe ik kinderachtig, maar ik had tocht nodig, lucht van buiten, eindfebruariwind om mijn oren.

Maar daar was Ben. 'Hé,' zei hij, 'red je het?'

'Ja, ja,' zei ik, 'dank je.'

'Ik bedoel niet met dat gedicht,' zei hij, 'ik bedoel de drukte.'

'O, dat,' zei ik, 'ja, ja, het gaat. We zijn met z'n drieën. Het gaat goed.'

Hij keek me even aan vanachter zijn lok. 'Weet je wat ik dacht?' zei hij. 'Dat je songteksten moet gaan schrijven.'

Ik keek op en ik wilde zeggen 'denk je?' maar Ben praatte alweer verder. 'Karsten zei nog dat je eens op internet moest kijken, op de songfestivalsites. Daar staat allerlei commentaar op de liedjes. Ook over jullie, het is nogal positief. In elk geval is het grappig om eens te lezen. Zal ik vragen of hij de sites even sms't? Of ken je ze al?'

'Nee, nee,' zei ik. 'Doe maar, ik bedoel, wat aardig van hem.'

'Het is mijn Karsten,' zei Ben, en hij straalde opeens. Ik dacht: hoe verbazingwekkend kan iemand zijn, en ik zei het zomaar. Ik lachte en ik zei: 'Ben, jij bent verbazingwekkend.'

'Ah,' zei Ben, en hij lachte ook. En hij zei: 'Het lijkt me nogal wat, al die aandacht, dus als ik kan helpen. Je zegt het maar.'

'Gaaf!' zei ik. 'Gaaf!'

Wie was Ben? In de herfst- en wintermaanden na de avond waarop ik voor het eerst naar de gay-bar ging, had ik hem nauwelijks meer na schooltijd gezien. Hij en Karsten waren nog wel een keer naar een optreden van Vonda geweest, maar op alle Strano-avonden (ja, ik was een paar keer met Moritz meegegaan, en soms was Vonda er ook bij) lieten ze verstek gaan. Een enkele keer hoorde ik van Ben op school iets persoonlijks, dat het even lastig was met Karsten, en daarna weer goed, en soms ging hij nog mee naar het vrijdagmiddag-theedrinken met de groep, maar zoals gewoonlijk stapte hij dan als eerste op: 'Ik ga. Doei.' Dus wie hij was? Ik wist het nauwelijks. Hij intrigeerde me, maar ik bleef afstand houden, ik had maar steeds het gevoel dat hij me de baas was, in levenservaring, in schrijven, in zelfverzekerdheid.

En nu? Nu liep ik, het was later op de dag, naar hem toe en vroeg: 'Zullen we anders met z'n drieën wat gaan drinken? Binnenkort? Jij, Karsten en ik?'

Hij zei: 'Natuurlijk! Maar je mag Moritz ook meenemen, hoor.'

'Moritz?'

'Jullie zijn toch samen?'

'Ik en Moritz? Welnee.'

'O, dat dacht ik. We spreken af, leuk.'

Vonda,

het vreemdste aan bekend worden is dat je een overkant verliest. Ik bedoel: in het normale leven praat je altijd tegen een persoon, er is een oor aan de andere kant van je woorden, mensen zeggen iets terug. Maar als je op televisie bent, of op de radio, of als je in een blaadje staat, dan ben je je uitzicht kwijt. Je spreekt tegen niks.

Maar tegelijkertijd kunnen alle kijkers, luisteraars en lezers zomaar het gevoel hebben dat je het tegen hen hebt. En dus loop je dan door de stad en iemand begint opeens over je T-shirt of je liedje of je rotkop of je geinige haar. Je hebt niks tegen hen gezegd, maar zij hebben het idee dat je met de hele wereld aan het babbelen was. En waarom zouden zij de hele wereld niet zijn? Bekend zijn is het voeren van een raar soort gesprek.

Het is nu een paar weken na de overwinning, en er zijn steeds meer mensen die me herkennen. Ik ging vandaag boodschappen doen. En dan zie ik mezelf dus in de supermarkt lopen en ik zie hoe ik opval in allerlei ooghoeken. Ik word zelf een ooghoek. Ik ben mezelf, en ik ben mezelf die mezelf van binnenuit in de gaten houdt, maar – ik ben opeens ook de buitenkant van mezelf die ik op de televisie zag. Dat trekt wel weer bij: mij is iedereen over een halfjaar vergeten. Maar hoeveel lichamen zou een echte beroemdheid moeten hebben? Drie? Zeven? Oneindig veel?

Vonda, dat vind ik dus zo geweldig aan jou: als jij dit zou lezen lag je met al die lichamen allang hikkend op de grond.

'Hou toch op!' zou je zeggen. 'Piekerqueen!'

'Ja, ja,' zou ik zeggen, 'giechelbitch!'

Moritz en ik.

Die ene nacht in oktober hielden we ons aan elkaar vast alsof we, met het wilde songfestivalavontuur op komst, elkaars vlees, spieren en vel gevoeld moesten hebben, alsof we voordat we verder konden moesten weten wie en hoe we waren. Daarvóór was er altijd lacherig contact geweest, we waren elkaars relaxte huisgenoten – maar opeens zochten we stevigheid. Misschien was het ook Vonda's ontredderende geheim dat ons elkaar vast deed houden, weet ik veel. En de drank natuurlijk.

De dag erna wist ik niet meer of ik het nu wel of niet had gewild. Ik liep rond alsof er een scherf van een spiegel in mijn kop opgedoken was, en vanuit die spiegelscherf keek Oliver me aan. Ook Moritz voelde zich ongemakkelijk: hij draaide onhandig om mij heen, om mijn kamer heen, om de keuken waar we meestal met z'n drieën ontbeten. Veel te vroeg vertrok hij naar zijn les, en toen hij weer thuis was trok hij zich terug achter zijn gamecube.

Die avond ging Vonda naar haar moeder en ik besloot naar boven te gaan. Ik klopte aan.

'Hai,' zei Moritz, hij bliepte.

'Heb je even?'

Bliep, deed Moritz weer – de uitknop.

'Tuurlijk,' zei hij, en meteen erachteraan: 'Dat was niet slim, of wel?'

'Eh,' zei ik, 'wat vind jij?'

'Ik weet niet,' zei hij, 'het was oké. Ik heb er geen spijt van. Maar misschien...'

'Ik ook niet!' zei ik. 'Ik heb er ook geen spijt van!'

De spiegelscherf sprong op. 'Weet je...' zei ik.

'Ik weet het,' zei Moritz, en hij lachte... Hij lachte heel lief, en heel verontschuldigend. En de verontschuldiging die er uit zijn lach tevoorschijn sprong dekte ons hele gesprek toe, mijn vergissing, zijn vergissing. Geweldig, dacht ik, hij is geweldig.

'Dus we begrijpen het,' zei ik. Een domme zin was dat, maar ik keek Moritz in zijn ogen. Ik bleef kijken, Moritz keek terug.

'Ja,' zei hij, 'we begrijpen het.'

'Jij bent geweldig,' zei ik.

'Jij ook,' zei hij, en hij stond op, kwam naar me toe en kuste me. Het werd een lange, lange zoen, en ik wilde dat de zoen zo lang duurde als hij duurde, want op deze manier werden we het eens: het was niet handig, we doen het niet meer, maar het is goed, Moritz, het is goed, Tycho. Onze open monden gaven het

aan elkaar door, speekseloverdracht, ideeënoverdracht,
loos, klaar. Toen we loslieten hoefde er niets meer gezeg
worden.

'Spelletje?' vroeg Moritz.

'Yep,' zei ik, en we begonnen, en ik verloor.

Ergens, later, zei ik nog: 'Bovendien val jij toch op tien jaar
ouder, ruige mannen en zo, en kaal?'

'Klopt,' zei Moritz, 'en ik heb die belachelijke behoefte om in
het rond te flirten. O, ik ben hysterisch. En jij? Jij hebt toch...'

'Ja,' zei ik, 'Noorwegen.' Ik zag dat ik alweer verloor, dus ik
duwde tegen Moritz' bovenarm om hem af te leiden.

'Klojo,' zei hij.

'Hé,' zei ik, terwijl hij mij van mijn stoel begon te trekken,
'vannacht noemde je me heel, heel anders.'

Vonda,

*ik zat naast je toen we op het kantoor bij Bronze Man Records naar
de nieuwe songs luisterden die Bert en Irene hadden geselecteerd voor
je eerste grote cd. Het was spannend, want jij begon te draaien op je
stoel. En als jij gaat draaien, komt er een bezwaar. 'Ja,' zei je, 'leuk.'
Als jij 'leuk' zegt komt er strijd. 'Voor een zangeresje met een paar-
denstaartje dan.' Als jij over paardenstaarten begint komt er oorlog.*

*Irene zette haar bril af en probeerde streng te kijken. Maar ze be-
gon al op achterstand: 'We moeten het natuurlijk samen eens worden,' zei ze.*

'Ja,' zei jij.

'Maar je cd moet meteen na Riga verschijnen.'

*'Mee eens,' zei jij, 'en ik ben ongelooflijk blij dat ik een cd mag ma-
ken. Maar het moeten nummers zijn die bij me passen. Met sterke
arrangementen. En ik wil een echt orkest, geen computergedoe. En ik
wil betere teksten.'*

'O,' zei Irene. 'Maar dit...'

'Dit is het niet,' zei jij.

Vonda, ik vond je geweldig. Ik vocht in die dagen mijn eigen stil-

le battle met woorden en gedachten, en ik deed het ondergronds, 's nachts. Maar jij? Jij flikkerde drie lansen en een hakbijl over tafel, midden op de dag en voor iedereen zichtbaar.

Irene bond onmiddellijk in: 'Neem de demo eens rustig mee naar huis en luister daar nog een keertje.'

En jij, keizerin, Cleopatra, generalissima, jij trok je sympathiekste gezicht en zei: 'Als jullie dat willen zal ik dat een keertje doen.'

We waren heen en weer naar Utrecht geweest, Vonda mocht er zingen op een bedrijfsfeest in de Jaarbeurs. Het was een oude afspraak, maar Vonda zei dat iedereen na het songfestival verwachtte dat Moritz en ik meekwamen. Ik dacht: waarom niet? We zouden op tijd thuis zijn en ik had, ook al was ik er maar één dag geweest, wel weer even genoeg van school. Misschien voelde het reizen en optreden nu al meer aan als het gewone leven? Daar moet ik voor oppassen, dacht ik, maar Vonda gloeide zo gelukkig na haar optreden, en Moritz was zo vrolijk, dat ik me nergens zorgen over wilde maken. Om kwart over elf waren we thuis en Vonda zei: 'Nu gaan we naar die flutliedjes luisteren. Ik heb het beloofd.' En Moritz zei: 'Tych, hebben we nog vreetchips? Ik ga deze wijnfles openmaken.' Dat zag er allemaal zo verleidelijk uit dat ik mijn schoolwerk voor die avond vergat. Gijs pfah, dacht ik, pfah Gijs.

Een voor een kwamen de demo's voorbij. Het leek wel een nieuw, klein songfestivalletje, privé voor ons drieën. We gaven meedogenloos commentaar, en dat spraken we dan weer levendig tegen. De chipskom raakte leeg en Vonda zei steeds: 'Aj aj, die tekst! En dat arrangement!'

Eigenlijk vielen de meeste songs wel mee, maar er moest nog heel wat aan gedaan worden, wilden ze bij Vonda passen. Ik zei: 'Als jij ze zingt worden ze beter.' Vonda schoof zichzelf in een hoek van mijn zitbank, haar brede benen trok ze onder haar lichaam en ze klipte haar riem twee gaatjes los. 'Natuurlijk,' zei ze, 'maar het blinkt niet. Dat is het, het blinkt niet!'

Moritz zette de chipskom aan zijn mond, er dwarrelden kruimels over zijn shirt. Met een mond vol gele tong zei hij: 'Tycho moet teksten schrijven.'

'Hé,' zei Vonda, 'ja! Ja, Tych!'

'O?' zei ik.

'Tuurlijk!' zei Vonda. 'Nu gaat het allemaal over *the power of kissing* en *let's have it forever together and ever and never*. Jij moet het doen! Jij moet het op mijn lijf gaan schrijven! Op dit lijf moet je het schrijven, Tycho, kijk dan, kijk dan!' En ze duwde haar bovenlichaam naar voren, haar borsten spanden in haar blouse, de knopen stikten bijna vanwege de uitgerekte draadjes.

'Doe niet zo,' zei ik.

'Wat?' zei ze. 'Zo sensueel? Schrijf maar eens over mij! Schrijf maar eens over dit lichaam! Een verkapt sekslied, Tycho, jaaaaa! We gaan het aan Irene zeggen, we overrulen haar met jouw woorden. Peuter jezelf maar los, Tycho, *free your lyrics!* Vóór maandag heb jij een tekst!'

Ik keek haar aan, ik wist niet hoe serieus ze was. De wijn kleurde al onze woorden rood, maar toch dacht ik: ik zou het nog kunnen ook.

Vonda,

de grootste verhinderaars van slaap zijn zwierende gedachten. Mijn hoofd tolde die avond en mijn lichaam draaide mee, doink achterover mijn bed in. En jullie konden ook niet zonder de deurpost, op weg naar jullie eigen kamer. Maar wat jij en Moritz hadden gesuggereerd hield me wakker: ik lag maar in het donker te staren en aan liedteksten te denken.

Het commentaar van Gijs en mijn klasgenoten zat me ook nog dwars. Ongelijk hadden ze, ik wist het zeker. En goed dan, misschien hadden ze niet eens zoveel gezegd en misschien had ik het allemaal te zwaar opgevat en misschien had al dat gejubel van de afgelopen tijd mij eerder zwak gemaakt dan stevig, maar hoe het ook kwam – na twee uur denken zag ik een refrein voor me:

125

Ons derde lichaam – hier ben ik en hier ben jij.
Ons derde lichaam – dat van jou en dat van mij.
Maar samen zijn we méér, er vlindert elke keer
een derde lichaam vrij.
Ik moest het onthouden, ik moest het opschrijven. Ik stommelde uit
bed en klapte de laptop open. En toen ik daar toch achter zat, schreef
ik maar weer wat triests.
Aan wie?
Aan de helft van mijn derde lichaam.
Aan ooit de helft van mijn derde lichaam.

Het woord 'vrijgezel' is een vreemd woord. Het klinkt als een vergissing, als iets waarvoor je je moet schamen.

Ik had het er met Vonda over. 'Wanneer begint dat eigenlijk,' zei ze. 'Vanaf welke leeftijd zeg je dat je vrijgezel bent? Hallo, ik ben Maartje, twaalf jaar, vrijgezel.'

Toen ik uitgelachen was haalde ze haar schouders op. Ze zei: 'Ik ben het gewoon en ik ben er trots op.'

'Ja,' zei ik, 'en dat met Niels was niks.'

'Niks,' zei ze, 'niks, niks, niks.'

Niels was onder de indruk geraakt van Vonda, hij had het vlak voor de sinterklaasavond die we hier met een groepje hadden gevierd tegen me gezegd. Hij was over Vonda's sproetenval begonnen, over haar haar. Hij wilde er wel poëzie over schrijven. 'Maar,' zei hij, 'ik begrijp het al, Tych, het wordt niks.'

Ik zei: 'Volgens mij doet Vonda even niet aan de liefde.'

'Nee,' zei Niels, 'ze doet aan carrière.'

Ik vroeg me af of dat de precieze reden was van Vonda's mannenweigering, maar het leek me beter Niels gelijk te geven.

'Maar zo iemand dus,' zei Niels, 'zo'n vrouw! Sterk, stevig, slim en mooi!' En toen begon hij weer over haar lach en haar wimpers.

Vonda had het allemaal wel door. Ze sprak er zelfs over met hem – ze hadden een bepaald soort directheid gemeen, al was Niels droom-filosofisch waar Vonda praktisch-regelend was.

Vanwege die directheid was er al snel een soort pact: kijk eens, jij bent leuk, maar ik wil geen geflikflooi en hoor eens, ik ben verliefd, maar ik dring niet aan. Hand erop en geregeld. En dus was Vonda vrijgezel.

'Maar jij,' zei ze tegen mij, 'jij kunt toch inmiddels wel wat losser gaan?'

'Hoezo, inmiddels?'

'Je denkt toch niet meer aan je Noor? Tycho, het is maart!'

'Nee,' zei ik, dat was onverschillig bedoeld, maar ik kon het blijkbaar niet anders zeggen dan strak. O, mijn stomme mond. 'Nee, ik denk niet meer aan hem.'

'Jongen, al deed je het wél. Je mag echt wel wat gaan rommelen, hoor.'

'Rommelen?'

'Ja, frunniken, frutselen, gedoe onder de gordel. Tych, als wij met z'n drieën naar de happy-homocafeetjes gaan, dan sta jij tegen de muur te glimlachen. Al die mannen zoeken naar een blik van jou, en jij doet alsof je ogen kapotspringen als er iemand in kijkt.'

'Von, doe niet zo raar.'

'Ik heet geen Von.'

'Sorry.'

'En ik heb gelijk. Kijk, ik wil jou natuurlijk voor mezelf, dat is duidelijk. Maar je moet toch ook eens seksen, ik zeg het maar zo. En nu is je kans, nu ben je bekend aan het worden. Je zult het zien, de willige fans hangen binnenkort aan je plafond.'

'Als ballonnetjes zeker.'

'Als ballonnetjes.'

'Hou op met die onzin, Vonda. Wat bedoel je nou?'

'Gewoon. Dat ik het snap als jij... Ik bedoel... je bent niet van mij.'

Ik dacht: wát? En ik zei: 'Hou maar op. Ik heb helemaal geen zin in ballonnetjes. En ik ga niet naar de Strano om iemand te versieren. Ik ben Moritz niet. En dat hij dat doet vind ik prima, leuk om te zien, maar ik zou er moe van worden. Of gek, of...

Het is toch allemaal niet echt. Bovendien: ik word niet bekend, jij wordt bekend. En jij hebt fans, niet ik.'

'Rustig, Tych, wind je niet op.'

'Ja, weet ik veel.'

'Ik zei gewoon maar wat, lief homootje.'

Ik wist niet waarom mijn bloed zo warm was, en waarom ik dat vooral bij mijn slapen voelde. Ik kon het niet helpen, ik zei: 'Jij hebt toch ook niemand? Jij wilt toch ook niemand?'

Het bleef even stil, en toen begon Vonda te grinniken. 'Gek,' zei ze, 'idioot. Nou, dan blijven we maar vrijgezel. Verleden of geen verleden. Zullen we ook alvast maar een plaatsje in het verpleeghuis reserveren?'

Ik moest lachen, een heel klein beetje moest ik lachen, en ik kon weer naar Vonda kijken alsof ze me geen plotselinge hoofdpijn had bezorgd. 'Diva,' zei ik, 'vrijgezelle diva.'

Vonda,

die nacht schreef ik Oliver af. Maar daar wil ik niet meer aan denken.

Ik keek op internet naar de sites die Karsten me gemaild had. Ik zat op mijn stoel voor het scherm, Moritz liep achter me langs en Vonda kwam erbij staan. 'Tych,' zei ze, 'mag ik nu even zitten?'

'Wacht even,' zei ik, 'deze site was het, geloof ik.'

'Ja,' zei ze, 'maar ik wil graag op de stoel.'

'Pak anders een stoel uit je kamer.'

'Nou ja, ik vraag het jou toch?'

'Wat is er, ben je chagrijnig vandaag?'

Ik dacht: ik sta zo op, we ruilen zo meteen, maar Vonda zei al niets meer. Ze trok een krukje bij. Het forum van de Eurovisie-site rolde over het scherm, en er was ook een gedeelte waar je videobeelden kon downloaden. Natuurlijk hadden we onze eigen act voor en na de finale een paar keer teruggezien. Tijdens de repetitie hadden we meerdere keren van de organisatie de gelegenheid gekregen om de camerastandpunten en het overzicht van de shots te becommentariëren, maar toch klikte ik ons filmpje aan om ons driehoeksoptreden nog eens te bekijken. Bovendien hadden we gehoord dat de NOS geen geld uit zou trekken voor een officiële clip, en dus zou deze opname naar alle festivallanden worden gestuurd.

Daar verschenen we: *We all together*.

We keken, het kleine schermpje sprong op zwart en ik wilde zeggen: 'Nog een keer?' Maar Vonda stond op van de kruk. Ze klapte mijn laptop dicht en riep: 'Wat een kutzooi, het is niks!'

'Hé,' riep ik, 'voorzichtig!'

Vonda keek me aan. 'Ik vroeg of ik mocht zitten!' zei ze. 'Dat vroeg ik toch net, of heb je niks gehoord?'

'Ja, ho maar,' zei ik, ik denk dat het bedremmeld klonk.

Vonda stoof op. 'Ho maar?' riep ze. 'Zeg je dat tegen mij? Let eens een beetje op een ander, ja, we hoeven niet allemaal zo stil te zijn als jij!'

'Vonda...' begon Moritz.

'Welja, steun hem maar. Ik vraag om een stoel en dat doe ik niet voor niks. Dat doe ik niet voor niks, denk je wel?'

'Wat is er?' vroeg ik. 'Vonda, wat is er? Ben je ongesteld?'

Ze stampte door mijn kamer naar de deur. 'Geweldig!' schreeuwde ze. 'De mannen hebben een oplossing bedacht. Ja, ik ben ongesteld, nou goed? Ik heb pijn in mijn kruis en daarom wil ik een stoel en geen kutkruk en waag het niet me achterna te komen.'

Klap.

De deur was dicht.

Klap.

Die van haar eigen kamer ook.

Ik keek naar Moritz, spreidde mijn armen en trok mijn schouders op. 'Wat gebeurt er nou?' vroeg ik. 'Zei ik iets fout?'

'Nee joh,' zei Moritz, maar ik zag dat hij ook onder de indruk was. Ik trilde bijna, maar ik wilde niks laten merken. Waarom kon ik hier zo slecht tegen?

'Ik pak even een biertje of zo,' zei ik, en ik liep naar de keuken.

Ik rommelde met het flesje en de krat. Ik spoelde een glas om, dat deed ik normaal nooit, maar ik wilde koud water op mijn handen voelen. Ik dacht en dacht terwijl ik de kraan liet lopen. Had ik echt iets verkeerds gezegd?

Opeens stond Moritz achter me. Hij legde een arm om mijn schouder en zei: 'Trek het je niet aan, dat was niet tegen ons. Misschien schrok ze van het filmpje, misschien is er iets anders, al die aandacht, joh, al die druk. Wij huppelen mee, maar zij moet alles opvangen.'

Ik wist dat hij gelijk had, maar toch dacht ik: zo heeft ze nog nooit gedaan, niet tegen mij. Moritz' arm lag nog steeds om mijn schouder, ik voelde hoe zijn vingers in mijn nek zwaarder werden, zwaarder. En toen ging mijn gsm.

We schrokken op, ik draaide de kraan uit, Moritz liet los en ik liep naar mijn kamer. Het was mijn moeder.

'Tychje! Raad eens, ik sta in de supermarkt en ik kijk in het rek met de tijdschriften. Zie ik jullie opeens, jullie staan op het omslag. Ik stijg op van trots, ik zeg het bijna tegen een van die vakkenvullers hier, ik zeg bijna: "Dit is 'm. Dit is mijn zoon." De wereld is gek geworden, vind je niet, Tych? Leuk hè?'

'Mam,' zei ik.

'Wat? Bel ik ongelegen?'

'Nee, 't is goed. Ik kijk zo even bij de post of hier al iets in de bus ligt. En lees het artikel maar thuis. Je had gelijk, ze hebben het me gevraagd.'

Even later belde ook Irene nog. 'Is Vonda daar?'

'Eh ja,' zei ik, 'maar ik weet niet of...'

'Maakt ook niet uit. Ik kan het ook aan jou zeggen: ik heb de *Avondshow* geboekt. De *Avondshow* – goed hè? Nog een keer dus, binnen een maand. Het is over twee weken, op woensdag, en voor jullie alle drie. En verder is de remix van de single klaar, of Vonda die morgenochtend komt luisteren. Hij moet eind volgende week uit, het is eigenlijk al te laat. Geef jij het even door?'

Ik zou alles doorgeven. De *Avondshow*, dat was geweldig. De eerste maandag na het festival waren we er ook al geweest, elke winnaar ging blijkbaar meteen door naar deze meest populaire talkshow van de tv. Maar toen was het een van de afspraken op rij, we zongen en we renden weer door; nu zouden we dus ook geïnterviewd worden. Ik moest het aan Vonda gaan vertellen, die dichtgemepte kamerdeur moest weer open. Ik bracht Moritz snel op de hoogte. Hij zat achter de computer de commentaren in het gastenboek van de songfestivalsite te lezen.

Daarna liep ik naar Vonda's kamer en klopte zachtjes op de deur. Er kwam geen reactie. Ik klopte wat harder. Weer gebeurde er niks. Toen werd ik opeens ongerust, ik dacht: ik moet, het moet, en heel voorzichtig duwde ik de klink naar beneden.

De deur zat niet op slot. Ik keek door de kier. Ik zag nog niks, ik dacht: ik moet, het moet, en ik stapte naar binnen.

Ze lag op de grond. Ze had een koptelefoon op, ze hoorde me niet. Ze hield een foto in haar hand. Ik liep nog een stukje verder naar binnen en opeens zag ze me. Ze schrok, ze smeet de foto van zich af, hij schoof onder haar bed. Ze rukte de koptelefoon van haar hoofd. Ik deed een stap achteruit, 'Sorry,' zei ik, 'ben je nog boos? Ik wou je niet...'

Ze haalde adem om iets te gaan zeggen, iets bits, ik zag het, maar haar woorden stokten, ze deed haar mond weer dicht en keek me aan. Toen zei ze: 'Kristus.'

'Sorry,' zei ik, 'maar Irene belde net. We gaan nog een keer naar de *Avondshow*. Nu uitgebreid.'

'Kristus,' zei Vonda. En toen begon ze te huilen.

Ik zat naast haar, ik had haar hand gepakt. 'Het is niks,' zei ze.

'Jawel,' zei ik, 'toe maar.'

'Nee gewoon,' zei ze.

'Alles wat op je afkomt?' vroeg ik.

'Ja,' zei ze, 'nee.'

'Zeg het maar,' zei ik.

'Dat...' zei ze, 'dat... Soms... Soms is het niet zoals het moet zijn. Ik bedoel... Ik weet niet.'

Ze begon weer te huilen, en nu zag ik pas hoe dat eruitzag bij Vonda. Ze maakte geen geluid, ze trok met haar mondhoeken. Nee, haar mondhoeken trokken zelf, ze trokken aan haar lippen, alsof die mondhoeken scheef moesten, weg wilden. Uit haar ogen stroomde een rechte lijn vocht. Haar ogen zelf leken onbewogen, maar haar mondhoeken en die traanstroompjes, dat zag ik en ik herkende het niet. Een nieuw Vondagezicht.

'Denk je aan vroeger?' zei ik.

Ze schokte.

Ik zei: 'Aan hem? Aan Serge?'

Ze schokte meteen nog eens en wees naar de plek waar de foto terechtgekomen was. Ik pakte hem op en wilde hem bekijken. Ik zag alleen een flits, want zodra ik de foto in mijn handen had griste ze hem weer weg en hield hem omgekeerd tegen zich aan. Ik had nog net gezien dat er twee mensen opstonden, en dat Vonda een van hen was.

Ik schoof dichterbij. Ik zei: 'Ik moet je iets vertellen. Ik heb wekenlang mailtjes geschreven, onzinnige mailtjes. Weet je aan wie? Aan Oliver. Ik miste hem zo, ik deed het 's nachts. Ik heb ze niet opgestuurd, en nu hoeft het niet meer, nu is het goed.'

Ze keek me aan en stopte met huilen. Met de rug van haar hand veegde ze over haar wangen. Ze zei: 'Ja.'

Ik zei: 'Je mag hem best missen. Je moet hem zelfs missen. Stoer zijn is ook niet alles.'

Ze lachte, een kort soort proestlach was het. 'Ja,' zei ze, 'nou ja.'

'Vonda,' zei ik, en ik aarzelde. 'als je wilt mag je de mailtjes die ik heb geschreven wel lezen.'

'Dat is lief,' zei ze, en ze haalde nog eens heel diep adem. Daarna boog ze zich voorover en gaf me een kus op mijn mond.

'Je bent lief,' zei ze. Ze legde de foto omgekeerd op haar bed en hees zichzelf op aan de tafelrand. Daarna pakte ze de foto weer. Ik stond ook op. 'Het is zo'n gedoe allemaal. Toen ik mezelf net zag op de computer dacht ik opeens: wat een triest mens, wat een triest lied, wat een trieste zangeres.'

Ik wilde zeggen dat ze niet triest was, helemaal niet zelfs, maar ze praatte erdoorheen. Ze zei: 'En ik ben dus ook nog ongesteld en het doet pijn. Van die zeurpijn, sommige vrouwen hebben er geen last van, maar dat zijn viswijven en ik ben geen viswijf, en dus verrek ik elke maand. Maar wat zei je nou? De *Avondshow*? Kom, we gaan enorm ontbijtkoek proppen, dat is veel minder vet dan je denkt.'

'Wacht even,' zei ik, 'wacht even.'

'Laat maar,' zei ze. 'Het gaat alweer, zoet dat je naar me toekwam, dat moet je altijd blijven doen, altijd, hoor je?'

Ik zei: 'Natuurlijk.' En daarna wachtte ik even.

'Wat?' zei Vonda.

'Von,' zei ik, 'mag ik die foto zien?'

'Hier.' Ze drukte hem in mijn handen.

Ik keek ernaar. Twee mensen, blijheid naast blijheid.

'Zo,' zei Vonda. Ze trok de foto weer weg. 'Klaar.'

Moritz had de songfestivalsite online laten staan. Hij zei: 'Moet je zien, die commentaren zijn hilarisch.'

Ik begon te lezen. Al in de eerste reactie stond dat de jongens van Vonda's Voice *kinky-hot* waren. *Maar het is een ruklied*, stond er verderop. *Die ene met zijn blauwe shirt*, las ik, *dat is een cutie*.

Goed, dacht ik, ik droeg dus blauw. Dit gaat over mij. Ik scrolde de ellenlange pagina door en werd duizelig. Iedereen vond iets, iedereen schreef om het scherpst om alle anderen te overtuigen. Een jacuzzi van meningen was het, een stikheet bad waarin woorden als harde bubbels over elkaar heen borrelden. Een cutie? dacht ik. Rot op met je cutie, denken ze dat ik in plastic te verkrijgen ben?

Ik had zin om op de laptop te gaan timmeren.

Ik begon te blazen tegen Moritz over zoveel onzin en dat dat zomaar mocht en dat het niks waard was en...

...Hij lachte me uit.

Hij sprong naar me toe en klapte de laptop dicht. 'Bewaking!' riep hij. 'Dit is niet goed voor jou!'

Ik ging eten maken, maar ik kon er nog steeds niet over uit en bij de groenzooi met tapenadebaksel begon ik weer, nu tegen Vonda.

Vonda keek me aan, begon te schateren en zei: 'Je mág het ook leuk vinden, cutie!'

Vonda,

er staat van alles op internet. Dit ook:

Ze adviseren een licht ontbijt op de ochtend voor je naar de kliniek komt. Het duurt niet lang, je bent een uurtje of vier kwijt. Je moet wel een lunchpakketje meenemen, en een nachthemd, een douchehanddoek, extra ondergoed en maandverband.

Ze noemen het een 'relatief eenvoudige medische ingreep', maar je wordt wel leeggezogen. Je baarmoeder wordt leeggezogen – een zuigcurettage, zo heet het, en Vonda, dat heb jij dus meegemaakt. Grote bloedingen zijn zeldzaam, en 'als u er prijs op stelt kunt u ter ondersteuning uw partner meenemen'.

Wie ging er met je mee, Vonda?

Niemand?

Was je alleen?

En heb je dat lunchpakketje daar nog opgegeten?

Zat het in aluminiumfolie?

Vonda, soms wou ik dat we urenlang stil in onze keuken naar elkaar gingen zitten kijken en dat je me dan, springvloed, alles in één keer vertelde.

In de week erna kwamen we Colin weer tegen. Nu waren we geen concurrenten meer. Nu was hij de dj en wij de gasten in zijn radioshow. Een sportieve uitnodiging, inderdaad: nog maar even geleden was hij de bekendste festivalfavoriet die toch – met maar negen stomme puntjes verschil – verloor. *Find me*, zijn liedje, werd een hit, natuurlijk, maar Colin had graag naar Letland gewild. Iedereen wist van zijn songfestivalliefde, iedereen vond het dapper dat hij als bekende artiest de competitie aandurfde, iedereen verwachtte dat hij zou winnen en iedereen meesmuilde dus 'zielig, zielig, zielig' toen wij, en niet hij, naar Riga mochten. Een zuur resultaat, want Vonda en hij zaten ook nog eens bij dezelfde platenmaatschappij. Irene verdeelde haar aandacht heel precies, om niemand ongelukkig te maken, maar Colin was niet ongelukkig vanwege ons: hij vond Vonda's liedje leuk. Hij vond ons drieën leuk. Hij vond Moritz leuk.

Dat was al gebleken in november, op de dag van de eerste persconferentie. Wij werden samen met de andere deelnemers aan allerlei schrijvende, telefonerende, kauwgom kauwende journalisten voorgesteld, en er werd een groepsfoto gemaakt. We moesten al vroeg in Hilversum zijn, de visagistes hadden hun tijd nodig. Dat was het moment dat ik voor het eerst de vreemde decors van deze maanden om me heen voelde: ik zat samen met Moritz voor een grote spiegel. Er werd een laagje van het een of ander op ons gezicht aangebracht, er werden punten uit onze kuifjes geknipt en ten slotte stonden de twee vrouwen als synchroonkunstenaars met gelhanden op ons hoofd te boetseren. Toen Vonda even later uit een ander kamertje tevoorschijn kwam riepen we alle drie tegen ons alle drie: 'Wow, wat ben je mooi!'

'Nee, echt!' zei Vonda. 'Jullie zijn plaatjes. Straks glanzen jullie de foto nog doormidden.'

Wij lachten en we zeiden: 'Moet je jezelf zien.'

Vonda begon ons te omhelzen, maar er snelde een visagiste op haar af die riep: 'Voorzichtig, voorzichtig!'

Er was een lunch. Alle acts en entourages liepen handen te schudden en iedereen roddelde over Colin. Hij, de beroemdste, de enige met een grootse carrière, was te laat. Pas bij de tweede broodjesronde kwam hij binnen. Irene stoof op hem af en er werd gekust en gezwaaid en geschaterd. Later zou Vonda zeggen: 'Ongelooflijk hoe jij binnenkomt!' En Colin zou antwoorden: 'Binnenkomen is een vak, schat. Wil je een cursus?' En Vonda weer: 'Hoeft niet. Ik ben een natuurtalent.'

Maar dat was later pas, toen we vergeten waren hoe lang we zijn naam al kenden voordat we hemzelf kenden. Op die middag trok Irene Colin naar ons toe. 'Hé,' zei hij, 'de concurrenten. Zien jullie er even lekker uit! Kunnen jullie niet in mijn achtergrondkoortje? Héél, héél dichtbij?'

Irene legde een hand op zijn schouder: 'Hou op, macho.' En daarna zei ze: 'Maken jullie even kennis, ik haal koffie.'

En toen zaten we zomaar in een van de directiekamertjes, daar in het omroepgebouw. Colin had de eerste de beste deur opengetrokken. 'Zeg,' zei Vonda toen we elkaar de hand hadden geschud en waren gaan zitten, 'hoe hou jij dat vol? Al die mensen om je heen?'

'Al die mensen?' zei Colin. 'Die zijn doodvermoeiend. Zeker voor mij, ik wil altijd de leukste zijn.'

'Klopt,' zei Vonda, 'dat het vermoeiend moet zijn, bedoel ik.'

Colin lachte. 'Wacht maar,' zei hij, 'het gaat jou ook overkomen. Ik hoorde je demo op kantoor, mijn god, wat heb jij een strot. En jullie hebben een schitterend lied. Ik ben jaloers.'

Vonda lachte, bijna beschaamd.

Colin keek opzij, naar Moritz, naar mij. 'En wie zijn deze mooie mannen? Zeg eens wat, jongens.'

'Eh...' zeiden wij.

'Toe maar,' zei Colin, 'jullie zingen niet, begreep ik? Wat doen jullie dan wel? Studie? Werk?'

Colin bleek echt geïnteresseerd. Toen Moritz vertelde van de dansacademie vroeg hij bij welk gezelschap Moritz wilde werken, later. Hij kende iemand bij Galili Dance, had Moritz hun laatste voorstelling gezien? En aan mij vroeg hij of ik ook liedteksten schreef.

'Nee,' zei ik, 'maar wel gedichten. Nou ja, voor school.' Ik kleurde ervan.

'Jammer,' zei Colin. Ik kleurde nog meer.

Iemand kwam ons roepen, het was tijd voor de groepsfoto. 'Kom, we gaan feestvieren,' zei Colin. 'Zo'n festival, dat is gewoon feestvieren.'

Feestvieren, dat was het. Maar ook voor Colin? In de kranten, op de radio en het internet was er wekenlang voorspeld dat hij zou winnen. En waarom niet? Zijn lied was goed: vingergeknip, een lome swing en een opbouwend refrein. Zo klonken zijn hitparadesongs ook, Nederlandse gospel, Hollandse r&b.

Na afloop van de show sloot Colin zich op in zijn kleedkamer. Irene liep naar hem toe, en wij waren, totaal verbijsterd nog door onze overwinning, onzeker over wat we moesten doen. Hij was tijdens de voorbereiding steeds in onze buurt geweest. Hij had Moritz zelfs beloofd eens langs te komen op zijn academie. Dus wat nu? Moesten we hem gaan troosten?

Irene kwam ons halen. 'Kom,' zei ze, en ze loodste ons Colins kleedkamer binnen. Hij zat aan de kaptafel, zijn voeten lagen op de zitting van een lege stoel. De achtergrondzangeressen hingen om hem heen, ze streken door zijn haar en haalden een fles wijn.

'Sorry,' zei Vonda.

'Nee,' zei hij, en hij lachte. 'Zo gaat dat. Je was geweldig, jullie waren geweldig. Misschien moeten we een duetje doen.'

'Ja, ja,' zei Vonda, 'maar ik vind het stom, niemand had dit verwacht.'

'Ik wel,' zei Colin. 'Jullie zien er goed uit, en het lied is lekker.'

'Dat van jou ook,' zei ik.

'Ach ja,' zei Colin, 'dat wordt wel een hit.'

'Ik vind het ellendig,' zei Moritz, hij liep naar Colin toe en sloeg zijn armen om zijn hals. Colin omhelsde Moritz ook, maar hij liet snel weer los. 'Mmm,' zei hij, 'ik moet vaker verliezen.' Hij keek naar Vonda en mij. 'En jullie dan? Kom eens hier!'

Een kwartiertje later haastten we ons allemaal samen naar de afterparty. Colin zei: 'Ik heb de pest in, maar toch gaan we het vieren. Laten we Vonda dronken voeren, jongens, doen jullie mee?' We liepen door de gang en Colin legde zijn ene arm om Moritz' schouders en zijn andere om die van mij.

Vonda zei: 'Ik ben al dronken. Hoera.'

En nu kwamen we Colins opnamevilla binnen. We zagen hem vanaf het tuinpad door de grote ruiten: hij zat aan een hoge bar in een microfoon te praten. We werden opgehaald door een assistente en toen we binnenkwamen veerde Colin op. Er lagen papieren om hem heen, hoesjes van cd's. Hij trok zijn koptelefoon af en riep: 'Jongens! Vonda! Wat leuk, wat leuk! Konden jullie niet eerder komen? Nu hebben we nog maar drie minuten voor we beginnen. Wacht... gaan we lunchen? Moritz, regel eens iets!'

Ik dacht: moet Moritz iets regelen? Waarom hij? Maar het interview begon al, Colin zei: 'Ze zitten hier, beste luisteraars. Groen ben ik, geel, paars, weet ik veel wat voor piskleur ik ben, het is gewoon de kift. Zij gaan naar Riga en ik niet, waar ligt dat godvergeten stadje eigenlijk, wie wil daar nou heen? Vonda, vrouw met gouwen strot, waar ligt Riga eigenlijk en heb je er zin in en wat voor jurk doe je aan en hoe hou jij je stem zo strak, ah, zeker doordat je de klankkast goed verzorgt, die hebben we allemaal op tv gezien, die klankkast van jou, haha, en jongens, mooie jongens, hoe is het om alleen maar een beetje te schreeuwen en toch negen punten meer te halen dan ik?'

Een rollercoaster-interview, dat was het. We hadden er zo al een paar meegemaakt in deze weken. Ik was blij dat ik Vonda niet was, ik zou nooit zo snel en scherp zijn als zij: 'Ja, Colin, had jij die jongens maar! En verder zijn het de kilo's die gewonnen hebben, denk je niet? Daarom kwam jij zelf nog zo hoog.'

Gifgesprekjes, niks voor mij. Ik begreep niet hoe ze werkten. De vragen waren van lucht en de antwoorden ook, het was onschuldig maar onzinnig, het was vriendschappelijk maar vals.

Snel ging het, dat wel, Colin kondigde ons lied aan en hup, zijn koptelefoon ging af en het rode lampje sprong uit. 'Was leuk, hè? Mooi. Gaan we nou nog lunchen? Moritz?'

Moritz? dacht ik – en toen begreep ik het. Ik begreep waarom Moritz z'n sms'jes al een tijdje niet meer aan ons had voorgelezen.

Gewoonlijk hoefde ik, wanneer we de Strano binnenkwamen, maar even rond te kijken en ik wist wie Moritz aan zou spreken. Ik zag naar wie hij zijn bierglas zou heffen vanuit de verte, en naar wie hij, twee knipogen en twee lachjes later, zich een weg zou banen. Soms zei ik het hardop en dan lachte Moritz. Totaal ongevoelig voor elke plagerij zei hij dan: 'Ja, jij weet het, hè?'

En ik had niet meer naast Moritz in bed gelegen. Hij ook niet in dat van mij. Een paar keer waren we teruggelopen uit de stad met onze handen in elkaars achterbroekzak, en in een ongelukkig dronken moment hadden we nog eens gezoend, half januari, na een feestje, zomaar, 'o nee,' hadden we gezegd, 'nou ja'.

Maar dat zou allemaal niet meer gebeuren nu, want ik zag opeens hoe Colin helemaal tot het soort mannen behoorde waar Moritz voor viel.

O, wist Vonda het?

Nee, toen nog niet.

En nee, we konden niet blijven lunchen, we moesten terug naar Rotterdam, maar ik zag Colins getuite lippen toen we weer op het tuinpad liepen en Moritz omkeek naar het villaraam. Daarna keek Moritz meteen naar mij. Hij zag wat ik zag, hij bloosde en knikte en ik glimlachte een beetje dom.

Vonda,

het gaf niet en het geeft niet.

Ik vroeg hem ernaar, 's avonds laat. Hij zei: 'Het is zó gek!' Zijn stem schoot omhoog, en bijna maakte hijzelf ook een sprongetje.

139

'Wow,' zei ik, 'dat wordt nog wat.'

'Ja hè,' zei Moritz, 'ik weet niet hoor, maar hij is zo anders dan je denkt dat hij is. Hij is heel aardig. Net als tijdens het festival.'

'Maar vandaag was hij vals, toch?'

'Tsch, dat is toch maar spel! Ohhh, ik wil een sms. Ik wil een sms, nu!' Moritz hield zijn gsm voor zich uit en drukte een kus op de toetsen. 'Mwaaah!'

Vonda, ik was dus niet met Moritz en ik ben nooit met Moritz geweest. Daarom gaf het niet.

Maar ik was bang voor jouw reactie. Ik weet niet waarom. Voor dat soort dingen heb ik een seismologische aanleg, ik denk dat ik dacht dat jij zou gaan spugen.

Misschien had ik zelf moeten gaan spugen?

Oliver kwijt, Moritz kwijt – ik zei tegen mezelf dat ik blij was dat dát gelukkig helemaal niet in me opkwam.

Scheef gestapelde borden, een kom met een oud sausje en een pan met harde spaghettislierten. Moritz en ik stonden af te wassen en uit Vonda's kamer klonk een stemoefening.

'Ik vertel het haar nog wel,' zei Moritz.

'O,' zei ik.

'Ja!' zei Moritz. 'Jippie!'

'Wanneer is het eigenlijk begonnen?'

'Op het feestje. Op de afterparty.'

'Hè? Ik heb niks gezien.'

'Aan het eind. We waren dronken, weet je wel. En ik stond zo'n beetje tegen Colin aan en hij zei dat hij nodig moest, en ik zei: "O, ik ook." En toen stonden we daar bij de toiletten en er was niemand en toen gingen we zoenen.'

'Zomaar? Op de wc?'

Moritz lachte. 'Niet eróp. Achter zo'n klapdeurtje. Maar Colin was zo draaierig dat hij steeds tegen me aan viel. Het was raar.'

'Raar? En hoe ging dat verder dan? Hoe gaat zoiets verder?'

'Ja, telefoonnummers, hè? En daarna sms'jes. Colin is cool, hoor.'

'Coole Colin. Zal best.'

'En hij heeft me vorige week opgehaald van de academie. Hij heeft zo'n auto, een dinges, een Rover, kan dat?'

Moritz begon een liedje te neuriën. Was het *Find me*? Ik dacht: laat het *Find me* niet zijn. Ik zei: 'Je krijgt de *Story* op je af. En de *Privé*. En de *Weekend*.'

'Ja,' zei Moritz en hij grijnsde breed. 'En dat popblad weer van vorige week.'

'Lach maar,' zei ik.

'Tych!' zei Moritz opeens. 'Je vindt het toch niet erg?'

Ik wilde de afwasborstel op het aanrecht smijten, maar ik bedacht me. Ik hing hem aan het haakje dat ik daarvoor speciaal naast de kraan had geplakt. Ik zag het mezelf doen, ik keek toe hoe ik mezelf dwong mijn schouders te laten zakken, het sop van mijn handen te slaan, me zonder voorbehoud naar Moritz om te draaien en hem met een volle glimlach te antwoorden: 'Nee, ik vind het niet erg. Ik vind het leuk.'

'Jippieee!' zei Moritz en hij begon me te omhelzen, zijn borst tegen die van mij, zijn CK-geur om mijn hoofd.

'Maar Vonda...' zei ik.

We hoorden Vonda nog steeds haar klinkers zingen, maar Moritz keek om zich heen alsof hij haar opeens naast zich gematerialiseerd zag uit keukenlucht. 'O, Vonda,' zei hij, 'ja, ik vertel het haar nog wel.'

Vonda,

je wist het al. 'Ik ben niet gek,' zei je, toen je me naar details vroeg. 'Ik ben Big Mama hier,' zei je, 'ik heb overal ogen.'

'En?' zei ik. 'Wat vind je?'

'Vinden? Vinden?' zei je. 'Eerst dacht ik: We all together – nou, dus niet. Maar eigenlijk vind ik het wel tof.'

'Tof?'

'*Ach, laat die jongen,*' zei je, '*vrolijk kalende dertigers, daar houdt hij toch van?*'

'*O,*' zei ik, '*o.*'

Ik kon er niks aan doen, Vonda. Ik dacht dat jij zou ontploffen, dat je zou uitbarsten. Je deed het niet en omdat je het niet deed, dacht ik: het komt haar uit, ze ziet er voordeel in. Maar waarom? Vanwege de publiciteit? Sorry, lieve Vonda, zo gemeen ben ik. Ik verdenk jou van opportunisme en dat is natuurlijk onterecht. Ik heb dus nare gedachten, zomaar, ik ben een soort leguaan.

'*Ja,*' zei jij, '*als jij het nou was, dan.... Ja, dan...*'

'*Wat dan?*'

'*Och piekerbeestje, laat maar.*'

Piekerbeestje, Vonda, dat zei je. Gifsalamander, dat had ik zelf gezegd. Verzin nog maar wat namen, Vonda, want ik kan er niks aan doen, ik ben zoals ik ben. Ik denk, ik pieker, ik schrijf gedichten, ik vlieg van Amerika naar Noorwegen, ik weet hoe je met een tong een tong moet proeven, ik zette mijn handen deze zomer altijd op de juiste plek.

Waarom schrijf ik dat? Geen idee.

Ik wil tegen iemand aan in bed liggen. Naakt. Onbeschermd.

Ik kon geen schone slips meer vinden en ik had geen tijd voor wasbaksopjes. En mama belde elke tweede dag om te zeggen: 'Kom eens thuis als je tijd hebt.' En dus propte ik mijn vuile kleren in een rugzak en liep voor het eerst sinds weken weer naar het station. Ik kocht een kaartje, ik haalde een Twix bij het snackloket en ik stapte in. Normaal, dacht ik, ik ben normaal. Ik zocht mijn oordopjes in het voorvak van mijn tas. Daar gaan we, dacht ik, drie kwartier alleen in de trein,

maar,

maar...

...ik keek op en iemand keek weg. Ik zakte onderuit, strekte mijn benen en ik keek voor de tweede keer op: nog iemand anders keek weg. Ik bedacht net dat ik misschien mijn ogen dicht moest doen, toen een meisje dat vlakbij zat zich vooroverboog en zei: 'Ik vind het een keigaaf liedje.'

Mijn mond vertrok, maar die grimas zag ze blijkbaar aan voor een glimlach, want ze zei: 'Jullie gaan vast winnen. Ik zag meteen dat jij het was.'

'O,' zei ik, 'dank je wel.'

Ik weet zeker dat ik rood werd, en omdat het me belachelijk leek dat iemand die door iemand anders van tv wordt herkend begon te blozen, bloosde ik nog meer. Ik dacht: het raam! En ik begon uit het modderraam te staren.

'Dag,' zei het meisje, toen ze gelukkig bij Rotterdam Alexander al opstond. 'Ik moet er hier uit. Veel succes. En leuke sneakers heb je.'

'Ja,' zei ik, nogal dom. Ik keek naar mijn schoenen en ik dacht: zelfs die zijn niet onschuldig. Niets is hier onschuldig.

Toen ik thuiskwam pulkte mama op de mat mijn jas al van me af, zo'n haast had ze om me te omhelzen.

'Hallo,' zei ik, 'hoe is het hier?'

Ik voelde me jonger, opeens. En een beetje dun. Alsof Vonda met me mee had moeten gaan, alsof ik met haar en met de felle lampen in mijn ogen deze weken voller was geweest, en ouder. Maar ik liep naar binnen, naar de keukentafel. En de keukentafel stond er gewoon, en mama had dezelfde koek gekocht als altijd. Mijn vader, die me opgehaald had en achter mij aan nu ook binnenkwam, zei nog steeds, zoals altijd: 'Koffie voor de mensen!'

Ik vertelde vanaf de stoel waar ik al jaren op gezeten had wat er de laatste dagen voorgevallen was. En toen ik klaar was zei ik: 'Kunnen we naar de brug?'

De plek onder de brug, die iedereen kende, was via een smal pad tussen de velden en de boomgaarden te bereiken. Er lag een strookje tegels waar 's avonds jongens en meisjes kwamen om te blowen, om steentjes weg te keilen en, iets verderop, vrijend tegen de dijk aan te staan. Er lagen shagzakjes en condooms. Maar op zondagmiddag was deze plek het omkeerpunt voor wandelaars die de weg wisten. Mijn vader hield het binnen geen hele dagen vol en dus gingen hij en ik er in het weekend altijd op uit. Het was lang geleden dat we daar hadden gelopen, het was lang geleden dat ik hier had gewoond, en opeens, mama was ook mee dit keer, werden we alle drie zo vrolijk en ik vertelde, ik vertelde, ik sloeg geen interview, geen radio-optreden over. Papa en mama luisterden. Ze stelden vragen en ze lachten om wat ik zei. Ik zei: 'Wat een krankzinnig avontuur is het toch, wat is het toch allemaal debiel!'

Ze zeiden: 'Maar je geniet ervan. Dat is belangrijk.'

'Tuurlijk,' zei ik.

En we kwamen bijna niemand tegen, en toen we toch iemand tegenkwamen die ons kende, die stil bleef staan en zei: 'Hé, hoe is het? Ik zag je op tv. Goed hè?', vond ik dat helemaal niet erg.

Ik kon natuurlijk vroeg terug naar Rotterdam, Vonda zou thuis zijn deze avond. Maar ik zei tegen papa: 'Hoe laat is het voetballen ook weer?'

En ik belde naar Vonda om te zeggen dat het later werd. 'O,' zei ze, 'eet je daar ook?'

'Ja,' zei ik, 'maar er staat nog een pan met pasta.'

'Ga ik het zelf klaarmaken?' zei ze. 'Kan ik dat?'

'Natuurlijk kun jij dat,' zei ik.

'Jij kunt het beter.'

'Ik ben er tegen tienen,' zei ik.

'Tegen negenen,' zei Vonda.

'Eet smakelijk zo,' riep ik, 'ik zie wel!'

En toen keek ik met mijn vader naar Vitesse. Hij zei: 'Ik was alweer vergeten dat je niet van voetbal houdt, maar dat je af en toe gaat zitten doen alsof je het leuk vindt.'

'Ik vínd het leuk,' zei ik, en toen de uitzending voorbij was liep ik de trap naar boven op. Mama had mijn was uit de droger gehaald en ik dacht: ze zal toch niet aan het strijken zijn? 'Mam,' zei ik, en ik bleef in de deuropening van de rommelkamer staan, 'mam, dat hoeft niet. Spijkerbroeken strijken is sowieso een beetje overdreven.'

'Behalve als die zoon het zelf niet kan.' Ze keek op en lachte. 'Zeg eens,' zei ze, 'hoe is het nou echt om beroemd te zijn?'

'Mam,' zei ik, 'dat heb je al zes keer gevraagd. En ik heb je al zes keer antwoord gegeven.'

'Ja,' zei ze, 'maar niet echt.'

'Maak je maar geen zorgen. Ik stop ermee na Riga. Het is voor even. En ik bén niet beroemd, Vonda is beroemd.'

En toen zei ze: 'Ja, maar blijf je jezelf?'

'Aaaa,' riep ik, 'is dat wat je al die tijd wilde weten? Geef die broeken nou maar hier, ik draag ze ongestreken. Als ik mezelf ben tenminste.'

Mama begon te giechelen. 'Weg,' riep ze, 'deur dicht!' Ze probeerde me de kamer uit te duwen. 'Ik ben nog altijd je vaste kleedster,' zei ze, 'jij beroemde... beroemde... beroemde Vonda-jongen!'

In de trein terug was het veel stiller dan op de heenweg. Mijn sneakers en ikzelf werden niet meer bekeken en ik liep langs het spoor naar huis. Er zat nog allerlei voortijdige lentewarmte in de lucht en ik dacht aan het woord 'Vondajongen'.

En ik dacht: poëzie, ik heb deze week weer poëzie.

Ik nam de trap naar boven met drie treden tegelijk en ik gooide mijn jas op de kapstok. Vonda's kamerdeur stond open. 'Je bent een halfuur te laat,' zei ze, 'maar ik zal je er niet om ar-resteren. Kom je nog even zitten?'

'Hai,' zei ik, 'goed. Moment, even mijn was kwijt. En ik moet wat regels opschrijven die ik onderweg heb bedacht.'

'Snel,' zei Vonda.

Ik rende naar mijn bureau en schreef op een blaadje: *Ik ben de anderjongen. Gooi me vol met jouw benzine en ik loop.*

Ik plofte op de stoel die Vonda voor me had klaargezet. 'Jochie,' zei ze, 'hoe is het met je? Met mij gaat het goed. Wat een ver-haal, hè, deze weken. Ik zit er al een uur over na te denken. Het is zoveel tegelijk, volgens mij moet ik er niet te veel bij stilstaan. Ik moet het gewoon over me heen laten komen. Het diepe in. Wat vind jij?'

'Ook hoi,' zei ik, 'en ja, je hebt gelijk. Het is veel. Maar met mij is alles goed, ik had een superdag. Wil je de zinnen horen die ik heb bedacht?'

'Is het voor een songtekst?'

'Nou nee, misschien voor een gedicht.'

'Kun je er geen songtekst van maken? Dat zou je nog voor me doen.'

'O, maar daar heb ik iets anders voor. *Ons derde lichaam* heet het. Ik moet het nog uitwerken.'

'In het Nederlands?' zei Vonda. En toen zei ze: 'We moeten nog over mijn imago denken. Ik wil niet alleen het meisje van het songfestival zijn.'

Ik vroeg: 'Wil je het nou horen?'

'Wat?'

'Die dichtregels.'

'Tuurlijk. Tych, ik wil wat van je weten. Ik wil dringend iets weten. En ik wil eerlijkheid.'

'Wat zeg je nou? Waarover dan? En waar is Moritz?'

'Weet ik veel, weg. Ik zit hier de hele tijd alleen. Tych, ik wil het weten. Heb jij ook iemand ontmoet?'

'Iemand ontmoet? Hoezo?'

'Zoals Moritz. Ze gaan jou ook achterna, Tycho. Ze willen jou ook hebben, straks. Je moet oppassen. Voor je het weet heb je iemand en dan zit je vast.'

Ik zei niks.

Vonda draaide haar hoofd naar me toe. 'Tycho?'

'Ik wil niet, Vonda. Ik moet niet met iemand.' Ik zei het en het klonk verstopt. Misschien moest ik mijn neus snuiten. Misschien niet.

Vonda keek me nog steeds aan. Na een minuut of wat zei ze: 'Ik moet ook niemand.'

'Ik,' zei ik, 'ik snap die dingen niet. Ik weet niet hoe het gaat.

Ik denk... Ik kan toch niet met iemand zijn die zomaar zegt dat ik leuk ben?'

'Wat zeg je nou? Tycho, je bent raar.'

'Als ze dat zeggen,' zei ik, 'dan is het toch te gemakkelijk? Dan is het geen slag.'

'Je bent gek. Liefde is geen slag. Jij schrijft te veel gedichten. Was het afgelopen zomer dan zo'n veldslag? Goed, misschien is de liefde wel een slag, je hebt gelijk. Maar niet aan het begin. Seks heb je zo – dat is nooit moeilijk. Maar loskomen, afkappen, weggaan, dát is een slag.'

'Serge,' zei ik.

'KUT!' riep Vonda. Opeens was ze kwaad. 'Noem die naam dan niet! Daar vráág ik toch niet om!'

'Niet schreeuwen!' riep ik.

'Sorry,' zei ze, 'je trekt wit weg, man. Je moet niet zo van me schrikken.'

Ik dacht: ben ik wit? Ben ik geschrokken? Ben ik boos? Ik zei: 'Doe er dan wat mee. Met hem. Met hoe het gegaan is. Praat er dan over!'

Vonda opende haar mond, maar langzaam deed ze hem weer dicht. Ze zag er gevlamd uit nu, de kleur van haar wangen stond strak tegen die van haar haren aan.

'Zeg maar,' zei ik.

'Dit is het raarste gesprek dat ik ooit met je heb gehad,' zei ze. 'Ik ben van hem weggevlucht. Ik heb niet alleen hem achtergelaten, maar ook iedereen die ik kende. Iedereen die we samen kenden. Alleen mijn moeder is er nog. Maar ik heb haar verboden zijn naam hardop te zeggen. Ik heb zijn foto's door een versnipperaar gehaald. Behalve dus die ene. Als ik droom heeft hij geen hoofd. Als ik droom dan loeit hij tegen me. Hij was fout, Tycho, ik was fout.'

'Vonda?' zei ik. Ik wachtte af. Ik hield mijn adem in.

'Ja?' zei ze, nauwelijks hoorbaar.

'Vonda, is hij meegegaan?'

'Waarheen?'

'Naar de kliniek. Toen je erheen moest. Ik weet hoe dat gaat, ik heb het opgezocht.'

'Naar de kliniek? Wat bedoel je? Ik ga niet naar klinieken.' Ze keek me wild aan, verstoord opeens.

Ik fluisterde: 'Je abortus.'

'Ah,' zei ze, nu weer zacht, 'ja, natuurlijk.'

Ze schudde langzaam haar hoofd. 'Nee,' zei ze, 'nee. Nee, je moet dat niet uitzoeken. Je moet het met rust laten. Je moet wachten tot ik wat zeg.'

'Maar je zegt niks. Je moet erover praten. Niet met iedereen. Maar wel met mij, ik ben bij je.'

Ik pakte haar hand. Haar vingers trilden. Ze waren zacht, met kussentjeshuid. Ze waren zacht maar koud.

'Ja,' zei ze, 'jij bent er. Niet weggaan. Niet naar iemand anders gaan.'

Ik zei niks. Ik dacht: ze weet dat ik afscheid genomen heb van Oliver. Nu is ze bang. Ze denkt dat ik vrij ben. Dat ik hem binnenkort in ga ruilen. 'Ik ga niet weg,' zei ik. 'Ik blijf bij je. Ik ga ook weer naar school, dus ik zal niet overal bij zijn, ik zal niet meer meegaan naar alle fotoshoots en interviews. Maar ik ga niet weg. Hoor je me?'

'Goed,' zei ze zachtjes, 'goed.'

'Wat?' zei ze na een tijdje. 'Wat zei je over fotoshoots? Dat moeten we met Irene overleggen.'

'Nee,' zei ik, en ik moest lachen, 'dat hoeven we helemaal niet met Irene te overleggen.'

'Een beetje wel,' zei Vonda. Ze praatte nog steeds te zacht, beteuterd bijna.

'Ik wil alleen blijven,' zei ze, 'alleen met jou.'

Vonda,

ik mag blij zijn dat ik zo weinig slaap nodig heb, want het was weer zover, die nacht. De avond duurde nog, we hadden daar maar wat gezeten met z'n tweeën, we hadden nog wat muziek gedraaid, van

148

Bronze Man Records had jij de nieuwe Alicia Keys gekregen, maar uiteindelijk hadden we onszelf uit de luie kussens gehesen en waren we gaan tandenpoetsen. Moritz was nog steeds niet thuis, die hoorde ik veel later pas zijn trap op stommelen. Ik had de kamerdeur achter me dichtgedaan en toen ik eenmaal daar was, alleen, keek ik mijn laptop aan en hij keek terug. Ik bleef nog uren zitten schrijven.

Eerst werkte ik verder aan mijn verslag, maar daarna dacht ik: ons derde lichaam. Het gedicht, dacht ik, of de liedtekst? Het werd het laatste: de zinnen kwamen in gelid en in een ritme, en ik hoorde onder de woorden maar steeds die melodie. Tegen half vier sloot ik de computer, mijn ogen traanden van het turen en mijn hoofd voelde opgewarmd, van binnenuit. Ik rolde zo mijn platte bed op. Slaap.

En de volgende dag vond ik deze tekst terug in mijn bestandenlijst:

couplet:
Ik had nog nooit met iemand,
maar het is gebeurd.
Jij hebt het cadeaupapier
waarin ik zat verscheurd.
En nu mag je me houden,
jij mag mij altijd houden, als je wilt:
jij hebt me lachend uitgepakt
en lachend opgetild.

Maar je zegt: 'Hé,
is dit beleefdheid,
of eenzijdigheid misschien?'
Het omgekeerde, zeg je,
moet ik net hetzelfde zien,
dus is het waar – ja, het is waar:
we leggen hier onszelf
als twee cadeautjes bij elkaar.

refrein:

Ons derde lichaam – een van jou en een van mij.
Ons derde lichaam – hier ben ik en hier ben jij,
maar samen nog wat meer,
er vlindert elke keer een derde lichaam vrij.

couplet:
Ik wist niet dat het kon, maar
alles staat opeens in wij.
Een hele nieuwe toonsoort,
een volle klank erbij.
En zo zal het wel blijven,
want vanuit onze lijven leeft het op:
het lichaam dat wij samen zijn,
een derde hartenklop.

Ik wil niet
zweven in dit leven,
en ik ben niet religieus.
Het is geen heilige drie-eenheid,
het is niets ingenieus',
maar het is waar, gewoonweg waar:
kus me gloeiend en we
vloeien over in elkaar.

refrein:
Ons derde lichaam – een van jou en een van mij.
Ons derde lichaam – hier ben ik en hier ben jij,
maar samen nog wat meer,
er vlindert elke keer een derde lichaam vrij.

vragen:
Weet je wel goed wat je zegt? Waar blijft je eigenheid? Raak je jezelf
niet kwijt? Kun je een ander dan ooit zo begrijpen? Bedoel je het seksueel? Of romantisch? Mentaal? Psychologisch? Een lichaam bedoel
je, dat jullie gezamenlijk zijn?

brug:
Niemand hoeft dit beeld te delen
van een levend wij,
niemand hoeft het te begrijpen,
zelfs niet, liefste, jij...

refrein:
Ons derde lichaam – een van jou en een van mij.
Ons derde lichaam – hier ben ik en hier ben jij,
maar samen nog wat meer,
er vlindert elke keer een derde lichaam vrij.

Vonda, dat is het. Zie je dat er vragen staan halverwege? Doet je dat
ergens aan denken?
Klopt. De melodie die ik eronder hoorde is onze melodie.

Het was weer maandag, en ik nam me voor de hele week naar
school te gaan. Ik nam me voor om de hele week te doen alsof
het songfestival niet bestond.

Vonda sliep nog toen Moritz en ik aan onze muesli zaten. 'Hij
komt donderdag kijken,' zei Moritz. 'Bij een les. Op school.'

'Jouw Colin?' zei ik.

'Gaaf hè?' zei Moritz. 'Kom jij ook? Het is 's middags. Hoe
laat ben je klaar?'

'Donderdagmiddag heb ik niks. Of moeten we dan iets voor
Irene doen?'

'Nah,' zei Moritz.

'Weet je,' zei hij, 'ik vind het wel lachen allemaal, maar ik ga
even gewoon dansen, hoor. Dansen en eh...' Hij begon te glim-
men.

'Ja, ja,' zei ik, 'hou maar op.'

'Hihi,' zei Moritz, 'en zaterdagavond moet ik in een smoking. Dan ga ik mee naar een filmpremière.'

'Wow,' zei ik, 'ben je niet bang voor al die camera's?'

'Neuj,' zei Moritz, 'waarom?'

Weg storm. Dat dacht ik toen ik de schrijfacademie binnenkwam. De wervelwind is gaan liggen. Ik vond het linoleum opeens zo lekker ruiken en ik smeet mijn rugzak op een stoel. Ik ging naast Felaya zitten. Ik dacht: Felaya is de persoon die iedereen in zijn nabijheid moet hebben, ze is betrouwbaar als daglicht, ik zou haar vaker moeten zien, zal dat ooit nog eens gaan lukken? 'Felaya habibi,' zei ik, 'hoe was je weekend?'

De les ging over didactische technieken. We worden, naast onze schrijfactiviteiten, opgeleid als literair consulent. Ik vind dat allemaal wat minder interessant, maar vandaag was alles goed.

Na het derde uur liep ik naar de kamer van Gijs. Ja hoor, vanmiddag had hij tijd voor mij. Was ik er vanmiddag dan ook? Ja, natuurlijk was ik er vanmiddag ook, anders zou ik het niet vragen.

Maar toen ik met Felaya de stad in ging om broodstokjes te kopen, belde Vonda. 'Tych, waar ben je?'

'Waar ik ben? Op school natuurlijk. Nou ja, nu even op het Schouwburgplein.'

'Maar we moeten jurken passen!'

Ik begon te lachen. 'Jij dus, Vonda. Mij staan ze niet.'

'Nee, je moet mee! Het gaat om het totaalbeeld.'

'Maar ik kan niet, Vonda, ik heb bespreking met Gijs. Kun je het niet alleen doen?'

Het bleef even stil aan de andere kant van de lijn. 'Wie is daar bij je? Ik hoor iemand.'

'Dat is Felaya, we gaan zo terug naar de les.'

'Waarom zij?'

'Huh?'

'Laat maar. Kun je echt niet mee?'

'Echt niet, Vonda. Is het heel erg?'

'Moritz is ook weg.'

'Vonda, vraag Irene.'

'Ja, man, Irene is er natuurlijk sowieso bij. En er komt een styliste.'

'Nou dan!'

'Nou dan wat? Nou dan doei.'

'Doei.'

Ik keek Felaya aan. 'Opgehangen,' zei ik.

'Ik snap het wel,' zei Felaya. 'Haar hele leven staat op z'n kop. Mij lijkt het niks.'

'Ach,' zei ik.

'Schipperaar,' lachte Felaya, 'middelaar.'

Ik was vrij. Ik had met Gijs gesproken en Vonda was optreedjurken gaan passen. Mijn fiets stond vlakbij die van Ben en ik zei: 'Zullen we vanavond wat eten met z'n drieën? Jij en Karsten en ik? Ik heb tijd.'

Ongelooflijk: hij wilde en hij kon. Hij belde naar huis en nog geen uur later zaten we in een budgetpizzeria.

'Ik heb groot nieuws,' zei ik. 'Ik ga songteksten schrijven.'

'Wow,' zei Ben. 'Heeft Vonda je dat gevraagd?'

'Nee,' zei ik, 'Vonda niet. Ik ga songteksten schrijven voor school. Ik heb het met Gijs besproken. Mijn levensverslag voor proza, poëzie voor poëzie, en songteksten als eigen project. Ik ben al begonnen!'

Karsten, zoals altijd de bruinverbrande vriendelijkheid zelf, begon te stralen. 'Gefeliciteerd, jongen.'

Ben zei: 'Mooi idee. En wat zei Gijs verder nog?'

Ik vertelde dat hij, als ik zoveel afwezig bleef, mijn overgang naar het tweede jaar niet zou kunnen garanderen. Maar ik vertelde ook dat hij snel wat nieuws van me wilde lezen en dan weer verder zou zien.

'Ik heb al een tekst,' had ik gezegd, en ik had hem *Ons derde lichaam* gegeven. Gijs had zijn ogen er vlug-vlug overheen laten gaan, en daarna keek hij me voorzichtig lachend aan. 'Goed,' zei hij, 'goed!'

'Dus ja,' zei ik tegen Karsten en Ben, 'ik ga er wel mee door.'

'*Ons derde lichaam*?' zei Ben. 'Daar had je toch laatst dat gedicht over gemaakt? Toen zei ik nog...'

'...dat ik er een liedtekst van moest maken. Dus het komt door jou, Ben! Jij bent de moeder!'

Ben schoot in de lach. 'Ik ben Tycho's moeder.'

'Baby toch,' zei Karsten, en hij boog zich verliefderig naar Ben.

Ik dacht: Ben laat zich dus 'baby' noemen. Dat leek me grappig en geruststellend tegelijk, ik was dus niet meer iemand tegenover wie Ben zich koste wat kost groot wilde houden.

Meteen erna kregen we het over het verschil tussen gedichten en liedteksten, en opeens riep Karsten: 'De nichten! Alle songfestivalnichten flippen als je een nieuwe tekst op jullie liedje maakt! Het is jaren geleden dat we nog in het Nederlands zongen! De driekleur terug in het festival! *Hollân boppe!*'

'Nou,' zei ik.

'Ja?' zei hij.

'Nou,' zei ik, 'toevallig heb ik de tekst precies op de melodie van *We all together* geschreven.'

'Crimineel!' schreeuwde Karsten, hij veerde als een vuurpijl op van zijn stoel. 'Laat horen, heb je het bij je? Zeg dat je het bij je hebt!'

'Nou...' zei ik.

Ja, dacht ik terwijl ik terugliep, het is een grote opgeblazen strandbal die door onze levens is gerold, en er stuift van alles om ons heen, maar ik ben geen Vondajongen, ik ben geen anderjongen, ik ben Tycho. Ik heb de hele zomer in de hitte gestaan en ik ben niet verbrand, ik red het en ik zal het blijven redden.

Ik stapte extra stevig op de tegels van de singelstoep en ik denk dat ik zo'n beetje met mijn armen tegen mijn zij sloeg, alsof ik wilde opstijgen. Ben en Karsten en Gijs, ze hadden allemaal mijn eerste echte songtekst goed gevonden, en ik hoorde het Vonda al zingen: '*Ons derde lichaam – een van jou en een van mij...*'

En ze was thuis en ze was al net zo vrolijk. Ze liet zichzelf zien op de polaroids die tijdens het passen waren gemaakt: glitterjurken droeg ze, lang en met sleep. Ik zei: 'Ze zijn schitterend.'

'Ja hè?' straalde Vonda. 'En ik ben twee kilo afgevallen!'

En toen zei ik: 'Hier. Dit moet je lezen.'

En toen zat ze stil en heel geconcentreerd en daarna stond ze op en sloeg haar armen om mijn nek.

Vonda,

dat was gisteren. En opeens ben ik bij met mijn verslag, vandaag heb ik de hele middag kunnen schrijven. Nu hoef ik niks meer in te halen, nu heb ik veel meer tijd, Vonda. Straks kom je thuis, je bent weer bij Irene geweest. Nee, ik kon echt niet mee, ik wil naar school, ik wil naar school!

Felaya vroeg nog naar je. Lief hè? Ik zei dat je vrolijk was, dat we min of meer onuitgesproken vastgesteld hebben dat Moritz en ik onze eigen dingen zullen blijven doen, dat we ietsjes losgepeuterd willen zijn, maar dat we natuurlijk, als het van belang is, Vonda's Voice aan de wereld laten zien, het driemanschap, ons vierde lichaam!

Vonda, Riga is de mooiste stad van het noordelijk halfrond en Vonda, ik hou van je.

Vandaag kwam Vonda zingend de trap op. Zingend? Jodelend. Moritz kwam naar beneden gerend om te kijken of het goed lawaai was wat daar breed op onze etage verscheen. Vonda smeet haar tas de gang door, gooide haar armen open en begon aan een uithaal alsof ze aan de reling van een vrolijk weer uit zee oprijzende Titanic stond.

Ik was ook mijn kamer uit gekomen, Moritz lachte en sloeg zijn arm om mijn schouders. We keken samen naar onze Vonda: haar laatste noot was nog niet weggestorven of ze sloeg twee handen voor haar mond en zei: 'O jee, de hospita. Nou ja! Wat jullie hoorden, beste Voice-genoten, was een nieuwe versie van een eerst door mij verfoeide albumtrack. Ik heb samen met Bert in de studio gezeten en de songs zijn beter nu, veel beter. We hebben zelfs al aan de demootjes gewerkt. Het gaat gebeuren, Vonda wordt een megaster, een megaseller, een megababe, nog dertig kilo te gaan!'

Moritz sprong naar haar toe: 'Nee, nee, nee, niet afvallen!'

En ik riep: 'Ja! Blijven wie je bent! Vonda for president!'

'Oké, dan doe ik alleen aan de lijn als jullie niet kijken. Kom mee, gaan we vette tosti's bakken. Ik heb nog meer goed nieuws.'

Irene had haar weten om te praten. De nieuwe cd moest toch echt déze songs bevatten, de release staat al voor over vijf weken gepland, vlak voordat we naar Riga vertrekken. En dus verwacht het publiek liedjes in de lijn van *We all together*. Natuurlijk, Vonda mocht meedenken over de arrangementen en de productie. Bert had tijd vandaag, ze konden meteen al aan de slag.

En verder waren de festivaljurken goedgekeurd. Er gingen twee modellen mee naar Riga, dubbele exemplaren, vanwege scheurgevaar. Maar, vroeg Irene via Vonda, konden de jongens dit weekend nog met een styliste op pad, zodat hun kleding aangepast kon worden? 'Oké,' zeiden Moritz en ik, 'oké.'

'Tja,' zei Vonda, 'en dan nog het mooiste. Volgende week gaan de delegatieleiders van alle deelnemende landen alvast naar Riga. Om te overleggen en zo. Dan wordt ook de loting voor de startvolgorde gedaan. En raad eens: ik mag mee! Irene heeft een sponsor gevonden. De sponsor betaalt mijn reis en ik word gefilmd terwijl ik daar alvast rondloop. Gaaf hè? En dat verslag wordt in RTL *Nu* vertoond. Weet je alleen wat kut is? Ik moet in mijn eentje. Ik wou jullie meehebben, maar dat kan niet. Budgetgedoe. Erg, hè?'

'Geeft toch niet,' zeiden wij lachend, 'geeft toch niet? Wij moeten toch naar school? Geniet nou maar, daar, we zien het wel op tv, ha ha ha.'

'Ja,' zei Vonda, en ze nam een hap van haar ketchuptosti, het drupte langs haar kin. 'En er zijn al heel wat concurrenten bekend,' zei ze met volle mond 'liedjes van andere landen. Ik heb een cd'tje mee. Horen?'

'Cool,' zei Moritz.

'Geef maar,' zei ik en ik strekte mijn hand uit. Ik vroeg: 'En de teksten? Moeten er nog nieuwe teksten op je cd?'

'O,' zei Vonda, 'ja. Nou, weet je, ik denk dat het echt Engelstalig moet blijven. En volgens Irene mag het allemaal niet te moeilijk zijn. Ze is bang dat het de aandacht van de melodieën af zal leiden. En van mij. Vind je het erg?'

'Wat erg?' zei ik.

'Dat ik, nou ja, ik weet niet. Kun je ook simpele teksten schrijven? In het Engels?'

'Ja, nou eh...' zei ik. Ik had opeens het gevoel dat ik me verslikt had, zonder dat ik me verslikt had.

'Ja, het hoeft niet,' zei Vonda, 'we kunnen de teksten dus ook houden zoals ze zijn. Maar misschien kan er wel eens iets voor een radio-optreden of zo. Iets Nederlands. Maar Nederlands zingen is moeilijk, hoor. Het is veel directer. Zet dat cd'tje anders even op, Slovenië is leuk.'

Ik stond nog steeds op dezelfde plek, met het cd'tje nog steeds in mijn hand, met mijn hand nog steeds in dezelfde positie. 'Heb je,' vroeg ik, 'heb je het nog over mijn tekst voor *We all together* gehad? Karsten zei dat er op internet om een Nederlandse versie wordt gevraagd.'

'Dat...' zei Vonda, er schoot een vloed van kleur over haar wangen, 'dat ben ik helemaal vergeten. Sorry, lieve Tycho, sorry, sorry. O, maar Irene vindt het goed dat jullie niet meer overal bij zijn. Alleen bij tv-optredens en zo, dat natuurlijk nog wel. Ze begrijpt het, ik heb het er uitgebreid met haar over gehad.'

Vonda,

Ben is anders dan ik dacht. Ik vond hem nuffig, en een beetje arrogant. Ik dacht dat hij de baas moest zijn over de mensen om hem heen.

Maar dat klopt niet. Hij is klein, hij is vriendelijk, hij luistert goed, hij is een knechtje – nee, dat klopt ook niet helemaal. Hij is het allebei, hij is alles om beurten. En misschien doet hij wel zo uit de hoogte omdat hij anders losslaat? 'Pillen,' zei hij onlangs, 'coke. Ik heb zoveel geprobeerd.' Maar nu heeft hij zijn Karsten en zijn schrijftalent, twee stevigheden waardoor hij zich kan veroorloven lief te zijn, en vriendelijk, zolang hij voelt dat hij van niemand iets te vrezen heeft. Ik snap het nu, terwijl ik dit hier opschrijf. En ik ben dus iemand van wie hij niets te vrezen heeft.

Vonda, ook jij bent anders dan ik dacht. Je hebt een vroeger leven afgesloten, maar je wilt toch dat iedereen je ziet. Je bent dapper, maar je bibbert. Je begrijpt mij als je tijd en ruimte hebt, maar je vergeet mijn vraag te stellen aan Irene. Onaardig was dat dus, en lullig ook, maar Vonda, je zag er zo vrolijk uit, en je komt er misschien nog op terug. Daarbij wil ik niet iemand zijn van wie jij iets te vrezen hebt.

Of zal ik anders zijn? Vorig jaar nog was ik medium-vrolijk, medium-stil en zelden bezig met gel. Nu heb ik toch nog eens opgezocht wat er over mij op de songfestivalsites wordt gezegd. Een cutie? Ik? Misschien moet ik mijn haar wat laten groeien? Laatst heb ik merkondergoed gekocht. Te duur. Belachelijk. Maar ja – word je een ander als dat steeds maar in je wordt gezien?

Ik dacht het wel. We zaten op de praatbank van de *Avondshow* en ik wist dat dit veel zichtbaarder zou zijn dan welk radiopraatje of popbladinterview dan ook. De *Avondshow*, daar kijkt de helft van het land naar, de kinderen naar bed, het eten op, beroemde gasten en Julia. Julia is de woensdagpresentatrice en live is het ze het scherpst. Dit was live.

We zaten daar, Vonda genoot. Ze was vol in beeld, wij zaten er zo'n beetje naast geschoven, er zat swing in haar antwoorden. Maar opeens zei Julia: 'Jongens, even een vraag aan jullie. Net, voor de show, zeggen jullie tegen mij: wij kunnen eigenlijk niks. Hoe zit dat?'

Dat hadden wij helemaal niet gezegd, maar ontkennen hielp niet. 'Ze kunnen van alles,' riep Vonda. 'Dansen, schrijven. En het zijn mijn beste vrienden.'

'Zo,' zei Julia, 'en kunnen ze ook zelf praten?'

Goed dan – ik vertelde over de schrijfacademie, Moritz zei dat hij een stageplek aan het zoeken was, en nee, we moesten het bekennen, we wisten eigenlijk niet veel over het festival, blabla. Zo ging het door en ik dacht: laat haar niks vragen over wie met wie. Vreemd dat ik daar opeens zo bang voor was. Het leek me allemaal zo zichtbaar, daar, op de bank. Noorwegen, dacht ik, in Noorwegen ontvangt niemand Hollandse kletstelevisie. Maar nee, Julia vroeg niets. Tenminste, niet aan mij. Moritz moest eraan geloven, ja hoor: hij en zanger Colin, was dat iets? Moritz kon niets anders doen dan maar zo'n beetje glunderen.

'Niet erg,' zei hij erna, maar hij klonk toch nog overvallen. 'Nee,' zei hij, 'echt niet erg.'

Maar Colin belde meteen en troostte hem. 'Zo gaat dat, schat. Besef je dat je nu voorlopig aan me vastzit?' En daar kikkerde Moritz weer helemaal van op.

Ik ben niet helderziend, ik heb geen gave. Ik kan geen enkel scenariootje van tevoren uitschrijven, maar dat we ons vol onder de open lampen hadden begeven bleek diezelfde avond nog. Vonda lag met een koptelefoon op bed, we waren nog niet zo lang thuis, ze wilde niet meer praten vanwege haar stem. Ik rommelde wat in de keuken toen mijn gsm begon te brommen. Het was Leja, Vonda's moeder. 'Tycho, ik moet met jou praten, niet met mijn dochter. Het is erg, zo erg, kan ze je horen?'

'Nee,' zei ik, 'wat is er?'

'Waar sta je?'

'In de keuken.'

'Ga dan even naar je kamer, wil je. En doe de deur dicht. Ik weet hoe dun jullie wandjes zijn, o, het is zo erg, ik had het niet mogen doen.'

'Wat dan niet?' vroeg ik. Ik zat inmiddels op mijn bed. Ik voelde kou rondom mijn voorhoofd, ik dacht: geen vreselijke berichten alsjeblieft.

'Hij heeft me gebeld.'
'Wie?'
'Serge.'

Serge had niet naast Vonda kunnen kijken. Natuurlijk wist hij van haar overwinning, maar nu ze zo van links naar rechts zijn scherm had gevuld kon hij niet anders dan nog eens contact opnemen. Niet met Vonda zelf, nog niet, maar: 'O, Tycho, het was een goede man. Hij heeft zoveel betekend voor mijn Vonda en hij had zoveel geduld en waarom moest ze toch ineens, maar ja, zo is ze, altijd eigenwijs, en altijd maar op stel en sprong.'

Ik hield mijn gsm even wat verder van mijn oor, de stem van Vonda's moeder schoot er als een hagedisje uit. Ik dacht: wat weet ze? Heeft Vonda iets verteld over haar abortus, over zijn woede, over dat wat Edele Serge wilde, kinderen en trouwen met een meisje dat pas twintig was – hoezo een goede man? 'Leja,' zei ik, 'Leja, waarom vertel je dit? Waarom zeg je dit tegen mij?'

'O, Tycho, ik kon echt niet anders. Het was zo fijn zijn stem weer eens te horen. Ze kwamen elke vrijdag eten, hier in Gouda, en ik kookte voor ze. Dat gaf zo'n ritme, snap je, Tycho? En dus kon ik echt de hoorn niet op de haak... Maar toen hij vroeg of het verstandig was weer eens contact met haar te hebben, toen, ja, toen wist ik het niet meer en toen ontschoot het me gewoon. Niet boos zijn, lieve Tycho.'

'Waarom? Wat heb je gezegd?'

'Dat ze een nieuwe vriend had. Dat ze daarom niet meer met hem praten kon. Ik moest haar toch beschermen, Tych, ze kan het niet aan, dat weet je zelf toch?'

'Een nieuwe vriend? Dat is niet waar. Maar het is toch niet erg dat je daarover hebt gelogen?'

'Je snapt het niet.'

'Wat snap ik niet?'

'Ik heb een naam genoemd. De naam van de vriend die ze nu heeft. De naam van de vriend die niet wil dat ze nog met

haar ex gaat praten. Jouw naam, Tycho. Ik heb jouw naam genoemd.'

Vonda,

Ik ben een anderjongen,
gooi me vol met jouw benzine
en ik loop.

Ontgrendel mij,
dan zwaai ik open met mijn armen
als een autodeur.

Ik kan de kleur aannemen
die jij wilt.

Twee beslissingen, Vonda. Eén: dit gedicht ga ik afmaken. En twee: jij
hoeft niet bang te zijn, want ik zal je verdedigen. Ik zal je verzonnen
geliefde zijn, die Serge krijgt jou niet.

Ik heb jouw naam genoemd. Die zin had ik de hele ochtend in
mijn hoofd. Ik had niets tegen Vonda gezegd, natuurlijk niet. Ik
had Leja gerustgesteld: 'Je hebt het goed gedaan. Hij belt vast
niet meer terug.' Ik had haar niet verteld van het popblad waarin Serge de waarheid zou kunnen lezen. Ik had gezegd dat ze
de volgende keer niet op moest nemen, of desnoods, desnoods
naar mij verwijzen moest, hij had toch mijn nummer niet. Ik
vond dat ik het verstandig had aangepakt, maar intussen werd
ik er zelf mee wakker en intussen dacht ik er tijdens alle lessen
van de volgende ochtend aan. Ik had een korte dag, en toen ik
thuiskwam na mijn derde uur zag ik Vonda's regenjas hangen en
ik dacht: ik ben dus haar verloofde. En dat was zo absurd dat ik
opeens weer aan iets anders denken kon.

Aan Colins Rover, bijvoorbeeld. Die middag stond hij op de
singel, voor ons huis. Vonda was naar haar academie, ze pro-

beerde van haar coördinator gedaan te krijgen dat ze Bronze
Man Records als stageadres mocht zien, en het songfestival als
afstudeerproject. Moritz was de hele ochtend al aan het dansen
en ik rende naar beneden om naast Colin in zuchtend autostoe-
lenleer weg te zakken. 'Zo,' zei Colin, 'we zullen eens gaan zien
hoe Moritz beweegt. Gaat het goed met Vonda? En met jou? Is
de single al uit? En krijg ik verdorie geen zoen?'

Ik probeerde niet te denken aan het feit dat ik bij zanger Colin in de auto zat. Dat was niet moeilijk, want ik zag het al meteen: een mens wordt niet minder rimpelig als hij beroemd is,
bekendheid kleeft niet aan je huid, het is geen bruiningsmid-
del. Zo dicht naast me was Colin gewoon een man. Een Stra-
no-man misschien, een iets te zware dertiger met uit noodzaak
iets te kortgeschoren haren: hij werd kaal. En Moritz sloeg zijn
naakte armen 's nachts dus om het naakte middel van deze man.
Ik zei 'links', en 'tweede rechts', en 'hier ergens parkeren'.

Moritz haalde ons beneden in de dansacademie op, en via
de roltrappen stegen we samen langzaam naar de vijfde verdieping. We kwamen in een kantine die breed uitkeek over Rotterdam. Colin liep meteen naar de ramen en Moritz schoot er
wijzend achteraan. Ik keek rond: er zaten en stonden overal studenten, maar van Colins komst keek niemand op. Was dat omdat de helft van de studenten uit het buitenland kwam?

De lesstudio had brievenbusraampjes en een hoog plafond.
Langs drie wanden liep een reling, de barre, en er was een spie-
gelwand. Colin en ik mochten ertegenaan gaan zitten, op de
grond. Zo'n twintig jongens en meisjes stonden zich op te war-
men tot de pianist binnenkwam, met de lerares, die bij wijze
van aanvang een dor grapje probeerde. En toen zette de zaal
zich in beweging: barre-oefeningen, oefeningen in de ruimte,
adagio-oefeningen en pirouette-oefeningen. De termen vlogen ons om de oren, terwijl wij maar steeds naar Moritz keken.
Hoe kan iemand zo goed een lichaam zijn? Een romp, twee armen en twee benen, tenen ook en elegante handen? En hadden
hij en de andere dansers nog gedachten terwijl ze zich zo be-

wogen? Ze waren spieren die werkten, huid die alles bij elkaar hield – er vielen ook steeds vaker vestjes uit, en baggy broeken. Moritz was zwetend mooi, een bedwongen jongensmachine was hij, rechtopstaand, strekkend, krommend, leunend, springend, en in de grand allegro-oefening was hij dat alles ook nog eens vlak na elkaar, in een ongelooflijk tempo.

Hij is net zo sterk als Colin bekend is, dacht ik, ze passen bij elkaar.

En Vonda, dacht ik, als Vonda zingt vallen alle monden open – en ik zag opeens hoe er vonken spatten van onze singeletage, hoe stralend Vonda en Moritz alles maakten, en wat een geluk ik had dat ik daar liep en sliep en was.

Ik schrijf het op, dacht ik, ik schrijf het allemaal op. Ik sleep het licht naar me toe, ik trek het tot onder mijn letters. En ik voelde me sterk en ik was blij voor mezelf en ook voor Colin, die naast me zat te staren en na de les, na het gezamenlijke uit-stretchen en vooroverhangen, niet van Moritz af kon blijven. Ja, nu keken de anderen wel, maar ik vond dat zelfs fijn, ik om-helsde Moritz ook en ik dacht: kijk maar goed, hij is van ons.

Vonda,

Ben laat zich baby noemen door zijn Karsten. Colin kijkt naar Mo-ritz als naar een TMF-*award. En weet je dat Niels een nieuwe vrien-din heeft? Ze is achtentwintig, ze werkt bij de wereldwinkel en ze wil actrice worden. Hij heeft al gedichten geschreven over haar lippen, over haar loshangend haar en over haar borsten in profiel.*

Iedereen heeft iemand, Vonda. Behalve jij en ik. Wanneer zullen wij een nestje gaan bouwen?

O, dat doen we al. In Serges hoofd.

Irene belde: 'De single is er, Bert komt jullie ophalen, hij is toch in de buurt, we houden hier een piepklein feestje.'

En dus waren we opeens weer bij elkaar, Vonda en Moritz en ik, we zochten snel-snel partykleren bij elkaar, een streepjesblouse, bestikte spijkerbroeken. En daar stond Bert voor de deur. We bereikten Utrecht net voor de avondspits en Irene was bijna klaar met wisten wij veel wat voor bespreking. Daar kwam ze al aan, ze riep: 'Is er wijn? Champagne?' Ze zei: 'Wacht, we trommelen iedereen op.'

Even later stond haar hele kantoor vol met medewerkers van Bronze Man Records. 'Dit is 'm!' zei Irene, en Vonda kreeg het eerste hoesje, het eerste schijfje, de eerste begeleidende poster. 'Foto!' riep Irene. 'Wie maakt er even een foto?'

Vonda liet de hoes wel drie keer aan ons zien. Daar stond haar naam, en kijk eens, daar stonden onze namen: *Vonda wishes to thank Bert, Irene, Tycho and Moritz*. 'Mooi hè?' zei ze. 'Mooi hè? Die hoesfoto valt op in de winkels, denken jullie niet?'

Pas toen het liedje gedraaid werd, en de baliedame, die we kenden van de entree beneden, tegen Moritz zei: 'Staan jullie stemmen er niet op?', dacht ik: ah, nee. Maar dat is toch logisch? Of niet? De vragen die we stellen op het podium horen bij de act, dat is alles. En mijn stem op een cd? Nee, zo wilde ik niet vastgelegd worden. Vonda's Voice was de voice van Vonda.

En toen hoorde ik twee dingen die ik niet had willen horen.

Ik stond naast Irene. Ze tikte haar champagneglas tegen het mijne en gebaarde in de richting van Vonda, die aan de andere kant van de kamer aan het schaterlachen was. 'Ze doet het goed, hè?'

'Ja,' zei ik, 'dit is wat ze wilde. En helemaal nu ze de cd mee mag produceren.'

'Ja,' zei Irene, 'dat moet ook eigenlijk. O, wat ik nog zeggen wou, Tycho: sorry van je Nederlandse tekst.'

'Hè? Heb je die gelezen dan?'

'Natuurlijk, Vonda had hem toch mee? Maar sorry dus dat we het niet kunnen doen. Het is een mooie tekst, maar hij is te moeilijk voor het festival. En Vonda had gelijk over die g-klank.'

'Die g-klank?'

'De g-klank van het woord *lichaam*. Die is niet te zingen. En hij klinkt te hard voor buitenlandse oren.'

'Jullie hebben het er dus wel over gehad? Vonda zei dat ze het vergeten was.'

'Vergeten? Nou, Bert en ik waren nog wel te vinden voor een Nederlandse versie. Maar Vonda wilde niet. Te direct, zei ze. Ach, ik snap haar wel. Goh, ik dacht dat ze je dat wel...'

'Nee, ze heeft niks gezegd. Niks.'

'O,' zei Irene. 'O, wat naar nou. Het zal toch wel een misverstand zijn?'

En ik wilde het niet, ik wilde geen vlammen in mijn hoofd, maar er was geen tijd voor wat ik wel of niet wilde, want toen ging mijn gsm. Ik liep naar de gang, ik nam op en weer was het Leja.

'Tycho,' zei ze, 'niet schrikken. Hij heeft nog een keer gebeld. Het blijft een goeie jongen, Tycho, echt, ik kan er niks aan doen. En hij wil mijn Vonda heus niet lastigvallen.'

'Maar Leja! Waarom belt hij dan steeds?'

'Om jou, Tycho. Hij vroeg jouw nummer.'

'Mijn nummer? Leja, is die man gek?'

'Eh... nee, Tycho. Sta hem nou te woord, jij kunt dat, en anders blijft hij mij maar bellen.'

Ik stond daar maar met mijn vurige hoofd, ik keek om me heen, had Vonda me gezien? Nee. En ik haalde adem, want ik moest het vragen. 'Leja,' zei ik, 'heb je hem mijn nummer gegeven?'

'Nou...'

'Leja?'

'Ja.'

'Ja? Waarom? Waaróm?'

'Sorry. Niks tegen Vonda zeggen! Hij maakt het je niet moeilijk. Vonda is maandag naar Riga, toch? Nou dan... Hij belt je na het weekend. Tycho? Tycho? Ik vertrouw op je!'

Vonda,

er kleeft aan alle kanten succes aan je lijf, deze songfestivaldagen lik-
ken aan je, er springen zonnetjes aan boven je hoofd. Dus kan dat de
oorzaak zijn? Hangt er zoveel hoeralucht om je heen dat je niet meer
hoort wat je zegt en wat er aan je wordt gevraagd?

Je loog over mijn liedtekst.

En intussen heb ik veel te weinig ervaring met boos worden. Hoe
doe je dat? Ik denk maar steeds: had ze misschien een goede reden?
Liggen er redenen onder de redenen?

En dan dat telefoontje nog, Serge gaat me bellen. De hele verdere
avond heb ik daar dan weer mijn mond over gehouden tegen jou, hoe
kon dat ook anders? Ik was stil, mijn tanden waren van boven naar
beneden aan elkaar gegroeid.

Maar jij hebt mij ook niks gevraagd.

O, wacht.

Je komt binnen.

Daar ben je.

Ik had mijn cd-speler extra zacht gezet, Alison Krauss, een live-
concert, country, bluegrass. Ik wilde er luisterend mee in slaap
vallen, ik wilde met zomerheimwee mijn dromen in. Ik had mijn
nachtkastlampje aangedaan, ik was in bed gaan liggen. Maar ik
bedacht me en nam de laptop op schoot. Even nog een mailtje.

En toen ging de deur open. Vonda kwam binnen in haar lange nachthemd, haar tent met boezembalkon, zoals ze het zelf
wel eens noemt. 'Tycho,' zei ze, 'ik kom bij je zitten.'

Ze zette twee kopjes naast me op de grond. 'Even wachten,'
zei ze, en ze liep naar de keuken. Ik typte nog snel mijn laatste
zinnetjes en klapte de laptop dicht. Daar was Vonda weer, nu
met de theepot. 'Sterrenmix,' zei ze.

Ze trok een kussen van mijn bank en zakte in kruiszit naast
mijn hoofdeind. Haar handen legde ze om haar warme thee, ze
keek me aan en zei: 'Je bent boos. Vanwege de tekst. Ik hoorde
het van Irene.'

Ik zei niks.

'En je hebt gelijk,' zei ze.

Ik keek op, ik keek haar aan.

'Weet je,' zei ze na een geluidloze slok, en nog een, en nog een. 'Weet je,' zei ze, 'ik ben bang dat ik verander.'

Haar ogen schoten mijn dekbed over, weg. 'Ik ben bang dat het niet tegen te houden is. Misschien word ik zo iemand die...' Ze ging niet verder.

'Nee,' zei ik.

Ze draaide haar hoofd weer naar me toe. 'Daarom moet je bij me zijn. En waken. Als er iemand is die ik voor me moet blijven zien, ben jij het wel. Ik zag je even niet meer voor me. Nu weer wel. Vergeef het me dan, vergeef me dat ik ben besmet. Dit is het begin van een soort besmetting. Jij moet gewoon teksten schrijven en ik ga ze zingen.'

'Nee,' zei ik, 'er zit een g-klank in.'

'Dat is waar,' zei ze zachtjes, 'maar ik moet zo niet doen.'

'Nee,' zei ik.

'Nee,' zei ze.

Alison Krauss zong een van mijn favoriete liedjes: *It's true you haven't known me for so long, but I hope and pray that you'll stay.*

'Nou ja,' zei ik, 'morgen weer een dag.'

'Ja,' zei Vonda, 'en het zal nog wel gekker worden. Ik zal nog wel gekker worden.'

Ik zei: 'Beterschap alvast.'

'Dat beloof ik,' zei ze, 'ik beloof het je.'

Op zaterdag ging ik met Moritz naar Amsterdam, we moesten kleren kopen. Yuun Park, de songfestivalstyliste, sleepte ons mee naar kleine rare winkeltjes, ze gooide broeken over de rand van onze pashokjes en gaf bonte colbertjes aan. Het ging snel, ik was vrolijk.

Moritz stikte van de zenuwen omdat hij die avond naar de filmpremière in Tuschinski mocht, en ook omdat hij na de celebrity-party op Colins luxe woonboot zou blijven slapen. 'Ik word wakker morgen, Tychy, en dan zie ik hem nog steeds! En het is nog altijd leuk, Tychy, en ik ben meestal na een dag of negen uitgekeken op een man, en het is al twaalf dagen, Tychy!'

We vonden genoeg kledingcombinaties voor zeven festivals, en daarna haalden we een broodje op het Rembrandtplein. Yuun Park bleef nog even om een smoking voor Moritz te helpen zoeken, maar ik nam de tram en de trein terug naar Rotterdam. Een oudere dame met oranje haar en een oversized zonnebril keek me aan en zei: 'Ik ken u ergens van', en ik lachte vriendelijk terug.

Ik zocht de baas van de sinaasappelkraam op om te vragen of hij me nog nodig had in het nieuwe seizoen. Hij zei: 'Jawel, jawel', en benoemde me tot eerste invaller. De oude kraam was rijp voor de sloop, maar over twee weken werd een nieuwe, ruimere sinaasappel geleverd. Hij zei: 'Ik bel je als er gaten vallen.'

Stomende pannen, Vonda's stemoefeningen op de achtergrond, de keukenramen open en een echtpaar dolle merels in de tuin: alles was weer zoals het moest zijn. Ik dacht: die Serge kan ik aan, ik zwijg hem dood, na maandag is hij weggewimpeld.

Die avond zouden we uitgaan met school. Iedereen zou komen, behalve Ben en Karsten, die een weekend in een Antwerps hotel hadden geboekt. 's Middags vroeg Vonda opeens: 'Hé, mag ik mee als jouw date?'

'Tuurlijk!' riep ik. 'Leuk!'

'Oké,' zei ze, 'gaan we gangbangen!'

We begonnen in het Grand American Café, maar daar vond zelfs Wieger het saai. Via de Schaapshoek en de Wirbel gingen we naar de Get In, waar Vonda zei dat ik bij Felaya moest gaan zitten; daar was ik blij om, iedereen deed zijn best en Niels was zonder zijn nieuwe vlam gekomen – Vonda schoof naast hem en mepte steeds vaker en steeds blijer tegen zijn achterhoofd.

En toen was het zomaar tegen enen.

We stapten uit de Get In en stonden in een besluiteloos cirkeltje bij elkaar. Wie wilde er nog verder? En waarheen? Plotseling keken ze allemaal naar mij. 'Moet ik beslissen?' zei ik. 'Dan gaan we naar de Gay Palace. Dansen.'

Ik was er nog nooit geweest. Soms vertrokken groepjes jongens uit de Strano als het laat werd richting disco, maar Moritz voelde er nooit zoveel voor om mee te gaan, hij ergerde zich aan al dat gehups. En nu drongen Minke en Megan met hun minnaars, en Niels en Vonda en Felaya en ik ons door de speakerdreun en de massadansers. Achterin de zaak, in een halfverlichte hoek, was er ruimte voor onze hele groep. Praten? Dat lukte hier nauwelijks. We konden niet veel meer doen dan naar elkaar lachen en onszelf losbewegen.

Ik had die middag op het station behoorlijk gepind, dus ik haalde bier voor iedereen. Niels stopte een briefje van tien euro tussen mijn broeksband en mijn shirt, en daar moest ik lang van smilen, het had iets intiems. Misschien dachten anderen wel dat hij mijn vriendje was.

De housemuziek werd opgevoerd en wij schreeuwden elkaar zinnen van drie woorden in het oor. We leunden op elkaars schouders en onze armen legden we om elkaars rug. Misschien was het daarom dat we veel te laat pas zagen dat we waren herkend. Er stonden nu andere cirkeltjes om die van ons heen, waar vanuit jongens met roze spijkerjacks en sterren-T-shirts naar Vonda wezen en naar mij. Ik was er door deze hele zorgeloze dag en deze hele zorgeloze avond vast van overtuigd geraakt dat Vonda zich, wat betreft mijn songtekst, gewoon maar had vergist en dat ze, vanwege al die gekte op haar nek, het recht had om zich te vergissen, en dat ze, omdat ze zelf naar me toe gekomen was, toch wel heftig van me moest houden. En ik, dacht ik, terwijl er zeker vier bewonderaars haar kant op kwamen dansen, ik ook van haar.

Ze stond maar steeds naar Niels te grijnzen; hij bewoog tevreden-ritmisch met haar mee. Ik legde mijn vingers tegen haar wang, ze draaide zich mijn kant op en ik wees naar haar bewonderaars. Haar ogen lichtten op, ze riep iets in het oor-met-ringetje van Niels, die meteen zijn duim opstak en zich naar Minke omdraaide. Vonda zette zich in beweging en dansdraaide onze hele groep een slag, zodat ze oog in oog met alle opgewonden jongens kwam te staan. Vonda omhelsde mij, ze schreeuwde 'fans!' en 'kom, we gaan ervoor!' en ja hoor, daar boog de eerste zich al naar haar toe. Ik probeerde mee te luisteren, maar ik stond nu niet meer in ons beschermkringetje, en dus werd ik ook op mijn rug getikt. Ik draaide me om: drie jongens, korte hemdjes, navelpiercings, en hun ogen groot en groen en open. '...jullie hier zijn...', '...winnen...', 'waar is die andere...', '...zo'n goeie stem...', '...puntentelling...', '...bier nog...', 'bier?', 'bier?', 'bier?'

Ik wilde wel. Ik wilde wel in het midden staan. Ik bekeek mezelf niet, ik hield mezelf niet in de gaten, daar had ik de helderheid niet meer voor. Ik liet me aanraken en wegvoeren, een halve dansvloer verder maar, en toch: tussen mij en Vonda stond nu zeker een man of zeven. Het groepje probeerde zich voor te stellen, ik probeerde hun namen te onthouden en zij probeerden uit te leggen wie het vriendje van wie was. Trouwens... was ik ook met iemand? Nou? Nou?

En ik gleed er zomaar in. Ik stapte het spelletje binnen dat ik in de Strano om me heen gezien had, maar waar ik me nog nooit in had begeven. Ik hield mijn ogen open en ik zei: 'Nee. Ik ben met niemand. Maar wie weet?'

Wat ze me verder vroegen, wie nou precies een briefje met een telefoonnummer in mijn linkerbroekzak begon te duwen, en wie er zich in mengde met dronken zinnetjes als: 'Hé, jij kan niet zingen, man. Hé, jij kan niet dansen. Hé, jij kan niks. Jullie gaan verliezen man, vét' – ik weet het niet meer. Ik moest de hele tijd maar lachen. Ik dacht: ik doe het nu, ik ben echt, ik hoor overal bij.

Op een gegeven moment gingen de meesten van mijn klasgenoten weg. Ik zie ze in een stukje geheugen nog naar me toe komen, ik zie Felaya, die me een kus geeft – op mijn mond, ja, op mijn mond. En ik zie Vonda nog staan, met Niels gelukkig nog bij zich. Zij bleven nog, en ik zie dat ze een baco naar me opheft en dat ik probeer naar haar te zwaaien, maar er staat een god voor.

Een Amerikaanse god.

Zack.

Zack begrijpt niks van dat gewemel om me heen, hij moet er boven zijn helblauwe pull met rood-oranje strepen vriendelijk om lachen. Hij zoekt mijn ogen. Iets ouder is hij. Zesentwintig? Zevenentwintig? Ik neem een biertje aan van iemand en ik kijk terug naar Zack. Hij wringt zich langs wat omstanders en zegt: '*You're busy.*' Ik zie hoe zijn nek mooi schaduwbruin is, en de huid in de buurt van zijn sleutelbeen ook, gelukkig heeft zijn trui een boothals. Ik zeg: 'I like your sweater.'

Hij zegt: 'Feel it.'

Ik zeg: 'Where?'

En hij zegt: 'Underneath.'

Ik doe het niet, ik bloos, hij lacht, we praten nog een tijdje en dan voel ik zijn hand om mijn vingers. Terwijl hij me meeneemt naar wat later een kelderverdieping blijkt te zijn, kijk ik achterom en zie dat Vonda Niels heeft. Hé, denk ik, ze ziet me niet.

Zack. Even wilde ik overal wel met hem heen. Het werd een barkruk, ik erop, hij staand tegen me aan, zijn benen om de mijne en na nog een biertje zijn mond steeds dichterbij. Dichter nog, totdat ik bang ben dat ik gek word en ik mijn hand van achter op zijn blonde haren leg en zo zijn lippen tegen de mijne duw.

En dan is er iets mis met de tijd. Die raakt stuk, er zitten gaatjes in. Opeens, het is later, sta ik buiten voor de disco. Met Zack. Hij wil een taxi roepen, hij zegt iets over een hotel, en ik zeg: 'Yes.' En de taxi rijdt voor en de deur gaat open en ik zeg: 'No.'

Hij zegt: 'Come on', en ik zeg: 'No. My friend is there.' Ik wijs naar achteren, naar de Palace-ingang. Zack kijkt me aan en geeft me iets, een papiertje, ik weet het niet zeker, en dan is hij weg.

Zack. *America again.*

En ik wankel terug naar binnen, maar ik kan Vonda nergens vinden. Ik zoek en ik zoek, en dan loop ik drie kwartier door de stramme nacht naar huis. Alleen.

Zack,

this is a mail for you. I won't send it because I don't even know your last name.

My god, you were strong. And my god, you were beautiful.

I am home now, I am not in any hotel. Just wanted to say that, don't know why.

Sorry for saying no.

I am so sleepy now, but I would have liked to b-

De volgende ochtend werd ik wakker met een binnenkant van hard karton. Het boog maar nauwelijks mee met mijn vervelende benen. Ik leunde een seconde of vijf met mijn handpalm op de klink van mijn kamerdeur voor ik naar de keuken stommelde.

Niels.

Daar zat Niels, in boxershort. Zijn benen had hij omhoog gelegd, hij rookte, hij keek me aan, hij groette. Ik wilde zeggen: 'Niels? Wat...' Maar ik kraakte alleen een beetje, ochtenddronkenschor.

Niels glimlachte, haalde zijn voeten van ons opklaptafeltje en zei: 'Een soort vergissing. Goeiemorgen.'

Toen hoorde ik douchewater lopen. Ik wees ernaar en Niels zei: 'Ze staat er net pas onder.'

Ik klapte een stoeltje open, ik ging zitten en ik zei: 'Maar ik dacht dat jij met iemand...'

'Ja,' zei Niels, 'ik ben met iemand. Ik blijf ook met iemand. Heftig hè, alles.'

Ik probeerde een lach, maar hij lukte niet.

Ik stond weer op en zocht de glazen kan van het koffiezetapparaat. 'Wil jij ook?'

'Doe maar,' zei hij, 'ik peer 'm zo natuurlijk, weet je. Maar waar was jij? We waren je kwijt en Vonda flipte bijna. Wow, wat kan die bijten. Een rauwe kat, dat is ze.'

'Ik heb naar jullie gezocht. Ik was daar, al die tijd. Maar jullie waren weg.'

'We dachten dat je met iemand mee was gegaan. Vonda zei de hele tijd: "Hij is met iemand meegegaan. Hij is met iemand mee." Man, ze bleef het maar zeggen. Maar opeens sloeg het om. Tycho, ik zeg het je: het is een goedmoedige vergissing, dit allemaal, deze nacht, maar dan wel een die ik niet snel vergeet. En jij?'

'En ik niks,' zei ik. Ik drukte op het O-I knopje van het koffieapparaat, het begon te blazen, te rochelen, te lekken.

'Oké,' zei Niels. Hij rookte weer verder, totaal ontspannen, hoe kon hij dat toch? Ik keek naar zijn borst: er krulden wat rommelhaartjes op, maar zijn tepelcirkels lagen vrij, ze hadden nauwelijks reliëf, het leken wel zachtstoffen stickertjes. Opeens wilde ik me aankleden, hier klopte iets niet, hij en ik met naakt bovenlijf tegenover elkaar.

Ik stond op, ik liep terug de gang in, wreef door mijn haar en trok een T-shirt aan. Maar met dat shirt over mijn hoofd dacht ik opeens: mooi. Ik lachte in mezelf, ik begreep nu pas wat er gebeurd was, het leek alsof er plotseling iets door de nevel brak in mijn hoofd, ik dacht: Vonda heeft een nacht gehad. En ik mompelde voor me uit: 'Mooi.'

Ik deed mijn kamerdeur weer open, maar tegelijkertijd kwam Vonda uit de douche. Ze droeg een badhanddoek om haar sproetenlichaam. 'Goeiemorgen!' zei ik en ik lachte, maar Vonda bleef staan, ze keek me aan, verstoord, ze zei: 'En waar heb jij geslapen?'

Ik zei: 'Hier. Waar anders?'

'Bij iemand die ik niet ken. We hebben je gezocht, we hebben je de hele tijd gezocht, je was al weg.'

'Ik was niet weg, ik was beneden, in de kelder.'

'Met wie?'

'Nou ja, Vonda! Jij had ook al die jongens om je heen!'

Ze gaf geen antwoord meer. Ze keek me heel even nog aan en liep toen door. Ik zei: 'Er is koffie', maar ze stapte haar kamer al in.

Ik liep terug naar Niels. Ik zei: 'Is ze boos? Heb jij haar kwaad gemaakt?'

Niels lachte en zei: 'Ik niet. Ze zal wel in de war zijn. Man, ik zei het toch: een rauwe kat.'

Ik vond drie schone mokken en ik schonk koffie in. Vonda was razendsnel, ze kwam de keuken al binnen. Ik reikte haar een beker aan, maar ze zei: 'We moeten verder. Niels, jij gaat nu, neem ik aan?'

'Sure,' zei Niels. Hij hield zijn koffie omhoog bij wijze van groet.

'Nu dus,' zei Vonda.

'Goed, goed,' zei hij. Hij stond op en ging op zoek naar zijn jas.

Ik keek naar Vonda, ze keek terug. 'Wat?' zei ze.

Ik zei: 'Hij begrijpt heus wel dat het een vergissing is.'

Vonda zei: 'Seks. Dat was het.'

Ik zei: 'Maar wel met Niels.'

'Hoe heette hij?' vroeg Vonda.

'Wie?'

'Die van jou.'

'Zack,' zei ik.

'Zack,' herhaalde ze. 'En je bent dus niet...'

'Nee,' zei ik, 'dat kon ik niet.'

'Kristus,' zei ze, en daarna liep ze naar de overloop om Niels uit te laten.

Vonda,

waarom bestaat geheugen, en herinnering, en restgevoel, en oud zeer?
Waarom vervaagt het niet wat sneller, inkt in de zon?
    Dan had jij met Niels, en ik had misschien...
    Dan dacht ik niet zo na over wat ik was en ben en hoe ik doe.
    Ik zocht nog in mijn jas naar Zacks telefoonnummer, maar ik vond
het niet. Onderweg verloren? Gedroomd? Er zat een frommelbriefje
in van ene Marco, maar die kon ik me niet herinneren.
    Vonda, je gedroeg je als een terugzwiepende tak. Want wat als ik
wel mee was gegaan met Zack, wat als ik dat uiteindelijk wel had ge-
kund?

Oliver,

ik kon het dus niet.

We trokken ons allebei op onze kamer terug. We hadden blijkbaar nog geen zin in gezellig hoor, een brunch. En dus ging ik
op mijn bed zitten om na te denken. O, mijn hoofd. Ik deed de
laptop open en schreef iets, kort maar, er kwam niet veel.

En net toen ik besloot toch maar naar Vonda's kamer te gaan,
om weer normaal te doen en bonbons te zoeken en die in haar
mond te gooien of in de kier tussen haar borsten, net op dat
moment kwam Moritz naar boven gestormd.

'Tych,' zei hij, ' je hebt je telefoon niet aan! Ze belden van de
ZoHo of het vroeger kan, of het nu kan. Kan het nu?'

Totaal vergeten. Moritz en ik zouden door iemand van de
ZoHo, het homojongerenblad, geïnterviewd worden. Irenes
doelgroepdenken was in werking gezet, hoewel dit contact via
Colin tot stand was gekomen; blijkbaar was die link intern snel
gelegd. Ik zei: 'Nu?'

'Opschieten, we halen ze over een halfuur op van het station.
Ongelooflijk, wat zie je eruit.'

'Dank je. Wat achterlijk dat ik het vergeten was. Wacht, ik ga nog even douchen. Vonda is op haar kamer. Hoe was het vannacht met jou? Of nee, dat hoor ik zo meteen wel, heb jij nog schone handdoeken?'

Ik nam mijn gsm mee de badkamer in. Misschien had ik zelf mijn nummer ook aan Zack gegeven? Nee – geen oproepen, geen voicemails. Of toch, een van Vonda. 'Slet! Waar ben je nou? Ik ga nooit meer naar de homotenten met jou. Niels, hou even je kop. Tycho, waar ben je nou, je kunt me toch zo niet hier laten? Tych, zet je kutphone aan. Dit is echt shit, je gaat dus gewoon met een van die flikkerfans mee en ik sta hier alleen. Ik haat het als mannen dat doen. Hoor je me, ik haat dit dus. Bel terug. Snel.'

Ik had mijn kleren al uit, ik had de doucheknop al opengedraaid, maar nu, een halve meter naast de kletterende straal, viel er een heel andere bui op mijn hoofd. Een koude.

Ik huiverde en ik stapte onder het echte water. Ik moest opschieten. Wel ja, dacht ik, terwijl ik over mijn gezicht bleef wrijven en mijn haren plat liet stromen, een slet, een kutphone, flikkerfans? Hoe dronken kun je worden. En ik werd bijna boos, er stortte hitte om me heen en ik dacht: over haat gesproken...

Serge, dacht ik, ik haat die naam. Als hij het lef had om te bellen, om morgen echt contact met me op te nemen, dan zou ik hem...

'Tych!' Moritz kwam de badkamer binnen. Hij schoof een slip van het douchegordijn opzij. 'Tych, we moeten weg! Kom op.'

Een paar minuten later stonden we al op de singel. Vonda had nog geroepen dat we op tijd terug moesten zijn, vanavond vertrok ze naar Riga, we gingen mee naar Schiphol, of we dat wel hadden onthouden? 'Ja, ja,' had Moritz gezegd, en nu liep ik naast hem met een hoofd vol natte gel en ik zei: 'Jezus, wat kan ze dwingend zijn.'

176

'Je meent het,' zei Moritz en hij grijnsde.
'Dat haat ik,' zei ik, 'dat haat ik echt.'

Vonda,

als Wieger en Niels en Minke en Megan en Ben en ik bij elkaar zitten, en het is goed en mooi en precies, dan laten we woorden rondgaan als kauwgumpjes. Dit is natuurlijk aanstellerig gezegd, maar zo bedoel ik het ook. Als ik de eerste zin van dit mailtje in onze groep rond zou laten gaan, zou iedereen roepen: dit is aanstellerig gezegd. Dat vinden we nu eenmaal en ik vind het ook, daar hoeven we elkaar niet van te overtuigen, want we hebben dezelfde smaak.

Maar Vonda, jij zegt gewoon wat je zegt en soms zou ik dat over willen kunnen nemen: we haten dit, we haten dat. Nieuwe woorden, Vonda, jij steekt een andere tong in mijn mond.

Twintig minuten lopen naar het station was veel te kort om bij te praten met mijn Moritz – ja, hij hoorde bij me, ik vond het opeens zo relaxed om samen met hem de *ZoHo*-jongen op te halen en als duo pingpongantwoorden te geven en te lachen en te zeggen dat we ja natuurlijk wel naar Letse jongens zouden gaan kijken. Moritz gaf antwoord op alle Colin-vragen en ik zei dat ik nog alleen was en dat blijven zou, voorlopig.

De *ZoHo*-jongen, die precies leek op het vrolijke model dat op de cover van zijn eigen meegebrachte tijdschrift stond (broek met gaten, ketting van katoenen draadjes), schreef alles op en zei 'goh, dit wordt strak', en nam een vroege trein terug. Ik keek naar Moritz en ik zei: 'Gaan we nog even wat drinken? Ik trakteer.'

'Colin is lief en streng,' zei Moritz. 'Lief overdag en streng 's nachts. Echt waar. Hij kijkt de hele dag naar me om. We stonden daar op dat filmfeest, en elke keer als er een actrice of een presentator of een zanger met Colin wilde praten, stelde hij mij voor. Ik hoefde nooit bang te zijn dat ik er maar stom bij stond.

En die film vond ik ook oké. En 's nachts – man, dat kende ik niet. Niet zó. Hij is echt de baas. Ik wist niet dat dat fijn is, ik lijk misschien wel gestoord, vind jij dat ik gestoord ben? Ja, niks raars hoor, hij slaat niet of zo, maar hij neemt gewoon de leiding en het is net of ik een ding ben, hoe zal ik het zeggen, een ding waar hij mee speelt. Maar tegelijkertijd bén ik geen ding, snap je het een beetje?'

Nee, ik snapte het niet. Of wel – maar we zaten zo prima daar, tegenover elkaar, en Moritz bloeide zo mooi uit zijn ogen.

'En jij?'

'Tja,' zei ik, en ik vertelde over het bezoek aan de Gay Palace, over de Amerikaan, over Niels en over Vonda's felheid.

'Niels? Wow... nee... wat... wow... goh. Maar o, dan weet ik het wel. Ze was gewoon in de war. Ze heeft toch al die ellende meegemaakt, met die man en abortus en zo? Dat is nog maar kort geleden. Man, ze is ondersteboven van de seks, of van Niels. Trekt wel weer bij. Heeft niks met jou te maken. Gaaf zeg. Hé, maar jij had met die Amerikaan mee moeten gaan, dan hadden we alle drie tegelijk...'

'Ja,' zei ik, 'drie keer een ding.'

Moritz grijnsde, gelukkig grijnsde hij, zou hij ooit iets, wat dan ook, verkeerd kunnen opvatten?

'En hoe heette hij?'

'Zack.'

'Zack?'

'Wat? Ken je hem?'

'Neuh.'

'Zeg op, Moor, zeg op.'

'Heeft hij van die strakke truitjes aan? Een jaar of achtentwintig? Blond?'

'Ja! Dus je kent hem.'

'Nou ja, ach.'

'Maar hij logeert in een hotel. Dan is hij toch maar even hier in Nederland? Hè? Wat toevallig!'

'Nee Tych, hij wóónt in een hotel. In het West-In. Veertien-de verdieping.'

'Wat? Hoe weet jij dat? Heb jij ook...'

'Hij is rijk en zakenman en hij is hier al jaren en hij heeft half Rotterdam... nou ja.'

'Maar... maar...'

'Geeft niet, toch? Hij is best oké. En je bent niet meege-gaan.'

'Nee. Maar dat lag niet aan hem. Wat een lul, Moritz! Wat een lúl!'

'Nee, Tychy, rustig nou. Zo gaat dat toch?'

'Zo gaat dat toch? Ik dacht dat hij speciaal... O, wat ben ik blij dat ik zijn nummer kwijt ben!'

En toen haalde Moritz zijn gsm uit zijn zak, zocht er iets in op en liet me de namenlijst zien. Daar stond het: *Zack 06*.

Er schoot een soort slagroomklopper door mijn hoofd, ik werd wit, ik trok de gsm uit Moritz' vingers en ik perste mijn duimen op *opties* en *verwijderen*. Zo. Weg met hem. Zack was een ding, en ik? Ik niet. Ik smeet de gsm terug naar Moritz, die een spastische vangbeweging maakte en daarna van zijn stoel af giechelde.

We zwaaiden Vonda uit. Ze had de hele weg naar Schiphol Ri-ga-plannen zitten maken, ze had met Irene gebeld om de naam van het hotel in mei te weten, dan kon ze dat alvast bekijken, en ze regelde nog even dat Moritz en ik de fanmail die er bij Bron-ze Man Records binnengekomen was tijdens haar afwezigheid zouden beantwoorden. En waren we woensdagavond niet ver-geten? Dan kwam ze terug. Dan zouden we er toch weer staan, het vluchtnummer, hier, ze zou iets voor ons meenemen, iets Lets.

Op Schiphol had ze onmiddellijk plaag- en grinnikcontact met de televisieploeg van RTL *Nu*. Als ze besmet was, dacht ik, besmet met middelpuntskoorts, dan leek ze daar nog aardig voordeel uit te slepen.

Vlak voor de paspoortcontrole rende ze naar me toe en zei: 'Denk je dat ik dit kan?' Ze sloeg haar armen om me heen en fluisterde in mijn haar: 'Soms wou ik dat het weer november was.'

Zo was ze: na haar voicemail van de avond ervoor, met woorden die ze zelf misschien alweer vergeten was, zwiepte ze ineens terug naar de sfeer van onze balkonavonden. Kon ik dat ook? Zo snel? Ik gaf haar een kus, dat wel, en ik zei: 'Nee, dat wil je niet meer. Je gaat genieten.'

'Ja,' zei ze, ze deed een stap naar achteren en hield mijn hoofd tussen haar handen, 'maar weet je dat ik helemaal alleen ben? Sowieso?'

'Doe niet zo gek,' zei ik – ik hoopte dat het niet geïrriteerd klonk, zo wilde ik niet dat het klonk – 'niemand is alleen.'

Ze werd geroepen. 'Goed dan, ik zal niet alleen zijn,' zei ze nog, 'en jij ook niet.' En daarna draaide ze zich om, ze trok haar paspoort uit haar tas en riep: 'Hé, wacht op mij!'

De rest van de avond was het stil in huis. Ik belde mijn ouders, Moritz belde zijn ouders, ik sloeg mijn laptop open, Moritz zei dat hij met Colins stem in Colins mp3'tjes in slaap wilde vallen – of hij mijn speler lenen mocht?

En de maandag kwam, school was school. Er waren blikken en hints van Minke en Megan, maar alleen aan Felaya vertelde ik echt wat er gebeurd was. Ik vroeg haar naar Rafik, haar man. Ze waren vorig jaar getrouwd. 'Rafik is prima,' zei ze, 'en hij was helemaal blij toen ik vertelde dat we naar een homodisco zijn geweest. Hij vroeg nog: "Nul belangstelling dus?", en ik zei: "Nul belangstelling. Maar alleen maar mooie jongens." Rafik is prima.'

Ben had geen zin om over zijn Antwerpen-weekend te vertellen, hij was aan een nieuw toneelstuk begonnen en hij wilde weten hoe ik de eerste zinnen vond. 'Geweldig,' zei ik, want dat waren ze.

En Moritz sms'te. De *ZoHo*-jongen had mijn nummer gevraagd, voor iets zakelijks. Meteen erna belde hij inderdaad: ik schreef toch? Wilde ik dan geen weblog schrijven voor de *Zo-Ho*-site? Over Riga? Achtergronden, ervaringen van binnenuit, gedachten? 'Wow,' zei ik, 'ja, leuk!' En ik legde op en Felaya zei: 'Dat wordt je eerste publicatie', en toen was ik de rest van de dag gelukkig.

Vonda,

ik begon opeens te dromen. Jij sms'te vanuit Letland: True. We zijn nooit alleen. Het is gaaf hier. Wel koud. *En ik zat daar met zon op de voorkant van onze gevel, mijn* Norway-cup-*poster werd uitgelicht, en ik begreep opeens dat alles echt was. Jij was beroemd aan het worden, volgende week stond de single misschien al in de megacharts. En allerlei mensen lazen internetsites en kranten en popblaadjes en homomagazines. Jouw gezicht erin, maar het mijne ook, gisteren had de* ZoHo-*jongen foto's gemaakt van Moritz en mij. En was dat allemaal erg? Nee, Vonda, dat is niet erg. Jouw droom is het, niet die van mij. Maar dit weekend was zo vrolijk geweest, ondanks alles, ondanks die zak van een Zack, en het leek wel of er veel meer Tycho in mij had gepast dan ik voor mogelijk hield. Misschien levert bekend-zijn vrijheid op? Vrijheid om me losser voort te bewegen dan ik tot dan had durven doen?*

Ik zag ons daar opeens staan: jij voorop en Moritz en ik blinkend en levend en gespannen achter jou: We all together, *voor een zaal van weet ik hoeveel miljoen Europeanen in het donker. Naakt? Als je bekeken wordt ben je niet naakt. Als je bekeken wordt ben je niet alleen. Ik sloeg op hol, Vonda, zie je dat? Ik had zomaar zin in alles, in het festival, in meedoen, in punten krijgen.*

En toen belde hij.

Ik schrok, ik had dus toch niet verwacht dat hij het echt zou doen, dat hij een stem zou hebben, dat hij uiteindelijk bestond. Mijn display lichtte op en het nummer was een 035-nummer. Serge, ik wist het weer zodra ik die cijfers zag.

'Ja?' zei ik.

'Tycho,' zei hij, 'Serge hier, ik ben de...'

'Ja,' zei ik, 'ik weet wie je bent.'

'En ik weet ook wie jij bent. Jij bent nu met Vonda.'

'Nee,' zei ik – waarom zei ik dat meteen? – 'nee, ik ben niet met Vonda. Ik ben homo.'

'O,' zei Serge.

Goed, dacht ik, een-nul voor mij. En toen haalde ik adem en begon. 'Ik begrijp het niet,' zei ik, 'ik begrijp niet dat je dit doet. Ze is mijn beste vriendin, ik weet alles. Ze wilde het niet vertellen, maar ze heeft het me toch verteld. Dat zegt genoeg, vind je niet? En ik ga het niet toestaan. Jij hebt al weet ik hoeveel jaren van haar leven gehad. En wat heb je ermee gedaan? Ze moest altijd bij je zijn, ze moest je vrolijke parkietje zijn, je wisselbeker, en je wilde haar vast aan iedereen laten zien, en ze moest bij je blijven, en dan dat kind, weet je wel hoe dat gaat? Een zuigcurettage, zo heet dat, nee, dat klinkt niet lekker, hè? En ze ging alleen. Helemaal alleen. Met een lunchdoosje. Heb jij iets voor haar klaargemaakt? Heb jij haar broodjes gesmeerd? Ja, je hebt ongetwijfeld geld aan haar besteed, je hebt jezelf bij haar ingekocht, ik ken dat soort verhalen wel, maar nu is ze alleen. En nu denkt ze dat ze haar hele leven alleen zal zijn, ze knijpt ons allemaal samen, Moritz en mij en zichzelf, omdat ze niet alleen wil zijn. Waarom denk je dat ze beroemd wil zijn? Jij wilde haar opbergen zeker, hup, moeder worden, vier kinderen, in je hoek jij, huisvrouwtje spelen, zingen, geinig hè, maar rustig, stilletjes, niet boven jou uit. Ja, je hebt haar opleiding betaald zolang het leuk was, maar opeens moest er een dikke ring om haar heen geschoven worden, hè. Nou, ze heeft zichzelf bevrijd, ze heeft zichzelf van jou bevrijd. En je hebt het recht niet om haar nu weer achterna te komen, alleen maar omdat je haar op tv hebt gezien. Ze had het niet tegen jou, Serge Dingesdinges, ze had het tegen iedereen, maar niet tegen jou. Ze heeft je foto's verscheurd. Ze heeft je verlaten, hoor je, verlaten, en niet voor niks!'

Ik stond daar maar te razen, wie was ik? Ik was nóg een andere Tycho, ik was een verloofde met een bijl, ik hijgde ervan, maar het voelde zoals het voelen moest: afdoende. Nu zou hij nooit meer durven.

Nooit meer? Het bleef even stil aan de andere kant van de lijn, maar daarna schraapte Serge zijn keel en zei: 'Wat ben ik blij dat ze jou heeft. Ik moet met je praten, Tycho. Het is anders dan je denkt. Vonda heeft mij nooit verlaten. Ik heb háár verlaten. En ik wilde niet trouwen. Vónda wilde trouwen.'

Ik vroeg Moritz om raad. Hij zei 'gaan', maar toen belde Colin. Hij en Moritz zouden samen in de *Privé* staan, die morgen uitkwam, Colin had er een verslaggever over gesproken, of Moritz erop voorbereid was? 'Mij best,' zei Moritz, 'maar ik bel je straks terug, oké? Ik ben nu even met Tycho aan het praten.'

'Gáán,' zei hij nog een keer. 'Onderzoeken. Uithoren. Wie weet help je Vonda ermee. Eén keer praten en dan klaar.'

Ik wist het niet. Ik ging op mijn kamer zitten en draaide het songfestival-cd'tje. Duitsland? Ja, die man kon zingen, dat wel, maar het lied eindigde met onduidelijk gestamp. Bosnië-Hercegovina? Een liedje dat ik dacht allang te kennen, iets uit de jaren zestig. Cyprus? Latinpop. Israël? Smeekmuziek. België? Frans en gevoelig.

Ik belde Felaya. 'Ik ben aan het koken,' zei ze, 'maar dat geeft niet. Rafik? Rafik? Roer even in die pan.'

Ik zei: 'Laat maar, laat maar. Kook maar verder, ik spreek je morgen wel, het is niets.' Ik zei het niet omdat ik bezorgd was over haar gerecht, maar meer omdat ik opeens bedacht dat ik geen details vertellen kon.

Misschien moest ik mijn ouders bellen? Mwah.

Leja? Nee, haar zeker niet – zij had me hiermee opgezadeld, en ik wist in elk geval zeker dat ook zij geen idee had van Vonda's werkelijke verhaal.

Een werkelijk verhaal – was dat waar het om ging? Ik dacht: heeft elk mens een werkelijk verhaal? Of verandert iedereen details wanneer hij terugkijkt? Kun je je leven vernieuwen door de mensen die je kent weg te strepen en te vervangen door een verse rij gezichten? Had ik dat zelf ook gedaan na augustus? Misschien. Maar Vonda, dacht ik, Vonda – en opeens zag ik haar voor me, ook al was ze er niet. Ze stond, breder en kastanje-kleuriger dan ze was, in mijn kamer en er vlogen allerlei verhalen om haar heen. Moest ik die verhalen wegslaan? Serges nummer uit mijn gsm verwijderen en doen alsof ik niks had gehoord?

Ik ging naar buiten. Ik sprong met twee treden tegelijk de trap af, trok de buitendeur open en begon de singel af te lopen, tot aan het eind, tot aan de moskee, groot en verlaten op dit uur. Ik liep linksaf de Aelbrechtskade op, en na wat bruggetjes en historische straten ging ik op een vlonder zitten aan het water in Delfshaven. Achter me een stadsmolen en voor me een paar snaterende eendjes.

Als het waar is wat Serge tegen me zegt, dacht ik, dan liegt Vonda dus, dan heeft ze iets verzonnen. Maar wat is er dan precies verzonnen, en wat is er waar? En hoe zat het met die abortus? Als hij haar daarná had verlaten, was hij nog veel erger dan Vonda had doen voorkomen. Maar waarom zei ze dan eigenlijk dat zij hém had verlaten? Had ze echt willen trouwen? Moest ik weten wat haar was aangedaan?

Ik had hem weggedrukt, maar hij belde meteen terug. 'Ik wil haar niks aandoen, Tycho, ik wil weten wat goed voor haar is. Ik wil weten of ik haar te hard heb laten vallen. Denk erover na, je hebt mijn nummer nu. Ik ben er, jij bepaalt.' Dat zei hij, en ik stamelde alleen zoiets als 'ah', en daarna drukte ik hem nog eens weg.

Vonda,

heeft iedereen een geheim? Hebben we geheimen nodig, als een hart dat hard in ons verleden klopt? Wat is dan mijn geheim?
 Dat heb ik niet. Jij weet alles van mij. Ik weet niet alles van jou.

Blijf bij me, zei je. Blijf dichtbij.

Dat vraag je van me, en je kijkt me aan alsof ze je vergrendeld hebben. Misschien wil je me je echte geheimen wel vertellen, graag, rechtuit, en precies zoals ze zijn, maar lukt het je maar niet?

Vonda, als ik naar Serge besluit te luisteren, dan kom ik dichterbij. Dan kan ik bij je blijven.

Als jij me verzinsels geeft, en flitsen van foto's, en ik laat dat zo, terwijl ik weet dat er ergens iets niet is zoals het is, dan kan ik nog maar één kant op: weg van jou.

Vonda, ik heb dus geen keus. Ik moet meer weten, want ik wil niet bij je vandaan.

Ik wist het opeens, daar op die steiger. De dompeleenden en de duikende meerkoeten keken me niet aan, ze negeerden me totaal, maar langs een vreemde omweg hadden ze me met hun snavels toch de weg gewezen – hup, de diepte in.

Ik keek op mijn gsm, las ik daar zijn nummer nog? Ja.

Ik zou bellen. Maar niet nu.

Ik stuurde Vonda een sms: *Ben in Delfshaven. Mooi hier. Mis je.*

Ik kreeg er meteen een terug: *Ik jou ook.*

Toen ik thuiskwam hing er een post-it op mijn kamerdeur: *Ben je eruit? Ik slaap toch in Amsterdam, morgen laat les. Yeaaaaah. X Moor.* PS *Er ligt een pakket van Irene.*

Ik zette me aan de fanbrieven en de gekopieerde mailtjes die in Irenes pakket zaten. Vrijwel alles was aan Vonda gericht, maar er waren ook brieven voor Moritz of voor mij. Ik wilde ze niet tellen, maar ik deed het toch – en ik wilde het niet voelen, maar ik was toch trots dat er ongeveer evenveel post was voor Moritz als voor mij. Ik keek of ze van meisjes of van jongens kwamen: allebei. Ik rook aan sommige enveloppen, ik legde ze weg en pakte ze weer, ik beantwoordde wat mails via het interne antwoordsysteem van Bronze Man Records, de inloggegevens stonden op een begeleidend briefje. Ik zat een tijdlang met een

185

kaart vol onechte afstandsliefdeswoorden in mijn hand, smeet toen alles weg en zette de tv aan.

Realitysoaps.

Ik klikte ze weg en zocht de foto's op van mijn zomer. Van Oliver en Noorwegen. Ik had ze alweer een tijd niet willen bekijken, maar nu dwong ik mezelf ertoe. Leven is besluiten, dacht ik, ik besluit dat ik geen verhalen verzin en dat ik niet wegstop wat waar is en echt.

'Olivertje!' zei ik tegen een foto waarop hij in een joggingbroek aan het grasmaaien was.

De dagen gingen voorbij, en toen was Vonda er weer. Ik had nog steeds niet naar Serge gebeld, maar toen Vonda thuiskwam, met tassen en gelach en gedoe, wist ik het zeker: er is iets veranderd en ik wil weten hoe dat komt.

Ze had het heerlijk gehad in Riga, dat zou wat worden daar, partytime! Het hotel was mooi, de sporthal waar het festival gehouden werd was mooi, de stad was mooi. We moesten morgenavond de RTL *Nu*-uitzending bekijken, dan zagen we het zelf. Komend weekend was er een delegatiebijeenkomst. Dan zouden we samen met de mensen van de NOS de video's van de andere landen bekijken, alle songs waren nu bekend!

'En, luister, groot nieuws: we moeten als eenentwintigste optreden, dat is een mooie plek, we zitten ingeklemd tussen twee discosongs, we vallen dus extra op. En er begint een grote officiële poll op internet, en er schijnt zelfs een wedkantoor te zijn, met bookmakers en zo.'

En toen belde Irene om te zeggen dat ze in samenwerking met de delegatieleidster van de NOS en wat informele contacten een paar buitenlandse optredens zou regelen. Een promotietour.

'Buitenland!' riep Vonda. 'O, ik hou van reizen, Tychootje, Moritzje, we gaan genieten!'

'Ja,' giechelde Moritz, 'en dan worden we drieëntwintigste.'

'Kan me niet schelen,' zei Vonda, 'ik zing dwars door alles heen!'

En ik lachte mee, hoewel ik dacht: er is iets veranderd en ik wil weten hoe dat komt. Ik zei dat ik Turkse pizza's ging halen bij het nieuwe winkeltje op de hoek. Dat deed ik ook, maar voordat ik er naar binnen ging belde ik met Serge.

Afspraak.

Volgende dag al.

Restauratie, Utrecht.

'Hoe herken ik je?'

'Ik herken jou. Van tv.'

Ik stond middenin de grote restauratie van station Utrecht Centraal, voorbij de kassa's. Ik had een selfservice-dienblad met een cappuccino erop in mijn hand en keek rond. Kwam er iemand op me af? Ja, daar: een lange man, zo te zien iets over de dertig. 'Tycho?' zei hij. 'Ik ben Serge. Ik was alvast gaan zitten.'

Hij had een achteraftafel gekozen. Er stond een glas melk, en zijn gsm lag op tafel. Ik dacht: ik moet goed opletten, ik moet onthouden hoe hij eruitziet.

Zijn hoofd was rond, zijn haar was geschoren met een tondeuse op de op een na laagste stand. Hij droeg een bril met niet al te veel montuur, en hij had heldere, bruine ogen. Ogen waar hij mee kon imponeren, onderscheid maken, aandacht verspreiden, vleien. Niet lelijk was hij. Vriendelijk, beheerst. Een weldoener.

'Zo,' zei ik.

'Ja,' zei hij. 'Wat ik vooraf zou willen zeggen, is dat ik niks wil verpesten. Ik zag Vonda op tv en ik dacht dat ik kon helpen. Ik denk dus dat ik kan helpen.'

'Helpen?' zei ik. 'Waarmee? Alles gaat goed. Alleen dit gaat niet goed – jij, bedoel ik, haar tijd met jou.'

'Tycho, laat me vertellen. Laat me je het hele verhaal vertellen, en daarna beslis jij over het vervolg. Jij bent nu bij haar, niet ik. Ik weet niet of ze mij nog nodig heeft, dat weet jij.'

'Moet ze dat niet zelf beslissen?'

'Natuurlijk. Misschien. Zal ik beginnen?'

'Ga je gang.'

'Ik heb Vonda leren kennen bij een talentenjacht in ons dorp. Ze won, natuurlijk won ze. Ze was achttien en ze overvleugelde iedereen. Ik zat in de zaal, ik was er uit verveling heen gegaan, maar ik kon mijn ogen niet van haar afhouden. Na de prijsuitreiking dacht ik: ik moet naar haar toe gaan, ik moet zeggen hoe goed ze was. Ik weet niet waar ik de overtuiging en de durf vandaan haalde. Ik beschouwde mezelf in die tijd als niet-bijzonder, niet-opvallend, niet-speciaal, een aardige onderwijzer. Maar ik deed het. Ze was er met haar moeder, en die moeder was met een man die overduidelijk niet Vonda's vader was, en ik bestelde een biertje in het theatercafé en wachtte op het moment dat Vonda terugkwam van de wc. Ik liep recht op haar af en ik zei tot mijn eigen schrik: "Sorry dat ik je aanspreek, maar jij bent het geweldigste wat ik in tijden heb gezien." Ze keek me aan, ze lachte zoals ze lacht in dat soort situaties en ze zei: "Hoe durf je? Dapper hoor. En is dat pilsje voor mij?" Daarna trok ze me mee naar haar tafeltje, ze schoof, tot verbazing van haar moeder, een stoel voor me bij en begon me uit te vragen. Waarom ik haar zo geweldig vond. Wie ik was. Wat ik deed. Waar ik woonde, en met wie. "O," zei ze, "met niemand?" Ik haalde voor het hele groepje nog eens wat te drinken, en nog eens, en aan het eind van de avond stonden we allemaal wankelend op. Ik was inmiddels verliefd geworden, instantverliefd, maar ik verborg het, natuurlijk. Ik dacht: het mag niet, ik ben tien jaar ouder, onhandig, te lang en te mager, maar aan het eind van de avond gaf Vonda haar moeder een kus en zei: "Nee, ik ga niet naar huis, ik ga met Serge mee." Ik viel bijna achterover. Ze had het me niet eens gevraagd. Een inname was het, zonder beleg. Kun je het je voorstellen?'

'Ja,' zei ik, 'dat kan ik.'

'En ja,' zei Serge, 'zo ging het verder. Ze trok diezelfde nacht nog bij me in. De volgende dag gingen we spullen halen bij haar moeder, ik schaamde me kapot. Maar Vonda wist het zeker. Dat zei ze ook. Ze zei: "We weten het zeker en dus doen we het." Natuurlijk dacht ik dat het voor haar een vlucht was, een manier om weg te komen van thuis. Het was er niet makkelijk in die tijd, met dat vreemde samenzijn van haar moeder en de Ierse minnaar. Ken je Leja? Ja, die ken je. Die Ier was trouwens binnen het jaar weg. Maar Vonda zei: "Als dit samenwonen met jou een vlucht is, dan is 'ie geslaagd." En dan begon ze weer een of ander zacht liedje voor me te zingen. Ze zong zulke prachtige liefdesliedjes, doet ze dat nog steeds?'

'Nee,' zei ik, 'nee.' En ik dacht: ik hoef de details niet te horen. Ik schudde mijn hoofd en ik zei: 'Waarom ging het mis?'

'O,' zei Serge, 'nou, het ging niet mis. Het ging fantastisch. Ze wilde weer naar school, naar de havo-top, het was een speciale school, ze kon er ook zangles krijgen. En dat vond ik geweldig, ik dacht: die gaat heel Nederland nog eens verbazen, en ze hoort bij mij. Bij mij! Ik raakte aan haar wispelturigheid gewend, en aan haar mismoedige momenten. Want veel vaker was ze energiek en bruisend en driestig en wild.'

'Hou maar op,' zei ik plotseling. Ik weet niet waarom, maar ik wilde opstaan en mijn cappuccino omstoten en Serge achterlaten. Ik zei: 'Waarom zitten we hier als alles goed ging? Waarom vertel je dit? En die abortus dan, man! Dat kindergedoe! Waarom heb je het daar niet over?'

Serge keek me aan, een rechte blik was het, maar nog steeds lag er iets zachts in die ogen. 'Rustig,' zei Serge. 'Rustig. Die abortus...'

'Ja!' zei ik.

'Oké, oké,' zei hij. 'Dat heeft ze jou dus ook verteld. Dat verhaal kwam na een halfjaar of zo. Als ze stil was, of als ze naar had gedroomd, dan vroeg ik wat er was. Ze wilde steeds niks zeggen, maar opeens noemde ze die abortus die ze had laten doen.'

'Wat?' zei ik. 'Wat na een halfjaar?'

'Toen vertelde ze het pas. Dat ze voor mij heel kort een vriend had gehad die een kind van haar wilde. En zij wilde dat niet. En toen besloot ze een abortus te laten plegen en toen ging ze bij hem weg.'

'Hè? Ik snap het niet. Ik bedoel, dat verhaal ken ik.'

'Ja, dat zeg ik toch.'

'Nee,' zei ik, 'ik ken het verhaal, maar over jou. Dat jij een kind met haar wilde.'

Serge trok wit weg. 'Nee,' zei hij, 'nee.' Hij keek opeens uit het raam, of misschien naar niets, naar iets binnenin zijn hoofd, iets wat hij niet voor zich kon zien door ook naar mij te kijken. 'Wat erg,' zei hij, 'wat... Maar het klopt met...'

Weer was het even stil. Ik wachtte, omdat ik niet anders kon. Ik was net zo in de war. Opstaan en weglopen? Dat kon al niet meer.

Serge zei: 'Ik wilde je dit eerst niet vertellen. Maar het verhaal over die abortus zette alles in werking. Eerst ging ik erin mee, ik haatte die jongen, hoewel ik niet wist wie hij was. Maar ik had een nogal goed contact met Leja, en hoewel Vonda me had bezworen nergens over te beginnen, kwam het onderwerp 'vorige vriendjes' toch een keer ter sprake. En toen bleek dat Vonda helemaal geen vorige vriend had gehad. Vonda was ook niet zwanger geweest, Vonda had geen abortus gepleegd. Mijn god, wat heb ik haar lang geloofd, wat heb ik lang gedacht dat alle anderen, inclusief Leja, niet goed naar haar gekeken hadden, de dingen verdoezelden, maar na weet ik hoeveel zware nachten met gepraat gaf Vonda het toe: ze had het verzonnen. En toen klopte er ineens van alles. Vonda verzon dingen. Ze loog. Naast alle geweldige eigenschappen die ze heeft deed ze dat dus ook. Of doet.'

'Ik snap het niet,' zei ik, 'ik snap het niet.'

'Ze heeft geen abortus gehad, Tycho. Dat heeft ze verzonnen. Ik heb haar niet verboden kinderen te krijgen of zo, als dat is wat ze je verteld heeft. Ze heeft het zelf ook nooit over kinderen gehad. Ze wilde zingen, carrière maken. Maar ze wilde wel trouwen, Tycho. Ik niet, ik vond het nog te vroeg.

Ze wilde trouwen, want dan zou ik nooit meer weggaan. Ik ga nooit meer weg, zei ik dan, maar dat was blijkbaar niet genoeg. Ze heeft nooit een abortus gehad, die zou ze nooit laten plegen. Vonda verzint de dingen, zie het als een ziekte. Ze heeft allerlei gesprekken gehad bij een... Nee, dat mag ik je niet vertellen. Ze verzon van alles om mij vast te houden, net zoals ze die abortus had verzonnen om die vorige vriend zwart te maken. Om in elk geval maar niet de indruk te wekken dat het aan haar lag. Dat er iemand bij haar weg wilde om háár. En het werd maar niet beter, Tycho, op het laatst wist ik niet meer wie ze was en wat ze wilde. Ik heb tegen mezelf gepraat, geschreeuwd, ik wilde volhouden, maar ik kon het niet meer. Ik gaf het op, ik was een zwakkeling. Ik heb het uitgemaakt. Ik heb haar laten gaan, ik ben de boeman, Tycho, ik heb haar weggestuurd. En nu denk ik: redt ze het wel? Heeft ze wel iemand naast zich? En ik dacht: misschien kan ik nu weer langzaam contact met haar... Maar waarschijnlijk is dat niet... Ze is mijn liefde, Tycho, de grote liefde. Althans, dat is de Vonda zoals die... Nee, laat maar. Ik moet het niet moeilijker voor haar maken, ik mag niet...'

Ik kwam overeind. Ik was bang dat ik me vast zou moeten houden aan de tafel, aan de stoelleuning, maar ik bleef staan. Ik pakte mijn jas, ik zei: 'Ik ga. Nu ga ik.'

Ik liep weg, maar ik liep verkeerd, daar in de restauratie. Ik vond pas na twee foute paden de uitgang en ik botste tegen zeker drie reizigers op, maar ik moest weg, van hem vandaan, weg van wat hij zei. Hij riep me nog na: 'Tycho, Tycho!' Maar ik wilde in de trein zitten, alles vergeten, zin hebben in spaghetti met hoerensaus.

O, ik hield mezelf voor de gek. De hoerensaus zou anders smaken, vreemd en verzonnen.

Want toen ik mijn kamer in kwam en op de bank ging zitten om mijn schoenen uit te doen, werd alles nog weer anders.

Er lag een boos wit vel over het toetsenbord van mijn computer. In scheve Vonda-letters stond erop geschreven: *Ik heb nog een nieuw woord voor jou: verrader.*

Notities, zoiets,
en een brief.

En dan sta ik daar. Ik zie dat papier met woedende Vonda-woorden in mijn hand en ik weet dat niets meer hetzelfde is. Serge had ik een halfuur geleden nog kunnen vergeten, zijn woorden had ik nog af kunnen doen als jaloerse verdraaiing, ik probeerde daar mezelf tijdens het terugtreinen van Utrecht naar Rotterdam al van te overtuigen, maar nu lees ik 'verrader' en alles sluit zich. Serge sprak de waarheid. Vonda loog en las stiekem in mijn computer. En ik? Ik verander in een filmdoek.

Net zo wit ben ik, en net zo open. Want hoe zal ik reageren? Hoe vertoon ik mezelf? Word ik boos, bang, zielig, ziek of hard?

Ik denk: leven is besluiten, en haal mijn rugzak uit de kast. Ik stop er een onderbroek in, een nachtshirt, toiletspullen. Ik slaap hier vanavond niet, natuurlijk niet, er is trouwens toch niemand thuis. En ik ga Vonda niet bibberend opsporen, ik doe niks.

Ik heb nergens meer zin in.

Ik ben vrij, ik ben verdomme met niemand verloofd.

Ik ga naar mijn ouders. Ze kijken me aan, ze vragen naar Vonda, ze vragen zich af waarom ik zo kortaf doe, ik geef geen antwoord en dan vragen ze maar niets.

Al mijn mailtjes, de rauw-blootliggende zinnen die ik aan Oliver schreef, mijn verslag van de nacht met Moritz, mijn schaamte, mijn schuldgevoel, mijn aarzeling om met Serge te praten: alles heeft ze dus kunnen lezen, ik doe niet aan wachtwoorden, hoe klein van mij, hoe dommig, ik was een kuiken dat vrolijk in een bos met vallende bijlen liep.

Maar nu niet meer.

Niks persoonlijk verslag, ik hou ermee op.

Waar is Vonda? Ze zal wel bij haar moeder zijn.

Ik bel Moritz. Hij zegt: 'Wat is er dan? Waar ben je? Nee, ze is hier niet. Wat is er dan gebeurd?'

En ik vertel het hem niet.

'Ik vertel het je later,' zeg ik, en ik verbreek de verbinding.

Ik kijk tv. Ik schop mijn schoenen uit en duw ze met mijn tenen onder tafel, mijn moeder haat dat, maar ik doe het. Ze zegt er niks van, we kijken alle drie tv. RTL *Nu*. Ja hoor, Vonda in Riga, ik was het even vergeten.

'Hé,' zegt mijn vader, 'Vonda! Wist je dat?'

Ik zeg: 'Yep.'

En we zien haar lopen door het oude centrum, we zien haar zingen voor de deuren van de sporthal waar straks het festival gehouden wordt, we zien haar aan boord van een boot op een brede stadsrivier. Ze schudt handen met Juris en Andris nogwat, de Letse deelnemers. 'Leuke jongens,' zegt mijn moeder en ik antwoord niet, al lijkt een van de twee wel wat op Oliver.

Ik denk: alles wat ze verteld heeft, is niet waar. Die abortus is verzonnen. Wie heeft wie dan verraden?

En dan is het filmpje afgelopen en Vonda belt.

Mijn display licht op met haar naam. De ringtone die ik speciaal voor haar heb ingesteld, dendert door de huiskamer. Mijn vader en moeder kijken naar mij en naar mijn gsm.

Ik druk haar weg.

En dan wordt er nog eens gebeld. Ik wil weer op het rode knopje drukken, maar ik zie nog net op tijd dat het Moritz is.

Maar nee, het is Moritz niet, het is Colin, op Moritz' gsm. 'Hoi,' zegt hij. 'Ze staat er mooi op, hè, daar in Lettenland. Eh... Moritz en ik vroegen ons af of je wilde komen eten, hier in Amsterdam. We gaan uit. We gaan vrolijk doen.'

Vrolijk doen? Ik kijk mijn vader aan, en mijn moeder. Ze kijken terug en ik zeg: 'Ik kom.'

Ik ben nog steeds een filmdoek, maar ik ben al niet meer bleek. Mama brengt me naar het station en ze heeft van alles aan mijn blikken afgelezen. Ik zeg: 'Zo erg is het niet, mam. Ik word niet gek of zo. We hebben ruzie, gewoon, zaterdag zie ik iedereen weer. Haar ook. Delegatiebijeenkomst.'

Ze laat zich geruststellen, niet omdat ik overtuigend klink, maar omdat ze voelt dat ik wil dat ze zich laat sussen. Ik heb een moeder die ik nu even niet kan laten zien hoe lief ze is. Nou ja, ik kijk een keer extra om wanneer ze wegrijdt. Magere compensatie.

In de trein denk ik: delegatiebijeenkomst? Zaterdag? En ik kokhals bijna. Ik staar naar mijn gsm en schakel een beetje tussen vrijgeven en bericht aanmaken en de sneltoets met Vonda's nummer. Maar ik doe niks, ik druk geen enkel cijfer in. Verrader, denk ik, en dat woord begint steeds harder in mijn buik rond te kloppen. Misschien bén ik wel een verrader, misschien wilde ik haar wel ontmaskeren, misschien ben ik wel een gifleguaan.

Nee, denk ik.

Snel, vergrendelen, gsm op off, het kokhalzen verdragen.

Ik weet niet of Moritz en Colin inmiddels al iets weten, daarom vraag ik: 'Wat weten jullie?'

Ze halen me op van de tramhalte en Moritz zegt: 'Vonda heeft gebeld.'

En dan hoor ik dat ze bij haar moeder zit en dat ze zegt dat ze ziek is. 'Wie is er ziek?' vraag ik. 'Vonda of Leja?'

'Vonda,' zegt Moritz, 'dat zegt ze tenminste.'

'Dat is ze zeker,' zeg ik, 'ziek.'

'Jezus, Tycho,' zegt Moritz.

'Hé, jullie,' zegt Colin, 'hier gaan we dus eten.'

Welke fotograaf bedenkt nou dat Colin en zijn vrienden wel eens naar een Koreaans wokrestaurant zouden kunnen gaan? We komen binnen, we krijgen een achteraftafeltje, een dame in oosterse kleding legt ons het principe van het wokbuffet uit. Ik kijk om me heen. Volgens mij hebben maar weinig mensen in de zaak door dat Colin hier zit. Ik hoorde in het voorbijgaan maar een paar zacht geratelde colincolincolin-klanken, maar we staan op om naar de tafel met lege bordjes en volle groentebakken te gaan en Colin zegt plotseling: 'Ah. Wacht even, jongens.'

Hij geeft zijn bord aan Moritz en loopt op een man af die net is binnengekomen. Een man met een tas vol apparatuur. Moritz en ik staan te kijken wat er gebeurt: Colin legt een hand op de schouder van de man, de man maakt een gebaar naar Moritz, Colin lijkt even na te denken en komt naar ons terug. 'Moortje,' zegt hij, 'hij wil een foto. Nu kunnen we twee dingen doen. We laten hem eruit donderen, maar dan heb je kans dat hij de hele verdere avond met z'n toestel achter een boom blijft staan, of we geven hem zijn zin en dan zorgt hij dat we verder een relaxte avond hebben. Wat doen we, wat vind jij?'

Moritz kijkt naar mij en begint te giechelen. 'We staan toch al in de *Privé*, o, die moeten we nog aan Tycho laten zien, man, ik sta er zo eikelig op. Dus ik weet niet. Waar is deze van?'

'Van de concurrent, schat.'

'Is dat handig dan?'

'Dat is hartstikke handig. Of onhandig, weet ik veel. Als jij het niet erg vindt dan stelt hij even scherp en dan zijn we er vanaf. We houden jou erbuiten, hoor, Tych.'

Ik zeg: 'Ja, gelukkig', en Moritz zegt: 'Doe maar wat jij wil, Col, ik vind het best.'

En dan regelt Colin dat er binnen twee minuten in een donker hoekje geflitst wordt, hij en Moritz met de armen om elkaar heen, en nog een klik, nu met de Koreaanse dame in het midden. De fotograaf wordt hartelijk uitgezwaaid, en dan staan we alweer champignons en broccolistronkjes te scheppen.

Natuurlijk heeft iedereen in de zaak ons nu gezien, maar als de kok onze gerechten klaargewokt heeft en de belangstelling verdwenen is zeg ik tegen Colin: 'Ongelooflijk. Hoe hou je dat vol?'

En hij bloost.

Hij bloost! Hij zegt: 'Het hoort erbij, Tycho. En het is goed. Ik wilde bekend zijn, dus dan valt er niets te zeuren.'

Even later, we zitten weer aan tafel, vraag ik: 'Maar wilde je dit dan ook? Wilde je domme fans, en foto's overal?'

'Moet je luisteren,' zegt Colin. 'Ik droomde als klein jonge-tje dat ik op een paal ging zitten, en dat die paal daarna de lucht in schoot, zo hoog dat iedereen mij kon zien. En dan zag ik de mensen om me heen naar me lachen en naar me wijzen. En als ik dat droomde pieste ik in mijn bed van geluk, echt waar.'

Colin grijnst ervan, en Moritz doet mee. Ik zeg: 'Maar... maar... je kunt er toch ook doodziek van worden? Omdat je weg wil zijn, en alleen wil zijn?'

Colin neemt een hap van zijn noedels en kijkt me over zijn lepel aan. 'Weet je,' zegt hij, met halfvolle mond, 'natuurlijk is het wel eens lastig. Maar ik weet dat het ergens voor staat. Dat zo'n fotograaf hier komt, me op straat achtervolgt omdat hij ziet dat ik een nieuw vriendje heb en omdat hij denkt dat nie-mand dat nog weet, en dat hij hier dan binnenstapt – dat bete-kent allemaal dat de mensen me graag willen zien. Het bete-kent liefde, en geld. In die volgorde. Liefde en geld, daar komt beroemdheid op neer, ik ben heel eerlijk nu. En ik ga geld en liefde dus niet zitten weigeren.'

Hij zegt: 'Willen we nieuw bier?', steelt kip van Moritz' bord en bloost nog steeds een beetje.

We hebben het niet over Vonda. We hebben het wel over haar haar ('Ze moet het niet gaan invlechten,' zegt Colin, 'geen gek-kigheid nu, jullie redden het op naturel'), we hebben het over haar gewicht ('Ze moet blijven wie ze is, ze plempt al haar kilo's in die noten en trouwens, afvallen is vreselijk, je hebt het idee dat je alleen maar grondstoffen eet, spul waarvan iets lekkers gemaakt had kunnen worden, maar niemand heeft het gedaan, evangelisch voedsel noem ik het, god straft driemaal daags') en we hebben het over haar kansen ('Jullie winnen niet, maar Vonda is een blijvertje. Daar komen nog cd'tjes van') – maar we hebben het dus niet over Vonda zelf of over de ruzie. Ik stel vraag na vraag en Colin vertelt, roddelt, waarschuwt en schatert de uren vol.

We staan op straat, Colin heeft betaald. Het is al bij elven. Ik trek mijn broek op, hij zakt een beetje af, ik heb niet veel gegeten. 'Zo,' zegt Colin. Moritz en ik kijken hem aan. Hij heeft zoveel gepraat vanavond, nu lijkt het logisch dat hij met een eindzin komt, maar het blijft iets te lang stil. Ik zeg: 'Ik ga terug.'

'O,' zegt Moritz.

'O,' zegt Colin ook, 'wij lopen nog even naar de Reguliersdwars. Ga je niet mee?'

De homostraat in Amsterdam – ja, denk ik, ik wil weten hoe het hier is, ik wil de kroegen zien uit Bens verhalen, maar ik denk opeens ook: wie weet staat er opeens een Zack voor me, dat wordt gedoe. Ik heb te veel Koreaans bier op om in zo'n geval nee te blijven zeggen en te weinig om daar vervolgens geen last van te hebben. En dan al die ogen op Colin en Moritz en mij, wij zijn geen drietal, dan had ik net zo goed daarstraks mee op de roddelfoto kunnen gaan. 'Nee joh,' zeg ik, 'ik ga terug.'

'Je kunt blijven slapen,' zegt Colin. Ik zie Moritz opkijken, maar meteen weer draait hij zich naar mij en knikt.

'Nee joh,' zeg ik, 'nee. Maar ik vond het zo... zo fijn vanavond.'

Colin lacht en Moritz straalt opeens. Hij doet een veel te snelle stap naar voren en omhelst me. 'Je mag je geen zorgen maken,' zegt hij, 'het komt allemaal weer goed.'

Ik denk: jij weet het niet. Het is goed dat jij het niet weet. Het is goed dat ik niks heb verteld.

Dan zegt hij: 'We brengen je naar het station.'

'Nee joh,' zeg ik, voor de derde keer.

'Ja hoor,' zegt Colin, en als we er na een kwartiertje zijn krijg ik zoenen, ze zijn zo hartelijk dat ik vergeet rond te kijken om te zien wie ons ziet, en Moritz, Moritz slaat nog eens zijn armen om me heen.

Ik zit in de trein en blader in de *Privé* die ze me meegegeven hebben.

Een kop: *Colin vindt geluk bij concurrent.* Foto's van Vonda, Moritz en mij op het podium, met daarnaast een plaatje van Moritz in smoking en Colin in smoking, Colin drukt een kus op Moritz' warme partygangerswang.

Vonda, denk ik, en ik denk dat ik te weinig woktroep heb gegeten in verhouding tot de alcohol van deze avond.

Moritz, denk ik, en ik kijk om me heen – er is niemand, ik breng mijn lippen naar het goedkope glanspapier.

Ze mag niet thuisgekomen zijn, denk ik. Ik ben ook maar gewoon teruggegaan omdat ik niet bij Colin en Moritz kon blijven, ze wilden samen zijn, ik was te veel. Ik loop over de nachtsingel en ik denk: ze mag niet thuis zijn. Ik ga misschien wel schreeuwen als ze thuis is, ik ga mijn excuses misschien wel aanbieden, ik ga misschien wel slaan, ik denk: ze mag niet thuis zijn.

Ik draai de sleutel zachtjes om, ik stap voorzichtig naar boven en luister aan haar deur.

Ze is niet thuis.

Ik bel Carla, de secretaresse van de opleiding. Ik zeg dat ik ziek ben. 'Och gossie, jongen, beterschap hè', ze gelooft me.

Ik ben niet ziek, maar hoe zou ik kunnen gaan?

Ik lig op bed. Er komt maar steeds niemand thuis en pas aan het begin van de middag durf ik mijn telefoon aan te zetten.

Een voicemail van mijn moeder, ze is ongerust. Ik bel haar terug en praat overal overheen. Ze doet alweer haar best me te geloven.

Een sms van Moritz, nog van gisteravond. *Tychy, we zijn hier in de Arc. Volgende keer moet je mee, take care.*

Een sms van Felaya: *Ben je erg ziek?*

Ik sms terug: *Valt mee. Maandag zal het wel weer gaan.*

En een sms van Vonda.

Van Vonda!

Bericht openen: *Denk je aan bijeenkomst zaterdag. Ik kom niet eerder thuis. Nadenken en zo. Zie je daar.* Bericht verwijderen? Ja.

Als ik iets terug zou sturen zou mijn naam oplichten in haar gsm. Verrader, zou ze lezen, verrader, sms van verrader, misschien heeft ze de naam bij mijn nummer al vervangen door dat woord, dat guillotinewoord. Ik antwoord niet.

(refreintje)
Er liggen redenen onder de redenen
en alles is helemaal waar.
Alles zit altijd vast aan van alles
en wij zitten vast aan elkaar.

(opzet gedicht)
Ik leg je open, ga
je mechanieken na,
ik klim in je controlekamer,
stel de spoelen scherper af.

(couplet)
Je hebt tanden gekregen,
die had je eerst niet.
Je hebt woorden gezegd
en die zei je eerst niet.
Met je ogen gekleurd
in een kleur die ik niet ken,
sta je vonken te mikken
naar een mij die ik niet ben.

Ik doe de hele dag niets. Ik ben een slak, ik trek sporen naar de koelkast, van de koelkast naar mijn computer en van de computer naar mijn bed, waar ik mezelf steeds weer op laat vallen. Ik rol om en haal een schrijfblok naar me toe. Ik begin aan liedjes en gedichten, maar ze raken niet af, ik sta weer op.

Vonda is opengezet. Haar gezicht is een masker dat met scharniertjes vast blijkt te zitten, maar het is losgekomen. Ik kijk, er zit een andere Vonda onder, o, wat lijkt ze – maar ze is het niet, niet helemaal. En help, het masker kan niet meer terug, het past niet meer.

Ik weet dat er allerlei woorden gaan komen.
Woorden van uitleg.
Woorden van begrip.
Toenadering. Van verdergaan, enzovoort. Ik weet dat en ik wou dat we ze allemaal over konden slaan.

Gijs denkt toch niet dat ik als een groenblond studentje mijn verslag nog af ga zitten maken?

Mijn sinaasappelbaas belt.
Of ik zondagmiddag kan werken.
Graag.

Ben belt: 'Ben je ziek?'
'Zoiets.'
'Wat is er?'
'Niks. Tenminste, niks echts.'
'Kom even pizza's eten, we hebben net gehaald. Neem Vonda mee, als je wilt. Of Moritz.'
'Nee, Vonda is er niet. Moritz ook niet. Ze zijn er niet.'
'Ook goed. Kom je?'

Ik vertel niks, maar dat is geen probleem, want Karsten vult de stilte. Hij wil over het songfestival praten, maar ik onthoud steeds maar niet wat hij zegt. Bestaat dat songfestival? Het bestaat niet.

Ik stel suffe vragen over de groene stukken paprika die op mijn pizza zitten. Ze lijken niet op gewone groene paprika's. Nee, maar ze heten ook bellpeppers. Dat is Amerikaans. Het zijn namelijk Amerikaanse pizza's. Ah.

Er is ook rosé. De fles rosé druppelt van de kou. En er is nog een fles.

Wat ik wel onthoud: hoe Karsten en Ben elkaar hebben leren kennen.

Het is twee jaar terug. Ben loopt door de Amsterdamse homostraten. Hij wil niks en alles, hij heeft gebruikt, hij voelt zich geweldig. Zijn vrienden gaan linksaf, dus Ben gaat ook linksaf. Er komen mannen tegen hem aan staan, en als ze oud en mooi genoeg zijn en niet al te domme dingen zeggen laat Ben de mannen staan. Maar op een dag wordt Ben allergisch voor rodewijnadem. Komt dat door de coke? Ben walgt opeens als iemand rodewijnadem in zijn gezicht begint te blazen. Bijeffect van die walging: als iemand ergens anders naar ruikt, of nergens naar ruikt, dan is Ben gelukkig en mag er meteen worden gezoend. Het komt voor dat Ben denkt: hé, een tong op mijn tong – Bens gedachten dwalen nogal eens af. Soms ook is er een man die lief is, veel te lief, en als zo'n man zijn handen dan vanachter om Bens billen legt, per ongeluk, of misschien alleen om Ben in bed een stukje op te schuiven, moet Ben huilen. Ben huilt en de mannen rennen weg.

Op een dag beseft Ben dat het spul de baas is. Hij denkt: ik leef langs de lijntjes. Ben probeert zichzelf te schoppen. Soms lukt dat, soms blijft Ben zomaar op vrijdag- en zaterdagavond thuis en kijkt naar de *Miljoenenshow* en naar *Verleidingseiland*. Vrienden bellen, 'Ga nou mee', en Ben zegt steeds vaker nee, 'Nou bitch,' zeggen de vrienden, 'sterf jij maar lekker af, saai is de mode.'

En ja, Bens leven wordt saai. Ben krijgt van zijn bezorgde zus een laptop en een snelle internetverbinding. Ben maakt in een onverwachte bui een profiel op Gaydar aan – een homocontactsite. Wie ingelogd is kan hem bekijken en een berichtje sturen. Er worden veel berichtjes gestuurd, want Ben is jong en Ben heeft een kunstzinnig fotootje geplaatst. Ben wordt moe van alle opploppende venstertjes met *hé hallo* en *jij bent leuk mag ik je nummer?* Maar Ben houdt zichzelf niet tegen. Hij wil niet, maar toch moet hij elke ochtend, elke avond, even kijken.

Totdat Ben denkt: Gaydar is de baas. Hij trekt de stekker uit zijn laptop en belt zeven van de vriendennummers die nog in zijn gsm blijken te staan. Ze zuchten, maar ze kennen hem nog wel en willen uit. Ben loopt achter hen aan, er is al wat gedronken bij iemand thuis, en hebben we nog wat te snuiven voor de vreugde, in de Tattler is een wasbak met voldoende platte steen – da's handig snijden.

Een paar uur later wordt Ben naar een disco meegetrokken. Ben vindt alles goed, hij heeft vanavond een lift in zijn hoofd en die lift hangt vast op de hoogste verdieping. O, wat kijkt

Ben uit over de zee van mannen, ze dansen, ze bewegen in een long van warm gezucht. Maar Ben staat overal naast, hij kijkt en denkt aan het stukje muur in zijn rug. Het voelt aan als een vuist, een grote, platte vuist die hem ondersteunt. Of is het een pin die hem vasthoudt, is hij een insect in een vitrine? Het kan Ben allemaal niks schelen. Ben kijkt over de zweethoofden uit. Ben kijkt, en ziet Karsten. Karsten is aan de andere kant van de ruimte en Karsten komt naar Ben toe. Terwijl hij dat doet blijft Karsten terugkijken naar Ben. Ben en Karsten, ze kijken naar elkaar, en Bens ogen willen weg van Karstens ogen, maar dat lukt niet. Ben heeft geen idee waarom dit met hem gebeurt, waarom hij moet blijven kijken, en opeens is de vuist in zijn rug, de insectenpin, er niet meer. Bens lichaam maakt zich langzaam los van de muur, een centimeter of vijf misschien, Ben gaat op allebei zijn voeten staan. Daar moeten zijn voeten even aan wennen, Ben zwaait wat heen en weer en slaat zijn ogen noodgedwongen neer. Als Ben weer opkijkt is Karsten dichterbij, dichtbij, vlak voor Bens gezicht duikt hij op. Ben houdt zijn armen in de lucht en laat ze neerkomen op Karstens schouders, maar daar glijden ze meteen weer af. Er is te veel geluid in deze bonkende discolong, en toch verstaat Ben precies wat Karsten zegt: 'We zijn er.'

We zijn er? denkt Ben, en dan klapt hij voorover en kotst golvend over Karstens shirt.

En hier, bij hen thuis, nu, een jaar of twee en een verhuizing verder, kijken Karsten en Ben elkaar weer aan. Ze vertellen hun verhaal bij toerbeurt, ze vullen elkaars zinnen aan, en misschien kunnen ze dit alleen maar zo vertellen omdat het einde mooi is: Karsten neemt Ben mee voor een schoon shirt en een bad – en nooit meer gaat Ben naar huis. *We zijn er?* Ze zijn er nog steeds.

Ik zit daar en kijk zo stil als ik me voel van Ben naar Karsten, en dan weer naar Ben. Die lacht halfverlegen terug. Was hij een koningsgay en ik een baby? Dan zijn we dat nog steeds, alleen heeft hij nu zomaar heel zijn koninklijk verleden opengegooid. Ik pak mijn glas op en ik stoot dat van Ben aan, dat van Karsten. Gebruikt Ben nu niet meer? Volgens mij niet, ik heb nooit iets gemerkt, maar wat zegt dat? Ik durf het niet te vragen, maar ik probeer te zien waar ze hun handen houden. O, onder de tafel. Op elkaars knie.

Ik fiets naar huis, het is laat, maar ik ben niet moe en niet beneveld. Ik weet precies waar ik aan denk wanneer ik onze donkere singeletage binnenkom. Ik denk aan morgen, aan alles wat ik moet. Maar ik denk ook: kom maar, kom maar op.

De volgende ochtend zie ik Moritz op het station in Hilversum. Bert is er ook, hij wacht met draaiende motor.

Ik heb mijn oude All Star-gympen aangetrokken, ook al rafelt de dekstof bij de randen. Ze lopen stevig, en dat slordige van die rafels wordt tenietgedaan door mijn capuchoncolbert – elke keer als ik mezelf er in de spiegel mee zie schiet mijn leeftijd twee jaar omhoog.

'Ja, ja, Tychootje,' zegt Moritz. Hij ziet wit, daar op Berts achterbank. Hij zucht: 'Ik heb mijn zonnebril niet bij me. Ik wou dat ik mijn zonnebril bij me had.' Hij draait zijn gezicht zo dat hij zichzelf in Berts achteruitkijkspiegeltje kan checken. 'Moet je die wallen zien, het was laat vannacht, man, veel te laat.'

Hij slaat met zijn hand tegen zijn hoofd en fluistert: 'O. En jij? Gaat het?'

'Yep,' zeg ik, 'het gaat. Ik heb de hele dag zitten schrijven.'

'Niet meer met Vonda gepraat?'

'Nee,' zeg ik, 'dat niet.'

'Oooo,' zegt Moritz, en opeens begint hij ritmisch met zijn bovenlijf te bewegen. 'Ik weet iets, ik weet iets. En het heeft met jou te maken. Yeah, yeah, yeah.'

'Wat?' zeg ik.

'Mag ik niet zeggen,' giechelt hij, 'maar Colin belt je nog. Yeah, yeah, yeah.'

'Je staat in de bladen,' roept Bert vanaf de voorbank.

'Ja, mooie smoking, hè?' zegt Moritz. 'Hé Bert,' zegt hij erachteraan, 'hoe komt Vonda eigenlijk?'

'Geen idee,' bromt Bert. 'Met een taxi?'

Inderdaad – er stopt een taxi naast ons. We zijn uitgestapt en Moritz kijkt naar mij. Bert sluit de auto af, er klinkt een vierdubbele slotklik. Het duurt allemaal maar een paar seconden: dat klikken, Moritz' kijken, de openkierende taxideur en het naar buiten slaan van zweet op mijn voorhoofd. Maar het zijn langzame seconden, het zijn seconden die even in lijken te houden voordat wat erop volgt in gang schiet: Vonda die uit de taxi stapt en nog iets tegen de chauffeur zegt, Vonda die zich omdraait, haar ogen die knipperen tegen het felle daglicht, de zonnebril die ze uit haar haar voor haar ogen schuift, Vonda die ons ziet en haar zonnebril weer omhoogschuift, terug haar haren in. 'Zo,' zegt ze, 'jullie zijn er al.'

'Ja,' zegt Moritz.

Ik beleef het als een trailer in slow motion. Het beeld rolt verder: Vonda loopt op Moritz af, geeft hem een kus, ze kust Bert ook, die al door wil lopen, naar binnen, en daarna is ze bij mij. Haar lippen en wangen zijn al naast en tegen die van mij, ik ruik haar parfum, *Zegna Girl*.

Ik zie ons daar samen staan en vreemd, het voelt niet vreemd. Mijn gedachten mogen dan achteruit rennen, ze mogen dat hele Vonda-stelsel van woorden en verraad en kapot vertrouwen met kracht af willen weren, maar intussen doet mijn lichaam wat het normaal ook zou doen: dat van Vonda ontvangen. Vonda is iemand tegen wie je aan wilt gaan zitten.

En ze kust me en ze fluistert in mijn oor: 'Doen we alsof? Help me.'

Goed dan. Ik kan dit en ik wil er ook nog wel in meegaan. Lekker rustig. De woorden overslaan, dit lijkt er toch op?

Maar het wordt een scheve middag. Bernice, het hoofd van de delegatie die straks naar Letland zal gaan, ontvangt ons. Behalve Bert, Irene en wij zijn er wat mensen van de omroep, de nieuwbenoemde songfestivalcommentator is er, de makers van de Nederlandse songfestivalwebsite, visagiste Loes is er en styliste Yuun Park. We worden welkom geheten, er worden handen geschud en Vonda zoent al hier en daar. We krijgen een pen en een lijst en we worden uitgenodigd om rond een scherm te komen zitten. We zien alle vijfentwintig filmpjes, van alle vijfentwintig landen, we kijken en luisteren van Spanje tot Slovenië, we geven punten. Tijdens de borrel wordt er geteld en onder matig gejuich wordt bekendgemaakt dat wat ons betreft Slovenië moet winnen, met Servië-Montenegro als goede tweede. Maar iedereen zegt dat Vonda, dat wij, dat Nederland zal scoren. Eindelijk, de laatste overwinning is veel te lang geleden, haha. Dat is het: er zit haha in ieders commentaar, maar tegelijkertijd vindt het invullen van de lijsten in zo'n fanatieke stilte plaats en wordt er zo hard gejuicht wanneer de juiste twaalf punten worden genoemd, dat dat alle haha omvertrekt. Is het gêne, dat haha? Ik merk het nu pas echt, er is iets vreemds met dit festival. Het wordt als onbelangrijk afgedaan, maar intussen raken alle hoofden verhit. Het songfestival? Dat is serieus. En de schaamte voor het serieus nemen van datzelfde songfestival? Die is ook serieus.

Ik sta er twee hoedanigheden buiten. Ik doe mee met het invullen van mijn favorieten, maar ik kijk naar Vonda en ik heb hoofdpijn. En dan zie ik mezelf ook nog eens naast haar zitten, terwijl ik doe alsof ik mezelf ben die naast haar zit. Een scheve middag is het, met mensen die hier zijn, maar ook weer niet.

En Vonda staat rustig met een wijntje in haar hand.

En ze morst, ik zie het, en ze ziet het zelf en schatert erom.

En ze legt haar hand op Moritz' dijen als hij langsloopt.

En ze komt gewoon op me af en lacht: 'Hé, Tychy, wat ben je toch mooi in dat colbert.'

Als we tegen zeven uur weggaan omhelst iedereen iedereen. Ik kijk Vonda aan en zeg zachtjes: 'Maar wat nu?'

'We zien wel,' zegt ze, 'dank je wel voor deze middag. Ik kom morgen weer thuis, dan praten we.'

Ik knik. Het is een scheve knik, natuurlijk, ik voel het aan mijn nekspieren. Hier hebben mijn nekspieren geen zin in – maar ik ben de baas en dus knik ik.

Thuis ben ik alleen, Moritz is weer naar Amsterdam.

Ik besluit iets: als zij dit kan, kan ik het ook. Dus: vanavond nergens meer aan denken.

Morgen toch praten. Goed. Zonder praten loopt alles scheef.

Maar nu koekjes. En slappe koffie. En domme tv.

En dan is het zondag. Koopzondag. Ik fiets naar de stad en ik ruik mijn sinaasappels weer! De baas slaat me hartelijk op mijn schouder, wijst me de nieuwe machine en de shakes die we daar nu mee kunnen maken. Hij geeft me wisselgeld en ik begin het kastje onder de toonbank op te ruimen. Mijn vervangers zijn onordelijk geweest, ik weet nog precies hoe het handiger kan.

De lucht is aprilgrijs, dus druk krijg ik het niet. Sommige klanten lijken me ergens van te kennen, maar ik lach en praat eroverheen. Oranje is een zorgeloze kleur, en hoe komt het toch dat je met fruit in je handen niet meer aan problemen denkt?

Moritz belt en zegt dat hij vanavond thuiskomt. Als ik nou eens kookte? Zoals ik een paar maanden geleden altijd deed? En als Vonda nu eens kwam en iedereen deed of er niets is gebeurd? Dat lukte gisteren toch ook? Kan ik dat aan?

'Natuurlijk,' zeg ik – ik lik een sapstraal van mijn vrije duim – 'natuurlijk.'

'Gaat het echt?' vraagt Moritz.

'Het gaat echt,' zeg ik. 'Misschien valt het ook allemaal wel mee. Vonda is terug en straks gaan we praten.'

'Goed,' zegt Moritz, 'dan kom ik daarna. Sms me maar, maakt niet uit hoe laat.'

En dan staat ze opeens voor me. Het is rustig, maar er kijken toch een paar mensen naar haar om. 'Ik ben weer in Rotterdam,' zegt ze.

'Hai!' zeg ik, ik ben vrolijk, dus ik zeg het vrolijk.

'Hai,' zegt ze. 'Gisteren was het zo gemakkelijk en dus ben ik er weer.'

Ik lach. Nog niet voluit, maar toch – ik lach. Ze praat nor-

maal, ze praat als zichzelf en ze is hier naar de Lijnbaan gekomen. Voor mij.

'Moritz zei dat je weer aan het werk was, dus ik zocht je even
op.'

'Dat is leuk,' zeg ik.

'Ja,' zegt ze, 'lekker plekje hier. Net als vroeger.'

'Ja,' zeg ik.

'Dat is het beste,' zegt ze. 'Alles net als vroeger. Oké?'

Ik zeg niks, want ik weet even niks.

'Een grote stap doen,' zegt ze. 'Nergens over praten en de
vriendschap weer oppakken.'

'Nee,' zeg ik, 'dat kan toch niet? Je zei dat we vandaag zouden gaan praten!'

'Maar het ging goed,' zegt ze, 'het ging gisteren goed!'

Ze wordt onderbroken door een groepje meisjes dat vraagt
of ze Vonda is, Vonda van het songfestival. Vonda kijkt hen aan,
lacht en zet uitgebreide handtekeningen in hun Beautyline-
schoolagenda's. De meisjes kijken mij niet aan, en Vonda at-
tendeert hen niet op nog een lid van Vonda's Voice – gelukkig
maar.

Wanneer de meisjes op voldoende afstand zijn zeg ik: 'Gisteren was raar. Er hing iets onechts in de lucht. Ik zag ons daar de
hele tijd zitten.'

Vonda's voorhoofd trekt in strakke vouwen. 'Ach, dat heb jij
altijd. Jij ziet jezelf overal zitten. En goed, dan weet jij alles van
mij, helpt dat soms? Moet ik mijn hele jeugd met je doorne-
men? Dan nemen we toch mijn hele jeugd door. Jij ziet jezelf er
wel naast zitten. Maar zal ik jou eens wat zeggen? Jij zit er niet
naast, maar ín. Wat heb je aan al dat gewroet? Blijf van me af!
Blijf gewoon bij me, maar blijf van me af!'

Ze gaat steeds harder praten en ik sta maar op haar neer te
kijken. Ze komt met haar kwade hoofd maar net boven mijn si-
naasappeltafel uit. Weet je wat? denk ik, ik kan de sinaasappel
dichtklappen. Ik kan mezelf dubbelvouwen, naar beneden dui-
ken en de klep dichttrekken...

...maar Vonda is nog niet klaar. Ze haalt adem en zegt: 'Jij zit met je handen in iemands hart. In dat van mij. Nou, dat kan ik er even niet bij hebben. Ik sta op opstijgen en ik hoef niet elke keer teruggetrokken te worden. Dat heb ik al eerder meegemaakt. Jij wil zeker ook een weldoener zijn, heb je lekker met Sergelul gesproken? Alles even langsgelopen? Kijk, Vonda liegt, erg hè, moet ze naar een dokter? Ja, ze moet naar een dokter.'

'Hou op!' roep ik opeens. Ja, ik roep, ik zet mijn stem in, Tycho's voice, ik kan dat ook. 'Hou op!' roep ik. 'Ik wilde jou geloven! Ik wilde hem wegpraten in mijn hoofd. Kan me niet schelen, dacht ik al, kan me niet schelen als niet alles waar is wat ze me vertelt. Maar ik kwam thuis en jij bleek mijn verslagen gelezen te hebben en mijn mailtjes ook. En dat wil ik ook niet erg vinden, zelfs dat niet. Maar ik hoef geen verrader genoemd te worden, want dat ben ik niet. Ik ben geen verrader!'

Die laatste zin komt er veel te luid uit. Ik zie in de verte mijn sinaasappelbaas naar ons toelopen.

Vonda kijkt me aan, de huid rond haar ogen is aangespannen, haar blik is zo spugend als ze hem kan krijgen. 'Verrader,' zegt ze, 'ik wilde dat woord nog terugtrekken. Maar ik begrijp opeens waarom die Noor jou niet dichterbij wilde hebben.'

Ze draait zich om en ik denk: kogels.

Ik heb kogels nodig.

En ik zie ze, de kogels. Ik grijp alle sinaasappels die ik te pakken kan krijgen en begin te gooien. Kogels voor Vonda, raak, raak, raak.

Ze rent weg en ik blijf gooien. Ik smijt ze recht voor me uit. Ze ploffen op de straat en rollen weg, maar er zijn er minstens drie die tegen Vonda aankomen, tegen haar rug, op het spatbord van haar fiets.

Pas na drie keer schreeuwen en een handschroef om mijn bovenarm zie ik mijn baas naast me. 'Doe normaal!' roept hij. 'Doe normaal!'

Ik raap nog wat sinaasappels op, maar ik hoef niet meer te blijven. 'Ik bel je nog wel,' zegt de baas. 'Naar huis,' zegt hij, 'ga naar huis.' Hij schudt zijn hoofd en ik stamp met staal in mijn woedende lijf naar mijn fiets. Ik stap op en slinger weg, het hele frame trilt, het trilt zoals ikzelf tril. De singel! schreeuw ik vanbinnen tegen mijn eigen ijzerhoofd, ik ga naar de singel! De singel is van mij!

Ik stoot mijn sleutel in het slot alsof het een mes is in een buik. Ik stap perfect rechtop de trap op, ik heb een binnenharnas aan dat mijn bewegingen stevig maakt. Halverwege trek ik mijn gsm uit mijn broekzak en typ een bericht aan Moritz. *We eten zoals normaal. Kom nu. Ik kook.* Weg, verzonden.

Ik stamp verder omhoog en dan naar links, mijn kamer in. Vonda is thuis, jawel, haar jas hangt over de balustrade. Maar haar deur zit dicht.

Rang! Die van mij ook.

Mijn schoenen rag ik uit, mijn jack zwiep ik neer op het bed. Ik sla de computer aan en donder mezelf neer in mijn stoel. Zien wat ze over ons zeggen op de songfestivalsite. Zien wat de hele wereld denkt op te moeten merken. Zien hoe alle verzonnen meningen daar bij elkaar staan te rotten. Kom maar op, ik bijt ze stuk.

En dan begint het. Er klinkt een toon, een noot die ik nog in geen enkele stemoefening hoorde. Een zendsignaal? Komt het uit een apparaat, uit een keel? Heeft het iets mechanisch? Nee, eerder iets dierlijks. De toon houdt aan en buigt aan het eind om naar beneden. Dan is er een korte onderbreking, met meteen weer eenzelfde volgehouden streep gehuil. Ja, dat is het: huilen.

Het komt uit Vonda's kamer. Ik zit nog steeds strak op mijn stoel, maar ondanks dat de computer inmiddels klaar is met opstarten, doe ik niks. Ik luister. Nee, dat klinkt te vriendelijk. Ik hoor. Heel mijn lichaam hoort, mijn adem hoort en al mijn kwade gedachten horen hoe het huilen janken wordt. Hoe elke jank zichzelf versterkt: de uithalen gaan met fracties in volume omhoog, en net als ik met mijn ogen wil gaan knipperen en langzaam weer in beweging wil komen, gaat een van de huilnoten over in een grauw. Huil na huil klinkt er nu, ze verkorten, en steeds weer eindigen ze in een ellendig gegrauw. Steeds heftiger worden de tonen, brullen worden het, braakneigingen. Hier jankt geen meisje meer, geen vrouw – hier jankt een leeuwin.

Hier jankt een kapotte leeuwin, en ik moet ernaartoe.

Ik sta in twee stappen bij mijn deur, nog sneller sta ik bij die van Vonda, ik duw de klink omlaag.

Niemand weet wie hij zijn zal in onbekende situaties, en ook ik herken mezelf nu dus helemaal niet meer – ik adem onverwacht kalm, als water. Misschien is halve paniek besmettelijk, maar hele paniek afstotend als een soort foute magneet: het jaagt je de tegengestelde richting uit. Ik ben rustig, ik aarzel niet, ik loop bij Vonda naar binnen.

Daar ligt ze, krom op haar bed.

Heb ik haar ooit de zon genoemd? Nu is ze een verfrommelde zon.

Ik denk niet meer aan de kogels en aan de woorden, ik ga op de rand van haar bed zitten en leg mijn hand op haar rug. Meteen schokt ze overeind. Ze draait haar gezicht naar me toe. Het is opgezet, alsof het te lang in rood water heeft gelegen. Haar schouders trekken omhoog, haar ademhaling vecht zich een weg vanuit haar longen naar boven, ze probeert iets te zeggen en het lukt maar niet.

Ik zeg: 'Ssss.' Ik pak haar handen en open haar verkrampte vingers. Ik zeg 'wacht', en haal een glas water, en nog een, en weer. Ze hapt het water naar binnen, ik zeg 'ssss', en langzaam komen de zuchten. Ze neemt drie laatste slokken, grijpt mijn hand en terwijl haar nagels in mijn polsen prikken begint ze te fluisteren. 'Ik dacht. Ik dacht dat. Het niet meer terug zou komen. Maar zo. Ben ik. Hij was goed voor me. Ik kan er niet tegen. Dat iemand goed voor me is. Ik wil goed zijn. Zelf wil ik goed zijn. Ik ben het ook. Toch? Goed. Een goede vriendin. Was ik toch voor jou. Ik kan goed zorgen. Voor mensen. Ik kan ook goed zorgen voor jou. En ik heb voor Serge gezorgd. Wat maakt het uit. Dat dacht ik. Wat maakt het uit als de dingen anders zijn gegaan? Hij bleef dan tenminste. Ik denk dat ik ze geloof. Die dingen die ik zei.'

'De abortus,' zeg ik, 'dat bedoel je.'

'Dat ja,' fluistert Vonda. 'Ik kon toch niet weten dat jij de details op ging zoeken. Serge was ik kwijt. Omdat hij dingen ontdekte en zei. Ik wil niet iemand zijn van wie je dingen ontdekt. En toen ontdekte jij dingen. Maar jij mag niet weg. Jij mag niet boos zijn op mij. Je gooide raak. Met de sinaasappels. Het ligt aan mij, het ligt allemaal aan mij. Ik ben echt in therapie geweest, weet je dat? Ik denk dat ik hopeloos ben, want als de therapie niet blijkt te helpen, dan ben je hopeloos.'

Ik zeg: 'Niemand is hopeloos.'

'Ik ben hopeloos,' zegt Vonda. 'Ik maak alles kapot. En als ik kindjes krijg? Om voor te zorgen? Soms wilde ik ze, toen. Dan zou ik gewoon hebben laten zien dat ik niet hopeloos ben. Maar nu ga ik overal zingen. Iedereen gaat me zien. En na Serge wilde ik niemand meer, Tycho. En toen kwam jij. En jij bent homo, dat is zo makkelijk. En we zitten altijd op het balkon. Waarom zitten we nooit meer op het balkon? Ik geloof dat ik even na moet denken.'

Ze laat mijn hand los. Ze kijkt ernaar en moet lachen. Het is een raar lachje, er schiet wat snot uit haar neus.

Ik haal een zakdoek en Vonda wijst naar mijn handen. 'Ik knijp ze doormidden,' zegt ze.

'Ja,' zeg ik.

'Geeft niet, hè?' vraagt ze. 'Geeft toch niet?'

'Nee hoor,' zeg ik. Ik ben nog steeds zo rustig, zo rustig ben ik nog nooit geweest, het is alsof ik optreed en precies weet wat ik moet doen.

'Ga nog even liggen,' zeg ik.

Dat doet ze, ze zakt achterover, maar meteen komt ze weer half overeind. 'Het festival,' zegt ze, 'dat is de redding. Ik moet het festival doen. Ik ben goed, daar moet ik aan denken. Ik moet zingen. Maar ik moet ook op jou letten. Ik lette op jou en ik was ineens zo bang. Ik dacht met die Amerikaan, en Ben en zo, en Moritz, ik dacht dat je weg wilde van mij. En ik keek in je computer, want je had zelf gezegd dat ik je mailtjes aan de Noor mocht lezen. En ik dacht dat je naar Noorwegen zou gaan. Dat dacht ik, Tycho, ik dacht het steeds.'

'Welnee,' zeg ik – ik praat wat zachter nu – 'welnee.'

'Nee,' zegt Vonda. 'Ik kon er niks over vinden. Maar je schreef ook mailtjes aan mij. Er stond in dat je me ze niet zou laten lezen. Maar mijn naam stond er toch boven? Vonda, stond er. En toen las ik over Serge. En ik las je verslag. Ik las alles, ik kon niet meer ophouden. Ik las het en ik wist dat ik je kwijt was. En ik zei het. Ik zei verrader en ik weet ook wel dat... Maar ik ben je kwijt.'

Ze zakt weer terug in haar natgehuilde kussen.

'Nee,' zeg ik, 'je bent me niet kwijt. We gaan naar Riga.'

Dat is vreemd. Ik zeg het, maar ik voel niet veel. Ik treed op en ik weet precies wat ik moet doen.

'O,' zegt Vonda, 'naar Riga. Ja. Samen.' En ze begint weer te huilen. Maar ik merk het: het is uithuilen wat ze doet, ze is geen geschoten vrouwtjestijger meer, ze spoelt haar laatste tranen weg. Ze snikt wat na en ik zit daar nog steeds.

'We gaan naar Riga,' zeg ik. 'We vergeten wat er gebeurd is en ik ga eten maken. Moritz komt.'

Ik sta op, ik weet wat ik moet doen. Ik draai me om bij de deur. 'En,' zeg ik, 'jij zoekt hulp.'

Vonda snuit haar neus en kijkt me aan. Vanachter het snotzakdoekje fluistert ze 'dank je, dank je wel', en 'ja'.

Ik sta in de keuken. Buiten begint het te stortregenen, dus ik doe het raam dicht.

Ik hoor Moritz bovenkomen. Ik zeg hallo en vraag hoe het in

Amsterdam geweest is. Ik luister naar zijn blije antwoorden en ik lach en knik en zo.

Als hij boven zijn natgeregende haar gaat drogen, denk ik: Vonda staat onder de douche en wedden dat ze er in zichzelf terugveranderd onder vandaan komt? Dat we vlinderpasta eten alsof er niets is voorgevallen? Dat Moritz wel vier keer naar ons kijkt, maar al zijn vragen binnenhoudt? Dat hij ons in plaats daarvan vermaakt met meer verhalen over Colin en met nieuwe roddelfoto's?

Wedden?

Nee?

Jammer, want het blijft stortregenen en alles wat ik voorspelde gebeurt. *We all together*.

Het enige wat ik niet bedacht heb is dat Moritz een gebrand cd-tje uit zijn schoudertas haalt. Hij geeft het me en zijn ogen glinsteren. Hij zegt: 'Colin belt je nog.'

En Colin belt en zegt: 'Op dat cd'tje staan Italiaanse nummers. In juli moet er een nieuw album komen. Ik ga die liedjes gebruiken, maar er moeten nog Nederlandse teksten bij. Heb jij zin om er eentje te maken?'

'Natuurlijk!' zeg ik. 'Geweldig, wat geweldig.'

Ik zeg het, en ik lieg niet, maar ik ben kalm. Ik ben ongelooflijk kalm en ik zal het voorlopig blijven ook.

Ik schrijf drie avonden lang. Ik zet mijn koptelefoon op en luister naar de Italiaanse melodieën. Ik zoek het ritme, ik zoek de zinslengte. Er komt van alles. Ik streep van alles door. Ik werk niet alleen aan liedjes, ik schrijf ook aan nieuwe poëzie voor school. Ik ben een noteermachine, ik besta zonder wereld.

Ik ga naar school. 'Ben je weer beter?' vraagt Gijs. 'Ik ben weer beter,' zeg ik. Dat ik mijn verslag heb opgegeven hoeft hij nog niet te weten.

Er is commentaar op mijn opdrachtgedichten, maar het raakt me niet. 'Zo somber,' zeggen Minke en Megan. Ja Minke en Megan, denk ik, ze zijn somber. Scherp gezien.

Langer praten we over de songteksten. En over de speciale technieken die ervoor nodig zijn. Gijs vindt het enorm interessant en denkt er zelfs over een bekende tekstdichter te vragen voor een serie gastlessen. Ik leg het lied voor dat ik in mijn hoofd heb voor Colin. Ik vertel met welke zinnen ik begonnen ben. Ben en Niels en Felaya zeggen de juiste dingen. Ik schrijf door, ik verander wat en een dag later deel ik mijn eindversie uit. 'Wow,' zegt Wieger, en alle anderen zitten te knikken. Ik ben – wat ben ik? Tevreden?

IK STA AAN

couplet:
Zo
zit jij op dat muurtje:
zonnebril en cap,
de verte, de zee.

Ik, onzichtbaar, moet om je lachen
en daar op de foto
lach jij met me mee.

couplet:
Hoe
iedere gedachte, iedere nacht
en iedere kou
opvonkt tot een vlam en een vuurtje,
een warm avontuur,
door dat kijken naar jou.

refrein:
Want ik sta aan
en ik ga maar niet uit.
Ik heb stroom,
ik heb beeld en geluid,
en de wind zit mee
en het water is zoet:
morgen komt alles weer goed.

couplet:
Ja, noem het maar een spel,
noem het rebellie,
maar als ik je zie
springt dit hart nog steeds als een tijger,
een treurige tijger,
vergeefs uit mijn vel.

refrein:
Want ik sta aan
en ik ga maar niet uit.
Ik heb stroom,
ik heb beeld en geluid,
en de wind zit mee

en het water is zoet:
morgen komt alles, morgen komt alles weer goed.

brug:
En een foto is ook maar een ding, een herinnering,

refrein:
maar ik sta aan
en ik ga nooit meer uit.
Ik heb stroom,
ik heb beeld en geluid,
en de wind zit mee
en het water is zoet:
morgen komt alles –
morgen komt alles weer goed.

De tekst is waar en onwaar en gewoon maar gemaakt, en ik zit onder verschillende lapjes naar de mensen om me heen te staren. Een soort mummie ben ik, een hele kalme. Ik laat het aan Moritz lezen en hij vraagt: 'Gaat het over je Noor?'

'Natuurlijk niet,' zeg ik.

Ik mail het door aan Colin en hij belt meteen. 'Mooi hoor,' zegt hij, 'diep.' Ja, denk ik, heel diep. Helemaal van binnenuit een mummie.

Ik praat niet meer met Vonda, maar we zwijgen ook niet. We doen enorm ons best om enorm ons best te doen. Ik denk steeds: ze moet me nu gaan vertellen dat ze een therapeut heeft gebeld, maar als ze dat niet doet kan het me ook niks schelen.

Ik ben kalm, maar het is dringend nodig dat er iets ongewoons gebeurt. Iets wat afleidt. En ja hoor, het wordt woensdag: de dag dat Vonda in de Arena moet zingen.

Moritz en ik hebben al honderd keer de tekst van het volkslied gehoord. Uit Vonda's kamer kwamen *Mijn schild ende betrouwen,* en steeds weer *Duytschen bloed*. Het is de bedoeling dat wij mee-gaan. 'We moeten dingen met z'n drieën doen,' zegt Vonda. Een taak hebben we niet, gewoon, erbij zijn, op de tribune zitten. Maar Moritz hoort dat hij op dezelfde woensdag bij Galili Dance mag komen auditeren voor een stageplek. Een schitterende kans, al moet hij ervoor naar Groningen. Is zijn auditieplek door Colin geregeld? 'Nee hoor,' zegt Moritz. 'Trouwens, ik zal het toch zelf moeten doen, oooo ik zak nu al door mijn hoeven, ik ga hyperventileren, nee, dat doe ik niet, ik dans hun bekken open, jippieeee!'

En dus reis ik op woensdagmiddag samen met Bert en Irene en Vonda naar het voetbalstadion, Nederland-Armenië, met vijf minuten voor de aftrap: Vonda.

Maar al op de ringweg buiten Rotterdam nemen we een overwachte afslag: we moeten blijkbaar eerst naar Gouda. We halen Leja op. Leja, denk ik, nee! Dit is de eerste keer dat ik haar spreek nadat...

Maar als ze instapt en naast me schuift is het eerste wat ze doet mijn vingers pakken en er moederlijk in knijpen. Alles is goed, zegt dat gebaar, de woorden volgen heus nog wel eens.

'Kindje,' roept ze naar de voorbank, 'hoeveel coupletten ken je uit je hoofd?'

'Alle achtenveertig, mam. Ik moet van acht uur tot kwart over tien doorzingen. Ze korten de wedstrijd in.'

'Echt?'

'Ja, mam. Echt.'

Vanaf de zijlijn van het veld zien we hoe Vonda repeteert. Er zijn problemen met het geluid, Vonda kijkt verstoord en snauwt tegen een technicus. Als de problemen verholpen zijn lacht ze weer, en ja hoor, daar bloeit het Wilhelmus uit haar mond.

Ook de videoschermen boven de goals worden getest, vanonder bij de dug-out zien Leja en ik hoe Vonda's hoofd links en rechts wordt uitvergroot. Grappig, het lijkt een wedstrijdje tussen twee geprojecteerde hoofden, met Vonda zelf als levend scheidsrechtertje op de middenstip.

Af en toe komt er een speler kijken, en zelfs de bondscoach zegt hallo. Hij mompelt: 'Nou meidje, jij kan zingen.'

Als de repetitie afgelopen is lopen we allerlei trappen op naar het Arena-restaurant, en terwijl de ene na de andere betonnen trap opduikt denk ik aan alle uit elkaar getrokken verhoudingen. Sinds de overwinning op het nationale festival kloppen de afmetingen van de dingen niet meer: Vonda's afbeeldingen hier in het stadion, ons hoi-zeggen tegen bekende zangers en voetballers die normaal gesproken alleen papier of tv-beeld zijn, mijn vreemde gesprekken met Serge, en dan dat moment dat ik Vonda's kamer binnenkwam en zij daar ziek lag te janken... Of nee, misschien niet dat moment, maar wel de uit elkaar getrokken vrienden die we daarna waren: ik opgewerkt tot kalm standbeeld, zij gekrompen tot kiezeltje dat opgeraapt moest worden. Alles uit proportie.

Als we weer teruggaan naar de tribune is de Arena volgelopen. Er waait oranje door de lucht. Bert haalt koffie, Irene is beneden bij Vonda. Leja buigt zich naar me toe en zegt: 'Ik heb het idee dat het wat beter met haar gaat. Ze was kwaad op mij, natuurlijk, ik had geen contact met Serge moeten hebben. Maar ik heb met haar gebabbeld, en ik begreep dat jullie inmiddels ook hebben gebabbeld.'

Gebabbeld? Ik lach maar wat, onhandig.

De spelers van Armenië verlaten na hun warming-up het veld. Nog even en de stadionspeaker roept het begin van de wedstrijd om. Er trekt alvast een lauwe wave over de tribunes. De videoschermen laten oud-spelers zien, voetbalvips, een burgemeester. 'Hol-land, Hol-land', klinkt het om ons heen, hard en gelukkig, en mijn gedachten dwalen af.

Middenin al het geschreeuw en de verwachting zie ik opeens dit: het is later dan nu, het is een ander jaar misschien, ik woon op de singel, maar niet met Vonda, niet met Moritz, ik woon er met een jongen wiens lippen ik kus als hij 's avonds thuiskomt. Ik sta in de keuken en hij smijt zijn tas op een stoel. Ik lig op bed met muziek op mijn oren en hij ploft naast me. 's Nachts word ik wakker omdat hij naar de wc is geweest. Ik zit tegen hem aan op ons balkon. Ik douch en hij komt erbij. We zijn allebei nat. En een bad – opeens is er een bad waarin ik samen met hem onder het schuim verdwijn. Maar we hebben toch geen bad op de singel? Er was een bad in Noorwegen. Er was een bad bij Oliver. Zijn het zijn lippen die ik voor me zie? En denk ik dit omdat we in een voetbalstadion zijn? Omdat ik gras geroken heb? Ik weet het niet. Maar ik warm me aan iemand, zoals Moritz zich aan Colin warmt, zoals Ben dat doet aan Karsten. Ik ben samen, ik sta aan...

...en daar zijn ze, rijen voetballers met trainingsjacks en kleine jongens aan hun hand, mascottes. De aanvoerders met hun vaantje, de scheidsrechter die met zijn grensrechters kletst. En dan, na wat gespring en gespuug en officieel gedoe, zijn alle spelers klaar voor de volksliederen. De Armeense hymne klinkt schetterig uit de speakers, maar als de thuisploeg aan de beurt is gaat Vonda, in jurk en muiltjes, op weg naar de middenstip. De camera's vangen haar gezicht, stilte, mond open, Wilhelmus.

Iedereen staat op, we murmelen mee, er slaat kippenvel neer, en ik weet het opeens: toen ik de deur opendeed om mijn hand op haar schokkende lichaam te leggen was het geen plotselinge kalmte die in mij trok. Het was kou. Op dat moment sprong ik uit.

Er zijn wat weken voorbijgegaan en ik heb hier niet meer geschreven. Niet voor mezelf, geen enkele notitie meer.

Gijs vroeg me dan eindelijk vandaag naar meer songteksten, en waar bleef mijn verslag? Op die vraag had ik me voorbereid: ik dumpte alles wat ik had op zijn tafel. Ik zei in één adem dat ik nog een groot stuk had geschreven dat hij niet kende, maar dat het niet af was en dat ik het ook niet verder af zou maken. Te druk, zei ik, wat klopte, maar niet de echte reden was. Ik vertelde ook dat de songtekst op Colins album zou komen, maar dat er aanpassingen vanuit de platenmaatschappij waren voorgesteld waar ik het niet mee eens was, commerciële belangen en zo. Ik had er blijkbaar niets over te vertellen, dus zei ik: 'Misschien is het toch niet echt iets voor mij. Liedteksten.'

'O nee?' zei Gijs. 'Wat blijft er dan nog over? Waarom zet je niet even door?'

Doorzetten, dacht ik, je moest eens weten. Maar ik bleef een vriendelijke Tycho, bekend worden is doen alsof je jezelf bent, ik was er goed in geworden, ik was de hele tijd een nogal leuke versie van mezelf.

Gijs zuchtte en zei dat proza dus een probleem zou blijven, hoewel ik nog best een pak papier had ingeleverd, hij zou het snel gaan lezen. Maar poëzie dan? Geen songteksten dus, en bij de laatste lessen was ik toch weer te weinig aanwezig geweest. Hoe kon hij me door laten gaan?

'Sorry,' zei ik, 'het is zo'n rare tijd. Maar in juni wordt alles weer normaal. Ik wil gewoon mijn didactiektentamen doen, en drama schrijven verschuif ik dan naar volgend jaar, en o ja, hier is *Chatbox*.'

'Chatbox?'

'Ja,' zei ik, 'nieuwe gedichten. Buiten de les om gemaakt.' En ik legde een map voor hem neer met dat waar ik in de laatste dagen als een zieke aan had gewerkt. Opeens was er schroeiende poëzie uit mijn pen geschoten. De nachten na de drukke dagen waren ermee gevuld geweest, ik kon er niet van slapen, de regels bleven maar komen, ik kreeg er koorts van. Gedichten over allerlei onderwerpen, maar vooral over verliefdheid, over het vinden van iemand van wie je zo gek werd dat je hem op zou willen likken. Of haar. Ik schreef niet over een bepaald persoon, ik schreef over meisjes, over jongens, er zat een verliefdheidsencyclopedie in mijn hoofd en de trefwoorden kwamen er in beelden en in zinnen uit. Soms had ik moeten stoppen met schrijven omdat mijn ogen dichtvielen, omdat mijn kop begon te kloppen, omdat het tegen de ochtend liep. Gisteren zette ik de beste gedichten in mijn computer (wachtwoord erop, nu wel) en vlak voor het gesprek met Gijs printte ik alles uit in de reproruimte, een stuk of tien blaadjes waren het, tien gedichten, kaft eromheen met titel, een beginnetje was het van iets, ik weet niet, zo, mapje dicht. Dit moet hem koest houden, nu niet meer blaffen, Gijs.

De gedichten hadden me overvallen, maar het was fijn om weg te zijn, om te schuilen in iets wat ik verzon. Hoewel, verzon? Ik had niet over Oliver willen schrijven. Omdat ik niet aan Oliver wilde denken. En toch dook die hele laatste zomer als een computervirus steeds vaker op in mijn hoofd, misschien omdat de zon wat meer begon te schijnen, misschien omdat ik alleen was en iedereen...

Ik wilde niet over Oliver schrijven, dus dat deed ik niet. Maar het bleek onmogelijk om niet over wilde lichamen te schrijven. Die slag had ik dus verloren, maar misschien was de oorlog nog niet voorbij.

De oorlog.

Vonda en ik deden het niet slecht, we konden niet anders. Het songfestival begon nu pas echt om ons heen te battelen.

Vonda's single was in de Mega Top 40 terechtgekomen, al bleef hij ergens in het rechterrijtje hangen. Vonda had definitief verlof gekregen van haar academie, afstuderen kon ze volgend jaar, het songfestival telde als stage. Irene belde voortdurend op met nieuwe tv-optredens, radio-interviews, en zelfs af en toe een fanmeeting.

Moritz werd aangenomen bij Galili Dance, we vierden het met een champagne-avond op Colins woonboot. Moritz zou in augustus beginnen. Dat betekende dat hij tot aan de zomerva-kantie weinig officiële lessen meer had, hij moest alleen in vorm zien te blijven. En dus waren zijn tijden flexibel en dus kon hij vaker mee naar Hilversum.

Ikzelf schoof de academie-uren steeds verder van me af. Dat ik Felaya en Ben wat minder zag was jammer, maar soms was ik blij dat ik hun vragen kon ontwijken. En ik moest toch geld verdienen? Mijn sinaasappelbaas zweeg, en uit mezelf durfde ik niet terug te gaan. Maar ja, het geld voor de boodschappen? En mijn gsm-abonnement? Oplossing: als Vonda ergens moest zingen en Moritz en ik gingen mee om ons actje te doen, dan deelden we in de recette. Zeventig euro voor wat nepgetrom-mel, makkelijk verdiend.

En ik wilde steeds maar niet aan Oliver denken, echt niet, maar ik dacht wel: natuurlijk ga ik door met dat festivalgedoe, want, want, want dan zit hij daar in mei naast zijn moeder op de bank en wie ziet hij daar? Ja, wie ziet hij daar? En zou hij dan niet bel-len? Niet aan denken, dacht ik, niet aan denken, maar intussen dacht ik toch. Ongeneeslijk soms, mijn hoofd.

Serge belde. Ik nam op en zei dat alles goed was, dat Vonda weer in therapie zou gaan, dat ze veilig was, dat ze niet boos meer op hem was, dat hij niet meer moest bellen. 'O,' zei hij, 'goed, ik hoop dat ze wint.'

'Ja,' zei ik, 'dat hoop ik ook.'

'Ik bedoel bij het songfestival.'

'Ja,' zei ik, 'wat anders?'

Ach: eten... stilte... op weg... normaal doen... gebeurtenissen... grappen ook. Soms.

We kwamen het jurylid tegen van de zangwedstrijd op tv waar Vonda zo op had staan schelden, wanneer was dat ook weer. 'Hé,' zei de man, er hingen krulletjes op zijn voorhoofd, ze waren een beetje vettig. 'Hé,' zei hij tegen Vonda, 'jij bent echt goed.'

'O,' zei Vonda.

'Ja,' zei de man, 'het is dat je al bij Bronze Man zit, want ik had je ook wel willen boeken. Ik werk bij Wacky Tunes.'

'Zo,' zei Vonda.

'Weet je,' zei de man, 'op tv moet ik allerlei dingen zeggen over die kandidaten, maar eigenlijk heeft er geen eentje echt talent. Niet zoals jij.'

'Onzin,' zei Vonda.

'Wat?' zei de man.

'Ja,' zei Vonda, 'die met dat kreukelbloesje. Die met de pukkels. Die jullie zo hebben afgemaakt. Die is pas echt goed. Maar ja, hij heeft een kreukelbloes. En pukkeltjes. Rottig, hè?'

'Nee,' zei de man, 'nee, je houdt me nu voor de gek. Dat losertje?'

'Dat losertje is mijn neef.'

'Nee, haha.'

'Mijn neef.' Vonda bleef de man recht aankijken, zijn krulletjes begonnen acuut extra vet aan te maken. 'Nee,' zei hij nog eens, 'echt? Of zit je me te...'

'Echt,' zei Vonda, 'en ik hou ontzettend veel van hem. Op mijn cd zingen we drie duetten. In kreukelbloes.'

'Haha,' zei de man, 'ik moet maar eens gaan.'

'Ja,' zei Vonda.

'Mazzel,' zei de man, en hij draaide zich om, een spoor van krulletjesvet achterlatend op zijn overhemd, op de vloer.

Echt praten? Weinig. Behalve die keer dat Vonda me op haar kamer uitnodigde en toestemming, ja, toestemming vroeg om de therapie uit te stellen tot na het festival. Ook al omdat Irene nergens iets van mocht merken, want stel je voor dat alles mis zou gaan? Dan trad opeens dat afsprakenlijstje in werking, dat over ziekte ging, en dat Bronze Man overal van vrijwaarde, en misschien raakte Vonda dan haar cd-contract kwijt. 'Please, please Tychootje,' zei Vonda. En ik zei 'natuurlijk', want het kon me niks schelen. Het kon me echt niks schelen, en ze gaf me een kus, maar die gloeide niet. Toestemming vragen, dacht ik, aan mij? Dat had je vroeger nooit gedaan.

Daarna ging het nog één keer mis. Het homojongerenblad was verschenen en op het omslag stond een foto van Moritz en mij. Diezelfde dag nog kreeg ik tekstberichtjes van iemand die ik niet kende. *Wil je daten, lekker koppie*, stond er, geen afzender, een computer-sms. Nog drie sms'jes een uur later, en toen telefoontjes, onbekend nummer. Wanneer ik opnam hoorde ik iemand ademen aan het andere eind van de lijn, of giechelen, kort. En daarna was het alsof de telefoontjes zichzelf aan het vermenigvuldigen waren, want ik werd die avond en de volgende ochtend voortdurend gestoord. Soms was er nu iemand aan de lijn die zei: 'Ja sorry dat ik je zo bel, je bent hartstikke leuk, dat wou ik even zeggen.' Of: 'Hihi.' Of: 'Eh... misschien wil je wat afspreken, we gaan vanavond uit', en als ik dan vroeg hoe ze aan mijn nummer kwamen werd er snel weer opgelegd. En algauw werden dat soort oproepen afgewisseld met scheldberichtjes. Dan hoorde ik niks anders dan 'Homooo!', of naar, donker gebrul.

Vonda was niet thuis, Moritz ook niet. Ik zette mijn gsm uit en probeerde te schrijven, maar ik werd er in de loop van de dag steeds kleiner van, en bang, ik voelde me de roos van een dartbord.

Ik belde Colin. Die moest ik toch nog spreken, over zijn cd. Hij stelde me gerust. 'Kijk eens op internet,' zei hij, 'wedden dat iemand je nummer online heeft gezet? Is mij zo vaak over-komen.'

En inderdaad, na wat gegoogle vond ik mijn eigen naam en nummer op een drukbezet weblog, met een verwijzing naar het *ZoHo*-interview. Hoe kon dat? Was mijn nummer vrijgegeven door iemand die ik kende? Vast niet. Vanuit de Schrijfacademie dan misschien? De *ZoHo*-verslaggever? Via die jongens in de Gay Palace? Had ik toen mijn nummer gegeven? Dat van hen had ik weggegooid.

Ik wilde alle *ZoHo*'s opsporen en verbranden, ik wilde mezelf uitschrijven bij de academie, ik wilde naar Griekenland ver-dwijnen, maar Colin belde opnieuw en lachte en zei: 'Nummer afsluiten en een ander nemen. En niet zo somber doen. Zie het als een kans om je kennissenkring preciezer samen te stellen, je geeft je nieuwe nummer alleen aan wie jij wilt.'

Hij en Moritz, ze pasten bij elkaar. Ze klapten problemen op en zetten ze als opgeruimde stoeltjes in een hoek.

Leven is besluiten, dacht ik, en ik fietste naar het dichtstbij-zijnde servicepunt van mijn provider. Toen ging ik naar de aca-demie en vandaar stuurde ik gratis omnummer-sms'jes rond. Maar Vonda kreeg mijn bericht te laat, of niet. In elk geval: ze wilde me bereiken en hoorde een computerdame zeggen dat mijn nummer afgesloten was.

's Avonds kwam ik thuis, en daar stond ze, bovenaan de trap. 'Wil je me weg?' was het eerste wat ze zei. Haar gezicht zag steenwit, haar kastanjehaar stak er scherp tegen af.

'Wat?' zei ik, ik bleef op de laatste trede staan, ze ging niet opzij.

'Wil je dat ik opzooi?' zei ze. 'Dat ik uit je leven verdwijn?'

'Nee,' zei ik, 'waar heb je het over?'

'Je nummer,' zei ze, en ze zwaaide met haar gsm, 'afgeslo-ten.'

'O,' zei ik en ik lachte, 'ik heb toch een nieuw.'

'Hou op,' zei ze, 'hou op met lachen. Waarom stuur je het me dan niet.'

'Dat héb ik gedaan,' zei ik. Ik dacht: nu moet ze ophouden. Ik rukte mijn jaszak open en haalde mijn toestel tevoorschijn. 'Kijk,' zei ik, en ik liet haar mijn verzonden berichten zien. Ze stond bovenaan.

Ze maakte een huiggeluid. Ze draaide zich om, trok zich terug op haar kamer en na een minuut of tien zocht ze me op in de keuken. 'Klopt,' zei ze, 'ik kreeg het net. Sorry. Ik ben alweer normaal.'

'Geeft niet,' zei ik.

Maar het gaf natuurlijk wel. Het gaf omdat het ons allebei herinnerde aan hoe vals we naast elkaar waren gaan leven, toneelspelend, ervan uitgaand dat wat scheef is recht kan groeien. En Vonda's paniek, haar woedende witte gezicht, en mijn rust, mijn koelte, bevestigden nog eens dat we voorlopig niks rechts hoefden te verwachten.

En weer een week of twee voorbij. Ik weet niet in welk kader ik dit nog allemaal schrijf. Niet voor school dus. Is dit dan een soort dagboek? Dan sla ik veel te veel over. Een tijdverdrijf? Ik héb geen tijd.

Ondanks dat ons buitenlandse tourneetje is afgeblazen (allerlei afspraken kwamen niet rond en de NOS wilde niet meebetalen), ondanks dat Moritz en ik regelmatig mogen kiezen of we meegaan naar een gig (een *gig*, zo zijn we optredens al gaan noemen, artiestentaal) en ondanks dat ik niet meer met Vonda op ons balkon hoef te zitten – ondanks dat alles is mijn leven vol.

Waarmee?

Met alles.

Dat is geen antwoord.

Nee, weet ik wel.

Zo is het: ik kan niet goed meer naar mezelf kijken. Dat je met een denkend lichaam om je eerste lichaam heen hangt en ziet wat er gebeurt is blijkbaar voorbehouden aan degenen die zichzelf begrijpen. Ik begrijp mezelf niet. Misschien schrijf ik hier dus maar door om dat weer wel te kunnen doen.

Want wie ben ik?

Een stripfiguur.

Die stripfiguur in mij vindt het hele songfestivalgedoe best lollig. Een beetje namaaktrommelen, fakevragen stellen, krankzinnige Eurovisiefans te woord staan, het internet afzoeken naar complimentjes en de haatzinnen overslaan, de promotieplannen van de platenmaatschappij uitvoeren, vragenlijstjes van tijdschriften beantwoorden. (Favoriet dier? *Giraf*. Favoriete geur? *Vers brood*. Favoriet liedje? *We all together* – allemaal niet waar.)

En de tickets voor het stripfiguurtje zijn al gekocht, negen dagen nog maar, dan vertrekt hij naar Riga, samen met Vonda-tje en Moritzje en de anderen.

En het contact met zijn papa en mama? Nou, die heeft hij veel te weinig opgezocht de laatste tijd. Ze bellen vaak, dat wel, maar de gesprekken zijn kort en meestal zegt het stripfiguurtje: 'Alles goed hoor, alles goed.' Gelukkig zullen de ouders er zijn, in Riga, ze komen op de woensdag voor de finale, en allemaal samen, papa, mama, delegatie, vliegen ze dan zondag al terug. En dan, dan is het voorbij.

Maar een stripfiguur, dat ben ik. Om stripfiguurtjes valt nog wel te lachen, maar ik ben ook nog iets anders. Zielig.

Zielig, ja.

Want.

Want de zomer komt eraan en ik heb geen plannen. Aan mijn studie besteed ik halve tijd. Ik heb alleen die koortsgedichten geschreven. Goeie koortsgedichten, volgens Gijs, ik moet maar eens kijken of er niet een literair tijdschrift is dat ze wil hebben. Toen hij dat zei sprong er even een vonkvuur op vanbinnen, maar wanneer zou ik dat allemaal moeten doen? En moet ik mezelf dan naar voren gaan zitten schuiven? Tycho, ja, die van Vonda's Voice. En is dat schrijven echt wat ik wil? Ik zei het al, waarom doe ik dit? En liegt hij niet, Gijs, met zijn complimenten? Er wordt nogal wat gelogen de laatste tijd.

Ook door mij. Door zielige mij.

Ik ben vorig jaar een echte liefde misgelopen door niet meer te reageren. Door mijn bek te houden. Ik had gewoon, ik had gewoon zoveel-

Ik ben dit jaar een echte vriendschap misgelopen door te veel te reageren. Door mijn bek niet te houden. Ik had gewoon, ik had gewoon wat meer-

Dus wat moet ik nu?

Zielig zijn.

Na het schrijven van de eerste *Chatbox*-gedichten was het opeens weer voorbij. Er kwamen geen nieuwe. En dus waren er allerlei nachturen over. Denkuren. Maar ik had een snelle internetaansluiting, en een laptop.

En ik had nicks. *Nicknames*. Allerlei verschillende. Ik was op het web verzeild geraakt, op msn, in chatboxen. Hoe kon ik er anders een gedicht over geschreven hebben?

Maar Gaydar, het contactprogramma voor homo's waar Ben me over had verteld, dat had ik nog nooit open durven doen.

Nu wel.

Aanmelden.

Profiel invullen.

Nickname verzinnen. *Jongennegentien*.

Leeftijd invullen. Negentien dus.

Gegevens invullen. Foto plaatsen – nee, dat vertrouw ik niet. Op zoek naar chatten, vriendschap of relatie? Eh... Nou, alledrie.

Seksdates? Nee.

Overige activiteiten? Wat kan dat wezen?

En dan beginnen de contacten. In het eerste halve uur na mijn aanmelding krijg ik zeven berichten, van zeven verschillende jongens. Ik stuur meteen iets terug; hun profielen zijn verschillend, maar maniakken lijken ze me niet. Leuke foto's ook. *Waarom heb jij geen foto?* Komt nog, schrijf ik. *Ben je nog niet out?* Jawel, zeg ik, en jij?

Ik heb opeens nieuwe vrienden. Lukaslukas, Jongenvoorjou, Bestlove, XuHi en Jeroentje08. Ik ken ze niet, ze zijn wat ze typen. Ik kan half mezelf zijn en dat is al heel wat. Genoeg in elk geval om een msn-account aan te maken, een contactenlijst te zien groeien en elke ochtend, elke avond, nog voordat ik naar de wc of de kapstok ren, naar mijn computer te gaan om te zien of er berichten zijn, groeten van eeuwig wachtende virtueel geïnteresseerden.

Zijn ze echt?

Ja, waarom niet? Goed, ik ontmoet ze niet, maar dat kan ook nog niet. Maar ze kijken naar me uit, dat zeggen ze tenminste. Ze zijn lief en ze ploppen op als ik verschijn. Ik zit vast aan mijn stoel en pas na uren kletsen in de nacht voel ik hoe mijn nek begint te verstijven. Iemand die je je nek kan doen vergeten is toch echt?

Moritz is altijd maar bij Colin. Ben en Karsten hebben het druk en bovendien zijn ze zo ontzettend samen dat ik niet durf te bellen. Felaya, ach, Felaya... Ze had een beste vriendin kunnen zijn, maar eerst zat Vonda in de weg, en nu zit ik zelf in de weg. Ze trekt steeds meer met Wieger op. Ik kan het haar niet kwalijk nemen, ze begrijpt me vast niet meer, en ze houdt vast niet zo van stripfiguren. Niels? Die heeft zich verloofd met zijn vriendin en is voortdurend spoorloos.

Nog negen dagen. En iets langer nog voordat ik vanachter Vonda's rug in allerlei Letse camera's kijk. Naar niets, naar heel Europa. Wie zien ze daar? Besta ik nog?

Ja. Natuurlijk besta ik nog.

Maar hoe? Als wat, als wie?

Nog een week of twee wachten, en dan wordt alles anders. Na het festival. Als Vonda's Voice vergeten is kan ik een foto op Gaydar plaatsen. Misschien kan ik dan ook een van de chatters ontmoeten, ja, in real life. Ik word nu nog draaierig als ik daaraan denk, misselijk zelfs, maar ik durf het later vast. Of ik spreek een van de jongens in de Strano aan. Ik zal nog wel veranderen. Of veranderen? Mezelf worden: jongennegentien.

Maar ik hou op, want ik weet niet waarom ik dit vertel. En trouwens, mijn msn staat aan en er schieten nu drie contactpersonen tegelijkertijd online.

Ik ben dus even weg.

Even een tijdje kletsen.

Ik ben even een tijdje degene die ik nog een tijdje zal moeten zijn.

(Envelop bij de post. Mijn naam erop, in mijn moeders hand-schrift. In de envelop een brief:)

Liefste zoon,

Over een week ga je naar Letland. Er gaat bijna geen dag voorbij of we lezen wel iets over Vonda in de krant. Soms zien we haar op televisie, en jou ook. We worden nog steeds gebeld door familieleden (oom Niek zelfs, gisteren, ken je die naam nog, hadden we twintig jaar niets van gehoord), en door mensen die we ons nauwelijks kunnen herinneren. Ze hebben het allemaal over jou. We vertellen altijd dat je zulke mooie gedichten schrijft, maar het is net alsof ze dat niet willen horen. Het songfestival, daar gaat het om. Blijkbaar denkt iedereen dat Nederland met jullie weer gaat scoren. Sorry, dat mag ik van jou niet zeggen. Niet met jullie, maar met Vonda. Hoe gaat het toch met haar? Kan ze het allemaal wel aan? Ze lijkt altijd maar te stralen op het scherm, maar ik denk soms toch te zien dat haar ogen moe zijn. Nou ja, dat is natuurlijk ook alleen maar omdat ik haar een paar keer heb meegemaakt. Jammer dat er nooit meer tijd is om gezellig met elkaar te eten. Gelukkig houdt Irene ons op de hoogte.

Maar daar wilde ik het niet over hebben. Deze brief schrijf ik omdat je vader en ik ons zorgen maken. Nee, nu niet meteen dit papier wegleggen en roepen dat alles heus wel goed gaat. Dat zeg je namelijk altijd, maar, vergeef het me, Tycho: ik geloof je niet. En papa gelooft je ook niet. Nog maar een jaar geleden waren we altijd met z'n drieën. Jij werkte toen voor je eindexamen. Alles ging zo makkelijk, jij studeerde boven en ik bracht je koffie of een van die rare Mexicaanse biertjes die je nu ook nooit meer drinkt. Toen ging je naar Amerika en later naar Noorwegen. Je kwam terug als een nieuw persoon, ik zag het meteen, op Schiphol. Het was een mooie vernieuwing. Je was opengebloeid. De dingen waren gaan kloppen, en eindelijk had je voor jezelf durven begrijpen wie je was. Ik ben daar je Noorse vriend nog altijd dankbaar voor, zelfs al hebben we er allemaal een tijdje aan moeten wennen.

Dat je daarna op kamers ging en je inschreef voor een studie, vonden je vader en ik alleen maar goed. Ook een beetje triest, want het werd zo leeg hier en jij bent zulk fijn gezelschap. Maar dat is ouderverdriet. Daar moet je doorheen, als vader en als moeder. Dat hebben papa en ik ook steeds tegen elkaar gezegd. Als het goed is hebben we het, op wat zwakke momenten na, niet al te erg aan je laten merken. Bovendien kreeg je Vonda erbij, en later Moritz. Twee lieve vrienden waar we je veilig bij wisten. Weten.

Maar er is iets veranderd. De laatste weken sluit je je af en wij kunnen je niet meer bereiken. Als ik je ernaar vraag zeg je steeds dat alles makkelijk is. Maar dat kan niet waar zijn. Waarom praat je nergens meer over? Ga je dingen uit de weg? Dingen waar je over na moet denken, maar die je wegstopt? Dat lijkt niet op iets wat de Tycho die wij kennen zou doen.

We hebben lang geaarzeld, Tycho, om deze brief te schrijven. We grijpen als het ware in, en dat willen je vader en ik, als ouders die hun best doen, eigenlijk niet op ons geweten hebben. Maar we moeten weten hoe het met je gaat, zo vlak voor Letland. We moeten weer even vader-moeder-zoon worden, zelfs als er helemaal geen problemen zijn en wij ons vergissen. Maar dan hebben we dat in elk geval uitgevonden tijdens dit weekend. Ja, dit weekend, je leest het goed. We hebben bij Irene nagevraagd of jullie verplichtingen hebben en zij dacht dat je wel gemist kon worden. Een beetje rust, zei ze, dat zal ze alle drie goed doen. Irene begrijpt dat soort dingen, Tycho, dus voordat volgende week het echte circus losbarst komen wij je halen. Morgenochtend. Twee dagen thuis en praten, hopelijk. Ben je niet boos? We houden van je.

Een kus van mama, ook namens papa natuurlijk.

PS Er ligt hier post voor jou. Uit Noorwegen.

Toch weer verslag,
berichten uit Riga,
sms,
mail,
en een papiertje.

We zijn onderweg! Het is bijna drie uur vliegen naar Letland en we hangen al een halfuur in de lucht. De Ierse delegatie zit ook bij ons in het vliegtuig, ze moesten overstappen in Amsterdam. Het lijkt mijn vlucht naar Amerika wel, bijna een jaar geleden nu. Toen ontmoette ik op Schiphol ook al internationaal gezelschap dat dezelfde kant op moest. Een Noor.

De Ieren zijn grappig, en zelfs nog jonger dan wij. Broer en zus, allebei roodharig, zij is achttien en hij moet nog zeventien worden. Hun liedje? Nou ja, als je er lang naar luistert wordt het leuk.

Het stond vol op Schiphol. Ik denk dat er zeker tweehonderd fans naar de vertrekhal waren gekomen. Vonda moest de hele tijd handen schudden en kussen uitdelen. Moritz en ik natuurlijk ook. RTL *Nu* stond te filmen en we deden enorm serieus alsof we een poptrio waren. Irene straalde van tevredenheid. Nou ja, ik moet toegeven: al dat enthousiasme was leuk. Er hingen zelfs spandoeken!

In het vliegtuig hebben we verspreide plaatsen. Irene en Bert zitten naast elkaar. De rest van de Nederland-groep klontert achterin samen en Moritz kwam bij het naar binnen lopen naast Vonda terecht. Hij keek me verontschuldigend aan, want iemand moest twee rijen naar voren, alleen. Maar ik knikte, want ik wilde wel. Nu zit ik naast een zakenman die net doet of hij niet ziet dat er wel erg veel foto's worden gemaakt. Fijn – heb ik eindelijk tijd om te schrijven. Er is de laatste week zoveel gebeurd. Nog zo kortgeleden wilde ik alleen maar op bed liggen en chatten, maar dat lijkt nu alweer iets uit een dode tijd. Een heel recente dode tijd, dat wel. Er moet nu van alles op papier. Misschien voor mezelf, misschien voor... ach, wie weet.

Ik las het ps in de brief van mijn moeder en helemaal uit Oslo schoot er een scherpe bliksem dwars door mijn hersens naar mijn hart, naar al mijn botten, mijn spieren, heel mijn huid. Er trok een jumpsuit van kippenvel over me heen. Een flits van Olivers lichtvingers, via via via, maar zo precies gemikt. Ik las het zinnetje zes keer over. Ik viel op mijn matras waar ik gelukkig naast stond, ik schoot weer overeind en ik viel nog een keer achterover. Ik probeerde op te staan, maar de pezen in mijn knieën waren van de elektrische schrik gesmolten en nog niet teruggehard, dus ik moest een minuut lang maar wat blijven hangen, daar op mijn Japanse bed. Wie ken ik nog meer in Noorwegen, dacht ik, misschien, misschien is het niet van hem?

Ik moest mijn ouders bellen. Ik smeet mijn rugzak ondersteboven, waar was mijn gsm, mijn gsm, mijn gsm! Ik wilde het nummer van mijn ouders intikken, maar ik wist opeens de volgorde van de eerste nummers niet meer. 0-3-4-5-8-6? Of 0-3-4-5-6-8? Ik had mijn ouders natuurlijk niet in mijn adresboek staan, ik zat daar maar te priegelen op dat rotkleine kutapparaat.

Plotseling begon ik te janken. Die brief, dat ps, alles van de laatste maanden. Ik hikte en ik typte en zocht een zakdoek, vond er geen, sloeg mijn gezicht tegen mijn dekbed zodat ik daar tenminste nog een beetje aan kon drogen, en toen had ik opeens iemand aan de lijn.

'Tychje?' klonk het.

'I-i,' zei ik, ik kon niks anders.

'Tychje?' zei de stem weer – mama.

Ik probeerde adem te happen, diepe lucht naar binnen te krijgen, zodat ik weer sterk was. Vloeken wilde ik ook, maar alles mislukte. Ik bleef stil, ik snifte en pas na een raar tijdje kreeg ik er één zinnetje uit: 'Mam, wat staat er in die brief?'

'Welke brief, schat, gaat het wel?'

'Die ene,' riep ik, 'die-hie uit Noorwegen.'

'O mijn god, jongen, wacht, hier is-ie. Ik heb hem niet opengemaakt. Zal ik hem openmaken? Hij is voor jou, ik wist niet wat ik ermee moest doen, ik wist niet eens dat je weer contact had. Ik kan hem wel even brengen. Ik kom meteen, zeg het maar, liefje.'

'Open,' zei ik, 'nu.'

'Goed,' zei mama, 'goed.' Ik hoorde scheurgeluiden, envelopgeluiden.

'Het is een kaart,' zei ze, 'er staat iets op de achterkant. Hij is van Oliver. Ik lees even... Dit staat er: *Hi, I got all your letters. I cannot read them, they are in Dutch. But I am happy to hear from you. Why did you send them? What has happened? Where are you? Call me please. O.* Dat staat er, Tycho, met een telefoonnummer. Tycho, ben je er nog? Hallo? Tycho? Zeg dan wat! Ik kom, liefje. Wacht, doe niks, ik haal je op.'

De eerste die naar boven kwam was niet mijn moeder, maar Vonda. De situatie leek op die van een paar weken geleden, maar nu stond ik bij de trap. Nou ja, stond... Ik weet niet meer precies hoe ik op de gang gekomen was. Maar ik weet wel dat ik trilde. Ik trilde van het geschreeuw in mijn hoofd. Oliver had mijn brieven gekregen, mijn onverstuurde mailteksten. Hoe kon dat? Vonda. Vonda was de enige die ze gelezen had. Maar waarom? En hoe wist ze zijn adres? Had ze in mijn agenda gekeken? Mijn ouders gebeld?

Ik hield me aan onze balustrade vast, ik was razend wit vanbinnen, onbegrijpend blanco.

'Hai,' zei Vonda, klimmend, stijgend, 'we hebben drie songs opgenomen. Drie! Veel hè? Het ging hartstikke snel. Vandaar dat we vroeg konden stoppen. Tycho, hé, wat is er?'

'Mails,' zei ik, 'mijn mails. Aan Oliver.'

Vonda's gezicht veranderde. Haar tevreden halflach vanwege de mooie studio-uren verschoot razendsnel tot de meest serieuze uitdrukking die ik van haar kende. 'De mails,' zei ze, 'hij heeft ze dus gekregen.'

'Jij...' begon ik, maar ik kon niet verder.

'Ja, ik,' zei Vonda. Maar toen deed ze iets wat ik de laatste weken niet meer van haar verwachtte. Ze legde haar linkerhand op die van mij, op de hand waarmee ik de balustrade vasthield, op mijn witte knokkels, en ze maakte een halve draai met haar lichaam. Ze gooide haar tas naar de kapstok en pakte me achterlangs bij mijn schouders. Een omhelzing werd het, een nieuw soort omhelzing. Ze hield me bij mijn schouders vast, maakte me los van de leuning en duwde me zo naar mijn kamer. 'Kom maar,' zei ze.

Ze vroeg me hoe ik het wist, hoe Oliver gereageerd had. Ze deed haar jas uit, maakte thee en ik stamelde, en ik zat maar wat, niet-begrijpend, onwezenlijk, rommelend vanbinnen, alle koelte opgebruikt. En toen zei ze, als een Vonda die in een voorbije tijd was gaan zoeken en daar zowaar zichzelf teruggevonden had: 'Ik las je verslag op de computer, maar je mails heb ik uitgeprint. De mails aan mij, maar ook die berichten voor Oliver. Je had zelf gezegd dat ik ze mocht lezen. Nou, dat deed ik. Ook na mijn crisis hier, ik bleef ze maar lezen. En ik wist het niet, Tycho, ik wist niet dat jij zoveel om iemand kon geven. Eerst was ik kwaad, want wie was ik dan nog voor jou? Wie ben ik dan nog, dat dacht ik steeds. Jij was intussen koud geworden, een wandelend wassen beeld. Dat ben je nog steeds. En dat snap ik ergens ook wel, ik ben het gaan snappen door het lezen van die mails. Tycho, jij hoort bij Oliver. Jij houdt van hem, al denk je dat contact niet meer mogelijk is. Je houdt, of hield, ook van mij, maar anders, heel anders. Het punt is dat je je leven vast hebt zitten draaien. Jij denkt misschien dat schrijven helpt, dat je alles wat moeilijk is moet noteren en opbergen, ergens diep in dat buzzende hoofd van je, maar het resultaat is dat je alles stillegt. Waarom heb je Oliver niks laten weten? Waarom heb je hem nooit een woord gestuurd van alles wat je hier bij elkaar geprakkiseerd hebt? Denken is goed, maar soms moet je toch echt iets doen. Dus ik heb ze opgestuurd, Tycho. In een kwade bui, dat wel. Ik wilde al dat gefrutsel waar je hart overheen gebloed had niet meer lezen. Ik duwde de prints in een envelop en kladde er Oliver Kjelsberg op, of hoe hij ook mag heten, en dan de naam van dat plaatsje waar hij woont, het stond in een van je mails. 'Noorwegen' eronder en klaar. Ik dacht: als het zoekraakt is het goed, als het aankomt zien we wel weer. Ik geef toe, ik deed het meer voor mezelf dan voor jou. Een soort wraak, jij ingrijpen in mijn leven, ik in dat van jou. Maar het was vooral een poging om, nou ja... Ik spreek je nooit meer, dus... En wie weet, Tycho, wie weet? Hij heeft dus goed gereageerd? Ja, oké, hij kon het niet lezen, beetje sukkelig van mij, daar dacht ik later pas aan. En ook dat ik je adres er niet bij had gezet, maar ja, ik had die vette envelop al in een brieven-bus gestouwd voor ik het wist, zonder postzegels, ook dat nog. Kristus, dat het nog is aangekomen! De Noorse postbestellers zijn helden. Of is dat gat waar hij woont zo klein? Nee, je hoeft nu natuurlijk niet te lachen. Hier, neem nog wat thee. Je hoeft niet eens iets tegen me te zeggen, als je pissig bent dan snap ik dat.'

Ze probeerde me tegen zich aan te trekken, maar ik was dik en van steen. Ik herkende haar hand niet meer, lag haar hand nu op mijn rug zoals die van mij nog maar kortgeleden op die van haar gelegen had? Alles keerde, alles rolde, alles ging te snel.

'Later weet je of je me nooit meer wil zien,' zei ze, 'of dat we weer iets op kunnen bouwen. Voorlopig niet aan denken, het is goed zo, het is goed.'

Hoe kwam ze zo sterk?

Hoe kwam ik zo stil?

Ik zei niks, ik keek alleen maar. Hoe had ze het gedurfd? Was het een straf? Had ik ook oneerlijk in haar leven ingegrepen? Nee, dacht ik, nee. Of ja? En wat een geluk dat Oliver de mails niet had gelezen! Dat hij de moeite had genomen om mijn adres te zoeken en een kaart te sturen – eenvoudig de beant-woordknop indrukken had niet gekund, wat ik schreef waren conceptjes, mijn mailadres stond er niet onder. En wat moest ik nu doen? Met Oliver gaan praten? Stil kon ik nooit meer blij-ven. Vonda had me woorden in mijn mond gelegd, al waren het dan woorden van mezelf. Oliver had ze bijna kunnen verstaan, Vonda had ze tot vlakbij zijn oren gehouden. Hoe had ze het gedurfd? Ze had het gedurfd omdat ze niet naar zichzelf kijkt, omdat ze doet en doet en doet.

Ik wilde haar niet meer kennen. Ik wilde haar *wegbeamen* van de singel en van mijn laatste jaar. Ze had me veel te hard in mijn rug geduwd, en nu stond ik voor gek. Want had ik dat niet zelf gekund? Had ik niet zelf in beweging kunnen komen? Ik zat daar maar, dood, een steen met aderen. En zij zat nog altijd naast me, klaar om haar onontkoombare, meterslange armen om me heen te slaan.

Ik weet niet hoe, maar het moet langzaam later zijn geworden. En toen moet mijn moeder gekomen zijn, en toen moet mijn moeder ons daar zo gevonden hebben.

Het eerste wat mijn moeder deed toen we thuiskwamen was een bad voor me klaarmaken. Ik had de hele autorit naar de weg zitten staren, ik was tegen het zijraampje aan gezakt en in slaap gevallen. Toen ik wakker schrok omdat we er waren bleef er een koele plek achter op de huid boven mijn wangen waarmee ik het glas had geraakt.

Ik stapte in bad en lag meer dan een uur in de blauwe bruisgeur. Hoe lang geleden was het dat er zo voor me was gezorgd? Dat er voor me gekookt werd, dat er een dikke handdoek voor me klaar was gelegd?

Ik kwam naar beneden en wist niet zo goed hoe ik me moest gedragen. Mijn ouders, papa en mama, zaten te wachten, ze drukten de televisie uit.

Ik liep naar de bank, een beetje wankel, en zij draaiden hun gezichten naar me toe.

En toen was het opeens helemaal niet zo ingewikkeld om te bedenken hoe ik me moest gedragen. Ik begon gewoon te vertellen. Ik deed mijn hele verborgen verhaal: over Vonda, over school, over Colin en Moritz. Ik vertelde natuurlijk niets van het chatten, ik vertelde niet over Gaydar, niet over Zack, de

Amerikaan, en niet over de nacht met Moritz. Die dingen pasten niet in deze kamer, niet hier in mijn mond, niet in de oren van mijn ouders. Maar verder praatte ik mijn hele hoofd leeg, en dat moest ook wel, want toen ik bijna klaar was, toen ik bijna alles had verteld en me bijna goed voelde, daar, op de bank, in de badjas die ik van mijn vader had geleend, mijn blote voeten op de bank onder me opgetrokken, een oud en veilig stoffen gevoel aan mijn tenen, toen kwam dat andere verhaal in mijn hoofd. Het nam de volle plaats in van alles wat ik over de laatste maanden aan mijn knikkende en meedenkende ouders was kwijtgeraakt: het verhaal van Oliver. Dat hij me dus geschreven had. Dat ik hem bellen moest.

'Nou,' zei mijn vader, 'het lijkt me duidelijk.'

'Wat?' zei ik.

'Dat je veel te veel gedacht hebt. En dat wij Vonda verkeerd hebben ingeschat. En jij ook. Nou ja, je hebt gedaan wat je kon, dat wel. Maar jullie vriendschap zit behoorlijk ingewikkeld in elkaar. En misschien zeg ik het te hard, maar ze lijkt me behoorlijk verknipt. Had ik niet gedacht. Zo'n vlot meisje, zo lekker open. Nee dus. Daar moet nog heel wat therapie overheen. Arm kind. Mijn god, rommelen in andermans computer, post opsturen, ongelooflijk! Maar... Ja, ik zeg het maar, misschien ben ik gek, maar ze kan je raar genoeg toch ook een flinke dienst bewezen hebben met die mailtjes. Hoewel, jij bent bang.'

'Bang?'

'Ja, jong,' zei papa. O, wat klonk hij luchtig, en o, wat klonk zijn luchtigheid serieus. 'Bang dat je zomer achteraf voor niks is geweest. Dat hij kwaad is dat jij toen weg bent gegaan. Dat Oliver je niet meer wil als jij hem belt. Dat hij nee zegt. Maar hij zegt geen nee. Als ik het goed heb is hij net zo bang als jij.'

Ik hoorde hem. Ik keek naar zijn mond, naar zijn wangen, waar alweer een beetje avondstoppelschaduw op stond. Mijn moeder zat naast hem, ze lachte voorzichtig.

Ik zei niks terug. Ik was bang. Ja. En mijn vader had het ontdekt. Misschien had iedereen het al ontdekt. Zwak was ik, en bang. En Oliver? O, het begon te gonzen in mijn hoofd, ik wist het allemaal niet meer.

Maar toen zei mijn vader: 'Ik heb je al eerder gezegd dat alles wat je nu meemaakt, dat hele festival en zo, niet echt is. Maar jouw eh... verliefdheid, en de zijne, die van Oliver, dat is wél echt, Tycho. Dat mag je niet vergeten. En dus moet je bellen, bang of niet. En dus zegt hij, bang of niet, geen nee.'

'Ja hoor, pap.' Dat zou ik nu gezegd hebben, nu we bijna tien dagen verder zijn. 'Sinds wanneer ben jij zo'n wijze grijsaard? Moet je geen baard laten staan?'

Dat zou ik gevraagd hebben, om afstand te nemen, om hem niet te dichtbij te laten komen, om het therapeutische van de situatie onderuit te halen; sinds wanneer waren wij zo'n vader-moeder-kind-drietal, zo'n lichaam dat zichzelf genezen kon?

Nu zou ik dat zeggen, nu ik me sterker voel. Maar toen deed ik dat niet, toen zei ik niets.

En nadat mama een tijdje met haar voet en daar een bunge-lende slipper aan had gespeeld, en papa en ik daar stil naar had-den zitten kijken, zei ze: 'Maken we vanavond kaasfondue? We hebben witte wijn.'

Het is niet zo dat alles ineens duidelijk wordt als iemand je de waarheid zegt. Ik zat daar aan de kaasfonduetafel met mijn kaas-fondueprikker, en ik dacht alleen maar aan druipend kaasfon-duebrood en aan ondergedompelde stukken rauwe kaasfondue-bloemkool. Het was net of iemand me een klap had gegeven en ik daardoor nu even van mijn hersens was bevrijd.

Maar toen we later naar de tv zaten te kijken, miste ik Vonda opeens. Ik wilde mezelf wel blauwe plekken knijpen, hoe kon ik zo raar in elkaar zitten? Vonda was misschien wel knettergek, ze was misschien wel vriendschapscrimineel. Maar toch, toen mijn moeder me op was komen halen en zij helemaal mee naar beneden was gelopen en ons na had staan kijken in de deurope-ning, was ze ook warm geweest, en zo haar oud-bekende zichzelf. En het woei nog wel, en het regende een beetje, en er sloeg daarom nattigheid uit de droevige lucht in haar gezicht – en ze was blijven staan.

Terwijl er een of andere geldspeljacht met quizvragen aan de gang was – diezelfde presentatrice hadden we laatst in het echt ontmoet, ze zag er van dichtbij een stuk ouder uit, toen we naast haar in schmink zaten was ze tegen haar rimpels aan het mompelen – en terwijl er een winnaar op het scherm rondsprong met een koffertje, begon ik aan de mailtjes te denken, aan alles wat Oliver ontvangen had en niet had kunnen lezen. Ik dacht: Vonda weet het. Vonda weet hoe Oliver en ik elkaar goud geschilderd hebben en elkaar daarna op een sokkel hebben gezet. Ze weet dat ik nog steeds terug wil naar de plek daar op die steen. Heeft ze mij dan begrepen? Als enige? Als bijna enige? Mijn leven is een soep, dacht ik, en Vonda's leven is een soep. We staan naast elkaar te koken en af en toe spatten we over en weer in elkaars pannetjes. Stom beeld. Vergezocht beeld. Want Moritz dan? Nou kijk, Moritz heeft zijn pannetje aardig los van het onze weten te houden. Misschien omdat hij op tijd zijn Colin is tegengekomen?

Zeg – en was ik bevriend geraakt met Vonda als ik samen met Oliver was gebleven? Hij daar, ik hier? Als ik niet voortijdig uit Noorwegen weg was gegaan, maar gewoon aan het eind van de vakantie? Als hij zijn voetbalvrienden in hun koude busje alleen naar Oslo had laten gaan, bij mij was gebleven, niet was ingestapt? Ik weet niet of Vonda en ik dan zo, zo... Maar waarom ook niet? Ze is voor mij toch nooit een Oliververvanging geweest? Nee. Ik was misschien een Sergevervanging voor haar, dat wel, maar Vonda heeft dan ook een veel beurser verleden. Ik heb mijn ouders, dacht ik, ze zitten hier naast me. Ze hebben hun mond opengedaan toen het nodig was en nu hielden ze die weer schaamtevol dicht. Precies op tijd.

Dus waarom deed ik zo ingewikkeld? Waarom dacht ik overal over na? Vonda was geen Oliververvanging voor mij, omdat Oliver nooit weg was geweest. Ik had hem af proberen te schrijven in mailtjes, maar hé: schrijven is niet echt. Ademen is echt, en likken, en wakker liggen met iemands smaak in je mond, en opbellen – opbellen is ook echt.

Mama stond op en zei: 'Iemand een sinaasappel? Ik ga schillen.'

En ik zag ze voor me, sinaasappels, vliegende oranje kogels. Bang, dacht ik. Bang, ik?

En ik liep naar boven. Naar mijn kamer, naar mijn tas. Naar Olivers kaart met Olivers nummer erop. En daarna naar mijn vaders werkkamer. Naar de telefoon.

ZoHo – EERSTE BERICHT UIT RIGA

Zondag. We zijn uitgezwaaid. O, wat kunnen Eurovisiefans lawaai maken, vooral die met roze poloshirts aan. We hebben gevlogen, we zijn aangekomen. Op het lidosta *(vliegveld dus) van Riga stonden weer andere polo's: zwarte, met het rode Eurovisielogo erop. Ze wachtten op ons, ze heetten ons officieel welkom en propten ons in een busje. Binnen twintig minuten waren we in het centrum van de stad en konden we een halfuur voor de balie van ons hotel gaan staan hangen. Eindelijk begrepen de receptionisten onze paspoorten, en dus konden we de lift in. Wooow, wat een kamers! Zo luxe hebben Moritz en ik het nog nooit gehad. Reval Hotel Latvia, kamer 714, een bed vol souvenirs, een badkamer met reepjes en shampoos, een bureau met Eurovisieboeken en Letlandbrochures en zelfs een internetverbinding, zodat ik dit stukje meteen kan doorsturen. Moritz staat te douchen, ik geef geen details, en straks gaan we met de hele delegatie naar de sporthal toe. Terrein verkennen. Accreditaties (toegangskaarten) ophalen. Artiest worden. Ik ben het niet, hè, artiest, ik sta alleen maar vierkant achter Vonda (die de kamer naast ons heeft, alléén! Chic hè?) – maar ik krijg er toch opeens zin in! Songfestivalbesmetting? Help!*
X Tycho

Ik stuur het *ZoHo*-stukje op, ik hoop dat ze het goed vinden daar. Ik heb beloofd elke dag wat te schrijven, een weblog voor op hun site. Een samenvatting komt dan in het zomernummer van de papieren *ZoHo*, een soort terugblik. Mooi, denk ik, tegen die tijd is alles voorbij, tegen die tijd is alles anders, tegen die tijd is Oliver misschien...

Nee, niet op de dingen vooruitlopen nu.

Ik hoor Moritz nog steeds neuriën in de badkamer. We moeten weg, maar er is nog tijd, ik kan nog verder werken aan mijn verslag.

Ja, verslag.

Een verslag voor mezelf. Over hoe het was toen ik na driekwart jaar Olivers stem weer hoorde.

Ik reconstrueer het, zo meteen.

Ik zit alleen nog even te denken: wat als we winnen? Er zijn gekken die roepen dat we een kans maken. Nu is het allemaal echt begonnen, nu zijn we echt in Riga. Bij de wedkantoren zweven we telkens in de top vijf. In Nederland werd in alle tv- en radioprogramma's waar we vorige week langs moesten gegild dat het veel te lang geleden was dat Holland nog eens... Dat Vonda de potentie had om... Dat Europa echte kwaliteit wel... En wij knikten steeds maar, en we raakten soms halve minuten van streek. Totdat Vonda weer tegen ons zei: 'Normaal doen. Winnen is voor wilde vrouwen in dunne jurken en aantoonbare navels.'

Maar ik zag het wel: haar ogen glansden elke keer wanneer ons een hoge positie werd voorspeld. O help, we moeten er toch niet aan denken. *Ik* moet er toch niet aan denken.

Goed, goed, goed, terug naar Oliver.

Ik legde Olivers kaart op mijn vaders bureau. Ik luisterde of ik papa en mama niet boven hoorde komen. Ik hield één vinger bij de door hem geschreven getallen en met de andere drukte ik de corresponderende toetsen in. Bang, ik? Welnee.

En toen ging er een gsm over in Gjøvik, Noorwegen. Bang, ik? Welnee.

Maar de tonen die ik hoorde in mijn oor waren even zo luide

signalen van mijn eigen alarmwekkerhart, ze klonken ook van-binnen. Want wat als hij niet opnam? Of als er iemand anders opnam? Zijn moeder, die de gsm op een tafeltje zag liggen? Wat als zij boos was? Wat als Oliver boos was? Wat als zijn nieuwe vriendje opnam?

'Hei.'

Hij was het. Zijn stem, met een ruisende stilte erachteraan.

'Hello.'

'Hei. Hey! Tycho! Tycho!'

Zijn stem was niet veranderd. Na tien maanden was er niets veranderd, hij klonk nog steeds hetzelfde. Tijd? Er was geen tijd. De tijd had met z'n klauwen niet aan onze hallo's durven komen.

'Hi Oliver.'

'So you called!'

'Yes, because I got your card.'

'And I got your writings. I couldn't read them.'

'Yes. I mean: no.'

'Wait a second.'

Ik hoorde Oliver iets tegen zijn moeder zeggen. Ik zag alle plekken voor me waar ik dacht dat hij kon staan: in de woonka-mer, bij de keukentafel, in de deuropening van zijn kamer mis-schien. Ik zag hoe hij over zijn schouder pratend liet weten dat ik het was, of iemand anders, misschien verborg hij me. Maar ik was het, ik! Dag Stina! wilde ik roepen. Ik had de voornaam van zijn moeder onthouden, ook al had ik haar nooit ontmoet. Ik ben het, uit Nederland, niet boos zijn! En ik zag haar knik-ken en zich omdraaien en misschien naar bed gaan.

Mijn god, hoe laat was het eigenlijk? Half twaalf? Ik bel-de Oliver om half twaalf, op vrijdagavond, moest hij niet weg? Uit? Moest hij morgen niet voetballen? Had hij zijn slaapshirt al aan? Ik had er een keer onder willen liggen, mijn hoofd op zijn buik, het shirt over me heen. En zo waren we de nacht be-gonnen. 'Ik morgen bij jou!' had Oliver gezegd, maar de vol-gende ochtend werd ik aan de andere kant van het bed wakker.

Oliver, dacht ik, Oliver, en ik hield mezelf niet meer tegen, het lukte niet. 'Oliver!' riep ik in de telefoon.

Ik hoorde hem nog iets weggemoffelds zeggen en daarna was zijn stem er weer, zijn lippen en zijn tong dichtbij het mondstuk, dichtbij mijn open oor. 'Yes?'

'Oliver, heb je iemand?'

Ik schrok van mezelf. Hoe veranderd was ik? Sinds wanneer durfde ik dit zo helder te vragen? Sinds Vonda? Sinds wanneer had ik niets meer te zeggen over mezelf? Ook sinds Vonda? 'Heb je iemand?' vroeg ik. 'Ga je met iemand?'

Het werd stil. Een dunne stilte was het, een papieren scherm van stilte, erachter stonden pijlen klaar en een scherpgesteld kanon, maar Oliver zei: 'I tried. But of course not. No.'

Ik kon een scheef zittende adem niet recht krijgen en ik lachte, vreemd, ongecontroleerd.

En toen vroeg Oliver: 'You?'

Heel zachtjes vroeg hij het, en ik wilde snel antwoorden, zo snel als ik kon. 'No, no,' zei ik, 'no!'

'Ohh,' zei hij, en kwam daar een zucht achteraan?

'So,' zei ik.

'Ja,' zei hij.

'En,' zei hij, 'waarom schreef je? Er zaten geen postzegels op. En wist je mijn adres niet meer?'

'Eigenlijk,' zei ik, 'schreef ik je niet. Ja, wél, maar het was niet om op te sturen. Vonda stuurde het op. Dat is een vriendin van mij. Er is zoveel dat ik je moet vertellen.'

'I don't get it,' zei Oliver, en hij klonk opeens verward, moe. 'Schrijf me,' zei hij. 'Wil je mijn mailadres? oliverkjelsberg@ freesurf.no. Onthoud je dat?'

'Ja,' wilde ik roepen, 'ja!' Maar het kwam er bijna fluisterend uit. En ik zei ook nog: 'We kunnen morgen toch weer bellen, als je nu moet slapen?'

'Ik moet niet slapen,' zei hij. 'Ik ben een beetje in de war. En ik hou niet zo van de telefoon. Maar ik ben zo blij dat je belt. Ik dacht dat we nooit meer... Ben je boos? Was je boos?'

'Wat?'

'Dit jaar? Was je boos?'

En toen begon ik te huilen. Nee, ik huilde niet, er stroomde water langs mijn wangen, zoals het langs een muur kan doen als de bovenburen het bad hebben laten overstromen. Ik had dus ook iets laten overstromen, maar ik wist niet wat. Pas na een minuut of zo zei ik: 'Waarom zou ik boos zijn?'

'Om alles. Om vorig jaar. Ik dacht dat je wegging omdat je boos was. Ik dacht dat ik nooit meer iets van je zou horen. Ik heb het verkloot. Toen. Ik was nog lang zover niet, maar ik had hoe dan ook voor jou moeten kiezen, jij bent het mooiste wat...'

'Oliver,' zei ik, maar het klonk niet goed. Ik moest nu ophangen, ik moest nu zelf iets anders gaan doen. 'Ik mail je,' zei ik, 'en heb je msn?'

'Msn?'

'Om te chatten?'

'Hoe moet dat?' vroeg hij. En dat klonk zo grappig, zo geruststellend onhandig dat ik adem kon halen en uit kon leggen hoe je een hotmailaccount moest aanmaken en hoe we dan goedkoop konden praten.

'Haha,' zei Oliver, 'ik zal er eens naar kijken. Maar je mailt dus ook?'

'Ja,' zei ik, 'en dan leg ik alles uit, en dan praten we weer en ja wow...'

'Wow,' zei hij, en daarna zei hij: 'Dag.'

'Dag,' zei ik, '*sov godt.*'

'Ja,' zei hij, 'welterusten.'

En we legden op. Nou ja, ik wachtte tot hij dat deed, en dat duurde eventjes, want hij wachtte tot ik het deed. En toen deed hij het toch en ik dus ook. En ik hoefde niet meer te huilen, maar ik zocht toch naar een zakdoek, en die vond ik niet, en toen ging ik naar de badkamer-wc en daar was gelukkig droog papier.

Nog steeds zondag. Alles is hier goed geregeld. We werden samen met de Zweden, de Ieren en de Cyprioten opgehaald om naar de venue te gaan, de Skonto Sporthal waar het festival zal plaatsvinden. Het is op loopafstand! De Ieren hadden we in het vliegtuig al ontmoet, ze zijn aardig en klein en een beetje gek. De Zweden zijn leuk, ze kennen elkaar al jaren en dat merk je, onderling praten ze pesterig en spottend, dat begrijp je zo, al versta je er geen wörd van. De meisjes uit Cyprus wijzen met hun gelakte nageltjes naar alle gebouwen en naar alle mannen. En er wordt gezoend, ongelooflijk! Zodra het duidelijk wordt dat je de artiest van een bepaald land bent, schuiven de lippenglosslippen je al tegemoet. Ik heb na één dag al zoveel onbekenden gezoend, dat aantal evenaar ik het hele volgende jaar niet meer.

Het is dus avond, nu. We hebben onze accreditaties gekregen, dikke plastic kaarten aan een koord. We zijn al drie keer door de beveiligingspoorten gegaan (elke keer weer alle tassen laten zien), en onze delegatieleidster Bernice heeft de kleedkamer ingericht. Er hangen nu posters van Vonda en rondom de spiegels zijn oranje ballonnen geknoopt. Die kleedkamers zelf zijn kleine, tijdelijke cabines. Wij zijn tussen de dunne schotjes van Roemenië links en Griekenland rechts getimmerd. En dan het podium! Zelfs onverlicht ziet het er schitterend uit. Het is groot, en er kan op wel drie plekken geschoven worden met de coulissen. Morgen moeten we er oefenen. Dat wordt onze eerste keer, er hangen overal strakke schema's. Die schema's, en het songfestivalboek, een kaart van Riga, en een paar officiële uitnodigingen zaten in een geweldige blauwe schoudertas. Iedereen kreeg er een, en ik ga hem zeker nog vaak gebruiken, al dan niet met het logo naar mijn buik gedraaid. Dat hangt van ons resultaat van zaterdag af.

We hebben met de hele Hollandse groep gegeten, niet alleen met de componist, Irene van de platenmaatschappij, visagiste Loes, styliste Yuun Park en de delegatieleidster, maar ook met journalisten en zelfs de commentator naar wie jullie zaterdag zullen luisteren. We aten in een geweldig restaurant dat Lido heet en aan de oever van de grote Daugavarivier ligt, en we waren nog niet binnen of de songfestival-

cd schoot uit de speakers. Ben benieuwd wanneer we die liedjes zat
worden. O ja, er zijn zeker al vierendertig mensen naar Vonda geko-
men om te zeggen dat 'your song is fabulous'. Rot op, zou ik denken,
maar Vonda lacht en giechelt en kust. Dapper, hè?

En nu ga ik slapen, we hebben iets te veel Riga Balsams uitgepro-
beerd, lekker maar sterk. Moritz is al plat voorover geklapt op zijn
bed, woensdag komt Colin (wie nu nog niet weet dat hij en Moritz sa-
men zijn is geen homo) en daar verheugt hij zich op. Morgen gaan
we hard repeteren, en we zitten in drie radio-uitzendingen, het ech-
te haasten gaat beginnen. O ja, de eerste gekken met oranje klompen
zijn al gesignaleerd, en dit is wat ik dacht: ik hoor hier niet bij.

X Tycho

Het is laat, het is Riga, het is een hotelkamer, en ik ben alleen.
Moritz slaapt en ik vind hem mooi. Maar het is goed dat hij
en ik niet verder zijn gegaan. Die ene nacht was een nacht van
vriendschapsliefde, dat is alles.

Want wie is Moritz? Moritz is met zichzelf bezig zonder
egoïstisch te zijn. Hij trekt aandacht naar zich toe zonder dat
je daar last van hebt. Hij is een vlinder op je mouw. Hij pronkt,
maar doordat hij op jou pronkt lijk je zelf ook wat kleuriger.
Met Moritz kun je geen ruzie krijgen. Hij kan weg zijn, opeens,
dat wel. Heengefladderd. Ik denk niet dat hij bij Vonda en mij
gebleven was als hij Colin niet had ontmoet. Die zwaarte, dat
balkonpraten, daar joegen we hem mee weg. Zag Vonda hem
als een reservevriend, voor het geval dat ik iemand zou vinden?
Of wilde ze een zorgeloze derde, iemand die niemands positie
zou bedreigen?

Ik weet het niet. Maar zorgeloos is Moritz niet. Hij heeft me
verteld over de donkere jaren van zijn dertiende, veertiende,
vijftiende, de tijd waarin de hele wereld om hem heen stond te
roepen dat hij raar was. De tijd dat hij in grijze scholen zat verstopt en hij zichzelf eraan moest herinneren stoer door de gangen te lopen, omdat hij anders door iemand van een trap werd
geduwd. Dat was de tijd dat zijn polsen pijn begonnen te doen,

de tijd waarin hij elke wc en elke badkamer veel te goed vanbinnen kende. Rupsjaren, zegt hijzelf. Ja, hij zegt het en hij lacht, maar er zitten vast nog allerlei nare plaatjes in zijn kop. En ook al vraagt hij niet te vaak naar wat ik voel en wat ik denk, toch weet ik dat hij me begrijpt. Hij kijkt me op de juiste momenten aan. Hij legt op de juiste uren briefjes neer. Hij ziet de nare plaatjes in andermans kop.

Hij zorgde op tijd dat er iemand was in wiens armen hij paste – Colin. Colin schuift Moritz in het licht, maar houdt hem altijd vanachter aan zijn broeksband vast.

Of Moritz in mijn buurt blijft? Ik weet het niet. Na de zomer vertrekt hij naar Groningen, hij heeft al woonruimte gevonden. Houden we zijn kamer dan aan, of moet er een nieuw iemand komen? Waarom denk ik dit, vannacht, zo laat? Omdat ik opzij naar Moritz kijk. Zijn lichaam ligt over het bed als een uitgegooid kledingstuk. Zonder jou, denk ik, zonder jou zal alles...

En ik sta misschien nog even op en ik geef hem misschien nog even een morgenochtend nergens terug te vinden kus.

Toen ik opgelegd had omdat Oliver opgelegd had, rende ik naar beneden, klapte de kamerdeur open en riep: 'Ik heb hem gebeld en ik heb hem gesproken!'

'Kijk eens aan!' zei mijn vader.

'En?' vroeg mijn moeder.

'Het komt goed, denk ik, het komt goed! Maar ik ga meteen weer naar boven, want ik wil nog iets op de computer doen.'

'Natuurlijk, jongen,' zei papa.

'Wil je nog iets?' vroeg mama. 'Je kamer is klaar. Ik heb het beddengoed verschoond.'

'Oké,' zei ik, 'bedankt.'

'Nog één ding,' zei mijn moeder. 'Wat Vonda heeft gedaan mag dus nooit, hè? Ook niet in vriendschap. Zelfs al loopt het nu goed af. Nou ja, dat wou ik nog even gezegd hebben. Einde opmerking.'

Ik stond al bij de deur toen ze dat zei, maar ik liep terug naar binnen en omhelsde haar, ik geloof dat het nogal onhandig ging. 'Ho,' zei ze, 'haha.'

Ik sloeg mijn vader zacht op zijn hoofd en zei: 'Welterusten, slaap lekker, doeg!'

Mijn moeder had vast gelijk, moeders hebben meestal vast gelijk, maar ik had geen tijd, geen zin en geen behoefte om nog aan Vonda te denken. Oliver, Oliver, dacht ik, en ik schoot de trap op.

Er stond geen msn-icoontje op mijn vaders scherm, dus dat moest ik downloaden. Dat duurde allemaal veel te lang; ik had haast! Want misschien was Oliver al meteen achter zijn laptop gaan zitten om een hotmailaccount aan te maken? Goed dan, misschien ook niet, ik wist ook wel dat hij geen computerliefhebber was, geen beller ook, niet eens een prater zelfs, maar toch – het ging nu toch om mij? Hoe lang geleden was het inmiddels dat we opgehangen hadden? Een minuut of tien?

Eindelijk, daar was de snelkoppeling. Nu moest ik mezelf nog aanmelden, *jongennegentien*, en het hotmailadres dat ik Oliver had voorgezegd toevoegen aan mijn contactenlijst.

Zo.

Nee, hij was nog niet online.

Wel Marnixo5, en Gorki, en Steven en Hotboy, jongens die ik kende van Gaydar, maar die hield ik nu geblokkeerd.

Ik wachtte.

Zou Oliver daar, in Gjøvik, nu net zo gelukkig-stuurloos zijn als ik? Nu kon er toch weer van alles gebeuren?

Of niet?

Wat hadden we precies gezegd? Het hele telefoongesprek vertoonde zich nog eens in mijn hoofd, in beelden ja, beelden als boventiteling bij zijn stem. Ik zag Oliver weer voor me, zijn ogen, zijn lippen, het geplooide rondinkje aan het eind van die lippen, de haartjes waar minidruppeltjes aan konden blijven hangen. Een beeld van tien maanden geleden, maar als onze stemmen de tijd hadden weggerelativeerd, waarom onze gezichten dan niet?

En onze lichamen?

Ik wachtte, maar hij kwam niet online. En dus klikte ik, bijna per ongeluk, bijna onopzettelijk, wat late chatters tevoorschijn. Twee van hen plopten op en zeiden hoi. En ik zei hoi, en we typten wat, maar toen het gesprek, zoals steeds de laatste tijd, op echt ontmoeten kwam, klikte ik hen weg, afmelden, zwart, computer uit.

In bed begon ik te twijfelen. Wat dacht ik toch? Natuurlijk is de tijd niet te verslaan, er kan te veel gebeurd zijn, en wat te denken van de afstand? En alle voetbalgevoelens van de vorige zomer? Ik streek over mijn bovenarmen en knipte het licht aan. Mijn tattoo. Het vliegtuigje met de sleep. Waarom had ik zijn letters daar toen niet in laten zetten? Nu wapperde het daar leeg en blanco en dicht. Naamloos. Zinloos?

Nee, dacht ik, néé! Alles begint bij het verhaal, bij dat wat er dit jaar is gebeurd. Hij moet weten wat ik heb bedacht en meegemaakt. Vonda had gelijk, die mailtjes waren wél voor hem bestemd. En zelf heb ik ook gelijk gehad, in mijn eerste niet-verstuurde mail schreef ik het al: *je zult me op tv zien*. En hij zál me zien. Binnen twee weken. En dus moet ik doen wat ik al gedaan heb: hem alles vertellen. De mailtjes vertalen en opsturen. Nu. Nee, morgen, bij het allereerste licht.

Dat was het – de nacht sloeg een bladzijde om in mijn hoofd en zette er zijn handtekening onder. Ik zou mezelf helemaal, helemaal openmaken, echt en naakt, en daarna moest Oliver maar beslissen wat hij ging doen. Ik zou de tijd in één klap de kop afslaan, want geschreven had ik die mailtjes niet voor niks. Schrijven doe je nooit voor niks, nu wist ik het zeker.

En toen dacht ik opeens aan hoe ik daar met mijn hoofd onder zijn T-shirt had gelegen. En dat ik omhoog had gekeken naar zijn borst, en hoe ik me toen had omgedraaid en naar beneden had gekeken. Hoe ik zijn onderbroek weg had geduwd en mijn tong had uitgestoken. Er kriebelden haartjes tegenaan.

Ik lag daar, ik zag het voor me en ik kon niet anders: Olivers naaktheid blies zichzelf op in mijn hoofd en ik wist waar de lont was van dat beeld, het tuitje, de uitgang. Ik kwam ontploffender klaar dan ik in maanden had gedaan.

De volgende ochtend sloeg ik het ontbijt over, ik kon toch niet eten nu. Ik legde een briefje op tafel dat ik snel terug zou zijn, dat ik iets op moest halen thuis, tot straks.

Het was nog geen acht uur toen ik in de trein zat. Ik kon me niet concentreren op het uitzicht, en wanneer er me een eerste zin voor een gedicht te binnen schoot zat ik voor ik aan de tweede zin toekwam alweer aan Oliver te denken. Ik holde bijna op het stuk tussen het station en de singel en ik nam de trap met veel te grote stappen. Mijn kamerdeur stond open en ik liep recht naar mijn computer toe. Ik zocht in een bureaula naar schijfjes, want daar moesten alle Oliverbestanden op.

Ik rommelde en maakte lawaai, tot ik opeens een ademhaling hoorde, en gesmak. Ik schrok en keek opzij. Er lag een jongen op mijn dekbed. Naakt.

Hij deed zijn ogen open en draaide zich op zijn zij.

Het was Niels.

'Uh,' zei hij, 'hallo. Ai, Vonda zei dat je weg was.'

'O, ja...' zei ik. 'Nou, dat was ik ook...' Ik stond daar een beetje vreemd over mijn eigen bureau gebogen, als een betrapte inbreker. 'Maar hoe kom jij...?'

'Tych,' zei Niels en hij lachte, voorzover zijn nog platgedrukte wangen dat toelieten, hij had onhandig gelegen. 'Ze is een droomvrouw,' zei hij, 'en ze blijft een droomvrouw.'

'En dat andere meisje dan?'

'Dat was een dame,' zei hij, 'maar de verloving was een vergissing. Ik was verdwaald.'

'En nu heb je de weg weer gevonden?' Ik moest opeens lachen, want er hing zon over de wereld heen en niks was erg.

'De weg, ja,' zei Niels. 'Sorry dat ik hier lig. We begonnen daar,' – hij wees met zijn duim naar Vonda's kamer – 'maar ze lag opeens zo wild te dromen en te trappen dat ik maar een ander plekje heb gezocht.'

'Geeft niks,' zei ik, 'mag altijd.'

'Strak van je,' zei hij. 'Dan weet ik dat in het vervolg.'

'Vervolg?'

'Ja man. Nu laat ik haar niet meer gaan. Shit, ik heb geen kleren aan.'

'Ik heb het vaker gezien,' zei ik, 'naakte jongens.' Ik bloosde er niet eens van.

'Haha,' lachte Niels, maar er kwam hoesten van.

'Ik ga weer,' zei ik, 'slaap lekker verder.'

'Strak,' zei hij.

'Ja,' zei ik, 'strak.'

ZoHo – DERDE BERICHT UIT RIGA

Maandag. We hebben onze eerste camerarepetitie gehad. Ik zit nu in de persruimte, die is naast de hal, en ik typ dit maar meteen, want straks is er de officiële ontvangst op het stadhuis met de burgemeester van Riga.

Wij waren eigenlijk pas morgen aan de beurt, maar we hebben geruild met de Israëli's, die hier niet op tijd kunnen zijn (luchthavenstakingen). Vonda zong dus vandaag al. Onze trommels zijn in het Letse bagagesysteem blijven steken, dus Moritz en ik hebben maar wat in de lucht staan slaan, beetje onhandig. Maar wat een podium! En wat een hal! En wat een geluid! Ik heb de hele tijd toch redelijk nuchter kunnen blijven, maar ik moet zeggen dat ik onder de indruk was.

Vonda was enorm professioneel. Ze zong drie keer, nee, vier, want de geluidsband hield er ook nog eens halverwege mee op. Als dat zaterdag maar niet gebeurt! Bert, onze componist en producer, maakte zich flink druk, maar uiteindelijk kwam alles goed.

Er worden blauwe vlammen achter ons geprojecteerd, en die verkleuren langzaam tot rood – heel mooi. Mijn vragen kwamen er wat ielig uit, die van Moritz ook, maar toen iemand aan onze headsets had geprutst was dat ook weer verholpen. En aan het eind van onze twintig minuten kreeg Vonda applaus van de technici! De hele Holland-delegatie humde tevreden, ook toen we daarnet ons optreden in de viewing room, *een minikamertje met futuristische tv en retrokrakend bankstel, terug mochten zien.*

*Over de persconferentie vertel ik later (ieder land heeft na zijn re-*hearsal *een kort gesprek met de pers, nou ja, pers, het zijn voor de helft als journalist verklede liefhebbers, ze rennen naar voren als er geflitst mag worden bij het fotowandje en duwen elkaar ondersteboven als er gratis cd'tjes worden uitgedeeld – ongelooflijk, songfestivaloorlog!), want ik moet gaan. Er staan zeker drie mannen te loeren naar mijn computer, ze kijken me weg, misschien willen ze daten, maar ik denk het niet – er zijn gewoon internetplekken te kort. Morgen meer over van alles.* X Tycho

Ik werkte het hele weekend op mijn vaders studeerkamer aan de vertaling van de mails en mijn verslag. Ik liet weg wat onbelangrijk was, ik verduidelijkte hier en daar, maar ik spaarde mezelf niet. Ik vertelde van de nacht met Moritz, kort, feitelijk, en ik vertelde ook wat hij en ik er achteraf over hadden gezegd. Ik dacht maar steeds: het moet eerlijk, het moet zo echt mogelijk, het is nu of niet.

Ik keek niet op de klok. Mijn moeder kwam koffie brengen, koekschaaltjes, koud bier. Ze zei: 'Het lijkt wel een jaar geleden, toen je examen had.'

'Haha, ja, lijkt wel, hè?' zei ik, maar natuurlijk leek het niet alleen zo, natuurlijk was dit ook een examen, een spannender examen zelfs.

Ik hield de hele tijd mijn msn geactiveerd. Ik blokkeerde iedereen, behalve Oliver, maar hij kwam niet online.

Gaf niet, eerst moesten al mijn woorden naar hem toe, mijn hele jaar, mijn hele verklaring. Eerst moest alles ingeleverd, daarna kon ik wachten op mijn cijfer.

Op zondagavond was ik klaar. Ik stuurde alles op en mailde erbij: *Here I am, this is all I have to tell. Hope you want to read it.*

Let's skip this year. Moest ik er nu een kruisje onder zetten? Of: *Love?* Ja, *Lov*e. Dat typte ik eronder, en dan toch ook maar een X. En: *Please let me know when you have read it. This is my number.*

En toen begon mijn hart raar te kloppen, maar ik liet het zijn gang gaan. Een wachtklop was het, ik wist het wel. Het vasthameren van mijn zenuwen was het, gebonk van de tijd.

Ik liep naar beneden en naar buiten, papa was de tuin aan het sproeien, ik pakte ook een gieter, op naar de slappe struikjes sla.

Moet ik Oliver niet even bellen om te zeggen dat mijn mail verstuurd is?

Moet ik een sms sturen?

Moet ik rustig blijven, rustig wachten, rustig ademhalen?

Moet ik mijn Gaydarprofiel weggooien?

Maar wat als Oliver mijn mail te heftig vindt?

Te zwaar?

Te diep?

Als hij boos wordt?

Als hij er helemaal geen raad mee weet?

Als hij zijn vliegtuigtattoo dit jaar heeft willen laten verwijderen?

Als hij het songfestival haat?

Als hij jaloers wordt op Vonda?

Niet van gedichten houdt?

Vindt dat ik aan een sport had moeten gaan doen?

En wat als hij zelf inmiddels gescout is voor een voetbalclub in Portugal?

In Finland?

Amerika?

Wat als hij helemaal niet gescout is?

Wat als hij toch iemand anders heeft?

Toch iemand anders heeft!

Toch iemand anders heeft?

Nee.

Hij zei het zelf: 'I tried. But of course not. No.'

Moet ik dus mijn Gaydarprofiel weggooien?

Zo dacht ik en ik dacht ook: niet zeiken, Tycho. Ik dacht: ik zeik niet. Ja, dacht ik, je zeikt wel.

En, dacht ik, hoe zit het dan met ons derde lichaam? Dat lichaam dat we vorig jaar steeds uit elkaar tevoorschijn vrijden? (Die liedtekst, ja, natuurlijk had ik die voor hem gemaakt, voor hem alleen!) En hoe blij was hij aan de telefoon geweest, hoe blij precies?

Gedachten, gedachten, gedachten die gemeen knepen, maar me tegelijkertijd aanstaken. Niet aan het vrijen met Oliver denken, dacht ik, maar het gevolg was dat ik er tijdens die wachtavond en de volgende wachtnacht voortdurend aan dacht.

Ik werd wakker in het jongensbed in het huis van mijn ouders – om zes uur. Om drie over zes deed ik de computer op mijn vaders kamer al aan: nog geen bericht. Om drie over zeven ook niet, om drie over acht, drie over negen evenmin. En daarna stond Bert voor de deur. Er zat een volle Hollandse pre-songfestivalweek aan te komen. Alleen die maandag al: een laatste delegatiebijeenkomst, een afspraak bij de songfestivalwebsite om met fans te chatten, twee radioprogramma's en een openluchtshow in de Efteling – ze stonden erop dat Moritz en ik meekwamen.

En op dinsdag: vertrek naar België, waar we in Brussel de Waalse deelnemersgroep zouden ontmoeten, voor de camera's natuurlijk, die van de Vlaamse RTL *Nu* – ze stonden erop dat Moritz en ik meekwamen.

En goed dan, goed dan, we kwamen mee. En dus haalde Bert me op bij mijn ouders. Moritz kwam rechtstreeks uit Amsterdam naar Hilversum, Vonda zat al achterin. Ik begroette Bert en Vonda kreeg dan toch maar een kus. Hoe kon ik anders? Ik wist inmiddels met geen mogelijkheid meer wie ze was, dus normaal doen dan maar. 'Wat een vondst,' zei ik, 'zaterdagochtend. Niels, bedoel ik, op mijn kamer.'

'O,' zei ze, en ze giechelde. En daarna boog ze zich naar me toe en fluisterde: 'Ik ben dus het hele weekend heen en weer gesekst.'

Ik zei: 'Von!'

En zij zei niet: 'Hoe heet ik ook alweer?' Ze zei: 'Tych, niet zo preuts. Dat had ik niet verwacht van een Gay Palace-homo.' Ze grinnikte.

'Ik ben geen Gay Palace-homo, en ik ben niet preuts. Maar ik dacht dat je geen man meer wilde. Dat je nooit meer durfde.'

'Wat denk je,' zei ze, 'dat ik de laatste weken niet nagedacht heb? Jij was van ijs, voor het geval je het niet gemerkt hebt. Ik moest wel, en ik heb niet alleen maar staan te zingen en jurken staan te passen. De wereld draait door, toch? En ik ga heus wel...' – ze boog zich weer voorover, ze fluisterde weer – '...ik ga heus wel weer in therapie, maar Niels belde zomaar op en we hadden dus het halve weekend vrij en ik had geen zin om naar mijn moeder te gaan. Vond je het erg dat je hem op je bed zag liggen? Hihi, lekker is 'ie, niet? Daar hebben we toch allebei verstand van, jij en ik? O, wat erg, ik vergeet jou. Hoe is het met je? Hoe was je weekend? Heb ik het voor je verpest, met dat sturen van die mails? Stomme actie, hè? Kristus, je zag eruit als een vaatdoek. Ergens wel grappig: ik een vaatdoek, jij een vaatdoek, vaatdoeken onder elkaar. Nou ja, dat is niet grappig, sorry.'

Wel ja, dacht ik, doen we vrolijk? Dan doen we vrolijk.

Ik zei: 'Ik heb hem gebeld.'

En toen keek ze me aan en ze zei: 'Nou...'

Verder kwam ze niet, het bleef stil en dat was raar. Na een paar seconden zei ik: 'Wat doe je?'

'Ik hou even mijn mond,' zei ze. 'Man, Tycho, wat zei hij?'

Ik vertelde alles. Ze begon ervan op te veren, ze ging er rechtop van zitten, ze begon op mijn knie te slaan. 'Wat spannend! Wat eng!'

Toen ze het woord 'eng' zei, versomberde ze weer, maar het duurde niet lang. Ze keek naar me, trok aan mijn haar en zei: 'Homootje...'

Ik wist wat ze verwachtte terug te horen, maar ik zei het niet.

En dus vroeg Vonda: 'En ik? Hoe sta je nu tegenover mij?'

Daar moest ik over nadenken. Hoe koel voelden mijn handen? Stond ik aan, stond ik uit? Op welke plek in mijn hoofd bevond zich het woord 'verrader'? Zag ik haar jankende gestalte nog wel eens voor me? Kun je boos zijn op iemand die volgens mijn ouders een soort patiënt was, maar nog wel aan een songfestival moest zien mee te doen?

Op dat moment besloot ik het: dit ga ik volhouden. Voor mijzelf, voor haar, eind mei is alles over en dan zien we wel weer.

Een grap, dacht ik, een grap als antwoord, dat is het beste. 'Tegenover jou,' zei ik, 'sta ik weerloos. Mijn sinaasappels zijn op.'

'Ha,' zei Vonda. Ze lachte, maar het was maar een kwartlach die er klonk. Logisch: ik had ook maar een kwartgrap gemaakt.

ZoHo – VIERDE BERICHT UIT RIGA

Dinsdag. Irene, onze begeleidster van de platenmaatschappij en parttimemanager, was streng, gisteravond: niet te veel drank. Vonda moet fris blijven, genoeg eten, genoeg slapen, en Moritz en ik doen mee aan het regime. We lagen dus al om twaalf uur in bed. Niet erg, het was nogal een duf feestje daar op het stadhuis. Nette hapjes op nette dienbladen, veel deuren met spiegels en zeventien toespraken – in het Lets. Alleen de president sprak Engels. Ja, de president zelf was gekomen. Ze bleek het lichtpuntje van de avond, een oma met humor. Zo zou Nederland ook wel geregeerd willen worden!

Vonda vindt dat we niet te veel met andere deelnemers moeten kletsen, dat vuurt de zenuwen maar aan, zegt ze. Maar ik heb toch even hallo tegen de Noren gezegd. Ik heb iets met Noorwegen, ik leg nog wel eens uit wát. Neem nu ook weer deze zanger. Hij draagt een

simpel spijkerjasje op een wit T-shirt en zingt een prachtig pianolied
over de liefde. Een stel blauwe ogen boven de toetsen, een ingehouden
glimlach, blond sluik haar en dan zo'n Scandinavisch neusje... (Ik
moest van de redactie meer over mooie jongens schrijven. Ook weer
gedaan.)

Vandaag, dinsdag, zijn we meegegaan met de sightseeingbus, om-
dat in Jurmala, het kustplaatsje waar we uitstapten, ons promofilm-
pje gedraaid werd. Dat filmpje krijgen jullie zaterdag voorafgaand
aan We all together *te zien. Eerst wilden Moritz en ik er niet op, we*
weten nog steeds zeker dat we hier raar verdwaald zijn, maar Vonda
en de organisatie hielden vol. En ja, toen gingen we maar wat stoeien
met de strandstoelen. Ik hoop dat we straks niet al te debiel overkomen
bij de rest van Europa. O ja, onderin het hotel is een songfestivalbar.
Na elk diner houden ze er eurodisco. We gaan zo even kijken, van-
avond is er een Kroatisch feestje.

En die persconferentie van gisteren? Wij achter hoge tafels, naam-
bordjes, microfoons, klapstoelen, voorspelbare vragen. Wie is met wie
een stelletje? Wat vinden jullie van Riga? Wie gaat er winnen? Welke
jurk wordt het zaterdag? En: waarom zingt Nederland niet in het
Nederlands? Tja. Daar is de afgelopen maanden al zoveel over ge-
zegd, er schijnt een officiële songfestivalfanlobby te zijn voor de eigen
landstaal. Maar zouden de inwoners van Malta, Finland en Macedo-
nië op onze harde g zitten te wachten?

O, en tenslotte: we worden inderdaad steeds vaker bij de kanshe- b-
bers gerekend. Vonda heeft indruk gemaakt met haar rehearsal-uit-
halen van gisteren. Maar we willen er niet aan denken. Vonda ver-
biedt het ons. Te eng. Te veel kans om dan alsnog te verliezen. Dus: we
gaan niet winnen, ik zeg het maar vast. X Tycho

We hebben een andere kamer gekregen. Bert zag dat de helft
van onze delegatie in suites zit, maar wij niet. En dus werd hij
kwaad. Dat hielp, nu logeren wij ook in een suite, in plaats van
in een gewone kamer. En die vond ik al zo groot! Ik schrijf dus
nu aan een breder bureau, en we hebben zelfs een extra ruimte
hier, plus balkon, plus keukentje.

Ik denk dat ik batterijen in mijn hoofd heb. Ik doe de hele dag wat me gevraagd wordt en ik vind het nog best ook. Want dit is natuurlijk wel een groots verhaal voor later. Wie mag dit meemaken? Ik moet maar niet meer zeuren van echt of niet echt, zolang we niet winnen vind ik alles best.

Vonda zou wel willen winnen, ik weet het zeker. Het zou aandacht betekenen, verlengde platencontracten, optredens in heel Europa. We mogen er van haar niet aan denken, omdat zij er steeds maar aan moet denken. Of ben ik nu leguaan-suspicious? Ik schrok wel toen we vanochtend al die winst-hints kregen, zelfs de presentatoren van het festival kwamen naar ons toe: 'Great song, great voice, great act.' Ik dacht: wie nog één keer 'great' zegt haak ik pootje.

En ik dacht ook: wanneer heb ik tijd om te schrijven? Want schrijven is fijn, schrijven redt me, ik ben alleen met mijn papier en alle gedoe schuifelt terug op zijn plek. Het is laat nu en morgen moeten we vroeg op, maar het kan me niet schelen, ik ga nog even door. Ik kan toe met weinig slaap en ik heb batterijen in mijn hoofd.

Nog maar een week geleden, op die maandag dat Vonda en ik besloten om te doen alsof er niets onbegrijpelijks was gebeurd, toen we weer een beetje normaal met elkaar begonnen te praten en daarmee dus net op tijd een manier verzonnen om samen deze Riga-week in te gaan, trokken we dus langs allerlei afspraken, en het enige waar ik aan dacht was: waar kan ik mijn mail bekijken? Oliver moest antwoorden en ik moest zijn antwoord nog lezen. Ik was licht in mijn hoofd van de nieuwsgierigheid. Ik at niks, alleen maar M&M's uit Moritz' rugzakvoorraad. Ik had Oliver alles geschreven wat ik wist, ik had mezelf helemaal opengelegd, als hij met zijn vinger over de uitgeprinte mails zou gaan, dan moest het aanvoelen als de buitenkant van een hart.

Dus waar en hoe kon ik mijn mail bekijken?

Wel, Vonda was weer Vonda. Ze zag me afwalen, ze zag me zoeken. En vlak voor het tweede radiogesprek in het AKN-gebouw in Hilversum, eiste ze bij de mensen van de AVRO dat we eerst een internetcomputer moesten, en privacy.

We werden meteen naar een kantoortje gebracht, het bureaublad werd met één hand schoongeveegd. 'Ga je gang,' fluisterde het AVRO-meisje dat ons erheen bracht, doodsbang dat Vonda een stuk uit haar schouder zou happen.

En Vonda schaterlachte en liet me alleen.

Ik laadde, logde in en ja...

...ik had mail!

Ik kroop dichter naar het scherm en hield mijn adem in: oliverskjelsberg@freesurf.no – subject: *Your words.*

Tekst: *Tycho, I read all of it. Wow. Nobody has ever been so honest with me. I think you are brave. I have to read it over and over. I have to consider. I am thinking about you a lot now. Our summer is back in my heart. But actually – it hasn't been out of it. I thought I disappointed you so much. And now... But Tycho, I can't write like you. And I'm so stupid on the phone. I will have to find another way. Maybe there is. Yes, there is. I will find it. Soon. It could take a while, but just wait. Don't be scared. Bye, Oliver.* P S *I will watch you at Eurovision. Unbelievable.*

Er zijn van die kleurenfilters die je op een cameralens zet, zodat alles wat je filmt vrolijker wordt.

Zo'n film, daar leefde ik vorige week in.

Er zijn van die zolderkamers die een veel te hoog dakraampje hebben, maar op een dag klim je op een stoel, je klapt het raam open, steekt je hoofd eruit, en dan zie je dat er een prachtige hemel over je heen staat.

Zo'n stoel had Oliver voor mij neergezet.

Want ik las zijn mail honderd keer over, en elke keer weer stond er 'wow'. Ik dacht: hij denkt aan me. *A lot.* Goed, hij weet niet hoe hij reageren moet, Oliver is ook niet zo'n prater. Maar hij zoekt *another way*, ik hoef alleen maar te wachten. Goed, dacht ik, dat doe ik, Oliver: jij bent de voetballer, de keeper. Ik schrijf en jij vangt op. En directere schoten dan dit kon je niet krijgen, maar je ligt niet omver, je bent niet verslagen, je houdt me nog altijd klemvast.

Er zijn van die dagen dat je wakker wordt met gefluit van vogels die er niet aan denken weg te vliegen – dit waren dat soort dagen.

Ik mailde meteen terug, ik bood hem alle tijd aan, en hij mailde weer een antwoord: *I am looking for a way. Don't be scared.*

Scared? Was ik ooit scared geweest?

Ja, doodsbang, mijn vader had vervelend gelijk. Bang voor een nee. Maar Oliver zei helemaal geen nee, en ik had zin om nooit meer bang te zijn.

En waar ik ook zin in had: in het songfestival. Op het podium staan. Mooi zijn. Gezien worden door Slovenen en IJslanders. En door hem.

De week vloog om, en voor ik het wist zat ik al bovenop mijn koffer om hem dicht te krijgen. Ik keek mijn kamer rond, ik voelde aan het Japanse bed waar ik een week niet op zou slapen en waar ik straks misschien veranderd, beslotener, nieuwer in terug zou keren. Over acht dagen wist ik hoe Vonda het er afgebracht zou hebben. Dan was de songfestivalbrand uitgewoed en kon ik overgaan tot de orde van de dag, welke dat ook zou zijn. Ik keek nog eens langs de wanden van mijn kamer, naar de posters die daar hingen, naar mijn Steinbeck-boeken en naar de bluegrass-cd's die daartegenaan stonden, en ik onderdrukte een opeens opkomende schrik: zou het hier Vonda-leeg worden? Zouden we hier nog ooit staan ruziemaken om een krukje, of zitten mopperen over modderprogramma's op tv? Ik duwde de sluiting van mijn koffer steviger dicht en durfde bijna niet te denken aan wat ik wel zeker wist: in Riga gebeurt het, Vonda is niet zomaar Vonda, altijd zal ze me heen en weer blijven slingeren, tenzij ik zelf wegren. In Riga gebeurt het.

Ophouden, upshutten, dacht ik, want over acht dagen zou ook nog iets anders duidelijk zijn: hoe ik Oliver weer zou kunnen spreken. Hij kon me toch niet op televisie zien zonder weer iets te laten weten?

Ik hoorde Moritz kofferbonkend de trap af komen, uit Vonda's kamer klonk gevloek en heftige soul. We hoefden alleen nog maar wat croissants naar binnen te werken en dan zouden onze ouders op de stoep staan voor de rit naar Schiphol. En echt, ik wilde Oliver met rust laten, maar ik moest nog even, éven maar, iets van hem horen. Ik stuurde mijn eerste en enige Noorwegen-sms: *I am leaving now for Riga. Up in the air again.* En ja, ja, ja, ik kreeg meteen een sms terug: *Fly right. XX*

Riga, woensdag. Vonda moet met Bert repeteren voor het miniconcert tijdens de Holland Party, morgenavond. Ongelooflijk: er is speciaal een zwetende meneer uit Nederland ingevlogen met dozen vol kaas, worst en jenever, hij verzorgt de catering.

Maar er zal dus ook gezongen worden. Op Vonda's setlist staat wel zes keer *We all together*, in allerlei uitvoeringen, en ook drie nieuwe liedjes van haar nog te verschijnen cd. Akoestisch, Bert op gitaar. Moritz en ik hoeven er niet bij te zijn als ze repeteert, en bovendien moet Vonda ook nog wat telefonische interviews doen met regionale Nederlandse radiostations. Daarom vroeg Moritz tijdens het ontbijt: 'Vind je het goed als wij gaan shoppen?'

'Zout maar op,' zei Vonda, 'en neem die halve Noor daar met je mee.'

Ik nam een hap van mijn champignonomelet en lachte tegelijk, dat moet een smeuïg gezicht zijn geweest.

Even later lopen we door de stad, toeristisch slenteren. 'Colincolincolin,' neuriet Moritz, 'hij komt vanavond...'

'Ja,' zeg ik, 'is 'ie toch nog in Riga.'

'Voor mij,' grijnst Moritz, 'voor mij.'

'Vindt hij dat niet vervelend? Ik bedoel, om niet zelf mee te mogen doen, en dan wel zo dichtbij te zijn?'

'Geen idee,' zegt Moritz. 'Weet je, als alles goed gaat, als ik terugkom uit Groningen, als we dan nog bij elkaar zijn, dan trek ik bij hem in. In Amsterdam.'

Hij kijkt me aan van opzij. Ik kijk terug en begrijp dat hij op dit moment gewacht heeft, dat hij vastbeslotener is dan ik dacht. Ons singeldrietal is dus inderdaad voorbij, we lopen door het centrumpark van Riga en het dringt hard tot me door. 'Natuurlijk,' zeg ik, 'natuurlijk zijn jullie dan nog bij elkaar.'

Ik zeg het voorzichtig, en Moritz kijkt en kijkt en kijkt. Ik kijk terug en lach, en dan schiet er ook om zijn mond een plooi. 'Ja hè,' zegt hij, 'ja hè?'

'Zeker weten,' zeg ik, en ik krijg een veel te vlakke klap tussen mijn schouderbladen.

We kopen ijs, en likkend denk ik aan waar ikzelf zal zijn, wat ik zal doen, wie ik ben. Het begint vreemd te tochten aan de overkant van deze songfestivalweek.

Moritz zegt: 'Kom, volgens mijn plattegrondje is de oude stad hier heel dichtbij. Middeleeuwse straatjes en zo.'

Ik loop met hem mee, maar ik denk terug aan het feestje bij Ben, vorige week donderdag. Een Riga-afscheidsfeestje, met alleen maar songfestivalmuziek van dj Karsten. Iedereen was er, behalve Vonda. Dat gaf niet, want Niels zorgde dat haar naam vaak genoeg bleef vallen. 'Ik ben een beetje stoned,' zei hij in mijn oor, 'maar ik zal voor haar zorgen. Weet je dat er best een beetje voor haar gezorgd moet worden?'

'Dat weet ik,' zei ik.

'Ja,' zei Niels, 'dat weet jij, hè? Maar ik neem het van je over, man. Man, ik neem het van je over!'

Felaya had een neushoorn voor me meegenomen. Een reuzenknuffel. 'Voor in je Letse bed. Om alles van je af te laten glijden, neushoorns hebben een dikke huid.'

'Sorry,' zei ik tegen haar, 'ik heb je verwaarloosd. Maar je bent lief.'

'Jij ook,' zei ze, 'en ik begrijp het wel. Zorg maar dat je terugkomt. Niet opgeven, hè? Denk aan de neushoorn.'

Ik knikte en ik kuste haar vijf keer op haar wangen, ik had al wat sangria op. Ik dacht: als ik terug ben ga ik bij haar eten. En ik vraag haar vaker naar Rafik. En ik zal gaan zeggen: 'Sorry Vonda, vanavond ga ik met Felaya uit.'

Pas later dacht ik: zorg dat je terugkomt? Van wat, van wie?

En Ben – Ben liet me uit aan het eind van de avond, en ook Ben had me iets te zeggen. 'Dat het maar rijk mag zijn, Tych, daar in Riga.'

'Dank je,' zei ik, 'ga je wel kijken?'

'Domme vraag,' zei hij.

We stonden in de deuropening van Karstens appartement. Ben keek langs me heen naar de galerij. 'Karsten gaat weer varen,' zei hij.

'O?'

'Ja. In september, vijf maanden. En ik ga mee.'

'Mee?'

'Ja, er mag iemand mee. Nou ja, hij betaalt bij.'

'Waarheen dan?'

'Latijns-Amerika. Ik wilde je het eerst niet vertellen.'

'Waarom niet? Het is toch gaaf?'

'Ja, het is gaaf. Maar ik kap met de academie.'

'Kappen? Ben! Jij bent de allerbeste van ons jaar!'

'Welnee.'

'Zeker weten van wel.'

'Ach, ik blijf wel schrijven, hoor. Ik heb mijn toneelstukken toch? Ik heb gewoon geen zin meer in dat schoolse. In Gijs.'

'Wat erg! Wat erg!'

'Ach, Tychy.'

'Ja! Het wordt saai zonder jou!'

'Het is nu ook al saai, mét mij. Ik heb er gewoon geen zin meer in. En Zuid-Amerika, Tych, de wéreld! Reizen met mijn vriendje, dat is toch stoer? Dat snap je toch?'

Ja, dat snapte ik. En ik wist ook wel dat Ben geen blijver was. Hij stapt op wanneer het gezellig wordt. Zijn doei komt altijd onverwacht, en dus had ik zijn doei kunnen verwachten. Maar ik schrok toch, want ik wilde niet zonder Ben. Heb ik hem eindelijk begrepen, dacht ik, scheept hij zich in voor weet ik veel wat voor verte.

Ik wist niet wat ik moest zeggen, dus ik zei: 'Nou ja, tot ziens.' Ik kreeg een kus, en toen zei ik het zelf: 'Doei, Ben. Doei.'

Doei, denk ik, terwijl we Riga's oude stad uit lopen. 'Colin-colincolin,' neuriet Moritz naast me. Hij wijst naar een groep festivalfans met Engelse vlaggen, en onwillekeurig schikken we allebei onze accreditatiekaarten onder onze jacks.

Oliver, denk ik, het hoeft niet per se, maar kun je me nu snel sms'en of zo? Het is al woensdag.

Als we naar onze suite lopen komt Vonda ook net aan. 'Hé!' roept ze. 'Tycho!'

Het klinkt nogal luid, als een commando bijna, maar ik roep terug: 'Hoi! Hoe waren de interviews?'

'Kom even hier,' zegt ze.

Wel ja, denk ik, en ik frons naar Moritz, maar die is al in de badkamer verdwenen.

Dan loop ik maar naar Vonda toe. Nog voor ik binnen ben begint ze al: 'Wát heb jij geschreven op dat weblogje van je? Ik krijg van alle journalisten, ja, echt van allemaal, dezelfde vraag: waarom ik niet in het Nederlands zing. Ik word er gek van. En weet je waarom ze dat roepen? Omdat ze weten dat er een Nederlandse versie is. Ik moet mezelf de hele tijd maar verdedigen, ik moet zeggen dat we niks meer mogen veranderen, dat de NOS het zo wil. Maar hoe komt het dat iedereen weet dat jij die Nederlandse tekst geschreven hebt? Dat mag jij me wel eens vertellen.'

Ze gromt bijna. Ze gaat op het bureau in haar kamer zitten en slaat haar armen over elkaar. Ik doe een stap naar voren en probeer de plotselinge warmte in mijn hoofd te negeren. 'Inderdaad...' zeg ik.

'Aha!' roept ze.

'Wacht even,' zeg ik. 'Inderdaad, ook op internet hebben ze het opeens opvallend veel over een Nederlandse tekst. Maar dat komt niet van mij. Integendeel, ik heb juist gezegd dat niemand op onze harde klanken zit te wachten. Hetzelfde als wat we gisteren tijdens de persconferentie hebben gezegd. Lees maar na, dan kun je weer tevreden zijn. Jezus, wat kun jij ontploffen. Wat is er nou eigenlijk?'

'Hm,' zegt Vonda.

'Nou?' zeg ik.

'Het zal wel weer,' zegt ze. 'Ik kan me alleen niet voorstellen van wie ze het dan hebben.'

'Wat dacht je van Irene? Geeft die geen interviews? Of van Colin? Zijn album met mijn tekst erop komt over een paar weken uit, misschien heeft hij er iets over gezegd? Zou dat misschien kunnen, hè? Hè?'

'Nou ja, rustig maar. Het is gewoon kut om elke keer dezelfde vraag te krijgen. En ze bedoelen er iets mee. Verkapte kritiek, dat is het. Als ze je onderuit kunnen halen, dan zullen ze het niet laten. Maar als ik Nederlands zing, dan verliezen we, zeker weten. Trouwens, heeft die Noor van je al gebeld?'

Zo is Vonda, ze schuift razendsnel een ander frontje naar voren wanneer ze zich te veel heeft blootgegeven. *Als ik Nederlands zing verliezen we.* Ze wil dus winnen.

Ik loop terug naar mijn hotelkamer en ik sus mezelf: nee, ze wil me niet aan zich blijven binden, nee, ze wil niet winnen om mij maar niet te verliezen, nee, alles draait niet meer om mij, nu heeft ze Niels. Stress, denk ik, het zal de stress zijn. Miljoenen kijkers, zaterdag.

ZoHo – VIJFDE BERICHT UIT RIGA

Woensdagavond. Vanmiddag was er alweer een feestje, dat van Rusland. We zijn er maar kort geweest. Het werd in een kasteeltje gehouden, even buiten Riga. Toen we er waren wilde Vonda meteen naar huis, en gelijk had ze. Er was niks aan, veel limousines met strakke-pakken-mannen die nogal postcommunistisch naar buiten stapten. En koud dat het was! We all together – *ja, zeker met een bevroren zangeres.*

*Bovendien: onze familieleden zijn aangekomen, en die wilden we
begroeten. Mijn vader en moeder, die van Moritz ook, plus zijn liefje
(ja, ja, Colin dus) en Vonda's moeder. Omdat we op tijd terug waren
hebben we allemaal samen kunnen eten. Wel jammer dat ze in een
nogal ver hotel zitten, ergens aan de andere kant van de rivier, over
de brug.*

*Er is wat gedoe over een Nederlandse tekst, ik schreef daar gisteren
al over. Colin schijnt in zijn radioprogramma gezegd te hebben dat
ik ooit een tekst gemaakt heb op* We all together. *Klopt. Maar: voor
intern gebruik. Hobby. Oefening (ik zit op de Nationale Schrijfacademie). Dus nee, niet moeilijk doen en niets moeilijks verlangen nu:
Vonda zingt Engels. O, op de nieuwe cd van Colin staat wel een tekst
van mij. Luisteren? Kopen?*

*Intussen wordt het zenuwachtiger hier. Onze trommels zijn geluk-
kig aangekomen, maar het schijnt dat de camerastandpunten vandaag bij de repetitie opeens veranderd waren. Morgen, als wij weer
moeten oefenen, gaan er zeven* NOS*-mensen mee, of elf, of drie, ik
weet niet. In elk geval gonst het van de adrenaline.*

*Met Moritz ben ik Riga in geweest, even. Interesseert het jullie dat
dit een geweldige stad is? Met mooie oude gevels en toch overal cyber-
cafés? En dat ze hier goed kunnen voetballen? Nederland komt in het
najaar hier om een interland te spelen. O, sorry, voetbal en homo's,
dat gaat niet lekker samen, zeggen ze. En toch, er zijn er die van bei-
de houden. Echt, ik ken ze. Ach, en homo's die niet van het songfestival houden zijn er vast ook. Maar niet hier. Tot morgen. X Tycho*

Het is laat en mijn *ZoHo*-stukje is af. Maar ik wil nog verder
schrijven, al was het maar om die hola-opgewekte toon kwijt te
raken. Want dacht ik nou echt dat alles hier voorbehoudsloos
zou zijn? Dat Vonda en ik ons zomaar hebben losgeschud van
onze laatste weken? Dat Vonda in Niels de oplossing voor alles
ziet? Dat ze niet meer zal gaan bibberen, zo vlak voor zaterdag?
Dat ik weer warm ben, alle koelte weggestraald?

En dacht ik ook dat Oliver in één keer *ja* en *zullen we gaan
trouwen* zou zeggen, en dat hij dat snel zou doen, en elke dag elf

sms'jes sturen zou? Ach, onnozele ik.

We hadden een raar etentje vanavond. Natuurlijk was ik blij dat mijn ouders er waren. Ik zat in het restaurant naast mijn vader, aan het hoofd van de tafel lachte mijn moeder me toe, en tegenover mij zag ik het getortel van Moritz en Colin.

Ja, Colin had iets op de radio gezegd, Vonda vroeg ernaar en hij bevestigde het. Ik verwachtte een van haar brullen, maar opeens deed ze luchtig. Uit respect misschien? Zou Vonda uiteindelijk opzien tegen Colins status? Heeft iemand die beroemd wil worden meer ontzag voor *fame* dan degene die er voor zichzelf niet aan moet denken?

In elk geval leek de avond over te gaan in aangenaam geklets en geschuif met pizzastukken. Papa vroeg hoe goed ik me voelde. 'Heel goed,' zei ik. Mama vroeg hoe mijn contact met Oliver was. 'Best,' zei ik, 'hij belt snel. Maar misschien wacht hij ons tv-optreden af.'

'Dat zou jammer zijn,' zei mama.

'Hoezo?'

'Gewoon. Dat duurt nog even.'

'Mam, ik ken hem toch, hij is niet zo'n prater.'

Mijn moeder keek me over haar aardappelgerecht heen aan, maar opeens klonk er rumoer aan Vonda's kant van de tafel. Ze denderde haar stoel naar achter en liep weg. 'Wat?' riep haar moeder, die naast haar zat maar op het moment van Vonda's vlucht met Moritz' vader in gesprek was. 'Kindje, kindje?' zei ze. Ze stond op en rende achter haar dochter aan.

Het werd stil en iedereen keek naar de kaars die bij Vonda's bord stond en van al dat plotselinge bewegen uitgewapperd was. Daarna keken we naar Leja, die terug kwam lopen. 'Ik weet het niet,' zei ze, vuurkleur aan de bovenkant van haar wangen. 'Ze vraagt naar jou,' zei ze en wees naar mij.

Ik?

Waar was ze dan?

Daar, op de wc.

De poten van mijn stoel schraapten over de vloer toen ik opstond en langzaam, ik wist ook niet wat me nu weer te wachten stond, liep ik naar de toiletten. De damestoiletten.

Ik keek om me heen, maar niemand zag me de deur met het vrouwenplaatje openduwen. 'Vonda?' vroeg ik.

'Ik kom wel naar buiten,' gromde ze vanachter een deurtje, 'jij staat compleet voor gek. Kunnen we het gebouw uit?'

Dat konden we. Een eindje verderop stond een voorraadingang open die leidde naar een binnenplaatsje met zielige bomen. Vonda zag er al net zo zielig uit.

'Dit is dus mijn leven,' zei ze. 'Ik heb een geweldige kans en het enige wat ik doe is hyperventileren. Ik ben een scheepsramp.'

'Wat is er dan?' vroeg ik, maar ik merkte het al bij mezelf: ik hoefde het heus niet te weten.

Vonda beet opeens van zich af. 'Zie je het dan niet? Jullie hebben warme vaders en warme moeders. Moritz heeft een partner die hem wel op wil eten, en jij, ach, jij zit binnenkort op een wolk naar Noorwegen. Moet je doen hoor, ik hou je allang niet meer tegen. Maar ik ga nog naar de top, Tycho. Ik moet nog naar de top. Helemaal alleen. Hoe doe ik dat in Kristusnaam?'

'Maar, maar...' zei ik, 'je hebt Niels toch? En je moeder?'

'Mijn moeder? Hoeveel van de woorden die ik zeg denk je dat ze hoort? De eerste twee van elke zin? Daarna begint ze weer aan zichzelf te denken. En Niels. Ja, god, Niels. Ik ga het proberen, en ik wil het ook echt proberen, maar die therapie moet ook nog en hoe kan ik hem dat vertellen? Hij loopt weg. Tycho, ik denk dat hij dan wegloopt.'

Ze begon te huilen. Ik liep naar haar toe en pakte haar bij de arm. 'Hij loopt niet weg,' zei ik, ik zei het opeens ferm, ik zei het stevig. 'Niels is de mooiste jongen van onze klas en hij kan alle problemen aan. Hij heeft zelf tegen me gezegd dat hij voor je wil zorgen. Dus als je bij iemand veilig bent, dan is het wel bij hem. Heeft hij je al gebeld?'

'Zes keer,' zei Vonda.

'Juist,' zei ik, 'dat bedoel ik. Dus nu hou je op. Je moet aan je stem denken. En aan morgen. En aan ons lied. Dit is een feestje, oké? Een feestje dat speciaal om jou heen is gebouwd.'

Het werkte. Vonda haalde diep adem. Haar ogen droogden als vanzelf op, schoot daar een laatste traanstraaltje hup van onderop haar wangen naar boven terug haar ogen in? Ik trok haar mee, ik wilde weer naar binnen. Ze zei 'ja' en 'dank je wel', en even later namen we allemaal een toetje. Ik zei tegen Leja dat ze vannacht op Vonda's kamer moest slapen. 'Natuurlijk,' zei ze. Mooi, dacht ik, geregeld, wil er iemand nog een calvados?

En ik dacht ook: een feestje? Het songfestival een feestje, en wij allemaal los van wie we zijn en van wat er is gebeurd? Onnozele, dacht ik, onnozele ik.

ZoHo – ZESDE BERICHT UIT RIGA

Donderdag, eind van de middag. Dat met die veranderde camera's viel wel mee. We hebben onze tweede rehearsal *gehad en behalve dat Vonda's oortje het niet deed (haar* in-ear-*monitordopje waarmee ze de muziekband beter hoort) en er tien minuten lang iemand aan het kastje achterin haar jurk zat te frunniken, ging er niks mis. We moesten in onze zaterdagkleren oefenen: Vonda's jurk is van schitterglas, zo lijkt het. Zachtroze stof met piepkleine spiegeltjes, ze zal iedereen verblinden. Moritz en ik hebben colbertjes aan gekregen, lichtblauwe, heel simpel. Hoewel Yuun Park, onze styliste, zegt dat ze van een bijzonder Cordobaans merk zijn dat enkel in dat ene Amsterdamse winkeltje verkrijgbaar is, op oneven donderdagen, als de maan in zijn eerste kwartier is gedraaid, en alleen als je een geheim modewachtwoord waar Viktor en Rolf vijf weken over hebben nagedacht door de brievenbus fluistert – sorry, ik laat me gaan.*

Het wordt intussen wel steeds griezeliger: bij de bookmakers staan we nu op één en de zaal stroomde vol toen wij aan de beurt waren. De persconferentie was uitbundig. Vonda stond halverwege op en begon het Wilhelmus te zingen, en daarna nog twee oude Nederlandse songfestivalbijdragen in r&b-versie. Jullie hadden erbij moeten zijn.

Dan hadden jullie ons meteen van Emilio en Enrique kunnen red-
den: dat zijn de overspannen Spaanse fans die al acht keer met Vonda
op de foto zijn gegaan. En nu hebben ze Moritz en mij ontdekt. En
niet alleen ons. Ook onze billen.

Verder was het rennen vandaag, en nu helemaal: ik moet naar de
Holland Party. De cateraar is vanochtend heen en weer geweest naar
het Letse vliegveld, er was nog een vaatje haring blijven staan. O,
Moritz roept. Het is tijd. Wat denken jullie – mag ik vanavond wel
een beetje op de achtergrond? Ik ben bang voor die zeven mannen met
rood-wit-blauwe pruiken. Echt, ze bestaan, ik verzin niks. X Tycho

Het is vrijdagochtend en het gaat niet goed. De nacht is vreemd
en zwaar geweest, en zojuist kwam er een ontbijtgesprek met
Irene overheen. Ik zat uit het raam naar de Riga-lucht te kijken,
ik dacht: we hebben nog helemaal geen regen gehad, en opeens
vroeg ze: 'Tycho, kun jij wat meer betrokken zijn? Iets minder
afwezig? En moet je eigenlijk altijd zoveel schrijven?'

Meteen erna wendde ze zich tot Vonda: 'En jij redt het zo
niet. Vanmiddag is de generale al, en het leek misschien wel
goed wat je gisteren liet horen, maar het wás niet goed. Het was
verkrampt. En dan die Holland Party, waarom was je zo snel
weg? Ik had nog twee interview-aanvragen. Weet je wie er voor
je ingevallen is? Colin! Von, dat kan dus niet.'

Vonda ging rechtop zitten en zei alleen maar: 'Ik heet geen
Von.'

Daarna liep ze weg.

Irene bleef zitten en staarde totaal verbijsterd naar de Vonda-
loze eetzaal. Pas na een tel keek ze naar mij en zei met vonken-
de ogen: 'Ja! Doe jij dan ook eens iets!'

Maar wist zij veel – ik had al zoveel gedaan.

Toevallig stonden onze ouders gisteravond op de party bij elkaar in de buurt, en toen Vonda plotseling naar huis wilde liet
iedereen zich meetronen. We wandelden naar ons Reval-hotel,
Leja naast Vonda en mijn ouders vóór mij, hand in hand. Alleen

Moritz' ouders waren al weg, zijn moeder had hoofdpijn.

Toen we in de lift stonden (wij op weg naar de bar, Vonda met haar moeder al naar bed) zei Moritz: 'Tych, ik ga straks bij Colin slapen. Vind je dat erg?'

'Nee joh,' zei ik, 'natuurlijk niet.'

Na het laatste drankje (die Riga Balsams is heerlijk met bessensap, net dubbeldrank, maar dan koppig) haalde Moritz zijn toilettas op.

Mijn ouders gingen nog niet naar hun eigen hotel. Ze duwden zichzelf achter mij aan onze suite binnen. Mama ging op mijn bed zitten en ik vroeg me af waarom. Ouderlijke bezorgdheid? Tandenpoetscontrole?

Zodra Moritz weg was bleek de echte reden. Mijn moeder begon te praten, ze leek een beetje zenuwachtig. Ik keek naar mijn vader. Hij stond bij het raam en lachte warm, geheimzinnig ook. 'Zoon,' zei mama, 'nu hebben we je even alleen. Je vader en ik willen je iets zeggen. Dat we trots op je zijn, natuurlijk. Maar ook dat we vinden dat je alles zo goed doet. Met Vonda en zo. Dat hadden wijzelf vast niet gekund. En morgen en overmorgen wordt het natuurlijk heel spannend en hectisch, en daarom willen we je nu alvast een cadeautje geven. Want voor ons heb jij gewonnen, je hebt alles al gewonnen, helemaal. Hier.'

En ze gaf me een envelop.

Ik keek verbaasd van haar naar mijn vader, nam de envelop aan en vouwde hem open. Er kwam een briefje uit. *Tegoedbon*, stond er op, *voor een week Southampton*.

Southampton, Engeland. Daar stond de gezinscamper. Al jaren gingen we er elke vakantie naartoe. Hij stond op een natuurcamping, rustig, stil, ver weg. Vorig jaar wilde ik niet meer mee, ik had genoeg van de afgelegenheid en de bedaarde ritmes. In plaats daarvan kwam ik in de Amerikaanse hitte terecht, met alle gevolgen van dien. En nu? Vonden ze dat ik nu weer terug moest naar de kinder-Tycho die ze kenden?

'Wacht,' zei mijn vader, en hij lachte nog steeds. 'Het is niet wat je denkt. Het is een tegoedbon voor twéé personen. Wij betalen twee vliegtickets. Een voor jou, en een voor... voor Oliver. Voor zo snel mogelijk. Om bij te praten. Om samen te zijn. Een week, wanneer jullie maar willen.'

Ik wist niet wat ik moest zeggen. Ik kreeg een droge mond, steken bij mijn slapen. Fijn was dit, ja – als het zou kunnen. Pijnlijk ook – want opeens dacht ik nu toch wat ik al een tijdje tegen had willen houden in mijn hoofd: dat de lijn vanuit Noorwegen al heel wat dagen dood was. Dat ik voorlopig nog, of wie weet voorgoed, aan het wachten was op verbinding, tuut, tuut, tuut, tuut...

Ik stamelde 'bedankt'. Natuurlijk stamelde ik dat, want ik wilde dat ze nu weg zouden gaan, te veel liefde, waar zijn de taxi's, dag, welterusten. Ik gaf ze allebei een kus, natuurlijk deed ik dat, ik had al zo vaak geacteerd, dit moest ik kunnen en ik kon het.

Mijn hotelkamer was leeg. Geen Moritz-geluiden, geen gejoel van late gasten op de gang, en aan de andere kant van de muur sliep Vonda vast al uren. De schemerlamp op mijn nachtkastje zette de suite in een suffig licht, buiten de ramen was er niets dan gladde donkerte. Ik kroop mijn bed in, de laptop hield ik op mijn knieën.

Een lange Noorse stilte, dacht ik, is een even zo lange kans om van gedachten te veranderen.

En toen kon ik niets anders doen dan een mailtje schrijven. Zielig ja. Alweer. En ik verstuurde het niet, nog zieliger.

Oliver,

er is vast een soort timing voor stiltes. Die van jou duurt maar en duurt maar, en wil dat wat zeggen? Ik denk dat dat iets wil zeggen. Beweeg je wel? Denk je wel aan mij? Mensen staan niet stil. Waarom zouden we anders muntjes gooien in de hoge hoed van een levende goud geschilderde man in een park? 'Knap zeg, gewéldig, iemand die

stilstaat, hélemaal stil.' Waarom hoor ik niks? Je hebt er vast je re-
denen voor. Maar liggen er nog redenen onder die redenen? En Von-
da...

...daarna hield ik mijn vinger op de x-toets, een minuut lang. Ik kruiste en ik kruiste, want opeens drong zich een totaal onbekende toekomst aan me op.

Los van de academie, misschien.

Los van Moritz en Ben, misschien.

Los van Oliver?

Los van Vonda?

Als mijn leven een lied op een podium was, dan stond ik te playbacken met een zwart zaalgat voor me. Ik zag niks of niemand meer.

Ophouden, dacht ik, niet piekeren, dus ik sloeg de laptop dicht en knipte het licht uit. En ja, na een tijdje vielen mijn ogen dicht. Ik haalde gruizig adem, dat wel, maar de slaap trok mij dan toch even naar zich toe.

Even maar, want er zat iets in mijn oor. Een geluid. Een dof geluid dat zich ritmisch vastzette. Ik probeerde erdoorheen weer in slaap te vallen, maar opeens schoot ik overeind omdat ik dacht: het komt uit Vonda's suite.

Bonk. Bonk. Een dof-slepende klop, een trage slag als van een langzaam, kamergroot hart.

Vonda, dacht ik en ik stond al op de gang.

Ik klopte aan, zachtjes nog, eerst. Geen reactie, het geluid ging door. Ik klopte harder, ik wachtte, ik tikte, ik bonsde, ik riep, en eindelijk werd de deur ontgrendeld.

Vonda draaide het slot los, maar toen ik de deur voorzichtig openduwde en naar binnen keek begonnen de doffe klappen weer. Ik liep door en schrok van wat ik zag: Vonda veroorzaakte het bonken zelf. In het smalle gedeelte van haar suite liep ze van de linkermuur naar de rechtermuur en stopte niet op tijd. Ze botste aan twee kanten met haar zij tegen de wand. Ze wierp zichzelf heen en weer, als de dikke slinger van een vleespendule, als iemand die door muren heen wil beuken maar het niet hard genoeg probeert.

Ik rende op haar af en probeerde haar tegen te houden.

Het lukte niet meteen, ik moest me schrap zetten. Ik riep: 'Hou op! Hou op! Vonda!'

Ze hield in en keek me met ongefocuste ogen aan. Sliep ze nog? Was dit slaapwandelen? Ze begon weer te trekken, en ik sloeg.

Ik haalde uit naar haar wangen, niet hard, ook niet zacht.

Het werkte. Vonda stond nu stil. Ze verstrakte en begon te fluisteren: 'Tych. Tych. Tych. Tych.'

'Vonda,' zei ik, 'kom, kom zitten. Wat heb je? Wat is er? Waar is je moeder?'

Ze zakte neer op haar bed, ik bleef haar vasthouden. 'Tych,' zei ze.

'Ik sloeg je,' zei ik.

'O,' zei ze. Ze draaide zich naar me om en zei: 'Waar zijn we?'

Ze bekeek haar bovenarmen. Die zagen er gebutst uit, dat zouden wel blauwe plekken worden. Gelukkig heeft haar festivaljurk gesloten mouwen. Ze waste haar gezicht, ik had de waterkoker aangezet om thee te maken.

'Ja,' zei ze na een tijdje, 'het is een soort slaapwandelen. Ik heb dat af en toe. Denk ik. Weet ik veel.'

'Hoe bedoel je, weet ik veel?'

'Ik weet het niet. Ik heb een tablet genomen.'

'Een slaaptablet bedoel je? Eentje maar? Of meer?'

'Niks te veel. Ik ben niet gek. Het gaat alweer. Vonda redt het wel, Tychje kan naar bed.'

'Waar is je moeder dan? Waarom is ze hier niet, ze zou blijven slapen!'

'Weggestuurd. Taxi gebeld. Ik heb mijn moeder niet nodig. Ik red het, dat zeg ik toch.'

'Weet je dat wel zeker?'

'Ja, ja. Nu ga ik gewoon slapen.'

'Zal ik...' Ik wees naar Vonda's tweede bed.

'Nee hoor,' zei ze.

'Zeker weten?'

'Oprotten nu,' zei ze.

'Goed dan,' zei ik. Ik liep weg, draaide me nog even om, liep verder nog, pakte de deurklink vast, en toen zei Vonda: 'Nee.'

Ze zei het niet, ze piepte het. 'Nee,' zei ze, 'blijf.'

En daarna bleef ik bij Vonda slapen. Ik ging het licht in mijn eigen kamer uitdoen. Ik pakte een T-shirt uit mijn tas en zag de knuffelneushoorn die Felaya me mee had gegeven. Dikke huid, dacht ik. Af laten glijden. Heen en weer zal het altijd blijven gaan, Vonda zal altijd vierhonderd Vonda's zijn, vrolijk, geschift, uithalend, nog eens uithalend, troostend, een feeks. Toneelspelen, dacht ik, dat moet ik doen. Neushoorntoneelspelen.

En ik liep terug, en Vonda had de bedden dichter bij elkaar geschoven.

Het werd een lange nacht.

'Bewaak je me?' vroeg Vonda nog.

Ik humde en toen werd het stil. Ze sliep.

Maar ik niet.

Het plafond bleef naar me kijken.

En de zwarte spiegel ook, en die stoelen daar en de nacht, de nacht zelf keek naar mij, naar hoe ik daar lag.

'Wat ben jij in godsnaam aan het doen?' vroeg de nacht.

'Hou je kop,' zei ik, 'ik bewaak.'

'Ah zo,' zei de nacht, 'en wie bewaakt jou?'

Dat vond ik hardvochtig van de nacht, gemeen ook. Maar ik zei niks terug. Ik dacht: het wordt vanzelf weer ochtend. En bovendien wist ik het antwoord niet.

Het is dus vrijdagochtend en het gaat niet goed.

Ik heb Irene niks over vannacht verteld. Nadat ze daarstraks tegen me uitviel rende ik naar boven, Vonda achterna. Die had haar kamerdeur open laten staan, alsof het vanzelfsprekend was dat ik weer naar haar suite zou komen, in plaats van naar die van mij. Maar toen ik binnenkwam was het enige wat ze zei 'hoi', en daarna ging ze demonstratief verder met een stemoefening.

Ik griste mijn shirt weg van het bewakingsbed, het bed waarin ik pas tegen de ochtend licht was weggezakt, en liep naar mijn eigen kamer. Ik heb hier liggen schrijven, en ik heb bijna alles verteld. Over veertig minuten moeten we in de lobby zijn, dit is de dag van de eerste generale repetitie. Ik maak nog even een nieuw *ZoHo*-bericht en dan zal Moritz wel komen.

O, daar is hij al.

Nee, het is Vonda.

Ze komt naar me toe, ze heeft haar ogen tot spleetjes geknepen. Haar stem? Haar stem knijpt ook. Wat zegt ze nou?

Dit zegt ze: 'Weet je wel wat er vannacht gebeurd is? Dat weet jij niet, hè? Maar ik moest wel. Ik moest vanwege jou, en misschien ook, ooit, vanwege mezelf. Weet je wat er vannacht gebeurd is? Vannacht heb ik jou losgelaten.'

ZoHo–LAATSTE BERICHT UIT RIGA

Vrijdagochtend. De party viel mee! Was zelfs leuk! Ik sprak de jongens die de officiële Nederlandse songfestivalsite verzorgen. Zij vertelden me dat ze aan de ZoHo-webredactie hebben gevraagd of ze mijn berichten ook op hun eigen pagina's mochten plaatsen. ZoHo vond het goed als ik het goed vond. Tuurlijk! Deze zinnen zijn dus op meer dan één URL te lezen.

Maar het zijn wel mijn laatste: vanaf nu wordt het hier druk en menens. Om twee uur vanmiddag begint de eerste generale repetitie. Er zit dan al publiek in de zaal, alle kaartjes zijn verkocht. En de hele show wordt opgenomen. Mocht er morgen tijdens de echte uitzending iets misgaan, dan draaien ze de band van deze middag af. Er wordt alleen nog niet gestemd.

Ja, we staan nog steeds ergens bovenaan in de voorspellingen. Som-

migen van jullie waren boos dat ik er zo denigrerend over deed. En natuurlijk, voor Holland, Nederland, Oranjeland, Vaderland zou het mooi zijn als we alleen maar douze points *kregen. Maar jongens, doe even normaal. Wint alleen degene die nummer 1 is? Zijn alle andere vierentwintig deelnemers de verliezers? Enne... het gaat toch om de mooie liedjes? Of is dat nu vreselijk achterhaald van mij? Trouwens, ik had het nog niet gezegd, maar mijn favoriet is Slovenië.*

Goed, ik moet opschieten. Vanmiddag dus de eerste generale. Vanavond totale rust. Morgen eerst de tweede generale, en dan de finale. En zondag weer terug op Schiphol – alles voorbij. Maar guess what: *de* ZoHo *heeft gevraagd of ik vaker voor hun blad wil schrijven. 'Maar ik ben geen artiest,' zei ik. 'Vonda's Voice is eenmalig, Vonda gaat alleen verder.'*

'Weten we,' zeiden ze, 'maar jij blijft toch schrijven?' Ja, zeker weten. Liedteksten, hoop ik, en gedichten (ja, dat doe ik ook). Maar misschien ook reportages dus, of interviews, ik heb nog geen idee.

Jullie kunnen dan eventueel nog vaker iets van mij lezen, maar ik wilde dit stukje niet eindigen met reclame voor mezelf. Let op Moritz. Hij gaat een schitterende danscarrière tegemoet bij Galili Dance in Groningen. En Vonda komt met een prachtig eigen album. Ze heeft er gisteren een voorproefje van gegeven tijdens, alweer, de Holland Party. Het was groots, zij is de zon.

Dag allemaal, duim voor ons, voor de juiste noten en de juiste We All Together-*vragen.* X van Tycho

PS *En wat ik al een jaar of zo met Noorwegen heb houden jullie nog van me te goed. Hoop ik.*

Dat was het.

Verder niets.

Ben ik mezelf?

Ach, ik sta erbij en kijk ernaar:

Het is vrijdag. Tycho Zeling loopt met Vonda Esmeralda Oppenheim mee. Ik zie hem gaan. Hij staat op het Eurovisiepodium in de Skonto Hal in Riga, Letland, tijdens de generale repetitie. De vlammen op de achtergrond kleuren van blauw naar rood. De geluidsband loopt en zowel het oortje van Vonda, als Tycho en Moritz' headsets werken.

Moritz en Tycho stellen de vragen die in het liedje passen, en ze doen het precies op tijd. De uithalen van Vonda lukken en er wordt gejuicht, gejuicht, gejuicht in de zaal. Er zijn vlaggen en er is gezwaai.

Tycho Zeling loopt met Vonda Oppenheim en zijn maatje Moritz het podium af, schudt de handen van de Roemenen, en dan is het voorbij.

En daarna is Irene Laarman, hun parttimemanager, tevreden, en de componist Bert Laarman is ook tevreden, iedereen is tevreden.

En nog eens zeggen de mensen: 'Grote kansen, grote winstkansen morgen.'

En Tycho Zeling hoort het allemaal en kijkt naar zichzelf en ziet zichzelf als iemand op een feestje die lacht en knikt naar alle kanten, maar wat denkt hij daar, wie is hij daar, wat doet hij daar?

Hij leent zijn stem.

Het is Vonda's voice die hij gebruikt,

het geeft niet,

denkt hij,

en hij denkt: hoe vaak denkt iemand op een dag: het geeft niet?

Hij ziet zijn vader en zijn moeder. Hij ziet hun ogen glinsteren. Hun handen zijn al op zijn rug, hij denkt: het geeft niet.

Hij kijkt voor en na de show voortdurend op zijn gsm. Nee, hij neemt geen oproepen aan, dat kost hem veel te veel, hier in het buitenland, maar tekstberichten ontvangen, dat kan wel.

Er zijn tekstberichten van zijn vrienden, maar niet eens zoveel.

Er is geen tekstbericht van iemand uit Noorwegen. Tycho Zeling heeft al heel lang iets met Noorwegen, maar nu blijft het stil. Ach, hij heeft toch met zichzelf afgesproken om te denken: nee, het geeft niet?

Pas als ze snel gegeten hebben, met z'n allen, in het hotel, niet te veel, niet te zwaar, en pas als Vonda Esmeralda Oppenheim met Moritz heeft geregeld dat ze deze laatste nacht voordat ze morgen aangekeken zullen worden door miljoenen kijkers, met z'n drieën op een kamer zullen slapen en niet bij vriendjes, niet alleen, maar dat ze eerst nog wat gaan lopen in het centrumpark, het is een mooie avond, pas dan denkt Tycho Zeling: ik hang weer om mezelf heen,

ik zie wat ik doe,

ik ben er en ik ben er niet,

geeft dat,

geeft dat?

Ik denk: ja, dat geeft.

Vonda en Moritz lopen voor me uit. Ze zoeken de schemerlaantjes van het park, want er lopen overal festivaltoeristen. Ik zie Vonda's jas opbollen, ik zie Moritz' kuifje zachtjes waaien en ik denk: ik ben hier, ik ben echt. Ik wil niet doen alsof. Ik wil gezien worden. Morgen mag iedereen naar me kijken en ik ga belangrijke stukken schrijven voor de *ZoHo*, ik gooi mijn chatprofielen weg, ik eis mijn sinaasappelbaan weer op en ik spaar voor een retour naar Noorwegen.

'Hé,' zeg ik, 'hé!'

Vonda en Moritz draaien zich om en blijven staan. Ik doe een stap naar voren en zeg: 'Vonda, wat bedoelde je vanochtend?'

'Wat?' zei ze.

'Je zei dat je me losgelaten hebt. Wat betekent dat?'

Vonda kijkt naar Moritz, Moritz kijkt terug. 'Moet dat hier?' zegt ze.

Ik zeg: 'Ja.'

Vonda zoekt in het beginnende avonddonker naar een bank-je, maar ze vindt er geen. 'Niet alles hoeft hardop,' zegt ze. 'Soms weet je gewoon hoe het staat. Soms weet je gewoon hoe de dingen voorbijgaan. En dit keer wilde ik niet wegrennen.'

'Voorbij?' zeg ik. Er zakt iets zwaars achter mijn ogen, waar-om hou ik dat niet tegen, waarom denk ik niet: het geeft niet?

Ik denk in plaats daarvan: jij kunt alles zeggen, maar je bent jezelf niet. Jij bent allerlei Vonda's. Als er iemand hier moet los-laten ben jij het niet, maar ik.

Maar ik zeg niks.

Ik sta daar maar. Vonda staat daar ook. We krijgen loden han-den die naar beneden hangen.

Dan stapt Moritz tussen ons in. Hij slaat aan twee kanten zijn armen uit, zijn linkerarm om Vonda, zijn rechterarm om mij. Hij drukt ons samen, hij draait ons in dezelfde richting. 'Kom,' zegt hij, 'niet van die woorden nou. We gaan terug naar het ho-tel.'

En we lopen, we lopen in hetzelfde tempo, met dezelfde stap, en misschien zijn er mensen die ons zien en herkennen en den-ken: wat een drietal.

Maar ik vertrouw het niet. Ik vertrouw Vonda niet, ik kan er niks aan doen, ik voel het door mijn hele lijf heen dingdongen: vertrouw het niet, vertrouw het niet.

Loslaten, denk ik, ik ben degene die moet loslaten.

En ik laat Vonda en Moritz los.

Ik laat hen los want ik tril. Mijn telefoon trilt, het is een dringend trillen. Er is iemand die me wil bereiken. Ik neem niet op, ik neem nooit op hier. Maar er staat 22:03 in het display en een nummer dat ik herken. Moritz en Vonda zijn stil blijven staan. Aan de overkant van de straat is ons hotel en ik hou mijn gsm naar hen omhoog en zeg: 'Oliver! Oliver belt!'

'Opnemen, idioot!' roept Vonda, en dus neem ik op.

'Tycho?' zegt hij. 'Ben je daar? Sorry dat ik zo laat bel. Ik dacht, misschien kan het nu. En anders spreek ik wel in. Tycho, ik heb denk ik een manier gevonden. Ik wist het al eerder, maar ik moest nog wachten op de bevestiging. En ik heb vandaag de bevestiging gekregen. Daarom heeft het zo lang geduurd. Tycho, ben je er nog?'

'Ja,' zei ik, 'ja.'

'Tycho, weet je waarvan ik de bevestiging kreeg? Ik kom naar Holland. Echt! Wonen! Nou ja, een tijdje. Ik studeer fysiotherapie, dat had ik je nog niet verteld. Het hele jaar al. Maar er gaan vaak mensen van onze opleiding naar Nederland, naar Groningen. En nu mag ik ook. Een jaar, mijn hele tweede jaar.'

'Oliver,' zei ik.

'Ja,' zei hij. 'Denk je dat dat kan? Dat we elkaar dan kunnen zien? Ik weet het ook niet, maar misschien kunnen we nog eens kijken of we... Ik zit er de hele tijd aan te denken, dan wordt alles gemakkelijker, ik weet niet hoe ik het moet zeggen... Hé, is dat ver, van Groningen naar Rotterdam? Tycho?'

Ik sta onbeweeglijk met mijn gsm aan mijn oor en Vonda en Moritz staan naast me, ook al onbeweeglijk. Ik weet wel dat dit geweldig is, dat dit is wat ik wil, maar hoe kan ik deze timing nou zo slecht in de gaten hebben gehad? Dáárom sms'te hij dus niet. Dáárom schreef hij al in zijn mail dat hij een manier zou vinden, maar dat hij nog niet wist wanneer. Er staat heel langzaam een piepklein Tychootje op in mijn hoofd dat heen en weer wil gaan springen, maar het houdt zichzelf nog ergens aan vast. Het buitelt nog niet, het rilt alleen een beetje in de orkaan. Want is het waar? Is het echt waar? Er wordt nogal gelogen de laatste tijd.

'Tycho?' vraagt Oliver in mijn oor.

'Geweldig,' zeg ik zachtjes.

'Wat?' zegt Oliver.

'Het is geweldig,' zeg ik, iets harder nu.

'Shit!' zegt Oliver. 'Dit gesprek is hartstikke duur voor jou! Heb je geen vaste telefoon bij de hand? Ben je in de buurt van je hotel?'

Ik kijk naar de overkant van de straat, ik hou mijn gsm heel, heel, heel stevig vast en ik zeg: 'Ja. Ik bel je. Zo meteen. Niet weggaan.'

'No way,' zegt Oliver, 'tot zo.'

04:26 uur. Moritz en Vonda liggen naast me. Ik schrijf dit in het donker.

Oliver komt naar Nederland. Naar Groningen. Ik ga hem weer zien. Hij grijpt zomaar in mijn leven in, en dat mág, dat mág soms, echt. In zijn stem hoorde ik, dwars door alle onhandige zinnen, de heldere aanwijzingen die ik hem ook op het voetbalveld zag geven.

Ik probeer nu aan zijn handpalmen te denken, aan de zachte druk wanneer hij vorig jaar met mijn vingers speelde. Ik denk aan zijn bovenarmen, er zitten allerlei bundels in elkaar gedraaide spieren in. Soms legde ik mijn hoofd ertegenaan en dan spande hij ze en tilde me zeker een centimeter op.

Toen ik hem in het tweede telefoongesprek, vanuit mijn kamer, het voorstel van mijn ouders over Southampton durfde te vertellen en hij zomaar on-Oliveriaans enthousiast werd, zomaar stoerderig-blij, hij moest alleen nog kijken of het dan binnenkort al kon, met school en met zijn trainingen, want volgende week zou wat hem betreft het fijnste zijn, zo snel en definitief mogelijk, hij zou het me nog laten weten, ook zo snel en definitief mogelijk, en toen op dat moment Moritz langs me liep en vluchtig zijn hand in mijn nek legde, pas toen durfde ik het mini-Tychootje in mijn hoofd heel even de vrije lucht in te laten gaan. Ffffwoei!

Maar zijn orkaan is alweer gehoorzaam gaan liggen.

Want ik ben hier niet voor Oliver. Ik weet het nu: Oliver is er steeds geweest. Dit jaar was net een ingewikkeld drukke disco. En als we niet zo aarzelend in ons eigen cirkeltje waren blijven staan, dan hadden hij en ik elkaar al veel eerder over massa's andere hoofden heen aan kunnen kijken en tegen elkaar kunnen zeggen: 'We zijn er.'

Maar ik en Vonda?

Waren wij er wel?

Ooit?

We zijn gewoon gaan slapen. Vonda was zo kalm, zo ongelooflijk kalm. Hoe kan dat na eergisteravond? Ze deed zelfs blij toen ik over Oliver vertelde, ze riep het Moritz na: 'Jippieeee!'

En ik had haar vrolijkheid wel willen aannemen, maar ik ben hier niet degene die gek is. 'Gaat het,' vroeg ik steeds, 'hé, Vonda, gaat het?'

'Ja,' zei ze.

'Eerlijk?' zei ik.

En toen fluisterde ze: 'Je mag me één keer wel geloven. Eén keer wel, alsjeblieft. Maar voor het geval je dat niet meer kunt, zal ik je zeggen: morgen krijg je het bewijs. Wil jij winnen? Nee? Wil ik winnen? Wat denk je? Morgen, Tycho, morgen krijg je het bewijs.'

Moritz was aan het gameboyen en ik keek Vonda alleen maar aan.

Bewijs? Ik begreep haar niet.

Ik geloofde haar niet en ik begreep haar niet.

Ik vertrouwde, geloofde en begreep haar niet.

Had ze me losgelaten?

Echt?

Ik heb het koud. We liggen hier en het is 04:37 uur.

We zijn drie lichamen.

Drie losse lichamen.

En het lukt me maar niet om aan Olivers adem te denken, aan zijn warme adem in die van mij.

Het is bijna tijd. Om ons heen is iedereen aan het inzingen, er klinken schrille jodelkreten, eerste zinnetjes, zeventig keer herhaald. Maar de kakofonie is al veel minder groot dan aan het begin van de avond; wij zitten aan het eind van het programma.

We worden opgehaald. Irene kust in de lucht en Bert slaat zijn vuisten op die van mij en Moritz. Vonda krijgt een buiging. De Roemenen, de Cypriotische meisjes, die nog moeten, de Turken en de Sloveen die daar weer na zijn, roepen 'good luck!' vanuit hun hokjes, de deuren staan open.

We worden naar de wachtruimte gebracht. Er zijn nog twee landen voor ons, we kennen de volgorde, we kennen dit langzame opschuiven. Zo ging het ook bij de twee generale repetities. Naar de wc? Nu kan het nog – maar niemand van ons hoeft.

Ik kijk naar Vonda en probeer in te schatten of ze het zal redden. Breekt er geen zenuwmeisje uit haar geconcentreerde lijf? Waar is de gewonde leeuwin?

Nergens.

Ze staat en neuriet.

Wacht en ademt.

Een paar minuten later, bij het techniekblok achter het podium, krijgen Moritz en ik onze headsets op. We weten al waar ze precies moeten zitten, we schuiven ermee, we frunniken, scheef, hup, recht. Vonda's monitorkastje wordt vastgemaakt, maar haar oortje bungelt nog los langs haar schouder. Als ze het nu al in doet hoort ze de Duitse jongen die voor ons is. We zien hem op het monitortje in de hoek. Hij is bij zijn eerste refrein. Ik voel nog even in mijn jasje: ja, daar zit mijn gsm. Straks, in de *green room*, zet ik hem aan. Het mag niet, maar het moet. Oliver zal sms'en, hij heeft het me beloofd.

Ik kijk naar Moritz, en nog eens naar Vonda, maar we kunnen niks meer zeggen nu. Aan Oliver denken, dat kan, maar het lukt me niet zijn ogen voor me te zien. Welke kleur hadden ze ook weer?

De Duitser is aan zijn tweede refrein.

We gaan op een rijtje staan. Ik voorop met Moritz: wij moeten straks naar de verste podiumhoek, Vonda komt achter ons aan. Onze trommels zijn al in de andere coulissen neergezet.

Papa en mama, denk ik, waar zitten jullie ook weer? Op welke rij?

Ik kom niet tot het antwoord, want Vonda legt een hand op mijn schouder. Wat? Wat? We mogen niks meer zeggen nu!

Ik draai me om en schrik: Moritz staat met een briefje in zijn hand. Hij kijkt verbaasd. Vonda steekt mij ook iets toe – net zo'n briefje.

Wat is dit? Het is schemerig hier, wat staat erop?

'Le-zen,' mimet Vonda.

Ik kijk en tuur, de Duitser is aan zijn modulatie toe.

Zinnen staan erop, een paar onder elkaar. Nee, vragen. Vragen op een rijtje:

Weet je wel goed wat je zegt?

Waar blijft je eigenheid?

Raak je jezelf niet kwijt?

Kun je een ander dan ooit zo begrijpen?

Bedoel je het seksueel?

Of romantisch?

Mentaal?

Psychologisch?

Een lichaam bedoel je, dat jullie gezamenlijk zijn?

Deze vragen ken ik. Ik ken ze heel goed. Ik heb ze zelf geschreven.

Ik moet misschien wat tegen Vonda zeggen, ik moet gebaren, ik moet mijn schouders omhoogtrekken en mijn wenkbrauwen onbegrijpelijk fronsen, ik moet nee schudden, ik moet doen wat Moritz doet – maar ik laat het, ik sta stil.

De Duitser is uitgezongen, het applaus begint te stormen en ik sta stil.

Want ik weet waarom ze dit doet.

Ons filmpje wordt vertoond, de zaal rumoert, de Duitser loopt langs en wij duwen onze vuisten tegen de zijne.

We stappen het podium op. Moritz kijkt me aan, hij zwaait met het papier: Wat moeten we hiermee?

Ik knik alleen maar. Ik leg het mijne op mijn trommel neer, ik klem het zo'n beetje onder de rand en aarzelend doet Moritz hetzelfde.

Dan is het filmpje afgelopen, ons lichtplan wordt gestart, de zaal valt stil en in alle commentaarhokjes zeggen alle commentatoren de titel van ons lied: *'The Netherlands. We all together.'*

Maar hoe lang zal het duren voor ze begrijpen dat die aankondiging niet klopt?

Sst.

De klarinet opent heel alleen de melodie, en Vonda heft haar hoofd. Ze kijkt de zaal in, zacht, vertellend, warm. De eerste camera vangt haar blik en naar miljoenen mensen zingt ze:

Ik had nog nooit met iemand, maar het is gebeurd...

Mijn woorden zingt ze.

Ons derde lichaam, zingt ze, en ik weet waarom ze het doet.

Ik sta in het donker. Ik kan niks zien. Er klinkt verbaasd geluid uit de zaal, uit de zwarte zaal. Het festivalpubliek, dat grote gitbeest dat naar Vonda luistert, begint te hijgen, wordt ongerust. Want mag dit? Mag dit? Een andere tekstversie gebruiken dan afgesproken?

Ja, ik weet waarom Vonda dit doet. Bewijs.

En ik word opeens zo moe. Ik moet mijn armen zo meteen nog op gaan tillen, ik moet nog gaan trommelen, ik moet nog vragen stellen, maar ik ben zo ongelooflijk moe.

Vonda zal altijd tegen me aan staan, en ik zal haar niet kennen. Ik zal naast Vonda zitten op een balkon, en ik zal niet weten wie ze is.

Het zal altijd doorgaan.

Tenzij.

Ik doe het, ik acteer op tijd. De vliegende camera voor me vangt mijn bewegingen op, mijn vrolijke blikken zelfs. Zo hebben we het geoefend. Ik doe het: ik kijk naar Europa, ik kijk recht naar wie maar zien wil dat ik kijk.

En dan sla ik.

Vón-da, sla ik, Vón-da, Vón-da, Vón-da...

...de trommel trekt aan de band langs mijn lijf, de trommel trekt me naar beneden,

Vón-da, sla ik, Vón-da, Vón-da, Vón-da.

Tenzij.

Het tweede couplet volgt, en op het moment dat Vonda daar mijn woorden zingt, dat ze zingt: *Het lichaam dat we samen zijn...* weet ik dat ze liegt. Ze liegt in het lied, ze liegt met mijn woorden. Dat is haar afscheidscadeau aan mij: mijn leugen.

Olivers ogen zijn groen! Groene ogen heeft hij, met donkere wenkbrauwen erboven. En hij zal naar Holland komen, en van Rotterdam naar Groningen is het nu nooit meer ver. Misschien zal ik hem zelfs al in Southampton zien, en ik weet het opeens weer: Olivers ogen zijn groen!

Vonda is aan de bridge toe, en nu zijn Moritz en ik aan de beurt. En kijk, ik voel mijn voeten weer, en mijn armen, en mijn ademhaling. En de stem in mijn keel, mijn eigen stem die in de headset zegt: '*Weet je wel goed wat je doet?*'

We vergissen ons niet. We kijken op onze papiertjes en we stellen de vragen precies op tijd. En Vonda haalt stralend haar hoogste uithaal-noot.

Het lied is voorbij en het publiek springt op. Er zijn toeters en spandoeken en grote oranje mutsen in de lucht.

We maken plaats voor de Roemeense zangeres. Irene vangt

ons op en schreeuwt in Vonda's oor. Bert is rood en woedend, maar Vonda verdraagt het en lacht. Ze wimpelt andere artiesten af die komen vragen of dat mag, waarom ze, hoe ze toch...

Het wordt later, en Irene en Bert schuiven in de *green room* op de delegatiebanken weg van Vonda.

Vonda zelf zakt onderuit. Ze kijkt naar mij en Moritz alsof er niets is gebeurd. Ze zegt: 'Het ging toch goed?'

Ik zeg niks, ik knik. Moritz haalt wat te drinken en zegt ook al niks.

De woorden zijn op, de tijd is op, het songfestival is op. We zitten daar, we zijn moe. Onze handen hangen naar beneden, er stroomt van alles uit onze vingers: minuten, avonden, naakte dagen, avontuur. Er ligt een plasje vriendschap op de grond – wie ziet het? Niemand, maar wij zitten er nog steeds omheen. We zijn er nog.

Alles gaat altijd door.

Tenzij.

Tenzij er nog één zinnetje wordt gezegd.

Ook Slovenië, het laatste land, is klaar. Nu begint het pauzenummer, vijfentwintig landen stemmen, televoting. In de *green room* praten vijfentwintig opgewonden artiestengroepen door elkaar. Ik ga naar de wc en daar zet ik mijn gsm aan en lees een snelle, definitieve Noorse sms: *Southampton, twelve points. Next week. I'm free. Are you?*

En ik weet het: ja, ik ben vrij.

Dus wanneer de puntentelling begint, wanneer we meteen al tien punten van Spanje krijgen, wanneer we aardig meekomen ondanks Vonda's coup, wanneer we twee keer zelfs verrassend bovenaan het lijstje van een buurland blijken te staan, wanneer Irene zichzelf na driekwart van de scores voor één keer niet meer in de hand heeft en begint te roepen: 'Nederlands of Engels, het maakt dus niet uit! Vonda, het maakt niet uit!' en wanneer ik bijna bang word dat we toch nog winnen, wanneer ik bijna bang word dat Vonda voor niets tegen de muren op heeft

moeten lopen en voor niets heeft moeten zeggen: 'Ik heb je losgelaten', en wanneer even later de punten van de laatste landen
beginnen door te komen en de tijd begint te dringen, weet ik
dat ik het moet doen: dat ene zinnetje zeggen, dat ene onopge-
schreven, onopgestuurde antwoordzinnetje hardop zeggen.

Ik schuif naar Vonda, Vonda is iemand tegen wie je aan wilt
zitten.

Ze kust me, we kijken naar het meisje dat de een na laatste
punten, die van Turkije, door zal geven.

We houden elkaars handen vast en tellen mee, maar nog voor
de twaalf punten opgelezen worden weet ik dat we niet hebben
gewonnen.

We hebben allebei niet gewonnen.

En ik leg mijn hand achter Vonda's kastanjehaar, ik buig me
naar haar oor en fluister: 'Dank je wel voor alles. Ik jou ook.'

Voor meer informatie over Vonda's Voice:
www.edwardvandevendel.com

Dank je wel
aan Jacques Dohmen voor zijn redactie en begeleiding,
aan Bibi Dumon Tak en Kaat Vrancken voor het meelezen,
aan Marlayne Sahupala en Rein Putkamer voor hun informatie,
aan Cornald Maas en Renée van Wegberg voor het nalezen,
aan Edwin Schimscheimer voor het componeren en Renée
voor het zingen van Vonda's lied,
en aan Dace Paula, Martins Freimanis, Yana Kay en in het bijzonder Lauris Reiniks voor de geweldige ontvangst in Riga en
alle ruimte achter de schermen.

Chatbox

Edward van de Vendel presenteert in deze bundel de wilde
poëzie die Tycho Zeling schreef: gedichten over vuur, over verliefdheid, over erotiek, over de cyberwereld en over de woede
van de stad.

Zon,
wolken,
vogels,
en daaronder:
de stad.

Dak,
zolder,
kamertje,
en daaronder:
jij,
plat.

Dat zijn de lagen
die ik aantref vandaag.
En nu
heb ik natuurlijk
een horizonvraag:

Ik sta hier al klaar
met gekantelde kussen,
dus.
kleed jij je uit?
Dan schuif ik
ertussen.

De dagen van de bluegrassliefde

Het eerste boek over Tycho Zeling

Tycho Zeling is achttien en heeft net eindexamen gedaan. Nu vertrekt hij naar Knoxville, Tennessee, USA. Daar zal hij mee gaan helpen in een vrolijk internationaal kinderkamp. Op Schiphol komt hij Oliver Kjelsberg tegen: hij is Noor en voetballer, ook achttien, en op weg naar hetzelfde kamp. De vriendschap is er meteen, maar in Amerika staat hun nog een heel hete zomer te wachten.

Die bluegrasszomer wordt voor zowel Tycho als Oliver levens-omkerend.

Een eerste grote liefde. En de keuzes waar je dan soms voor komt te staan: vechten of volgen? Aanvallen of verdedigen? Stilstaan of meebewegen?

Bekroond met de Gouden Zoen 2000 (beste jeugdroman).